Sabina Naber

DIE LEBENSTRINKER

WER VOR DEM TOD FLIEHT, DER LÄUFT IHM NACH.

DEMOKRIT

EINS

Schädellappen. Maria hatte das Wort nur ein einziges Mal in ihrem Leben bewusst gehört. Erstaunlich, woran man sich in den unmöglichsten Momenten erinnerte. Vielleicht waren ja die Schädellappen dafür zuständig, dass man Schmerz wegdenken konnte. In einem Artikel hatte sie gelesen, dass Schmerz nicht am Ort der Verletzung, sondern hauptsächlich im Gehirn entstand. Dass schöne Bilder ihn vertreiben konnten. Ein schönes Bild. Sie brauchte ein schönes Bild.

Der Ball landet in der rechten Kreuzecke. Ihr Vater wirft die Arme in die Luft und strahlt über das ganze Gesicht. Der Vater verschmilzt mit dem Krankenhausbett. Sein Gesicht ist wächsern, löst sich auf.

Der Schmerz explodierte in Marias Nacken, bündelte sich zu einem gleißenden Strahl, der jede Hirnwindung abtastete. Irgendwo ein Schrei. Er schoss durch ihre Kopfdecke. Kein Widerstand beim Eindringen. Er polterte von der Stirn in den Nacken, zur linken Schläfe, irgendwo in die Mitte des Gehirns. Zur rechten Schläfe. Er wollte offensichtlich wieder hinaus aus dem Kopf. Doch jetzt leistete die Schädeldecke Widerstand, und der Schrei verschmolz mit dem Schmerz, der nun wie ein Kugelblitz durch den Kopf raste und bei jeder Berührung mit Gehirnwindungen und Schädellappen blendend weißes Licht erzeugte … Ein schönes Bild. Ein schönes Bild.

Sie sitzt mit Phillip auf einer Bank am Stephansplatz. Die Sonne geht auf. Eine Braut geht vorbei. Sie drücken einander die Hände. – Der Schmerz gleißte nicht mehr, er glühte nur noch. Ein weiteres Bild. – Sie sehen einander in die Augen, Phillips Gesicht nähert sich dem ihren. Sie spürt den Kuss auf ihren Lippen, den sie jeden Moment bekommen wird.

Das Bild zerplatzte in einem erneuten Schrei, der sich wie eine Sirene wiederholte und dabei leiser wurde.

Maria schlug die Augen auf und griff sich an den Kopf. Doch da steckte kein Messer. Sie fokussierte den Blick vom Kometenregen in ihrem Inneren in den Raum um sie herum. Das tat weh. In ihren Augenhöhlen schien sich Sand abgelagert zu haben.
Ihr gegenüber saß eine Frau aufrecht in einem Bett. In einem Krankenhausbett. Es war außergewöhnlich, dass diese Frau aufrecht im Bett saß, denn üblicherweise rebellierte ihre ausgekegelte Schulter schon beim Drehen des Kopfes. Sie war Kroatin. Maria fragte sich, warum sie diese Details kannte. Die aufgerissenen Augen der Frau fixierten die Tür zum Gang. Und das Mädchen daneben – sie hieß Jasmin, auch das wusste Maria – hatte sich aufgestützt und die Stirn in Falten gelegt.
Sie war in einem Krankenzimmer. Als Kranke. Blaue Lichter und weiße Mäntel wischten durch ihr Bewusstsein. Sie hatte das alles also nicht geträumt.
Maria zog sich am Haltegriff in eine sitzende Position und presste die Lider ein paar Mal fest zusammen. Der Sand löste sich auf, mit ihm entfernte sich der Halbschlaf. Dafür wölbten sich jetzt die Wände, sie pumpten wie ein riesiger Blaseblag. Der Schwindel verstärkte Marias Gehör. Der Schrei kam jetzt eindeutig von außerhalb des Zimmers. Und er drehte das nicht existente, dennoch vorhandene Messer immer tiefer in ihren Kopf.
Maria presste die Zeigefinger in ihre Ohren, die Daumen gegen das Kinn und die anderen Finger gegen ihre Schläfen. Sie war arm, klein und offensichtlich krank, und irgendjemand quälte sie mit dieser hysterischen Brüllerei. Die Welt war ungerecht.
Die Durchgeknallte vom Nebenbett … durchgeknallt? Ja, diese Frau sang dauernd, brabbelte von Energie, All, Zusammenhalt, drückte jedem die Hand und erklärte, ihn lieb zu haben. Die Durchgeknallte also taumelte vom Gang in den Türrahmen zum Zimmer und deutete hinter sich. Ihr Gesicht war nur eine Nuance dunkler als ihr weißes Nachthemd.
»Da … ist ein Toter. Pfleger. Erstochen.«
Die Angabe war erstaunlich präzise für eine Frau, die sonst von den Schwestern immer nur beschwichtigende Worte zu hören bekam.
Maria stutzte. Ihr eigener Gedanke eben war ebenso präzise, gar nicht arm und klein gewesen. Der klang viel mehr nach der Frau

in ihr, die sich die letzten Stunden – Tage? – ausgeruht hatte. Dieser Gedanke klang nach der Polizistin in ihr. Nach Kommissarin Maria Kouba.

Sie versuchte, ihre Zunge in Bewegung zu setzen, um die Durchgeknallte zu fragen, ob sie nicht nur einen Albtraum gehabt habe. Doch die war bereits wieder verschwunden. Am Gang erschallte ein weiterer Schrei, der Tatsachen schaffte. Sie musste raus aus dem Bett, musste das tun, was eine Polizistin zu tun hatte.

Maria stellte die Beine auf den Boden, doch der wölbte sich ebenso wie die Wände. In letzter Sekunde konnte sie sich am Bett der Durchgeknallten abstützen. Im selben Moment stieg eine unfassbare Übelkeit in ihr hoch. Sie hustete sie weg, worauf der Schmerz in ihrem Kopf seine Achterbahnfahrt durch die Ganglien erneut aufnahm. *Alte, reiß dich zusammen!* Sie musste raus aus diesem Bett, bevor das verschreckte Huhn da draußen alle Spuren zerstörte. Maria stemmte sich hoch und beschloss, das schwankende Bild, das sich ihr bot, einfach zu ignorieren. Wenn sie in die Ferne sah, dann schaffte sie es vielleicht, sich halbwegs gerade durch das ständige Auf und Ab hindurchzuarbeiten.

Es gelang ihr anscheinend ganz gut, einigermaßen normal zu wirken, denn Jasmin sah sie dankbar an. Mit ihrem aufgehängten Gipsbein konnte sie ja nichts unternehmen. Die Betten im Zimmer glitten an Maria vorbei, der Türrahmen ließ sie durch, obwohl er sich ständig und unfassbar schnell auf Miedergröße zusammenzog und wieder dehnte. Der Gang schließlich schaukelte nur mehr wie bei einem leichten Erdbeben. Ihr Kreislauf hatte offensichtlich seine Arbeit aufgenommen.

Eine dicke Schwester hatte ihre Hand auf den Arm der Durchgeknallten gelegt. Sie sahen Maria entgegen. Die Durchgeknallte löste sich und tänzelte im Wechselschritt auf Maria zu – was gar nicht gut für ihre Übelkeit war. Dabei schürzte die Frau leicht das Nachthemd. Ihr strahlendes Lächeln vervollständigte das Dirndlhafte, das an Heimatfilme aus den Fünfzigerjahren erinnerte. Mit in die Hüfte gestemmten Händen blieb sie vor Maria stehen und legte den Kopf schief. Dann ließ sie Maria passieren.

Drei Meter entfernt stand eine Tür offen, in die die Schwester und zwei Patientinnen hineinschauten. Die dicke Schwester lachte und deutete auf etwas hinter der Tür. Die großen, monotonen Bewegungen ließen die Frau wie eine Geisterbahnfigur aussehen, die zu einer Fahrt einlud. Die Patientinnen hielten sich die Hände vor die Münder. Und schon bewegten sich auch andere Verletzte auf die Gruppe zu. Mitten unter ihnen eine Pflegerin mit flammend roten kurzen Haaren, die ihr vom Kopf abstanden. Sie schlurften und waren eigenartigerweise still. Über allem lag ein Wimmern. Es war wie in einem Horror-Movie. Jetzt fehlte nur noch der Kettensägenmörder. Maria presste die Augen zu und atmete tief durch die Nase. Die Irrealität der Situation musste sich auflösen, sonst konnte sie nicht arbeiten. Sie öffnete die Augen, zugleich stach ihr Putzmittelgeruch in die Nase. Sie war wieder da.

Maria nahm die dicke Schwester sacht am rechten Arm, um sie von der Tür wegzuschieben, worauf die Frau sie mit großen Augen anglotzte, als wäre Maria die Mörderin. Maria legte den Zeigefinger auf den Mund und machte *Pst*. Die Schwester und die Patientinnen starrten sie an und verharrten in ihren Bewegungen. Gut so, anscheinend vermittelte sie zumindest ein Mindestmaß ihrer üblichen Autorität. Da spürte Maria plötzlich Hände auf ihrem Rücken herumfingern. Sie drehte sich blitzschnell um und sah der Durchgeknallten in die Augen.

Die zuckte mit den Schultern und lächelte ein kleines Lächeln. »Dein Nachthemd.«

Maria sah an sich hinunter. Sie stand da mit bloßen Füßen und einem weißen Fetzen, der gerade auf ihrem Rücken zugebunden wurde und wahrscheinlich trotzdem ihren blanken Hintern freigab. Darüber durfte sie auf keinen Fall nachdenken, sonst verpuffte ihre Autorität in Nullkommajosef. Sie drehte sich ohne Regung zurück und schaute in den Raum.

Es handelte sich um das Kämmerchen für Reinigungsmittel und Klopapier. Der Stauraum war höchstens vier Quadratmeter groß. In Reih und Glied standen die Behälter auf den Brettern. Nur die Kanister auf dem Boden waren verschoben, denn sie hatten Platz machen müssen – für eine Tragtasche mit Baby. Keine Leiche, kein Pfleger, sondern ein Baby. Es wimmerte. Maria sah zur Decke des Raumes, zur Schwester, die sie jetzt studierte, als wäre Maria jene, die nicht alle Sinne beisammen hätte, zur Durchgeknallten und dann wieder auf den Boden. Es lag noch immer ein wimmerndes Baby zwischen Schmierseife und Desinfektionsmit-

tel. Maria rekapitulierte ihren Weg zu diesem Zimmer – da waren keine Schwangeren oder Jungmütter gewesen. Vielmehr hatten alle Patientinnen Verbände, das hier war offensichtlich eine Unfallstation. Sie sah wieder zum Baby. Es hatte einen Brief auf seinem Bauch liegen. Offensichtlich handelt es sich um ein in der Unfallabteilung ausgesetztes Baby. Doch wie seltsam das auch war, das Baby war definitiv kein toter Mann.
Maria drehte sich um und sah die Durchgeknallte an. »Pfleger. Erstochen.«
Die zog den Kopf zwischen die Schultern und deutete den Gang entlang. »Er hat es gesagt. Dein Freund.«
Marias Blick folgte dem ausgestreckten Finger der Durchgeknallten. Beim Empfangstisch des Schwesternbereiches stand ein dunkelhaariger Mann, dessen Rückansicht ihr mehr als vertraut war. Sie senkte den Kopf, zog sich die langen Haare ins Gesicht und rannte. Im Zimmer bremste sie abrupt, was sie torkeln ließ, denn der Schwindel nahm ihr das Laufen übel. Phillip war auf dem Weg zu ihr. Ganz schlecht. Sie wusste zwar nicht, warum das ganz schlecht war, aber es fühlte sich einfach ganz schlecht an.
Maria registrierte, dass Jasmin sie erwartungsvoll ansah, sie selbst das Mädchen wohl angestarrt hatte. Sie entzifferte den Nachnamen auf Jasmins Schild. »Frau Gülüc, könnten Sie bitte dem Mann, der gleich hereinkommen wird, so ein Dunkelhaariger, können Sie dem bitte sagen, dass ich auf … Untersuchung bin? Danke! Ach ja, und da ist ein Baby da draußen, und kein Toter.«
Mit dem letzten Wort schloss sie sich in die Toilette ein.

Maria presste den Kopf zwischen die Knie. Warum war sie hier? Sie hatte Schrammen an Händen und Beinen. Gut. Ihr war schlecht und schwindelig, der Kopf tat ihr weh. Das sah nach Sturz aus und hatte etwas von einer Gehirnerschütterung. Vielleicht. Was war passiert?
Maria hörte, wie Phillip in den Raum kam, nach ihr fragte und Jasmin brav ihren Auftrag erfüllte. Er fragte nach der Dauer der Untersuchung, worauf sie meinte, sie habe keine Ahnung. Er ging, sagte noch, dass er eine halbe Stunde in der Cafeteria warten würde.
Maria richtete sich auf und stöhnte. Was zur Hölle war passiert?

Da waren nur verwischte Bilder von einem Arzt in einem Rettungswagen mit einer Narbe oberhalb der Oberlippe, von blendendem Licht, von einer Schwester mit einem Goldzahn, von einem baumlangen Arzt in diesem Untersuchungszimmer, der sie blödsinnige Dinge fragte, auf die sie etwas geantwortet hatte, woran sie sich nicht mehr erinnern konnte. Da war auch seltsamerweise das Bild von einem Mann mit großer Nase und viereckiger Brille. Doch dieser Mann schwebte im luftleeren Raum. Sie konnte ihn in keinen Zusammenhang bringen. Und da war das Bild von Phillip, der mit zusammengepresstem Mund das *Lange* verließ. Sie allein mit dem Wirt des Lokals bei ihrem Schnaps zurückließ. Sie hatte etwas gesagt, ja, sie hatte etwas gesagt. Was hatte sie gesagt? Sie waren in diesem Lokal gewesen ... um zu feiern. Richtig. Sie hatten die Nidetzky-Brüder gefasst, den Wir-AG-Fall gelöst. Richtig. Phillip hatte ihr Vorwürfe gemacht, sie hätte den Fahndungserfolg dem BKA überlassen. Alles klar. Nur, was war dann passiert?
Maria stand auf und wusch sich das Gesicht mit kaltem Wasser. Ihr wurde schlecht. Sie hustete und würgte, doch es kam nichts heraus. Dafür knallte wieder der Schmerz in ihren Kopf. Sie trocknete sich mit den Papierhandtüchern ab und lehnte sich gegen die Wand.
Sie hatte offensichtlich einen Unfall gehabt. Die Frage war nur, wann und wie.
Maria presste die Hände gegen die Schläfen. Verdammte Scheiße, sie musste sich doch erinnern können! Sie hämmerte sich gegen die Stirn und wurde in derselben Sekunde völlig kraftlos. Sie sank auf den Fliesenboden und spürte dessen Kälte an ihrem nackten Hintern. Nein, sie durfte sich keine Erkältung holen. Sie musste raus aus diesem Spital. In Krankenhäusern starb man. Maria rappelte sich auf. Sie machte einen Schritt, verharrte. Der Raum war ein Kokon, alles in ihr sträubte sich, ihn zu verlassen. Da hörte sie, wie draußen ihre Freundin nach ihr fragte. Mit sehr viel Tremolo in der Stimme.

Elsa stopfte die Bettdecke auf beiden Seiten von Maria fest zu ihrem Körper. »So, jetzt ist alles gut. Du darfst nicht auch noch krank werden.«

Sie setzte sich auf die Kante des Krankenhausbettes und sah Maria mit gerunzelten Brauen an, da lachten sie beide. Tonlos formte Maria die Worte, *Ich hab dich lieb*. Elsa tat es ihr gleich und drückte ihr jeweils einen langen Kuss auf die Wangen. Dann drehte sie sich weg und wischte sich die Augen. Ohne hinzusehen, boxte sie Maria sacht auf den Oberarm. Maria reagierte mit einem übertriebenen Auweh. Sie sahen einander an und atmeten tief durch.

Maria deutete ihrer Freundin, näher zu kommen. »Du, Elsa, äh … es klingt vielleicht blöd … aber warum … ich mein, ich weiß schon, warum. Ich hab offensichtlich einen Unfall gehabt. Aber wie? Ich mein, was … und wann?«

Das Lächeln auf Elsas Gesicht verschwand, sie schaute Maria mit großen Augen an. »Du weißt es wirklich nicht?«

Maria bewegte den Kopf ganz langsam nach links und dann ebenso langsam nach rechts. Nur keine schnelle Bewegung.

»Na ja. Also, wir wissen nur … also Phillip und ich … weil, die haben deinen Dienstausweis gefunden, und dann haben sie die Einser-Taste am Handy gedrückt, nein, andersrum, sie haben im Büro angerufen und dort hat ihnen Gabi gesagt, dass sie Phillip, und dann haben sie … ich weiß es nicht mehr, wie auch immer. Auf jeden Fall wissen wir nur, dass du fast in eine Bim grennt wärst.«

»Fast.«

»Ja, fast. Weil, da war ein Typ, der hat dich weggerissen von der Straßenbahn. Aber so heftig hat der dich weggerissen, dass du mit dem Kopf auf so eine Umrandung, die sie da rund um die Bäume am Ring haben, gefallen bist. Auf so eine gemauerte Umrandung.« Elsas Mund verzog sich zu einem Lachen, ihre Augen blieben ernst. »Aber besser eine Gehirnerschütterung als tot, oder?«

»Ich hab eine Gehirnerschütterung?«

»Ja. Sonst ist aber gar nix. Net viel zumindest. Du bist bald wieder die Alte. Und auch das da«, Elsa deutete auf den Kopf, »wird wieder besser, sagen sie. Bald wird es besser. Er hat uns schon vorgewarnt, der Arzt. Ist aber nichts Tragisches, Mausl. Das kann passieren bei einer Gehirnerschütterung. Meistens hat man eine Amnesie für die Zeit nach dem Unfall, es kann aber auch ein paar Stunden davor betreffen. Und der Arzt, dieser Staudinger, hat gesagt, das geht vorbei. Das hat mich dann beruhigt, und den Roth

auch, der ist ja ganz weiß worden bei der Diagnose. Wahrscheinlich hat er glaubt, du weißt jetzt nicht mehr, dass du Polizistin bist.« Sie lachte. »Es sind auf jeden Fall nur ein paar Stunden. Und es vergeht wieder. Wenn du wieder im Alltagstrott bist, vergeht es wieder, sagt dieser Doktor Staudinger. Na ja, wird schon nicht so wichtig gewesen sein.« Wiederum lachte Elsa. Als ob sie mit diesem Lachen Maria Mut zusprechen wollte.
Maria lehnte sich auf das Kopfpolster zurück. Sie hatte also eine Amnesie.
Elsa nahm ihre Hand. »Ich hab auch deine Mama und Carrie angerufen. Aber ich hab sie erst jetzt erreicht, die waren irgendwo unterwegs am Vormittag. Sie müssten gleich kommen. Und auch Phillip hat gesagt, dass er wieder vorbeischaut. Weil weißt, wir waren nämlich schon einmal da, gleich nachdem wir es erfahren haben, so um neun herum. Der Gabi aber, und auch dem Navratil und den anderen, hab ich gesagt, dass sie sich Zeit lassen sollen. Weil auch wenn der Doktor Staudinger sagt, dass du normal weitermachen sollst, so sollst du auch Ruhe haben. Und ich hab mir gedacht, dass es reicht, wenn du die Büro-Bagage erst ein bissel später wieder siehst.«
Elsa holte Luft. Was Maria beruhigte, denn ihre Freundin schien sie durch schnelles und vieles Reden gesund machen zu wollen und dabei auf sich zu vergessen.
»Und weißt, um den Fall brauchst dir keine Sorgen zu machen. Der Phillip hat ein bissel gesprochen mit diesen Brüdern. Nachdem wir da bei dir waren. Und jetzt macht den Rest der Wittmann.« Maria presste die Lippen zusammen, Elsa tätschelte ihr die Hand. »Keine Sorge, der traut sich jetzt schon gar nicht, den Fall als den seinen auszugeben. Was glaubst, was dann los ist? Die lieben Kollegen reißen ihm den Arsch auf, wenn er das tut.«
Maria lächelte. Dann beugte sie sich zu ihrer Freundin. »Warum bin ich in die Straßenbahn gelaufen?«
Elsa wich zurück. »Ich weiß es nicht.«
Maria sah ihre toughe, von Sittenstrolchen und Mafiabossen erprobte Freundin direkt an.
Elsa wandte den Kopf zum Fenster, wie in einem schlechten Verhör in einem schlechten Film. Sie als Polizistin müsste doch wissen, dass das eine durchsichtige Ablenkung war.

»Ich weiß es wirklich nicht. Phillip hat nur was davon gesagt, dass ihr euch gestritten habt.« Sie drehte sich zu Maria zurück. Ihre Augen funkelten. »Ich hab dir ja die ganze Zeit gesagt, dass es nicht gut gehen kann, wenn du mit ihm fickst. Er ist dein Partner. Dein Partner, hörst du? Und man fickt nun einmal nicht auf dem Tisch, auf dem man arbeitet.«

Maria schloss die Augen. Die Vorwürfe ihrer Freundin waren altbekannt und nervend. Und unglaublich berechtigt. Allerdings war der Streit in der Nacht gewesen und der Unfall ... »Es war also heute früh. Der Unfall, meine ich.«

Maria hörte Elsa »Ja« sagen. Heute früh also. Da fehlten definitiv ein paar Stunden. Der Streit konnte, musste aber nichts mit dem Unfall zu tun haben. Jedenfalls dürfte er nicht besonders heftig gewesen sein, denn sonst würde sich Phillip nicht um sie kümmern. Immerhin war er bereits zum zweiten Mal im Spital, nahm die Schwestern in Beschlag und erzählte ihnen von einem erstochenen Pfleger. War das nur ein Gschichtl en passant gewesen oder tatsächlich der Bericht von einem Fall?

Maria nahm Elsas Hand und sah sie an. Sie räusperte sich, um einen beiläufigen Tonfall zustande zu bringen ... »Sag – hängt Phillip in einem neuen Fall?«

Elsa riss ihre Hand aus Marias. »Also, Mausl, wirklich. Du bist dem Quiqui grad noch von der Schaufel gsprungen und redest schon wieder von der Hackn.«

»Wieso? Ich soll doch normal weitermachen? Und außerdem, du übertreibst. Ich hab einen Unfall ghabt. Nix weiter. Einen Unfall.«

»Unfall?« Elsas Stimme wurde sehr hoch und sehr laut. »Du hast ein zweites Leben geschenkt bekommen.«

Die Kroatin ächzte. Jasmin setzte sich im Bett auf und sah mit geweiteten Augen zu ihnen herüber. Maria lächelte sie an.

Und blitzte Elsa an. »Bitte, sei nicht so dermaßen melodramatisch. Ich hab ein paar Schrammen und einen angeschlagenen Kopf. Und aus.«

»Ich bin nicht melodramatisch. Der Typ, der dich gerettet hat, der hat gsagt ...«

»Ist egal, was er gesagt hat. Dann hat er eben übertrieben.« Maria stützte sich mit den Ellbogen ab. »Wahrscheinlich irgend so ein Wichtigmacher. Ja, genau.« Ihr Hals wurde eng. Hinter der Stirn drückte es, wie vor einem Weinanfall. »Wahrscheinlich wär gar nix passiert. Gar nix.« Sie hörte ihre Stimme, die plötzlich laut und scheppernd war. Wie eine hysterische Zicke klang sie. Das war peinlich. Doch sie konnte vom schneller werdenden Zug nicht abspringen. »Überhaupt nichts. Verstehst du? Niente. Und nur weil einer auf Samariter macht …«

Elsa rollte mit den Augen.

»… lieg ich jetzt da. Mit einem dicken Kopf. Blau und verschrammt. Und jetzt muss ich auch noch Danke … Was ist?«

Elsa rollte noch heftiger mit den Augen. Immer wieder nach links. Maria schielte zur Tür. Da stand ein leicht untersetzter Mann Mitte fünfzig, nicht besonders groß, mit enormer Nase und viereckiger Brille mit schwarzer Umrandung. Er hielt einen dieser vorgefertigten Blumensträuße mit weißen und rosafarbenen Nelken in Händen.

»Ich hasse Nelken.« Maria hörte ihre Stimme, obwohl sie sicher war, dass sie die Worte nur gedacht hatte.

Das Lächeln des Mannes vereiste. Ansatzlos versteckte er den Blumenstrauß hinter seinem Rücken.

Maria ließ sich in das Kopfpolster zurückfallen. Ihre Wangen glühten. Einfach die Zeit um eine Minute zurückdrehen, das wäre es. Oder um zwölf Stunden.

Er sei ein Frühaufsteher, sagte er, Jogger, er wohne ebenfalls im achten Bezirk, wie Maria.

Maria zwang sich zu einem Lächeln. Sie war ein Arsch.

Er hätte sich von der gegenüberliegenden Straßenseite aus gedacht, dass sie … na ja, er wolle jetzt nicht unhöflich sein, aber dass sie etwas hinüber, man könnte sagen, bummzu gewirkt habe.

Die Schilderung des Mannes legte den Schluss nahe, dass sie schwer besoffen gewesen sein musste. Vielleicht erinnerte sie sich deswegen an nichts und nicht wegen einer Amnesie.

Er sei losgerannt, weil kein Auto gekommen wäre und er noch vor der Straßenbahn, die ja dort auch ihre Haltestelle habe, in den Park hätte kommen wollen, da er üblicherweise auf dem Lauf in den Volksgarten nicht zu viele Ruhepausen haben wollte, und deswegen wäre er schon auf ihrer Straßenseite gewesen, als sie,

weit vor dem Zebrastreifen, wo ihr nichts hätte passieren können, die Fahrbahn betreten hätte und so der Straßenbahn in die Quere gekommen wäre.
Es war ein Rätsel, warum sie beim Volksgarten gewesen war. Vom *Lange* in ihre Wohnung musste sie nicht den Ring überqueren.
Und er sei so froh, dass er an diesem Tag nicht dem faulen Hund in sich nachgegeben …
»Wie heißen Sie?«
»Hirsch. Gerold Hirsch.«
Gerold. Was für ein prosaischer Name für einen Schutzengel. In Filmen sahen Schutzengel wie Nicolas Cage aus, in Wirklichkeit hatten sie also aschblonde, zur Seite gescheitelte Haare, eine große Nase und einen viereckigen Mund, passend zur viereckigen Brille. Diese nahm Gerold Hirsch jetzt auch ab, um sie mit einem Taschentuch, das er aus seiner dunkelblauen Stoffhose herausholte, zu putzen. Und plötzlich hatte Maria das Gefühl, nun wirklich ihrem Schutzengel gegenüberzusitzen. Denn da waren diese graublauen Augen mit den Lachfalten rundherum, und diese Augen waren die Augen ihres Vaters.
Maria drehte den Kopf zur Seite, damit dieser Gerold Hirsch nicht ihre Tränen sah. Damit sie nicht in Versuchung kam, ihn zu umarmen und zu küssen, sich dankbar an ihn zu schmiegen, weil er zurückgekommen war. Denn die Augen mit den Falten waren ja nur eine zufällige Ähnlichkeit. Doch es war einfach zu viel, dass sie ausgerechnet jetzt dieser scheinbaren Wiedergeburt ihres Vaters begegnete, einer Wiedergeburt, die ja nicht sein konnte, nachdem Gerold Hirsch nur wenig älter war, als es ihr Vater bei seinem Tod gewesen war. Und auch wenn das schon gute fünfzehn Jahre her war, so dürfte die Wiedergeburt höchstens … sie dachte Schwachsinn. Eine Ähnlichkeit in einer etwas außergewöhnlichen Situation, nichts weiter.
Und eigentlich verdiente dieser Mann, dass sie ihn umarmte und küsste. Na ja, jedenfalls Danke konnte und musste und wollte sie ihm sagen. Sie hatte wirklich kein Benehmen. *Ich hasse Nelken.* Erstaunlich, dass der Typ nicht sofort wieder gegangen war.
Maria drehte sich zu ihm und streckte ihm die Hand entgegen. Er nahm sie mit einem aufkeimenden Lächeln.
»Herr Hirsch …«

»Ich bin so froh«, er legte nun auch seine andere Hand auf ihre Hände, »dass ich zur rechten Zeit da war. Ich …«
Er verstummte und starrte ihr in die Augen. Maria hielt den Blick beinahe nicht aus. So hatte sie ihr Vater angesehen, als er in den letzten Tagen sie alle förmlich aufsaugen wollte, um sie mit sich zu nehmen. Dieser Mann hatte nicht das Recht, so zu schauen. Aber nach einer schieren Unendlichkeit bemerkte sie, dass er unsicher und nicht aufdringlich starrte. Eigenartig. Der Typ müsste doch mit vor Stolz geschwellter Brust dasitzen, immerhin war er ein Held.
Gerold Hirsch ließ ihre Hände los, wandte sich ab und fuhr mit dem Fingernagel unter die Plastikhülle des Namensschildes auf dem Fußende des Bettes. »Es würde mich sehr freuen, wenn ich Sie … also wenn Sie wieder … ich Sie dann zum Essen einladen dürfte.« Er lachte etwas zu laut auf und strich nun über das Namensschild, als würde er es glätten wollen. »So eine zweite Geburt muss man doch feiern. Und das am besten mit dem Geburtshelfer.«
Er sah sie von unten an, schob die Brille auf seiner Nase zurecht und fixierte dann wieder das Schild.
Maria wusste nicht, was sie sagen sollte. Logisch wäre ein schlichtes *Gern, und natürlich lade ich Sie ein*, aber es passte nicht. Die ganze Situation passte nicht. Es schien fast so, als würde sie dieser Typ anbaggern. Nein, das konnte nicht sein, er kannte sie ja gar nicht. Sie sah sicher wie eine wandelnde Katastrophe aus, und zudem könnte er beinah ihr Vater sein.
Elsa schlug auf die Bettdecke. »Na klar, das machen wir. Wir machen ein riesiges Fest. Das ist überhaupt die Idee!«
Synchron mit Gerold Hirsch wandte sich Maria Elsa zu. Beste Freundinnen waren Goldes wert. Sie lachten. Alle drei.
»Was für ein Fest? Gar kein Fest, mia bambina braucht Ruhe.«
Ihre Mutter rauschte mit Marias dick gepackter Reisetasche und Sonnenblumen in den Raum, warf alles von sich, stieß Gerold Hirsch zur Seite, dem angesichts ihrer Urgewalt der Mund offen blieb, und umarmte Maria, nein, drückte sie an ihre Brust, dass ihr die Luft wegblieb. In der Bugwelle der Mutter folgte Carrie. Und ihre sonst so beherrschte Halbschwester hatte mit Mascara verschmierte Augen und eine zitternde Unterlippe, nahm Marias

Hand und presste einen Kuss auf deren Innenfläche. Maria spürte nun auch noch, wie ihre Mutter zitterte. Im selben Moment wurde sie zum kleinen Mädchen, das sich das Knie aufgeschürft hatte und nun von der Brutalität der Welt geschockt war. Die Tränen bahnten sich ihren Weg. Erst recht, als nun auch noch Phillip in der Tür stand. Nur wusste sie nicht, warum sein Anblick den Tränenfluss verstärkte.

Die Rosen in den Rabattln vor dem Haupteingang des Hanusch-Krankenhauses dufteten so stark, dass ihr Geruch bis zu Maria drang, die auf den Stufen am Seiteneingang saß. Fast auf Tuchfühlung mit Phillip. Das spürte sich richtig und zugleich falsch an. Richtig, weil sie doch seit ein paar Wochen eine Affäre hatten. Das wusste sie. Eine reine Bumsgeschichte hatten sie. Sie waren Partner, daneben Freunde und ab und zu Liebhaber. So weit, so richtig. Trotzdem stimmte irgendetwas nicht. Er wirkte so reserviert. Sie musste ihn fragen, ob er wusste, was geschehen war. Sie musste.

Maria schielte zu dem Mann an ihrer Seite. Die ihr sattsam bekannten Rollbalken hatten sich über seinen Blick gelegt. Nein, sie würde lieber nackt auf der Kärntner Straße gehen, als ihn ... im Grunde war doch nichts dabei. *Du, Phillip, hast du zufällig ... vielleicht ... eventuell eine Ahnung, was passiert ist, nachdem du im* Lange *weg bist, und bevor ich in die Straßenbahn gerannt bin?* Eben, war ja nicht so schwer, dieser Satz.

Maria holte Luft.

Nein, sie konnte ihn nicht fragen. Was, wenn er es nicht wusste und sie sich durch sein etwaiges Nachfragen erinnerte und sich herausstellte, dass sie irgendetwas ganz Blödes getan hatte? Etwas sehr Peinliches? Nein, wenn er nichts sagte, durfte sie auch nichts fragen. Irgendwann würde sie sich ohnehin erinnern. Und im Fall des Falles, dass es etwas Furchtbares war, was sie vergessen hatte, konnte sie eine Strategie aufbauen. Ja, genau. Und vielleicht war die Amnesie ja ein Geschenk – angesichts dessen, was alles sein könnte. Wirklich nackt auf der Straße getanzt, Leute angepöbelt, Phillip den Laufpass gegeben, einen Fiaker entführt, auf dem denkmalerischen Schoß von Kaiserin Maria Theresia gesessen und O *sole mio* gesungen oder gar auf dem Heldenplatz mit irgendwelchen wildfremden Menschen Sex gehabt zu haben. Genau. Ein Geschenk. Ab nun würde sie einfach so tun, als wäre nichts gewesen. Wobei – an den Sex würde sie sich doch ganz gern erinnern. Und aus.

Maria streckte die Hand nach Phillips Zigarette aus. »Danke, dass du sie weggeschickt hast. Das war alles ein bissel viel. Du kennst ja Mama, sie ist so …«

»Italienisch.«

Maria lachte. »Ja, italienisch. Deine Ausrede war gut. Wirklich gut.« Sie ahmte Phillips Bassstimme nach. »Wir können auf Ihre Tochter leider nicht verzichten.« Sie lachte. »Ich hab gar nicht gewusst, dass sie so stolz auf meine Arbeit ist.«

Phillip lachte mit. Sie streckte nochmals die Hand nach der Zigarette aus, er runzelte die Stirn, reichte sie ihr zögerlich.

»He, Porree, alles in Ordnung.«

Ja, das war es wirklich. Wenn sie Phillips Spitznamen noch wusste, den sie so selten gebrauchte, dann konnte nichts Schlimmes passiert sein. Und der ultimative Test war die Tschick. Sie musste es wissen. Sie musste einen Zug machen. Wenn ihr nicht schlecht wurde, dann war sie nicht ernsthaft krank. Sie nahm die Zigarette und inhalierte. Und es war gut.

Phillip stützte sich mit den Armen auf den Knien auf und drehte das Feuerzeug zwischen Daumen und Mittelfinger. »Du solltest dich schonen.«

Maria wollte aufspringen, so stark war da plötzlich eine Spannung. Er schien sich ehrlich Sorgen zu machen, und doch war er reserviert wie eine alte englische Jungfer. Es konnte natürlich sein, dass sie ihn in ihrem Wahnsinn letzte Nacht angerufen und ihm brühwarm ihren Scheiß erzählt hatte. Irgendeinen Wahnsinn, den sie angestellt hatte und den er jetzt auch vergessen wollte. Sie musste auf ihrem Handy nachschauen, ob sie ihn angerufen hatte. Und jetzt … nur nichts anmerken lassen.

Maria nahm einen zweiten Zug, behielt ihn extralang in den Lungen, ließ den Rauch entweichen, lehnte sich zurück und lächelte den kobaltblauen Himmel an. »Schonen ist nicht drin. Ich soll ganz normal weitermachen. Sagt der Arzt. Dieser Staudinger. Keine Chance, dass du die Truppe übernimmst, mein Bester.«

Phillip fuhr herum. »Wie kommst du auf die Idee, dass ich …« Erst

jetzt sah er offensichtlich den Schalk in ihren Augen. Er lachte auf und widmete sich weiter seinem Feuerzeug. »Du kannst dich wirklich schonen. Es ist ruhig. Es steht nichts an.«
Aha. Ruhig. Entweder er log sie an, oder die Durchgeknallte hatte etwas falsch verstanden.
Phillip warf das Feuerzeug zwischen den Händen hin und her. »Auch mit dem gestrigen Mist ... also dem Fall, musst du dich nicht ... die Kovars geben alles zu. Wittmann soll sich um den Papierscheiß kümmern. Dafür, dass er nominell der Leiter der Sonderkommission war, soll er auch was tun.«
»Jenseits vom Gaffen auf die Titten von der Kovar.«
Sie ahmten synchron ein Hecheln nach und grinsten. Ein angenehm vertrautes Gefühl. Ja, diesen Weg musste sie weitergehen, den burschikosen, kollegialen.
Maria zog an der Zigarette und ließ den Rauch ihre Mundhöhle streicheln. »Was ist das für ein toter Pfleger?«
Phillip schnellte herum. »Woher weißt du denn das schon wieder?«
»Es stimmt also?«
Er nahm ihr die Zigarette aus der Hand und drehte sie zwischen den Fingern. »Vergiss es.«
Er wandte sich ihr zu. Seine Mokkaaugen luden zum Hineinspringen ein. Nein, zogen sie hinein. Stießen bei ihr auf keinerlei Widerstand. Oh, hoffentlich hatte Phillip während dieser verlorenen Stunden nicht ihre Affäre beendet, denn das würde sie schmerzen. Das Gefühl beim Blick in diese Augen sagte ihr, dass sie noch nicht fertig gegessen hatte. Sie musste unbedingt zu burschikos und kollegial die Komponente flirtiv hinzufügen.
Phillip strich ihr eine Strähne aus dem Gesicht. »Du bist jetzt wichtig. Du musst gesund werden. Das ist das Entscheidende. Du musst dich erholen, May. Du musst ...«
»Phillip«, er hatte ihren Kosenamen verwendet, so schlimm konnten der Streit und eine etwa nachfolgende Auseinandersetzung also nicht gewesen sein, »was für ein toter Pfleger?«
Er seufzte und schüttelte den Kopf.
»Die Durchgeknallte in meinem Zimmer hat gesagt, dass du bei der Empfangsschwester was von einem toten Pfleger gefaselt hast.«
Phillip nahm einen letzten Zug von der Zigarette und schnippte

sie in den Gully. »Wir haben da einen neuen Mord. Der ist ein bissel eigenartig.«
Maria wartete, doch es kam nichts mehr. Verdammt, musste man diesem Mistkerl alles aus der Nase ziehen? Er wusste doch, dass sie rekonvaleszent war und sich nicht aufregen durfte. Sie sprang auf, sie taumelte. Phillip fing sie auf. Sie roch sein Duschgel, das war so vertraut, wollte ihn küssen.
Sie befreite sich und grinste. »Geht schon. Du weißt doch, dass ich nicht zu lange ruhig sitzen darf, sonst geht es mir nicht gut. Ich bin ein Adrenalin-Junkie.«
Phillip lächelte und zupfte ihren Schlafrock zurecht, den ihr Mama mitgebracht hatte. Und ihre Mutter hätte diese Geste auch machen dürfen, aber doch nicht er. Er sollte sie ... wie auch immer, nur nicht als kleines Mädchen behandeln. »Also komm, red schon. Ich als deine Chefin will jetzt wissen, was los ist.«
Sie ging den Weg entlang, der zum Seiteneingang des nächsten Pavillons führte. Phillip war komisch. Er hatte Schluss gemacht. Das war es. Oder vielleicht hatte ja sie Schluss gemacht. Beides war ganz schlecht und nicht nachvollziehbar, wenn sie so die Bilder betrachtete, die von den letzten Tagen hochkamen. Sie musste einen Test machen. Irgendwie.
»Okay, okay.« Er war mit zwei Schritten an ihrer Seite. »Es ist aber wirklich nichts Aufregendes. Wir machen das schon, du musst dich jetzt wieder hinlegen, dich erholen ...«
Maria drehte sich abrupt um. »Ich wiederhole mich nur ungern, mein Lieber, also hör mir jetzt bitte genau zu. Ich hatte einen Unfall. Gut. Es ist mir nichts passiert. Ich habe eine leichte Gehirnerschütterung und ... ich weiß nicht mehr alles. Gut. Aber sonst ist alles okay. Und ich soll zwar wahrscheinlich keine Hundertmeterläufe oder so machen, aber ich soll normal weitertun. Alles klar? Also nerv mich nicht, weil, dann krieg ich nämlich Kopfweh. Und das ist gar nicht gut.«
Nach einer Weile, als Maria schon dachte, Phillip hätte ihr gar nicht zugehört, zuckte er mit der rechten Augenbraue. Dann stahl sich ein halbes Lächeln auf seinen Mund. »Ganz die Alte. Passt. Jetzt bin ich beruhigt.«
Da war ein Unterton. Seltsam, Phillip wusste, dass sie nicht unbedingt eine Säuseltante war.

Er wandte sich ab und ging zurück in Richtung des Seiteneinganges, der zu ihrer Abteilung führte. »Ein Pfleger. Vierundzwanzigstunden-Pflege in einem Haus am Küniglberg. Und genau dort hat ihm jemand die Gurgel durchgeschnitten. Keine Einbruchsspuren. Der Pflegefall ist eine an Alzheimer erkrankte Dame. Zusätzliche Schlüssel haben der Sohn und die Tochter, die aber beide angeblich irgendwo, nur nicht in Wien sind, sowie eine Bekannte der Kranken. Die hat ihn auch heute früh gefunden. Der Pfleger war seit einem Jahr im Haus. Mehr wissen wir noch nicht.«

Maria blieb stehen. »Nichts Aufregendes. Verstehe.« Sie lachte auf. »Und das hast du der Schwester erzählt? Warum eigentlich?«

Phillip legte die Hände auf den Rücken und ging langsam weiter, ohne sie anzusehen. »Na, wir haben deinen Alltag besprochen. Aber sie mochte das mit der aufgeschlitzten Gurgel nicht. Meinte, das sei für deinen Zustand zu blutrünstig.«

Abrupt drehte er sich um, machte einen Kratzfuß wie ein mittelalterlicher Hofnarr, streckte die Arme weit aus und drehte sich im Kreis. »Aber sie kennt ja nicht unsere Meisterin des Blutes. Tough thront die nämlich über allen Widrigkeiten des Lebens.« Er beendete den Tanz mit einem neuerlichen Kratzfuß.

»Idiot.«

Er sah sie an, sie sah ihn an. Verdammte Amnesie.

Maria schlenderte weiter, Phillip gesellte sich mit seitwärts geneigtem Kopf an ihre Seite. Sie musste sich schwer konzentrieren, um sein affiges Getue ignorieren zu können. »Die Frage ist also, ob sich noch irgendwer einen Schlüssel besorgt hat, vom Pfleger überrascht wurde und … was wollte? Oder ob er seinen Mörder gekannt und hereingelassen hat. Vielleicht hat aber auch eines der Kinder plötzlich einen Hass auf den Pfleger gehabt.« Sie blieb stehen. »Und außerdem … ein durchgeschnittener Hals, das ist selten.«

Phillip stellte sich Maria gegenüber. Er wirkte wieder sehr ernst. »Willst du das wirklich?«

Maria nickte.

»Okay. Dann komm ich einfach jeden Abend und berichte dir, und wir reden drüber, und du sagst, was du …«

»Nein.«

Phillip holte tief Luft. Dann betrachtete er das Gebäude, als sähe

er es zum ersten Mal. »Okay. Ist wahrscheinlich eh besser, sonst findest du da drin noch alle möglichen Leichen und machst alle ganz narrisch. Also mach ma auf Alltag.«
Sie grinsten einander an. Phillips Duschgel mit dem Hauch von Moschus drang in ihre Nase. Ja, genau das war es, was sie wollte. Ihre kleinen grauen Zellen in Turnübungen hetzen und mit diesem Zuckerl von Partner Gymnastik betreiben. Es war doch völlig irrelevant, was in diesen Null-Stunden passiert war. Sie packte Phillips Kopf und küsste ihn. Ließ ihre Zunge auf seinen Lippen tanzen. Es kam sehr wenig zurück. Sie ließ ihn los, er starrte sie an.
»Was ist los, Phillip? Ich soll doch das machen, was ich sonst auch mache.« Sie grinste. »Dazu gehört auch Sex mit dir. An das kann ich mich jedenfalls erinnern.«
Ein paar Augenblicke zu lang kam keine Reaktion, dann senkte er den Blick. Nickte genau ein Mal. Lächelte ein Lächeln, das nichts aussagte. Etwas stimmte nicht mit ihm. Er wusste etwas und sprach es nicht aus. Das war es. Sie musste fragen, aber sie konnte nicht. Er nickte ein zweites Mal, so ernsthaft, als würde er eine Grundsatzentscheidung fällen. Dann biss er sie in den Hals, fuhr mit der Zunge über die Stelle, worauf sie sofort Gänsehaut bekam, raunte: »Du erinnerst dich richtig, wir rammeln wie die Kaninchen.«
»Dann müssen wir nur noch eine Stellung finden, in der ich kein Kopfweh bekomme.«
»Es wird mir ein Vergnügen sein, die herauszufinden.«
Das klang endlich wieder nach Phillip. Er machte sich nur Sorgen. Das war alles.
Als Maria sich löste, sah sie Gerold Hirsch, der dreißig Meter entfernt mit einem riesigen Strauß gelber Rosen dastand und sie anstarrte. Idiotischerweise fühlte sie sich schuldig.

Sie musste ihre Mutter fragen, ob sie zwischenzeitlich farbenblind geworden war. Statt Jeans oder einer anderen Hose und einem T-Shirt hatte sie Maria einen Rock und eine Bluse eingepackt, was zwar mühselig, aber verkraftbar wäre, wenn es sich nicht um den von Carrie geschenkten Glockenrock mit den giftgrünen Blättern und die uralte weiß-schwarz karierte Bluse gehandelt hätte. Die Kollegen mussten ja glauben, dass sie sich nicht bloß eine Gehirnerschütterung zugezogen, sondern ernsthaft den Kopf angeschlagen hatte. Und als Phillip mit dem Auto über einen Kanaldeckel rumpelte, fragte sie sich, ob das nicht der Tatsache entsprach. Der Kugelblitz zwischen ihren Ganglien gleißte auf. Nein, sie hatte keine Schmerzen. Sie hatte kein Kopfweh. Nein. Sie litt nur unter den widrigen Umständen. *Om. Alles ist gut.* Maria fingerte in ihrer Tasche nach ihrer Geldbörse. Hitze durchfuhr sie. Gestohlen. Verloren. Nein, wahrscheinlich …

»Mist. Die müssen mein Börsel irgendwohin geräumt haben im Krankenhaus. Ich bin so blöd, ich hab nicht geschaut. Hast du Geld einstecken? Oder eine Kreditkarte?«

»Schon. Was brauchst denn?«

Maria zupfte am Rock. »Na, irgendwas Gscheites zum Anziehen.«

»Wieso? Ist doch süß. Betont deine weibliche Seite.«

Die Worte klangen nach Phillip, doch der Ton war nicht hundertprozentig echt. Schon wieder nicht … alles Einbildung. Bloß Einbildung. Das Beste war, einfach darüber hinwegzugehen.

»Phillip, bitte, verarsch wen anderen. Ich schau aus wie eine Vogelscheuche.«

Sie hielten vor einer roten Ampel neben einem Kiosk.

Phillip kramte seine Brieftasche aus den Jeans. »Du willst dir ein neues Gewand kaufen?« Er senkte den Blick, als würde er sie über eine Halbbrille hinweg ansehen. »Pass nur auf, dass man dich nicht für eine Kapitalistin hält.« Er deutete mit dem Kopf zu den ausgestellten Zeitungen am Kiosk.

Maria studierte die Titelzeile der *Kronen Zeitung*. *Prügel für einen Manager.* Der *Kurier* titelte mit *Zwei Verletzte bei Demo*. Sie schnappte sich Phillips Börse, sprang aus dem Auto und zum Kiosk, drückte dem Besitzer Geld in die Hand und nahm die beiden Tageszeitungen mit.

Sie fuhren weiter Richtung Hietzing. Maria benötigte die ganze Wienzeile und das Stück Hadikgasse bis zum Kennedy-Reindl, um sich durch den Wust an Artikeln, Kommentaren und Analysen durchzukämpfen. Es war höchst eigenartig, dass die europaweiten Demonstrationen gegen den Raubtierkapitalismus, wie es so schön in den Kommentaren hieß, nach drei Tagen noch immer anhielten. Zumindest in Österreich war das eigenartig. Als

gelernter Homo austriacus redete man sich zusammen. Im besten Fall. Normalerweise matschkerte man, revolutionierte am Stammtisch die Welt, saß die Krise aus. Und ließ Gewerkschaften und Wirtschaftskammer machen.
Spruchbänder schwingende Menschen, glühende Gesichter. Woher hatte sie das Bild? Sie hatte doch vor lauter Arbeit an diesem Wir-AG-Fall, der das alles ausgelöst hatte, keine Zeit zum Demonstrieren gehabt. Maria versuchte, das Bild zu schärfen. Es verblasste, löste sich auf in einem neuerlichen Kometenschauer aus Schmerz. Maria lehnte den Kopf an die Stütze. Vielleicht wäre es doch besser, sie würde sich zumindest einen Tag … nein, sie war kein Weichei.
Sie ordnete die Blätter und Alben wieder in die richtige Reihenfolge, faltete die Zeitungen zusammen, rollte sie ein, als könnte sie damit den Inhalt wieder zwischen die Zeilen sperren. Doch die Worte leuchteten durch das Papier. *Globalisierung. Finanzblase.* Ja, die Gier war a Luder, wie es in Wien so schön hieß. Maria verstaute die Zeitungen unter dem Sitz.
Sie fuhren die Maxingstraße auf den Rosenhügel hinauf, und waren mittendrin in dieser Gier, zumindest im Geld. Links wechselte sich das Schönbrunnergelb auf den Nebengebäuden des Schlosses mit dem Maiengrün der Parkbäume ab, rechts präsentierten sich bürgerliche Stadtvillen. Es war ein schöner Anblick. Und es gäbe ihn nicht, wenn nicht ein paar Leute mehr gewollt hätten als andere. Die Frage war, wo Ehrgeiz und Stolz aufhörten und die Gier anfing. Es gab Menschen mit einem Brennen in sich und welche ohne Antrieb. Und Maria hatte den Verdacht, dass das schon bei Babys so war, Sozialisation hin oder her. Na ja, nicht ganz, man konnte es fördern oder in falsche Bahnen …
Maria kramte die Zeitungen wieder hervor und schlug den Chronikteil der *Kronen Zeitung* auf. Ja, sie hatte richtig gelesen.
»Du, Phillip, die haben gestern im Wilhelminenspital ein Baby gefunden. Ein ausgesetztes Baby.«
»Hm.«
»Noch ein Baby. Weil, heute bei mir im Hanusch, da war auch ein ausgesetztes Baby.«
»Ja, und?«
»Na, das ist doch komisch, oder? Zwei Babys in zwei Tagen.«

»Zufall.«
»Ich mein, das ist doch eher selten, dass Babys ausgesetzt werden.«
»Ich hab keine Ahnung. Vielleicht schreiben es Zeitungen ja nur, wenn die Babys umgebracht oder in Kellerverliesen eingesperrt werden, und nicht, wenn sie ausgesetzt werden.«
»Ja, aber warum dann jetzt?«
Phillip machte eine wegwerfende Bewegung. »Zu wenig Selbstmordattentate mit zu wenig Toten?«
Ja, das konnte sein. Wenn ein Verbrechen für die Journaille nicht blutrünstig genug war, dann kamen Tier- und Kindergeschichten zur Ehre. Aber im Grunde mochten die Medien Mord lieber. Mord hatte etwas Endgültiges. Ein brutaler Todesfall färbte in seiner Einzigartigkeit immer auch auf die Umgebung ab.
Wie auch die zufällige Begegnung mit einem Todgeweihten einen scheinbar auserwählte. Weil man plötzlich einer der letzten hundert oder dreißig Menschen war, die diesen Menschen vor seinem Tod noch gesehen hatten. Sozusagen einer seiner letzten Eindrücke dieser Welt war. Und gleichzeitig war man vom Tod gestreift, an seine Existenz erinnert, aber verschont worden. So war es Maria zumindest vorgekommen, als sie hier beim *Bergwirten* auf dem Montecuccoliplatz, bei dem sie gerade vorbeifuhren, zufällig Gunther Phillip mit einer Filmcrew beim Mittagessen gesehen hatte. Der Schauspieler hatte ihr zugelächelt. Kurze Zeit später war er tot gewesen. Maria betrachtete das Wirtshaus, das für sie durch diese Begegnung zu solch einem besonderen Ort geworden war. Es sah ganz normal aus. Natürlich. Sie musste lächeln, weil sie sich plötzlich fragte, ob der Wirt vielleicht in guter österreichischer Tradition eine Gedenktafel angebracht hatte. *Hier speiste Gunther Phillip sein zehntvorletztes Mal* oder *Hier beim Bergwirten am Küniglberg verbrachte Gunther Phillip seine letzten Nächte im Ausland, bevor er starb.* Es wäre nicht verwunderlich für eine Stadt, in der jede Orgie von Mozart mit einer Inschrift verewigt war.
Unmittelbar in der Nähe des ORF-Zentrums in einer kleinen Gasse mit Einfamilienhäusern stoppten sie. Ein Uniformierter schloss hinter ihnen wieder schnell die Absperrung. An ihr reihte sich lediglich eine Handvoll Schaulustiger auf. Und ein einziger Journalist, die Nickelbrille, wie ihn Maria bei sich nannte. Das war

selten bei einem Mordfall. Wenigstens das restliche Setting war vertraut. Rund um ein kubistisches weißes Gebäude wuselten die Spurensicherer in ihren weißen Overalls. Es hatte etwas von Maden in einem Käse. Marias Hand zuckte zu Phillip, im letzten Moment ballte sie sie zu einer Faust.

Der Weg vom Gartentor bis zur Eingangstür schien nicht enden zu wollen. Als hätten sie sich abgesprochen, bildeten alle Spurensicherer, allen voran Clemens und Fabian, sowie die uniformierten Kollegen ein Spalier. In ihren Gesichtern, umrahmt von den Ganzkörperkondomen und beschattet von den Mützen, las Maria Besorgnis und – ja, Liebe. Sie kannte diese Menschen doch alle gar nicht. Zumindest nicht besonders gut. Fragen nach ihrem Befinden und gute Ratschläge prasselten auf sie ein. Und da schwang noch etwas anderes mit, so eine Art Furcht vor zu viel Betroffenheit. Das passte nicht zur Anteilnahme. Das Persönliche suchte Abstand.

Marias Kiefer schmerzte. Sie versuchte, ihr Lächeln zu lösen, doch es blieb in ihrem Gesicht hocken, als wäre es der einzige Abwehrschild, den sie diesen verwirrenden Gefühlen entgegensetzen konnte.

Oberspurensicherer Georg trat aus dem Haus. Seine überlangen Arme suchten an seinem Körper einen Haltegriff, schließlich verschränkte er sie vor der Brust.

Er nickte Maria zu. »Wennst a Bankl grissen hättst, dann hätt ich dich umbracht. Du weißt, dass ich mich nur ungern an neue Leut gwöhn.«

Die anderen verstummten. Maria spürte zuerst nur, dass ihr die plötzliche Stille guttat. Dann kitzelte Lachen in ihrem Hals. Es hüpfte heraus. Und Maria lachte so sehr, dass ihr Tränen die Wangen herunterrollten. Als sie sie abwischte, spürte sie, dass sich ihre Mundwinkel nach unten zogen. Sie kämpfte gegen das Weinen an, der Anblick der lachenden Männer um sie herum half ihr dabei. Sie war verdammt nahe am Wasser gebaut. Wahrscheinlich lag das an irgendwelchen Tabletten, die man ihr gegeben hatte. Sie musste sich wieder in den Griff bekommen. Maria ließ ihren Blick kurz zu Phillip schweifen, hoffentlich hatte er nichts mitbekommen, sonst kam wieder ein Vortrag von wegen schonen.

Doch er sah sie sehr liebevoll an. Einmal reserviert, dann wieder besorgt, da sollte frau sich auskennen.
Maria hob die Hand, schlug mit Georg ab und ging ins Haus. Von einem quadratischen Vorraum gingen eine Treppe in den Keller und vier Türen ab. In drei Räumen sah es aus, wie es an einem Tatort auszusehen hatte: Absperrungen, teilweise grelle Scheinwerfer und jetzt wieder weiße Figuren, die fotografierten und bepinselten. Zumindest in zwei der Räume wurde emsig gearbeitet, in jenem mit der Patientin, wie das Fußende eines Bettes verriet, das man durch die offene Tür sah, und im großen Raum, wo es extrem geschäftig zuging. Dort lag wohl die Leiche. Der dritte Raum war nur mit einem Band abgesperrt, es war die Küche. Die vierte Tür war geschlossen und wirkte unbeachtet.
Sie zog sich Gummihandschuhe an. »Phillip, was ist da drin?«
Phillip nickte einem der Uniformierten zu. »Was ist da drin?«
Der zuckte mit den Schultern. »Ist versperrt.«
Phillip nickte. Wie gut, dass sie nicht blaumachte. Das durfte doch nicht wahr sein, dass Phillip als leitender Ermittler – provisorisch leitender Ermittler – keine Ahnung hatte. Dass sich noch niemand um diesen Raum gekümmert hatte. Sie verschränkte die Arme und sah Phillip mit erhobener Augenbraue an.
Phillip hielt die Handflächen nach oben und zog die Stirn kraus, als würde er sich einem wilden Tier nähern und nicht Maria. »'tschuldige halt. War ein bissel stressig heute. Weißt, meine Chefin wäre beinahe gestorben.«
»Und da drinnen«, sie wies mit dem Kinn zum großen Zimmer, »ist *tatsächlich* jemand gestorben.«
Am liebsten hätte sie sich auf den Mund geschlagen. Er war zweimal bei ihr im Spital gewesen, er hatte sich Sorgen gemacht … Nein, er sollte aufhören damit. Alle sollten aufhören damit. Wenn ihr einmal wirklich etwas Schlimmes passierte, dann konnten sie sich Sorgen machen. Aber doch nicht wegen ein paar Schrammen.
Phillip schob das Kinn vor, die Rollbalken senkten sich.
»'tschuldige, Phillip … ich mein … ach, vergiss es. Lass uns einfach unsere Arbeit machen.« Maria wandte sich an den Uniformierten. »Zuerst kümmern Sie sich darum, dass die Tür da aufgesperrt wird. Wir müssen wissen, welches Zimmer das ist. Das ganze Haus ist Tatort. Und dann bringen Sie uns zu dieser Frau, die den

Toten gefunden hat.« Sie ging Richtung des größten Raumes, wo die meiste Hektik herrschte.
»Äh ...«
Maria wandte sich langsam zum Uniformierten.
»Ja, das is a bissel schwierig. Das mit dieser Frau, mein ich. Weil, die is katten.«
Phillip legte den Kopf schief. »Katten?«
Der Uniformierte rieb an seinem mittleren Jackenknopf. »Ja, die war nicht zum aufderhalten. Sie hat Termine. Hat's gsagt. Drüben im ORF. Filme macht's.«
»Ah, Cutterin. Sie ist Cutterin im ORF?«
»Ja, sag ich ja. Und akkurat kann's eh nix machen. Hat's gsagt. Weil der Mann, der is eh schon tot. Hat's gsagt.«
»Hat's gsagt.«
Der Uniformierte nickte Phillip zu. Der nickte zurück. »Und jetzt wird sie eine Pause machen. Und zwar hier in diesem Haus. Sagen Sie ihr das, bitte.«
Der Uniformierte blies Luft aus. Er wirkte, als hätte Phillip ihm aufgetragen, ein Pianino allein in den fünften Stock zu tragen. Maria seufzte und deutete Phillip, ihr ins große Zimmer zu folgen.
»Äh ...«
Maria und Phillip blieben stehen, ohne sich zum Uniformierten umzudrehen.
»Und ich glaub, da hinter der Tür, die da geschlossen ist, geht's hinauf. In die andern Stock hinauf, mein ich. Es hat ja drei Etagen. Das Haus, mein ich. Wird wohl net bewohnt sein, wenn's zugsperrt is. Mein ich.«
Das war nun zutiefst peinlich, dass der Uniformierte diese logische Schlussfolgerung gemacht hatte. Anscheinend hatte der Sturz tatsächlich ihre Gehirnwindungen etwas durcheinandergebracht. Phillip hatte allerdings keine Entschuldigung für mangelnde Logik. Er hätte sich das mit dem Stiegenaufgang denken müssen.
Maria drehte sich sicherheitshalber nicht um, damit der Uniformierte nicht ihre Gedanken an ihrem Gesicht ablesen konnte, und deutete über ihre Schulter hinweg das Schütteln eines Schlüsselbundes an. Sie ging weiter ins große Zimmer. Ein strammes »Jawohl« hallte hinter ihr nach.

Helligkeit empfing sie, nicht nur wegen der Scheinwerfer, sondern wegen eines Fensters, das beinahe die ganze Front einnahm. Das Fenster hatte keine Vorhänge und gab den Blick auf einen Garten frei. Er war ungefähr zehn mal fünfzehn Meter groß. In der rechten Ecke waren die Umrisse ehemaliger Gemüsebeete erkennbar, zwischen dem hohen Unkraut kämpfte sich eine Maggikrautstaude zum Licht. Am Rand blühten Erdbeeren. Mitten im Garten stand ein Nussbaum, von dem ein dicker Ast herabhing. Und die Thujen auf der linken Seite hatten ihre Schnittform gänzlich eingebüßt. Nahe dem Haus war eine Sandkiste, in der zwei kleine Pappeln wuchsen, umgeben von saftigem Gras.
Die linke, hintere Ecke des Zimmers füllte eine Couchgarnitur aus den Achtzigerjahren, tief gelegene Sitze, fette Polsterung, mit ineinander übergehenden grünen und blauen Schlieren als Muster. Der obligate Glastisch stand davor. Darauf lagen *Der Standard, Die Presse* und *Kronen Zeitung* vom Vortag, *Die Zeit* und eine Bibel. Gegenüber, direkt neben dem großen Fenster, war ein Flachbildfernseher an der Wand angebracht. Er wirkte wie ein Fremdkörper. Und auch die Stereoanlage im Achtzigerjahre-Kasterl darunter passte nicht zum Rest.
Die rechte Wand war zur Gänze von einem Bücherregal ausgefüllt, vom Boden bis zur Decke. Davor standen, auf einem Teppich, dem man die Kunstfaser aus der Ferne ansah, ein brauner Schreibtisch ohne jegliche Verzierungen, ein ockerfarbener Drehstuhl und ein weißer Sessel, der nach Küche aussah. Die Oberfläche des Schreibtisches war leer.
Schreibtisch, Teppich, Stuhl und Sessel waren über und über mit Blut bedeckt. Dementsprechend erinnerte der Geruch im Raum an eine Schlachterei.
Und vom Schreibtisch führte ein dicker weißer Faden, an Nägeln befestigt, zum Sessel, Richtung Fußboden und wieder zurück zum Schreibtisch. Er bildete in etwa die Form eines Menschen.
»Mist.« Maria klemmte die Nase zwischen die Handflächen, damit sie sich nicht übergab. Es war zum Kotzen, dass sie diesen Unfall gehabt hatte. Das störte nur ihre Arbeit. »Georg, bitte sag mir, dass der Gerry auch ein Video gemacht hat. Nicht nur Fotos.«
Georg deutete eine kleine Verbeugung an. »Nachdem ihr ja beide nicht da wart, hab ich ihm den Auftrag gegeben, ja.«

Er war ein Goldjunge. Im Grunde hätte Georg, als Phillip kaum am Tatort präsent war, die Verwaisung der Leitung Gottl, ihrem Chef, melden und eine andere Gruppe den Fall übernehmen müssen. Glücklicherweise konnte Georg, genau wie Maria und Phillip, die infrage kommenden Kollegen, allen voran Berthold Bertram, nicht besonders leiden.
Maria sah sich um. »Wo ist eigentlich Josef?«
»In der Pathologie. Er macht schon die Beschau.«
»Er macht schon … was? Ich mein, er kann doch nicht einfach … ohne uns …«
»Stix ist bei ihm.« Georgs Blick huschte zu Phillip.
Der räusperte sich. »Der Stix und ich, wir haben einen Deal gemacht. Es bleibt unser Fall. Der Stix, der ist okay.«
So leicht war man ersetzbar. *Maria, du bist kindisch.* Xaver Stix war der netteste von den anderen Ermittlergruppen und sicher nicht auf ihren Job aus. Außerdem – wenn den jemand bekam, dann war es Phillip. Also alles in Ordnung. Sie musste endlich ihre Paranoia als Frau in einer Männerdomäne ablegen und akzeptieren, dass mann sie akzeptierte und ihr half.
Maria lächelte zuerst Phillip und dann Georg an. »Hat Josef was wegen der Todeszeit gesagt?«
»Zwischen gestern dreiundzwanzig und heute drei Uhr irgendwann. Aber, wie gesagt, er schnipselt schon. Bald wissen wir's.«
Phillip trat an den Tisch heran. »Das schaut aus wie in einem Splatter-Movie.«
Georg stellte sich neben ihn. »Na ja. Der ist da auf dem Rücken auf dem Tisch gelegen, bis ungefähr da.« Er deutete auf eine Stelle knapp unterhalb seiner Schulterblätter. »Der rechte Arm war da auf der Sessellehne, der linke hat da den Boden gestreift. Und sein Kopf … ja, der ist komplett nach hinten runtergehängt. War ein tiefer Schnitt. Er war voller Blut.«
Sie starrten alle drei die Stelle an. Da hatte also jemand diesem Pfleger beinahe den Kopf abgeschnitten und ihn ausbluten lassen. Das wenigstens ließ die enorme Blutlache zwischen Tisch und Sessel vermuten.
Maria sah den Umriss der Leiche an, Phillip, Georg, dessen Kollegen Clemens und Fabian, die gerade eifrig die Couch fotografierten und untersuchten, die Bibel auf dem Glastisch. Es war, als

würde sie das alles nichts angehen. Oder, als würde sie einen Fernsehkrimi anschauen. Irgendwas war mit ihr los, sie war nicht so schnell und konzentriert wie sonst. Dabei hatte sich der Schwindel gar nicht mehr gemeldet, und auch das Kopfweh war nur mehr eine Ahnung, es konnte also nicht an den Folgen des Unfalls liegen. *Blaulicht. Der Sanitäter mit der Narbe über dem Mund.* Und aus. Sie musste wieder im Hier und Jetzt einsteigen.

Maria ging zur Tür zurück. Verschaffte sich von hier aus noch einmal einen Überblick über den Raum. Und jetzt sah sie es: Nichts war umgestoßen oder zerstört. Als hätte sich der Mann freiwillig auf den Tisch gelegt und abstechen lassen.

»Wieso hat sich der Pfleger … wie heißt der eigentlich?«

Phillip zückte sein Notizbuch. »August Köhler.«

»August? Echt?« Phillip zuckte mit den Schultern, sie grinsten.

»Ja, also warum hat sich also August Köhler nicht gewehrt? Kannte er seinen Mörder?«

Phillip und Georg schauten reflexartig auf die weiß abgesteckte Figur und dann in den Raum. Maria zündete sich eine Zigarette an, nahm sich von Fabian ein Plastiksackerl, um hineinzuaschen. Fabians ohnehin immer bleiche Wangen – sie musste ihn einmal fragen, ob er an Blutarmut litt – wurden kalkweiß, als er abwechselnd Marias Gesicht und die Zigarette betrachtete.

Maria richtete den Glimmstängel wie ein Rohrstäbchen gegen ihn. »Zu Tode gefürchtet ist auch gestorben.«

Clemens kicherte hinter dem Fotoapparat.

Fabian malmte mit den Kiefern. »Das ist rücksichtslos. Rauchen ist tödlich.«

Maria nickte heftig, beugte sich zu seinem Ohr. »Richtig. Aber soll ich dir was verraten? Das Leben ist generell tödlich.« Sie sah ihm in die Augen. »Scheiße, was?«

Damit drehte sie sich um und ging zu Phillip und Georg zurück, die sie angrinsten.

Georg schlug sich rhythmisch seitlich auf die Oberschenkel. »Ja, dass ma alle amal im Holzpyjama landen, das will keiner wissen.« Er suchte über Marias Schulter hinweg Blickkontakt mit Fabian. »Nimm nur unsere liebe Kollegin Kouba. Eine Sekunde früher oder später … aber mach dir nix draus, du scheißt dich net allein vorm Tod an. Im Prinzip sind wir alle nix anderes als a riesige …«

»Selbsthilfegruppe.«
Georg zeigte, noch breiter grinsend, mit dem Zeigefinger auf Phillip. Dann starrten sie wieder zu dritt auf den menschlichen Umriss. Es fühlte sich wie eine Andacht an. *Früher. Später.* Lächerlich, über so etwas nachzudenken. Sie war hier. Im Einsatz. Sie hatten eine Leiche wie schon zig Mal zuvor in ihrem Leben, und sie mussten den Mörder finden. Wie schon zig Mal zuvor. Maria straffte sich und inhalierte den Rauch tief.
Georg deutete auf etwas hinter dem Schreibtisch, nahe dem Regal. »Da. Da sind die Sachen vom Schreibtisch. Schön aufgereiht.«
Phillip hockte sich vor die Gegenstände. »Alles da, Behälter für Stifte, Aschenbecher aus Kristallglas, Locher, Heftmaschine. Aber nichts Persönliches.«
Georg räusperte sich. »Überhaupt nichts Persönliches. Da gibt es nur ein Festnetztelefon, ganz altes Standgerät, historisch quasi, wird wahrscheinlich der Patientin gehören. Die Gabi checkt schon die Nummer, aber sonst nix. Kein Handy, und auch kein Computer. Ich mein, der Köhler hat doch sicher ein Handy gehabt.« Er nahm von Clemens den Fotoapparat entgegen und kontrollierte die Aufnahmen.
Maria produzierte einen Rauchkringel. »Okay, wir fragen uns also erstens, wohin dem Köhler sein Handy verschwunden ist, ob es zum Beispiel der Mörder mitgenommen hat.«
»Und was der Typ da den ganzen Tag gemacht hat. Hey, Mann, ist doch uröd so ohne Läppi … mit der Alten. Also, ich mein ja nur.«
Spurensicherer Clemens fiel in sich zusammen, nachdem er sich mit den strafenden Blicken der anderen vier konfrontiert sah.
Clemens' Äußerung war natürlich respektlos, aber wo er recht hatte, hatte er recht. Wie verbrachte man seine Zeit neben einem Menschen, der nicht ansprechbar war und der dennoch ständig betreut werden musste. Wahrscheinlich war der Flachbildschirm die Erklärung.
Maria hockte sich zu Phillip. »Beziehungsweise suchen wir das Handy. Zweitens fragen wir uns, wem da hier die Sachen gehören. Und dann fragen wir uns, ob der Mörder vorher die Sachen vom Tisch geräumt hat oder nachher eingesammelt und hier ordentlich aufgestellt hat.«
»Und daraus ergeben sich zwei Szenarien: Köhler muss es als

absolut normal angesehen haben, dass jemand die Sachen vom Tisch räumt …«
»Vielleicht wollten sie bumsen?« Sie grinste Phillip an.
Er deutete mit dem Kopf zur Couch.
Maria zuckte mit den Schultern. »Abwechslung?«
»Man räumt einen Tisch aber auch frei, wenn man einen Plan darauf ausbreiten will, oder eine Landkarte.«
»Oder ein Essen.«
»Draußen, die erste Tür links, das ist die Küche«, das hatte sie selbst gesehen, »da steht ein Tisch, der ist groß genug zum Essen.«
Wurde er jetzt überkorrekt? »Was anderes wär's, wenn das hier kein Schreibtisch, sondern ein normaler Tisch wäre.«
Okay, das war jetzt ein Argument. Und es gab ja auch noch den Couchtisch.
Als wäre Phillip durch seine Analyse eingefallen, dass der Schreibtisch ein Schreibtisch war, begann er plötzlich, die Schubladen zu begutachten. Zwei auf jeder Seite. Maria lugte ihm über die Schulter. Sie waren alle leer.
Maria stellte sich zum Bücherregal. Es war staubig. Und farblich sortiert. Innerhalb der Genres Geschichtsbücher, Liebesromane, Bildbände und Krimis waren die Bücher farblich sortiert. Die alte Dame war wohl etwas zwanghaft. »Okay, das zweite Szenario.«
»Wenn der Mörder die Sachen zuerst im Kampf vom Tisch gefegt hat und nachher sie wieder in Reih und Glied aufgestellt hat, dann ist er ein Ordnungsfanatiker.«
»Oder er will euch verwirren.« Georg fotografierte ihre verdutzten Gesichter, als sie sich zu ihm umdrehten.
Maria deutete auf die Kamera. »Was wird das? Wirst jetzt schon so ein Freak wie der Gerry, der jeden Mist fotografiert?«
Georg besah sich das Foto. »Ich will nur eine Erinnerung an deinen zweiten Geburtstag haben. Noch dazu, wo du zur Feier des Tages endlich amal an Rock anhast.« Er grinste.
Maria war mit zwei Schritten bei ihm und versuchte, ihm die Kamera aus der Hand zu reißen. »Jetzt reicht's aber! Der Rock ist ein Malheur. Den wollen wir gar nicht festhalten. Und sonst gibt es nix zum Feiern. Gib her. Seids ihr denn alle meschugge? Gib schon her, das ist ein ganz normaler Tag wie jeder andere auch.

Gib her! Ich bin hingefallen und wieder aufgestanden. Nix da von zweitem Geburtstag. Verstehst? Gib her! Gib sofort her!«
Sie fixierten einander.
Nach einer Weile wurde das Bild hinter Georgs Gesicht wieder scharf. Die Kollegen starrten sie an. Da war Häme in ihren Mienen. Nein, Ekel. Blödsinn, Mitleid. Kopf tätschelndes Verständnis. Und in Georgs Augen las sie Besorgnis. Vollidiot.
Maria ließ los, senkte den Blick. »Leck mich.«
Sie stakste zur Tür. Niemand regte sich. Sie wandte sich zu Phillip um. »Na, komm, da gibt's doch noch so eine Art Zeugin, wenn ich mich nicht irre.«

Die Zeugin war so viel Zeugin wie das Bücherregal oder die Couch im großen Zimmer. Eleonore Egger lag in einem High-Tech-Krankenbett, mit ordentlich dauergewellten Haaren und manikürten Nägeln, aber mit starrem Blick. Eine Frau mit Atombusen und schütterem, mausgrauem Haar saß neben ihr in einem Lehnstuhl. Sie stellte sich als Rosi Schwendtner und Aushilfekraft der Caritas vor, erklärte, dass sie nichts wisse, weil sie erst seit fünf Stunden hier sei, und dass sie auch nichts wissen wolle. Außerdem gab sie mit einer gewissen Schärfe ihrer Hoffnung Ausdruck, dass die Männer bald verschwunden seien, denn die Patientin brauche Ruhe. Und ja, natürlich könne Phillip Eleonore Egger befragen, es sei jedoch sinnlos. Die Patientin sei leider kaum mehr kommunikationsfähig. Dann widmete sich Rosi Schwendtner wieder ihrem Roman.
Maria brachte es nicht über sich, an das Bett heranzutreten. Das war eigenartig, denn es handelte sich doch nur um eine kranke Frau. Eine Frau, bei der im Kopf nicht mehr alles planmäßig ablief. Die eben Alzheimer hatte. Eine kranke Frau bloß. Aber sie schaffte es nicht, auch nur noch einen Schritt in ihre Richtung zu machen. Als wären sie zwei negative Pole, die einander abstießen. Es war Maria zutiefst peinlich. Ihr eigener Krankenhausaufenthalt musste sie empfindlich gemacht haben.
Maria betrachtete den Raum, während Phillip an das Bett der Dame, die wie knapp um die sechzig wirkte, herantrat und ständig »Frau Egger?« sagte. Ein kleines Fenster in Sichtweite vom Bett, auf dem Brett sechs Stöcke mit Usambaraveilchen. Über

zwei Drittel des Fensters hing ein weißer, maschinell gehäkelter Vorhang, der einen schemenhaften Blick auf das Nachbarhaus zuließ. Neben dem Bett ein Nachtkästchen, wie es auch Marias Großmutter gehabt hatte, voluminös, mit Nussfurnier und abgerundeten Ecken. Der Stil war zu alt für diese Frau. Wahrscheinlich hatte es zu einer Schlafzimmereinrichtung gehört, die sie einst von ihren Eltern geerbt hatte. Gegenüber vom Bett ein Kasten aus eben dieser Einrichtung. Er stand etwas offen und gab dicht nebeneinandergehängte Kleider preis. Die Frau im Bett hatte ein schlichtes Nachthemd an. Auf dem Nachttischkästchen – Maria reckte den Kopf – ja, da standen Bilderrahmen, wie es nicht anders zu erwarten war. Sie erkannte mehrere Fotos einer extrem hübschen, dunkelhaarigen, langmähnigen Frau: als Braut mit einem sehr blonden, sehr braungebrannten Mann, als Balldebütantin in einem lindgrünen Abendkleid, als Mädchen auf einem Klettergerüst, als etwa Siebzehnjährige, die wie ein Model für die Kamera posierte. Je älter sie wurde, umso strenger trug sie die Haare, zuerst als Rossschwanz und dann als Knoten. Von einem Mann gab es nur zwei Fotos, ganz jung als Maturant, und ein bisschen älter als Diplomand. Er war ebenfalls dunkelhaarig, aber nicht ganz so hübsch wie die Frau. Es gab auch ein zweites Hochzeitsfoto, bei dem die Hälfte mit dem Mann weggeschnitten war. Der Rest zeigte unverkennbar Eleonore Egger als junge Frau. Daneben stand eine Plastikschüssel mit Brei und einem Plastiklöffel. Die Babynahrung für die alte Dame wirkte neben dem Hochzeitsfoto wie Hohn.
Und schließlich waren überall Markierungen der Spurensicherung. Dunkel hoben sich zahlreiche Fingerabdrücke vom Türrahmen und an der Wand ab. Auf dem Nachtkästchen waren sie weiß. Eigentlich sinnlos, denn hier, neben einer Schwerkranken, war das Opfer sicher nicht von seinem Mörder überrascht worden.
Maria verließ den Raum, während Phillip Eleonore Egger die Sachlage erklärte. Sein Bemühen war grotesk. Diese Frau bekam nichts mehr mit. Eine halbe Leiche war sie. Eine ganze eigentlich schon. Das sah man doch. Sie hatte mit keiner Wimper oder Zehe gezuckt, als sie den Raum betreten hatten. Verlorene Liebesmüh. *Sag das nicht vor deinem Vater.* Marias Mutter war fest davon überzeugt gewesen, dass der Vater bis zum letzten Atemzug al-

les mitbekommen hatte. Auch noch, als er nur noch ins Leere gestarrt und seine letzten Atemzüge geröchelt hatte. Allerdings sagten die ehemaligen Komapatienten ja auch, dass sie Stimmungen, manchmal sogar Gespräche mitbekommen hätten. Maria schickte in Gedanken eine Entschuldigung an Eleonore Egger. Wer wusste schon. Sie ging in den Vorraum zurück.

Gegen den Uhrzeigersinn weiter kam der Kellerabgang. Bislang hatten sie keine Einbruchsspuren gefunden, sie gingen davon aus, dass Köhler den Mörder selbst hereingelassen hatte. Sie wandte sich halb Richtung großes Zimmer. »Georg! Was ist mit dem Keller?«

»Ka Ahnung! Mach ma erst!«

Hatte sie doch richtig vermutet. Wie nachlässig von den Kollegen. Maria stieg die Treppen hinunter. Das Licht ging automatisch an. Nobel, nobel. Boden und die Wände bis kurz unter den Plafond waren mit grüner Ölfarbe angestrichen. Kein Staub, kein Dreck in den Ecken, alles wirkte beinahe klinisch sauber. Hinter der ersten schweren Eisentür war der Heizungskeller. In den Ritzen des Öltanks und auf den Leitungen befanden sich schwarze Schlieren, auf dem Zementboden glitzerte eine Öllacke. Der Dreck war nach der Asepsis des Abgangs richtig beruhigend. Und es gab kein Fenster, hier konnte also niemand eingestiegen sein. Maria öffnete die zweite Eisentür. Wieder ging das Licht automatisch an. Sie befand sich nun in einem etwa sechs mal acht Meter großen Raum, in dem viele Fitnessgeräte standen. Das Licht der Neonröhren an der Decke spiegelte sich in den Metallteilen von Standrad, Rückentrainer und Co. wider. Die Geräte waren nicht die neuesten Modelle, aber geputzt und benützt. An der Wand neben der Tür waren ein Seil und eine Stange zum Klettern montiert, daneben lag ein Haufen mit vier Matratzen, an der Stirnwand befand sich sogar eine Sprossenwand. Vielleicht war auch das ein Teil des Geheimnisses, wie sich Köhler seine Zeit vertrieben hatte. Sicherlich hatte er diesen Raum benutzt, sonst läge hier überall Staub. Auf jeden Fall musste der Raum einst als eine Art Rückzugsort eingebaut worden sein, denn in der Ecke gegenüber der Tür stand eine sehr große blaue Couch mit einem sehr kleinen schwarzen Tischchen und einer ebenfalls schwarzen Standleselampe. Der Raum hatte sogar zwei Kippfenster, zwar ganz oben an der Zimmer-

decke und nur etwa einen Meter breit und vielleicht dreißig Zentimeter hoch, aber immerhin war für Frischluft gesorgt. Manche Leute waren wirklich vom Glück begünstigt. Nein, nur kein Neid. Die Besitzerin des Hauses lag jenseits von Gut und Böse an ihr Bett gefesselt. Allein. Ohne Familie. Warum auch immer. Und abgesehen davon, wirkte der Raum seltsamerweise unangenehm, er war so vollgestopft, irgendwie zu klein. Aus polizeilicher Sicht jedenfalls war er uninteressant, denn die Fenster waren geschlossen und nicht zerbrochen.
Maria verließ den Keller. Die Tür zu den oberen Etagen war noch immer verschlossen. Aber ärgern brachte jetzt nichts. Sie betrat die Küche, die gegenüber von Eleonore Eggers Zimmer lag und ebenfalls noch nicht durchsucht worden war. Es handelte sich um eine Einbauküche mit zartgelbem Furnier, einem kleinen weißen Tisch und einem weißen Sessel. Er war das Pendant zu jenem, der im großen Zimmer neben der Markierung der Leiche stand. Die Filterkaffeemaschine war eingeschaltet, um das inzwischen schon sehr dunkle Gebräu warm zu halten. Maria schaltete sie aus. Und wieder ein. Die Burschen mussten das erst protokollieren. Vielleicht war es ja irgendwann wichtig, wie viel aus der Kanne schon verdampft war. Sie öffnete den schmalen Geschirrspüler, er war zur Hälfte mit benützten Tellern und Besteck gefüllt. Sie schloss die Maschine. Öffnete sie wieder. Mehrere Teller? Vier Teller, alle mit Resten derselben roten Sauce. Gabel und Messer ebenfalls vier Mal. Vier Weingläser und mehrere Wassergläser, in denen anscheinend auch Saft gewesen war. Doch nur eine Pfanne und ein Topf. Entweder Köhler hatte vier Tage hintereinander denselben Eintopf gegessen oder Besuch gehabt. Denn Eleonore Egger wurde ja nur mit Brei gefüttert.

In den Ecken der Stufen lagen Staubflusen. Phillip nahm ein Knäuel in die Hand und blies es in die Luft. Es leuchtete im Licht, das durch die Glasziegel kam, weiß auf und segelte wie Löwenzahn zu Boden. Die Flusen waren das einzige Unordentliche in den Obergeschoßen, denn in den Zimmern war der Staub gleichmäßig wie ein Film verteilt und so beinahe unsichtbar geworden. Drei Räume, davon einer ein unglaublich großes Zimmer mit integrierter Küche und Abgang in den Garten, sowie Bad und

Toilette im ersten Stock, drei Räume im zweiten. Alle leer. Die Wände waren einst weiß gestrichen worden, aber auch sie waren mit einer Schicht Staub überzogen, was sie gräulich wirken ließ. Nichts verriet, dass hier einmal jemand gewohnt hatte. Irgendwie schade drum. Maria dachte an ihre mickrige Achtundvierzig-Quadratmeter-Wohnung. Wenn sie allerdings eine Übersiedelung genauer überlegte – theoretisch, denn praktisch waren die meisten Immobilien hier für sie unleistbar –, war sie nicht sicher, ob sie hier heraus in den dreizehnten Bezirk ziehen würde. Das waren mit der U-Bahn mindestens vierzig Minuten bis ins Büro. Eine halbe Stunde weniger Schlaf bedeutete das. Doch viele Menschen würden wer weiß was für ein Haus mit Garten geben.

»Was meinst, warum die Kinder die oberen Etagen nicht vermietet haben?«

»Keine Ahnung, aber ich könnt mir vorstellen, dass nicht unbedingt viele Leut auf Tuchfühlung mit einem Pflegefall wohnen wollen.«

Maria drehte sich zu Phillip um, der auf dem Fenster, das zum Garten schaute, ein Strichmännchen malte. »Na, hör mal, Roth, das sagst ausgerechnet du, der du da unten den großen Einfühlsamen gegeben hast?«

Phillip malte dem Strichmännchen Hörner und eine herausgestreckte Zunge. »Das war beruflich.«

Seine Stimme klang reserviert. Das war ja interessant, dass der Herr Roth, der immer alles im Griff hatte, bei Kranken eine Schwäche zeigte. Eigentlich typisch Mann. Vielleicht war ja das der Grund, warum sich Phillip so seltsam benahm – weil er mit ihrer, Marias, scheinbarer Gebrechlichkeit nicht umgehen konnte. Genau. Er hatte Angst vor Kranken, wie es alle Männer hatten. Also Durchschnittsmänner, denn immerhin gab es ja mehr Ärzte als Ärztinnen. Wobei – da stellte sich die Frage, ob die Ärzte beim Sterben dablieben. Das wäre einmal eine Studie wert. Oder ob dann wieder die weiblichen Angehörigen und Schwestern parat standen. Die Studie könnte man auch gleich auf Sterbebegleiter ausweiten. Und bei Pflegern war es ja eindeutig, wesentlich mehr Frauen als Männer wischten alten Menschen den Hintern ab oder erklärten ihnen mit gleichbleibender Freundlichkeit, dass der Ehemann oder die Freundin schon vor Jahren gestorben war.

August Köhler war eine echte Ausnahme. Irgendwie passte sein brutaler Tod durch Ermordung nicht zu seinem Beruf. *Maria, das ist lächerlich.* Nur weil sie Menschen im Pflegebereich bewunderte, hieß das nicht, dass diese Gutmenschen waren. Offensichtlich sogar war Köhler ein Arschloch gewesen, denn sonst hätte sich nicht jemand an ihm gerächt.
Maria bemerkte, dass sie trockene Augen hatte, weil sie das Teufelchen auf der Scheibe ohne Zwinkern angestarrt hatte. Sie bewegte vorsichtig die Lider. »Es muss was Privates sein, beim Köhler. Wer aus dem beruflichen Umfeld hat schon die Motivation, einen Pfleger umzubringen? Außer vielleicht, ein Kollege war auf den guten Job hier neidig. Vierundzwanzigstunden-Betreuung, das bringt ein ganz nettes Gerstl … Nein, Blödsinn.«
Phillip dreht sich um und ließ seinen Blick durch die Weite des Raumes schweifen. »Vielleicht hat die Dame ja noch ihre hellen Momente, und in einem von denen hat sie Köhler versprochen, dass er sie beerbt. Und die Kinder wollen das nicht. Ich mein, die Hütte hier, in der Lage, in der Größe, ist einen Batzen Geld wert.« Er stellte sich mit auf dem Rücken gefalteten Händen vor Maria und rollte mit den Augen. »Money, money, money, always funny, in a rich man's world. Money, money, money …«
»Die Kinder brauchen das Geld wirklich nicht. Da irren Sie sich.«
Maria und Phillip schnellten herum. In der Tür stand eine kleine, drahtige Frau mit blond, nein, nahezu weiß gefärbten, sehr kurzen Haaren und einem rot geschminkten, breiten Mund. Die großen blauen Augen waren nicht geschminkt, was ihrer Strahlkraft aber keinen Abbruch tat. Die Frau trug eine weite, weiße Leinenhose im Dietrich-Stil und ein enges weißes T-Shirt. Marias Hände strichen ihren Rock glatt, sie verschränkte die Arme vor der Brust. Es war verdammt schwer, in so einem lächerlichen Outfit Würde und Autorität zu bewahren.
Hinter der Frau kam der Uniformierte die Treppen herauf – seine Schritte schliffen über das Linoleum. Die Frau hatten sie nicht gehört. Er räusperte sich. »Frau Beluschek. Sie ist jetzt da.«
»Das sehen wir, Meister der präzisen Beobachtung.« Phillip entließ den Uniformierten mit einem Nicken und ging auf die Frau zu. Die streckte ihm die Hand entgegen. »Karin Beluschek. Hallo. Es

tut mir leid, dass ich nicht auf Sie warten konnte, aber ich hatte Termine. Und auch jetzt habe ich nur ein paar Minuten bis zum nächsten Termin.«

Phillip öffnete den Mund zu einer Antwort, zögerte aber. Er wollte offensichtlich etwas anderes sagen als das, was ihm nun über die Lippen kam. »Ja … äh, mein Name ist Phillip Roth«, er verbeugte sich leicht, »und das ist Kommissarin Maria Kouba, die leitende Ermittlerin.«

Na, wunderbar, diese Frau gefiel ihm. Das war für seine Haus-und-Hof-Rolle des Bad Boy gar nicht gut. Hoffentlich kriegte er sich bald wieder ein. Wahrscheinlich hatte er das fragen wollen, was auch Maria beschäftigte. Sie jedenfalls konnte sich nicht zurückhalten. »Alles klar, Frau Beluschek. Dann frag ich Sie gleich einmal, was mich momentan am meisten irritiert.«

Die Beluschek sah Maria an, ohne die Miene zu verziehen. Sehr beherrscht, die Gute. Sie wirkte wie eine genervte Managerin, die die unsinnigen Fragen ihrer Untergebenen abhandeln musste. Das tat sie aber mit Grandezza, sodass sie nicht einmal im Ansatz unsympathisch war. Eine seltene Kunst.

»Sie wirken so ruhig. Sind Sie an Leichen gewöhnt? An Mordopfer?« Maria schickte ein kleines Lachen hinterher, um die Strenge ihrer Frage abzuschwächen. Das hier war ja keine Einvernahme, sondern nur eine Befragung. Jeder Mensch hatte das Recht, wie auch immer mit dem Schock nach einem Leichenfund umzugehen.

Beluschek nahm das Lachen auf. »Muss Ihnen seltsam vorkommen, ja. Sie sind da nicht die Einzige. Aber … tja, ich hab als Studentin einmal bei einem Bestatter gejobbt. Da relativiert sich irgendwie alles. Obwohl das heute früh, das war schon …« Sie atmete tief durch und rieb an ihrem linken Schlüsselbein.

Okay, sie war also nicht ganz gefühllos, aber sie blieb tough. Karin Beluschek war eine Schwester im Geiste, sozusagen, und als sie auch noch Zigaretten aus ihrer Hosentasche nahm und sich eine anzündete, war sie Maria endgültig sympathisch. Vielleicht lag es aber auch nur daran, dass sie es manchmal, immer öfter, satt hatte, mit kreischenden, heulenden Menschen zu tun zu haben – ups!, solche Gedanken passten doch gar nicht zu ihr. Bislang hatte sie immer gut mit zusammenbrechenden Zeugen umgehen können.

Egal. Jedenfalls war es angenehm, einmal normal und nüchtern mit einer Zeugin reden zu können.
Maria nahm eine der von der Beluschek angebotenen Zigaretten. »Gut. Also warum sind die Kinder nicht auf das Geld scharf?«
Beluschek bot auch Phillip eine Zigarette an, der nahm sie – wieder mit einer Verbeugung. Es fehlte nicht mehr viel bis zu einem Handkuss. Er flirtete. Wie er es mit jeder halbwegs attraktiven Frau tat, mit der sie zu tun bekamen. Wie gut, das sie nur eine Affäre hatten. *Wie gut, dass sie nur eine Affäre hatten*. Der Gedanke war so vertraut. Das indifferente Gefühl dazu ebenso. Und auch der Stich in der Brust, den dieser Gedanke auslöste. *Konzentrier dich, Maria*.
Die Beluschek verzog den Mund, ihr schien Phillip ebenfalls zu gefallen. Sie sah ihn unverwandt beim Feuergeben an, während sie zu Maria sprach. »Der Sohn, Mathias, ist Jurist, wie sein Vater. Hat die Kanzlei übernommen. Und Margret hat reich geheiratet. Na ja, sagen wir einmal, ganz gut situiert. Sie war einmal Miss Austria.«
Als wäre der Titel eine ausreichende Erklärung dafür, reich oder gut situiert geheiratet zu haben. Viele dieser Schönheitsköniginnen verschwanden doch nach einem Jahr im Spotlight sofort wieder im Orkus der Mittelmäßigkeit. Margret hatte also Glück gehabt. Wenn reich heiraten für einen erstrebenswert war.
Jetzt wandte sich die Beluschek wieder ganz Maria zu. »Ich hab den beiden schon Bescheid gesagt, aber Mathias ist gerade auf einem Kongress in Köln. Und Margret lebt in England.«
Die Beluschek verzog erneut den Mund. Jetzt galt das angedeutete Lächeln aber Maria. Diese Attitüde war also Standard-Freundlichkeit und kein Flirtversuch. Flüchtig blitzte in Maria ein Bedauern auf, das diesen schiefen Mund sehr wohl als Flirtversuch sehen wollte. Das war Quatsch. Und trotzdem … schlagartig wurde Maria klar, dass sie die Sympathie dieser Frau für sich alleine haben wollte. Dabei hatte sie eine Schwester – Halbschwester, eine liebe Mutter, eine beste Freundin, einen super Partner und zu mehr Kontakten sowieso keine Zeit. Aber irgendetwas an dieser Frau berührte sie.
»Ich werd Mathias Bescheid geben, wenn er zurückkommt, dass er sich bei Ihnen melden soll. Wenn Sie so nett wären …« Sie streckte die Hand aus. Phillip kramte eilfertig in seinem Sakko

und gab der Beluschek sein Dienstkärtchen. Eins zu null für ihn. *Maria!* Als müsste sich die Beluschek entscheiden, mit wem sie lieber in der Sandkiste spielen wollte. So ein Quatsch. Und jetzt setzte auch wieder dieser völlig idiotische Schwindel ein.
Maria lehnte sich an die Wand. »Danke. Und, Frau Beluschek, was machen eigentlich Sie genau hier in diesem Haus?«
Die Beluschek strich über ihre weißblonden Haare und nahm einen tiefen Zug. »Ich? Ich rede mit Eli.« Sie seufzte. »Ich red mit einem Stück toten Fleisch.« Sie sah Maria wieder an. »Das glauben zumindest alle. Der Mathias, die Margret, die Nachbarn. Sie kriegt ja nichts mehr mit, sagen sie alle. Eigentlich wundert es mich, dass sie sie nicht schon in die Schweiz verfrachtet und ihr die Spritze gegeben haben.«
»Wieso Schweiz?«
»Na, dort ist Sterbehilfe erlaubt.«
Maria fühlte sich ertappt. Und sogleich plusterte sich der Gutmensch in ihr auf. »Wollen Sie damit sagen, dass sich die Kinder nicht mehr um ihre Mutter kümmern?«
»Wie würden Sie das sonst nennen? Stellen Sie sich vor, der Pfleger Ihrer schwerkranken Mutter, egal, in welchem Zustand sie ist, wäre ermordet worden.« Maria atmete ein, die Beluschek nickte. »Richtig. Sie hätten sofort alles verschoben, wären heimgefahren, hätten sich gekümmert, zum Beispiel, dass es einen neuen Pfleger gibt. Aber Mathias bleibt seelenruhig bei seinem Kongress, und Margret hat noch nicht einmal zurückgerufen.«
Irgendwas stimmte nicht bei Beluscheks Vorwürfen, aber Maria konnte nicht anders, als sich mit einem Nicken mit dieser Frau in ihrer Entrüstung zu verschwestern.
Phillip ließ die halb gerauchte Zigarette auf den Boden fallen und trat sie aus. So eine Verschwendung war atypisch. Er verschränkte die Arme. »Aber Sie, Gnädigste«, der Bad Boy war aufgewacht, fein, »sind doch auch einfach zu Ihrer Arbeit gegangen.« Richtig. Das hatte nicht gestimmt. Sie ließ sich anscheinend auch schon von den blauen Augen dieser Frau verwirren.
Die Beluschek stieß ein Lachen durch die Nase und betrachtete den Zigarettenstummel am Boden. »Ja, bin ich.« Jetzt sah sie Phillip an. »Aber vorher habe ich bei der Caritas einen Ersatz gecheckt. Wie Sie vielleicht gesehen haben. Und ich habe meinen

ersten Termin verschoben und lange mit Eli gesprochen. Ihr die Angst genommen.« Sie hob die Hände. »Mehr ging leider nicht, ich bin ja nicht reich verheiratet.«
Phillip sah sie nur an.
»Herr Roth, ich bin nicht die Tochter. Ich bin nur eine Freundin.« Sie wiegte den Kopf. »Wenn man unser Verhältnis überhaupt als Freundschaft bezeichnen kann. Ich habe bei Eli gelernt. Sie war früher Cutterin. Wir haben selten über private Dinge geredet, aber viel über Filme. Wir haben sie stundenlang analysiert. Stundenlang.« Ihr Blick kehrte sich nach innen. »Schnittfolgen. Gelungene Rhythmen.« Sie sah Phillip wieder an. »Science-Fiction war unser Favorit. Ich habe sie ihr alle erzählt. *I am Legend, Transformers, Invasion, Hancock* – gut, das ist nicht wirklich Sci-Fi, aber irgendwie schon, und dann habe ich ihr noch einmal *2011* erzählt, das ist ja schon so lange her, und ...«
»Bitte keine Nachhilfestunde, Gnädigste.«
»Sie sind also der – wie nennt man das? – der böse Cop, Herr Roth. Interessant.« Die Beluschek lächelte ihn an. Es fehlte nur noch, dass sie ihm ein Rotweinglas zum Anstoßen hinhielt. »Ja, aber das war ... das umfasste in etwa unsere Freundschaft. Ich habe Eli sehr ... ich verehre Eli sehr. Ich lasse sie doch jetzt nicht alleine, das ist klar.« Sie verharrte in Gedanken.
Na, so völlig klar war das wohl nicht, immerhin hatte die Beluschek das erste Mal von der Egger in der Vergangenheit gesprochen. Aber Maria konnte ihr das nicht übel nehmen. Wenn man sich ewig mit einer Person unterhielt, die nicht mehr reagierte, dann verabschiedete man sich wohl irgendwann von ihr.
»Noch dazu, wo ihre Kinder ... eigentlich ist ja der Willi an allem schuld. Elis Mann. Mein Gott, das war ein Egozentriker vorm Herrn. Der Herr Doktor hier, der Herr Doktor da. Die Eli hat ihm jeden Tag gekocht, bis zum Schluss, obwohl er höchstens ein Mal pro Woche dann auch wirklich daheim gegessen hat. Na ja, selber schuld. Sie war auch wirklich selber schuld. Das habe ich ihr oft genug gesagt. Sie hätte einen Privatdetektiv engagieren und ihrem Göttergatten dann die Scheidungspapiere aufs Hirn picken sollen.«
»Sie haben also doch über Privates gesprochen.«
Die Beluschek bedachte Phillip mit einem genervten Blick, der so viel sagte wie *Männer! Keine Ahnung. So was gehört zum Grund-*

austausch zwischen Frauen. Privat ist ganz was anderes. Sie nahm einen Zug und sah sich nach einem Aschenbecher um. Als sie keinen fand, ließ sie die Zigarette auf den Boden fallen und trat sie aus.
Phillip verbeugte sich leicht. »Ich wollte Sie nicht unterbrechen ...«
Aber genau das tat sein zynischer Unterton. Die Beluschek zog die Augenbrauen hoch. Hatte dieses Mannsbild gar nichts von ihr, Maria, gelernt? Plaudernde Zeugen unterbrach man nicht, da kam immer irgendetwas ans Tageslicht, das irgendwann einmal relevant wurde.
Maria aktivierte ihre Kreidestimme. »Ja, und wie ging das aus? Sie haben gesagt, bis zum Schluss. Ist er gestorben?«
Die Stirn der Beluschek glättete sich, während sich Phillips furchte. »Nein, der Klassiker. Er hat sie wegen einer Jüngeren sitzen lassen. Allerdings mit einer netten Variante: Er ist nämlich nach Südamerika gegangen, der Herr Doktor. Ohne sich scheiden zu lassen, ohne Adressangabe. Das heißt, kein Unterhalt für Eli, keine Unterstützung, keine Pension, nichts. Von einem Tag auf den anderen hat sie wegen der Krankheit den Job verloren. Weil, sie war keine ORF-Angestellte. Sie war Freelancer bei der *Spectrum-Film*, die da gegenüber ihren Sitz hat und zuliefert. Dann Notstandshilfe irgendwann. Und bevor sie ihn gefunden hat wegen der Scheidung, hat sie einen Schub«, Karin Beluschek machte eine hilflose Geste, »na ja, nur das Haus da ist ihr geblieben. Sie könnte es sich gar nicht leisten, aber die lieben Kinderchen kaufen sich frei. Mit Betriebskosten und Geld für die Pflege. Wenigstens.«
»Na, immerhin.«
Die Beluschek lachte auf Phillips Einwurf hin trocken auf und steckte die Hände in die Hosentaschen.
Maria beneidete sie darum. Ihre Hände suchten ständig den Rock ab, doch da waren ums Verrecken keine Taschen zu finden. »Okay, Frau Beluschek, und da haben Sie August Köhler gefunden. Was können Sie uns über ihn erzählen?«
Die Beluschek zuckte mit den Schultern und fing an, durch das leere Zimmer zu gehen. Sie sprach leidenschaftslos im Rhythmus ihrer Schritte. »Er ist seit einem Jahr hier bei uns. Er ist noch nicht lange im Job. Bei der Caritas hat er die Ausbildung gemacht, und

von dort ist er direkt zu uns. Wir sind ... waren sein erster Einsatz. Sonst? Weibergeschichten. Ich kann's ihm nicht wirklich beweisen, aber ich bin mir sicher, dass er da immer irgendwelche Privatpartys veranstaltet.« Sie lachte auf. Es klang gekünstelt. »Einmal ein Glas mit Lippenstift im Geschirrspüler, einmal ein Kondom im Mistkübel. So halt. Er hat echt keinen Genierer gehabt. Direkt neben der Eli ... Aber dem Mathias ist es wurscht, also habe ich auch nichts gesagt zu denen von der Caritas. Er macht ja seinen Job halbwegs gut. Also, was das Drumherum betrifft. Ich nehm an, dass irgendeine von seinen Tussen oder der Freund von einer ausgerastet ist.«
Beim letzten Satz sah die Beluschek aus dem Fenster. Da stimmte etwas nicht. Vielleicht war sie ja in Köhler verliebt gewesen.
Phillip rutschte an der Wand entlang in die Hocke. »Sie konnten ihn nicht wirklich leiden, oder?«
Die Beluschek atmete tief durch. »Nein. Definitiv nein. Ich kann Ihnen gar nicht sagen, warum.« Sie ging weiter und sah auf die Uhr. »Und er hat mich auch nicht leiden können. Immer, wenn ich da war, ist er einkaufen gegangen. Wir haben uns praktisch kaum gesehen. Also, ich muss jetzt wirklich wieder ...« Sie ging Richtung Tür.
Maria stellte sich ihr in den Weg. »Ja, natürlich. Eine kleine Frage noch: Wo waren Sie heute Nacht zwischen ... dreiundzwanzig und drei Uhr?« Hoffentlich hatte Josef mit diesem Zeitfenster recht.
Karin Beluscheks Augen zogen sich kaum merklich zusammen, dann lachte sie und schüttelte den Kopf. Im nächsten Moment war sie wieder ernst. »Frau Kouba, ich habe den Toten gefunden, wenn ich Sie erinnern darf.«
Phillip ließ sich brummend aus seiner Versenkung hören: »Es sollte doch bekannt sein, dass diese Frage reine ...«
»... Routine ist. Ich fass es nicht.« Sie lachte erneut auf. Wahrscheinlich hatte sie diese Frage immer für eine Fernsehstereotype gehalten. »Okay, okay. Ich hab bis um halb acht gearbeitet, da drüben«, sie wies mit dem Kopf Richtung ORF, »und dann war ich laufen. Nachher hab ich mit meiner Nachbarin – sie heißt Petra Baum«, sie nickte beflissen, »auf dem Balkon ein paar Bier getrunken. Hab ich noch was vergessen? Ach ja, natürlich. Also die Bier haben wir ungefähr zwischen halb elf und eins getrunken.«

Bei den letzten Worten sah sie Maria wieder direkt an. Und sie verzog schon wieder den Mund. Plötzlich sah sich Maria selbst mit Karin Beluschek ein Bier trinken. In einer warmen Nacht unter Sternenhimmel. Kein Polizistengequatsche. Nur harmloses Geplauder zwischen Frauen. Ja. Nach den Ermittlungen. Irgendwann.
Und schon wieder meldete sich der Schwindel. Einfach Punkte fixieren. Den Türrahmen, die Beluschek, die Unebenheit auf der Wand, Phillip.
Der schob sich gerade in die Aufrechte. »Da waren Sie aber lange laufen.«
Die Beluschek verdrehte die Augen. »Im Fernsehen ist sie lustiger, diese Fragerei. Also, ich trainier für den Marathon. Außerdem mache ich dann immer Yogaübungen. Und laufen gehe ich in den Augarten. Was noch? Ach ja, ich hab keine Ahnung, ob mich wer gesehen hat. Wird wohl so sein. Bekannten hab ich jedenfalls keinen getroffen. Habe ich jetzt alles?«
Maria und Phillip schwiegen.
Die Beluschek nahm aus ihrer Hosentasche eine Geldbörse, zupfte aus dieser ein Kärtchen und reichte es Maria, wobei sie ihr mit einem Lächeln in die Augen sah. »Wenn Sie noch Fragen haben …«
Dieser Tonfall … Jetzt wusste Maria plötzlich, warum Karin Beluschek sie so berührte. Es waren diese blonden Haare, die sie an irgendetwas erinnerten. Vielleicht war es aber auch nur das Gefühl, dass Karin Beluschek das komplette Gegenteil von ihr selbst repräsentierte. Körperlich gesehen. Und geistig eine Schwester war.
Ihre Knie wurden weich. Es wurde ihr übel. Maria verkrampfte die Hände ineinander.
So eine Kombination war selten, so einen Menschen musste man festhalten, man musste dem Schicksal … und aus. Sie war widerwärtig sentimental. Zuerst die Geschichte mit Gerold Hirsch und ihrem Vater und jetzt das. Der Schlag auf dem Kopf musste ein Rührseligkeitszentrum getroffen haben. Der Boden raste auf sie zu.

Eine Biene summte vor ihrem Gesicht herum. Dann ließ sie sich auf dem Löwenzahn neben Marias Fuß nieder. In einem gleichmäßigen Rhythmus steckte sie viermal den Kopf zwischen die Blütenblätter, tänzelte einmal um die eigene Achse, tauchte an einer anderen Stelle ein. Maria drehte den Kopf gerade und sah nun genau auf ein Gänseblümchen. Eine Brise wehte eine Haarsträhne, die sich gelockert hatte, zur Blume, ein Haar blieb am Blütenkelch hängen. Es glänzte in der Sonne. Roter Glitzer auf dunkelbraunem Grund. Das Gras roch, dampfte sein Grün aus. Es war so ein unglaublich satter Geruch. Sie konnte sich nicht erinnern, wann sie das letzte Mal diese Mischung zwischen bitter und frisch bewusst gerochen hatte. Marias Kopf sank noch tiefer zwischen ihre Knie. Mit der Wange diesen Blütenkelch streicheln, das wäre es jetzt. Sich hinlegen und …

Maria fuhr hoch, setzte sich auf der Umrandung der Sandkiste aufrecht hin. Was für ein sentimentaler Scheiß. Krankenhausaufenthalte taten ihr einfach nicht gut. Sie machten sie mieselsüchtig und weinerlich. Ihr Blick fiel neuerlich auf das Gänseblümchen. Als Kind hatte sie sich oft, bei Spaziergängen mit ihren Eltern im Wienerwald, auf die Wiese gelegt und die Blumen von unten betrachtet. Sie wusste dann, wie sich Biene Maja fühlte. Maria lächelte. Ja, aber das tat man als Kind, und nicht als erwachsene Frau.

Wenigstens war die Übelkeit wieder weg. Dafür der Schwindel umso stärker da. Sie hätte sich nicht so schnell aufsetzen sollen. Aber wenn sie zwei Schritte ging, würde der Schwindel sicher verschwinden. Sie spannte die Muskeln an, doch die gehorchten nicht. Der Arzt musste ihr ein Mittel gegeben haben, zur Beruhigung oder so, anders war ihre Schwäche nicht zu erklären. Sie nahm die losgelöste Strähne zwischen die Finger und wollte sie schon in den Haarknoten zurückwursteln, als es weiß aufblitzte. Sie zerteilte die Strähne, fusselte so lange herum, bis sie es klar erkennen konnte: ein weißes Haar. Na, bravo. Gut, das war ein Zeichen. Weniger trinken, mehr Sport. Das wäre doch gelacht. Sie riss es aus.

Und stand auf. Es dauerte kurz, bis sie sich nicht mehr wie auf einem Hochseeschiff bei einem Orkan fühlte.

Hinter Maria raschelte es. Sie drehte sich um und sah zwischen den Büschen am Nachbargrundstück etwas Gelbes aufblitzen.

Maria stellte sich auf die Umrandung der Sandkiste. Das Haus auf der anderen Seite hatte einen Pool. An dessen Rand setzte sich gerade ein etwa fünfjähriges Mädchen mit gelbem Badeanzug hin. Sie sah herüber und wirkte leicht verschreckt. Maria lächelte sie an, um ihr klarzumachen, dass es ihr wieder gut ging. Die Kleine ließ sich ins Wasser fallen und schwamm aus Marias Blickfeld.
Und wieder war da ein Geräusch in Marias Rücken. Dieses Mal kam es vom Haus. Sie schnellte herum. Es war Phillip – natürlich, wer sonst? Der Mörder? Dumme Nuss – mit einer uniformierten Polizistin im Schlepptau. Maria knickte ein Bein ein, verschränkte die Arme, versuchte, zugleich ihre Nacken- und Gesichtsmuskeln zu entspannen. Hoffentlich wirkte sie jetzt wieder halbwegs cool. Vielleicht hatte sie sich mit der sofortigen Rückkehr zum Dienst doch ein wenig übernommen. Aber das Schlimmste, so gesehen, war ja schon überstanden. Ein, zwei Stunden noch, dann konnte sie sich daheim ausschlafen.
Die junge Polizistin – sie hieß … genau, Jacqueline Meyer, und sie hatte erst vor Kurzem mit Clemens von der Spusi lautstark ihren zweiundzwanzigsten Geburtstag gefeiert und ihn dann doch nicht erhört, – Jacqueline Meyer also rapportierte die ersten Ergebnisse der Befragungen der Anrainer. Der äußere Kreis der Nachbarn wurde zwar gerade erst kontaktiert, aber von den acht wichtigsten, das waren die drei gegenüber, die beiden nebenan und die drei hinten anschließend, waren alle bis auf die Bewohner des Hauses gegenüber befragt worden. Die waren gerade nicht anwesend, aber auch nicht auf Urlaub, wie die Nachbarn versicherten.
Die drei rückwärtigen Anrainer, drei miteinander befreundete Pärchen, wären gestern allesamt in einem Club gewesen.
Die Bewohner des Hauses mit Pool auf der Rückseite des Tatorthauses hätten sich sonst nur oft über den Lärm geärgert, der aus dem Egger-Haus gekommen war, Musik und Gelächter, und sich gefragt, ob das die kranke Frau nicht störe. Aufgefallen sei ihnen nichts.
Im Haus links wohne eine junge Familie, die in der fraglichen Zeit damit beschäftigt gewesen war, die drei Kinder ins Bett zu bringen. Danach wären sie vor dem Fernseher eingeschlafen.
»Und wenn gestern so ein Wirbel geherrscht hat wie heut«, Jacqueline lächelte, »dann waren die Eltern von der Rasselbande sicher

so gschlaucht, dass die net einmal einen Meteoriteneinschlag mitkriegt hättn.«
Phillip beugte sich zu ihr. »Kollegin, du beschäftigst dich mit Astronomie?«
»Was?«
»Meteoriteneinschlag. Jeder andere hätte eine Bombe einschlagen lassen.«
Phillip ließ manchmal schon sehr penetrant sein Bildungsbürgertum raushängen. Jacqueline sah ihn unsicher an, dann floh ihr Blick zu Maria. Sie nickte der jungen Polizistin aufmunternd zu. »Was noch?«
Jacqueline machte einen Schritt von Phillip weg, und um das zu vertuschen, einen weiteren Schritt zu Maria. Sie sah in ihren Notizblock. »Die Frau rechts davon arbeitet immer um diese Zeit und die ganze Nacht durch in einem Mobilfunk-Callcenter. Links schräg gegenüber ist eine Videofirma, die Mitarbeiter waren gestern alle auf der Demo in der Stadt unten.«
Jacqueline holte Luft. Ihre Wangen waren gerötet, ihre Augen glänzten. Sie zögerte und zupfte an der Spitze ihres geflochtenen Zopfes herum. Jemand musste ihr einmal sagen, dass ihre blonden Strähnchen für ihre ansonsten aschblonden Haare zu grell gefärbt waren. Rot müsste ihr gut passen, so ein richtiges Fuchsrot, zu den grünen Augen. Maria nickte Jacqueline zu.
Die befeuchtete sich die Lippen. »Ja, und da sind da noch die von rechts schräg gegenüber. Die Havliceks. Ärmlicher Haushalt. Mathilde Havlicek ist dreiundfünfzig Jahre, Hausfrau, ihr Mann Franz Havlicek achtundfünfzig, frühpensionierter Postler. Sie haben einen Pudel …«
Der Kern, Mädel, der Kern.
»… der heißt Charlie.«
Phillip beugte sich mit einem Augenklimpern zu ihr. »Fein, Frau Kollegin. Aber der Pudel wird dem Köhler die Gurgel ja kaum durchgebissen haben.«
Jacqueline öffnete den Mund, schloss ihn wieder, sah Maria an. Na, wunderbar, da glänzte es verdächtig in den Augen. Das durfte nicht wahr sein. Sie waren hier doch nicht in der Schule, wo man in Tränen ausbrach, weil einen der Lieblingslehrer zurechtgewiesen hatte. Wobei sich die Frage stellte, ob Jacqueline in Phillip

ihren Lieblingslehrer sah und das nicht bloß eine Interpretation von Maria war. Sie war einfach zu frisch in der Truppe und den Umgangston noch nicht gewohnt. Ein unschuldiges Reh.

Jacqueline straffte sich. »Ja, also, natürlich nicht, Kollege Roth. Aber der Havlicek geht immer mit dem Hund Gassi. Auch gestern Abend. Aber er sagt, dass er nichts gesehen hat.«

Pause. Jacqueline sah sie beide abwechselnd an.

Phillip beugte sich mit einem lang gezogenen »Und« vor ihr Gesicht.

Maria lächelte sie an. »Ich glaub, Roth, was unsere Kollegin sagen will, ist, dass sie ihm nicht glaubt. Oder?«

Jacqueline strahlte auf und setzte dann sofort wieder eine offizielle Miene auf. »Ja, ich habe das Gefühl … also, es kam mir so vor, als würde er etwas verheimlichen.«

Jetzt stellte sich Phillip wie ein Oberlehrer mit auf dem Rücken gefalteten Händen vor sie hin. »Und wie kommt unsere Kollegin da drauf?« Er war einfach ein arroganter Bourgeois-Schnösel. »Hat ihr das die Intuition gesagt?« Er betonte das böse I-Wort genauso süffisant, wie er es immer Maria gegenüber tat. Nur, sie war keine Untergebene, sie konnte sich wehren.

Es war zum Verzweifeln, immer dieses überhebliche Männergetue, wenn etwas – angeblich – Weibliches ins Spiel kam wie Intuition. Nein, eigentlich war es zum Einschlafen langweilig. Dabei gab es schon genug Untersuchungen zu diesem Thema, die allesamt dasselbe sagten: Frauen haben zwar eine andere, aber gleich effiziente Führungs-, Management- und Logikkompetenz. Vielleicht sogar besser, weil die blöden Machtspielchen wegfielen, von wegen einer wird gewinnen. Ha. Und Stutenbissigkeit? Die gab's ja bloß unter Friseurinnen, die sich um denselben Mann stritten. *Kouba, das ist ein Klischee.* Und außerdem Themenverfehlung.

Maria hakte sich bei Jacqueline unter und zog sie von Phillip weg. »Wieso kommst du darauf, Kollegin Meyer? Hat er sich verredet?«

»Nein. Da war auch nicht viel zum Verreden. Er hat im Prinzip nur gesagt, dass er immer Gassi geht und dass er nichts bemerkt hat. Es war mehr der Blick zu seiner Frau. Der war unabsichtlich, der Blick. Also, ich sollt ihn nicht sehen. Und er hat mich nichts gefragt. Alle anderen löchern einen ja immer nach den Details.«

»Kann er nicht einfach ein Menschenfeind sein?«

Die beiden Frauen drehten sich zu Phillip um, er hob entschuldigend die Hände.

»Ja, aber er hat nicht einmal sagen können, ob er ein Licht gesehen hat oder so. Logo, muss er auch nicht, wenn er über was nachgedacht hat oder so. Aber das Ganze ist mir halt irgendwie ein bissel komisch vorkommen. Ich weiß nicht, einfach nur so ein Gefühl …«

Sie sah Maria mit großen Augen an. Maria nickte. Jacqueline sollte sich ihre Intuition nicht verderben lassen, auch wenn unter Umständen im konkreten Fall nichts dahinter war. Sie war auf einem guten Weg, sie erfragte Details und sie hörte auf ihr Gefühl. Vielleicht war sie ja ein Talent für die Mordkommission.

»Gut, Kollegin Meyer, schreib das in deinen Bericht, bitte noch heute. Und wir schauen morgen einfach noch einmal bei den Havliceks vorbei.«

Jacqueline stand stramm und strahlte. »Danke, Frau Kouba – also, Frau Kommi … ich mein, Kollegin Kouba. Danke.«

Das konnte jetzt aber nicht sein, was sie dachte.

»Ich … danke. Ich mein, ich bin … sehr glücklich, dass ich Ihnen helfen konnte.«

Es war so. Sie hatte einen Fan. Der sie siezte.

»Wenn ich einmal so alt bin wie Sie, dann möchte ich auch so wie Sie … ich mein, wenn ich in Ihrer Position … Also, ich mein, ich würde auch gern zur Kripo, und Sie sind …« Ihr Strahlen fiel zusammen, sie wurde rot. »Ich gehe jetzt den Bericht schreiben.« Damit drehte sich Jacqueline Meyer um und rannte fast ins Haus zurück. Sie sahen ihr nach, bis sie verschwunden war.

Nein, es war viel schlimmer. Sie war ein Vorbild.

Phillip gluckste und äffte romantisches Geigenspiel nach. Maria versetzte ihm einen Stoß. Phillip taumelte und griff sich mit großer Geste ans Herz. »Ja, in solchen Momenten bemerkt man es. Wir werden alt.«

Blödsinn. Sie war doch erst sechsunddreißig. Einhalb. Dreiviertel.

I'm sitting here watching the wheels go round and round. Wie wahr, wie wahr, John Lennon säuselte es punktgenau aus dem Radio. Die Kolonne hörte einfach nicht auf. Sie standen mit dem Auto am Ende der abgesperrten Gasse und wollten in die Würzburg-

gasse einbiegen. Doch zuerst war da eine nicht enden wollende Schlange an Privatautos, als hätten zwei Dutzend ORF-Mitarbeiter gerade gleichzeitig Dienstschluss gehabt, dann der Bus 8A, jetzt eine schwarze Limousine mit Begleitwagen, wohl ein Politiker, der nach einem Interview zurück in die Stadt fuhr, und da hinten kam schon der nächste 8A. Sie konnten einfach nicht in die Würzburggasse einbiegen. Maria klopfte mit ihren Händen abwechselnd auf die Oberschenkel. *I just had to let it go.* Nein, wirklich nicht. Beamen müsste man sich können. In die Gerichtsmedizin, ins Stammbeisl, ins Bett, dort ein Sekundenschlaf, zurück ins Büro, zu den nächsten Zeugen. – Aber das Gänseblümchen zu betrachten, war schön gewesen. Sie war übermüdet, das war die einzige Erklärung für diese komischen Anwandlungen.
Gerade als Phillip Gas gab, trommelte es an Marias Seitenfenster. Sie blickte direkt in knallrote Wangen, wasserblaue Knopfaugen und einen unwirklich weit geöffneten Mund, in dem zwei Reihen schlecht gemachte, aber blendend weiße dritte Zähne aufblitzten. Maria wich zurück und konnte nun den ganzen Mann am Wagenfenster erkennen. Er war Mitte vierzig und hatte derart hellrote Haare, dass sie weiß wirkten. Deswegen stachen die Augen so extrem hervor, weil die Augenbrauen, die ihnen ja sonst einen Rahmen gaben, mit der hellen Haut verschmolzen. Jetzt allerdings hoben sie sich von der ebenfalls dunkelrot werdenden Stirn ab. Der Mann legte die rechte Hand auf den Kühler.
Phillips Finger klopften auf den Schaltknüppel. »Was, glaubst denn, will der Irre?«
»Fahr ma weiter.«
Jetzt deutete der Mann hinter sich in die Gasse. Unwillkürlich folgte Marias Blick seinem Finger. Er deutete auf das Haus gegenüber dem Tatort. Da kam auch gerade eine Frau auf Krücken heraus. Maria drehte den Radio stumm und ließ das Fenster herunter.
»Na, Gott sei Dank, dass ich Sie noch erwisch. Sie sind doch die … also, die leitenden Ermittler, oder wie man da sagt.«
Maria verspürte große Lust, Nein zu sagen. Dem Mann ein Taschentuch zu reichen, damit er sich die Tratschgier vom Mund wischen konnte. Nachbarn. Wenn man Glühlampen brauchte, waren sie nie daheim. Aber wenn man tot war, wussten sie alles über einen. Es war ein Glück, dass die kleine Meyer die Be-

fragungen durchführte, sie war noch nicht so müde von diesem ganzen Scheiß.

Phillip beugte sich zu Marias Fenster, dabei roch sie seine Haare, die nach Pfirsichshampoo und Schweiß dufteten, dabei dennoch den permanent vorhandenen Touch von Moschus erahnen ließen. Es war definitiv Zeit für den Dienstschluss.

»Wer will das wissen?«

»Oh, pardon, Petermann mein Name.« Dabei reichte er seine Rechte durch das Fenster. Phillip nahm sie, weshalb sich Maria in die Polsterung drücken musste. Die Duftattacke ließ sie beinahe über Phillip herfallen. Sie hätte das Fenster nicht öffnen sollen.

»Also wir, meine Frau und ich, wir haben …« Petermann entdeckte seine Frau, die zum Auto humpelte. »Katie, bitte, du musst dich schonen, hat der Arzt gesagt.« Er eilte zu ihr.

Der Auftrag zum Schonen war wirklich die Stereotype aller Angehörigen. Anscheinend war kein Patient brav, wenn er nicht schon im Sterben lag. Maria musste gegen ihren Willen grinsen. Und sie sah aus dem Augenwinkel, dass auch Phillip ein Lachen unterdrückte. Offenbar erinnerte er sich ebenfalls an die Szene im Hanusch-Krankenhaus.

Petermann stützte seine Frau die letzten Meter bis zum Auto. Keuchend starrte er wieder ins Fenster herein. »Wir haben was gesehen. Da waren gestern Abend drei Frauen zu Besuch bei der Egger, also bei diesem Pfleger.«

Vier Teller. Maria straffte sich unwillkürlich. Phillip deutete dem Mann mit erhobener Hand, ruhig zu warten, fuhr über die Straße auf die Bushaltestelle und parkte sich hinter den Bus – aber so weit dahinter, dass sogar noch ein zweiter Bus hinter dem ersten Platz hatte. *Beeindruckend, wie er mitdenkt. Ich hätte schon wieder … anpasslerisch. Rücksichtsvoll ist er … unendlich brav.* Maria hieß die beiden Stimmen in ihrem Kopf schweigen, besonders die böse. Ihr Auftauchen war höchst eigenartig. Sie passte zwar zum generellen Grant, den sie vorhin verspürt hatte, aber nicht zur Begierde gerade eben. Höchst eigenartig. Und aus.

Der Buschauffeur, der neben der Eingangstür stand und rauchte, erstarrte in der Bewegung. Auch wenn sie weit hinten parkten, so taten sie das doch in seinem Revier. Die Polizeimarke würde zwar alles regeln, aber einen Wichtigtuer konnten sie jetzt nicht

gebrauchen. Noch dazu ein Wichtigtuer, der Bizeps wie Oberschenkel hatte. Maria lächelte ihn sicherheitshalber an.
Die Petermanns humpelten zu ihnen herüber. Katie Petermann ließ sich auf die Bank im Buswartehäuschen plumpsen und ächzte. Sie strich sich über das kurze schwarze Haar, das aus dem Gesicht gekämmt war und von einer echten weißen Strähne, ausgehend von der Stirn, gekrönt war. Diese Frisur war attraktiv. So müssten bei jedem Menschen die Haare weiß werden.
Ihr Mann streichelte ihre Hand. »Hast recht Schmerzen, Schatzl?«
Sie bog die zusammengepressten Lippen zu einem Lächeln hoch und schüttelte den Kopf.
»Du bist mein tapferes Schatzl. Wir machen nur geschwind unsere Aussage, und dann kannst du dich gleich wieder hinlegen, Schatzl.« Der Mann drückte seiner Frau einen Kuss auf die Stirn.
Maria drehte sich weg. Bei jedem *Schatzl* hätte sie Petermann am liebsten eine Kopfnuss gegeben. Das musste doch wirklich nicht sein, da so öffentlich herumzuschatzln. Ein Bild blitzte in ihr auf – sie mit Phillip auf den Stufen zum Seiteneingang des Krankenhauses. Aber in diesem Bild nahm sie nicht seine Zigarette, sondern lehnte ihren Kopf an seine Schulter. Und dieses Bild drückte Tränen gegen ihre Augäpfel. Maria bohrte die Nägel in die Handballen. Die Tränen blieben hinter den Augäpfeln. So, und jetzt noch die Augenbrauen hochziehen und möglichst cool dreinschauen. Na bitte, ging ja. Sentimentale Verwirrung war das, nichts anderes. Sie musste schlafen. Und jetzt die toughe Polizistin sein. Maria schenkte Phillip ihren belustigten Blick. Der rollte mit den Augen, sodass es die Petermanns nicht sahen. Gut, auch ihm war die ganze Szenerie peinlich. Aber noch peinlicher war es, überhaupt keine Anteilnahme zu zeigen.
Maria wandte sich den beiden wieder zu, setzte ihren mütterlichen Blick auf. »Deswegen waren Sie also nicht da, wie Sie unsere Kollegin befragen wollte. Wie ist das denn passiert?«
Sie vermeinte aus Phillips Richtung ein leichtes Stöhnen zu hören, aber da mussten sie jetzt durch. Das gehörte sich einfach. Dass man nachfragte. Dämliches Gehört-sich. Es interessierte sie nicht die Bohne, warum die Frau einen Gips hatte. Es war doch nur verlogen, Interesse vorzuheucheln. Eigentlich sollte sie …
»Sie kennan da net stehen bleiben. Des is a Bushaltestelle.«

Sie hatte es gewusst. Dieser Chauffeur war eine Krätzn. »Wir sind gleich weg.« Sie drehte ihm wieder den Rücken zu.
»Ja, des sagn's alle. Jetzt wird's mir langsam z' bled, jeden Tag des Gleiche. Soll i wieder die Abschlepper holen, ha?«
Mit einer schnellen Bewegung, die einem Colt ziehenden Sheriff zur Ehre gereicht hätte, hielt ihm Maria die Marke vor die Nase. »Wenn Sie Schwierigkeiten haben wollen …«
Der Mann starrte auf den Ausweis. Seine Bizeps zuckten. Der trainierte sicher nicht nur in der Kraftkammer, sondern auch Boxen. Er presste die Lippen zusammen und ging auf seinen Rauchplatz zurück.
Sie sollte wirklich schlafen. Wenn sie sich selbst ehrlich betrachtete, so unausgeglichen und bissig, war sie eine Zumutung für ihre Umwelt. Maria lächelte die Petermanns an.
Petermann hockte sich neben seine Frau, ihre Hand hielt er immer noch. »Na ja, ich bin schuld, weil ich die eine Platte auf dem Weg zum Haus nicht schon längst wieder fixiert hab. Und die Katie hat drüben bei der Egger nachgeschaut, was passiert ist, wie die Samariter und ihr gekommen seids. Ja, und dann ist sie zurückgelaufen ins Haus und hat nicht daran gedacht, dass die Platte – der Fuß hat sich so nach oben gebogen.« Er klappte die Handflächen zusammen. »Bänderzerrung. Am Knöchel. Und sie muss jetzt drei Wochen einen Gips tragen.«
Der Mann war ja ärger als jedes Waschweib. Er stahl ihnen die Zeit.
Gerade als Maria den Mund zu einer harschen Bitte um Details bezüglich der Frauen öffnete, tätschelte Katie Petermann ihrem Mann die Hand, worauf der sofort verstummte. »Gestern kurz nach achtzehn Uhr haben drei Frauen drüben geläutet. Der Köhler hat ihnen geöffnet. Man hat einander gekannt, aber nicht sonderlich gemocht. Da waren keine Küsschen oder Umarmungen.«
Was für ein ungewohnter Sound! Keine Ähs und Ahs, sondern klare, präzise Sätze. Phillip schien ebenfalls begeistert, eilig holte er sein Notizbuch aus dem Sakko.
»Er hat sie hereingelassen, der Köhler, als hätte er auf sie gewartet. Wann sie wieder gegangen sind, weiß ich nicht. Es muss aber nach zwanzig Uhr gewesen sein, weil ich bis dahin in der Küche gestanden bin und gebacken habe. Da sehe ich immer alles.«

»Wir haben nämlich gestern Frühkirschen …«
»Ist schon gut, Franzi.« Katie Petermann tätschelte nochmals die Hand ihres Mannes. »Ich glaub, die Frau Kommissar interessiert das nicht so.« Sie lächelte Maria an. »Die Frauen waren alle sehr jung, so Mitte bis maximal Ende zwanzig. Eine war ein sehr dunkler Typ … bitte, verstehn S' mich jetzt nicht falsch, aber die hat wie eine Zigeunerin ausgeschaut. Vom Typ her. Die zweite war auch dunkel, aber eher südländisch, Italienerin oder so. Die Dritte war blond, sehr blond. Keine Ahnung, woher die war.«
Franz Petermann schaute sie beide erwartungsvoll abwechselnd an, Katie Petermann blickte nur zu Maria.
»Gut, Frau Petermann. So weit, so klar. Aber wieso denken Sie, dass diese Frauen etwas mit dem Tod von Herrn Köhler zu tun haben könnten?«
»Ich weiß nicht, ob sie es haben. Es ist mir nur aufgefallen, weil, wenn seine sonstigen … Damen kamen, war es schon bei der Begrüßung an der Tür klar, warum sie gekommen waren. Da gab's immer Küsschen. Sie wissen schon. Also fast immer. Oder zumindest sehr oft. Und generell fragt man sich natürlich, wenn ein Mann so viel Damenbesuch hat. Wir sind uns alle einig hier in der Gasse, dass er ein Falott ist. War.« Sie bekreuzigte sich. »So einer, der nichts anbrennen lasst. Sie verstehen. Denn warum sonst hätte er so viel Damenbesuch? Aber deswegen sind die drei sicher nicht gekommen.«
Gut, die drei Frauen waren natürlich verdächtig, allein aufgrund der Tatsache, dass sie so kurz vor Köhlers Tod im Haus gewesen waren. Man musste sie finden. Und es waren offensichtlich sie, die mit Köhler gegessen hatten. Aber jetzt, da die vier Teller eine Erklärung hatten, kamen sie Maria nicht mehr so mysteriös und wichtig vor. Vielleicht waren die Frauen einfach drei Geliebte von Köhler gewesen, die ihn damit konfrontiert hatten, dass er sie heimlich nebeneinander gehabt hatte. Denn das Bild, wie diese drei ihm gemeinsam die Gurgel durchschnitten, das hatte etwas von einem ganz schlechten Film.
»Sag's ihnen, Katie, sag's ihnen.«
»Aber Sie san net im Einsatz. Sie dürfen da net stehen.«
Maria und Phillip drehten sich synchron zum Chauffeur um, der wich einen kleinen Schritt vor ihnen zurück.

Phillip deutete mit einer Handbewegung auf den freien Platz bis zum Bus. »Das wird ja wohl reichen. Und außerdem, wie gesagt, sind wir gleich weg.«
»Des is wurscht, ob des reicht. Des is nun amal verboten und …«
Maria baute sich vor ihm auf. »Und ich werd Ihnen gleich eine tuschen, dann ist mein Partner wegen einer Prügelei im Einsatz, und dann dürfen wir da stehen.«
Sie horchte den Worten nach. Das konnte nicht sie gesagt haben, das passte nicht zu ihr, das musste Phillip gewesen sein. Aber nein, es war tatsächlich sie selbst gewesen, denn der Chauffeur tapste mit all seinen Muskelbergen rückwärts zu seinem Bus zurück, während er sie, und zwar nur sie, Maria, die doch immer so nette und konziliante Maria Kouba, anstarrte.
Marias Blick schweifte über Phillip – der hatte die Augenbrauen zusammengezogen – zu den Petermanns zurück. Die wirkten irgendwie geduckt.
Maria presste ein Lachen heraus. »Entschuldigen Sie bitte, aber ich kann so Wichtigtuer nicht leiden. Es war ein langer Tag. Was sollen Sie uns sagen, Frau Petermann?«
Katie Petermann schien sich einen Ruck zu geben »Na ja, ich bin mir nicht sicher. Deswegen will ich eigentlich nicht darüber reden …«
»Was, liebe Frau Petermann?«
»Die Blonde hatte etwas in ihrer rechten hinteren Jeanstasche. Es war dünn und länglich. Es hat sich ganz deutlich abgezeichnet unter dem Hemd, als sie sich nach vorn gebeugt hat, weil sie dem Köhler was ins Ohr geflüstert hat.«
»Und weil ja der Köhler erstochen worden ist, wie man so hört, haben wir gedacht …«
»Aber wir wissen es nicht, Franz. Vielleicht war es ja eine Bürste. Oder ein Kamm.«
Das konnte natürlich sein. Manche Frauen trugen so etwas in ihren Jeanstaschen, obwohl Maria das eher von gegelten Männern mit auffrisierten Opels kannte. »Hatte sie eine Handtasche?«
Die Petermann schloss die Augen und nickte dann. »Sie hatten alle drei eine Handtasche.« Sie öffnete die Augen. »Na ja, dann wird es wohl … keine … Bürste …«

Es waren drei hübsche, junge Frauen, deren Phantombilder ein Kollege von der KD3 auf Katie Petermanns Anweisungen hin gebastelt hatte. Präzisen Anweisungen, denn, wie sich herausgestellt hatte, war Katie Petermann Zeichenlehrerin. Manchmal hatte man Glück.
Maria riss den Preiszettel vom neuen weißen T-Shirt und zog es an. Phillip war verdattert gewesen, als sie für den Kauf von Hose und Leibchen lediglich acht Minuten benötigt hatte. Dieses Vorurteil war wieder typisch, nicht jede Frau zelebrierte den Kleidereinkauf. Maria verstaute den unsäglichen Rock und die noch unsäglichere Bluse im Einkaufssackerl und setzte sich wieder an den Schreibtisch. Jetzt fühlte sie sich besser. Jetzt lenkte sie endlich nichts mehr von ihrer Arbeit ab.
Alle drei Frauen hatten einen wachen Ausdruck in den Augen. Die Frage war, ob das auf tatsächliche Intelligenz schließen ließ oder ob es die Interpretation der Petermann war. Aber die etwaige Intelligenz sowie die Attraktivität waren auch schon die einzigen sichtbaren Gemeinsamkeiten. Maria studierte Katie Petermanns Aussage. Die Blonde hatte ein hellblaues Jeanshemd über schwarzen, gerade geschnittenen Jeans und einem weißen T-Shirt getragen, dazu weiße Sneakers. Ihre Frisur war am ehesten mit einem hochtoupierten Rossschwanz vergleichbar. Die Brünette mit langen, offenen Haaren war mit einer schwarzen Stoffhose, schwarzem engem T-Shirt, einer beigefarbenen taillierten Raulederjacke und schwarzen Ballerinas bekleidet gewesen, die Dunkle schließlich mit weißen Röhrenjeans, weißem Top mit Glitzermuster, einer lilafarbenen Nappaleder- oder Plastikjacke sowie weißen Sandalen mit hohem Keilkorkabsatz. Sie hatte ihre gesträhnten Haare aufgesteckt getragen, mutmaßlich mit einer einzigen großen Klammer hochgehalten. Die Outfits deuteten also nicht unbedingt auf Freundinnen aus demselben Umfeld hin.
Jetzt stellte sich die Frage, wie sie diese drei Frauen finden sollten. Wenn sie mit dem Auto gekommen waren, dann mussten sie die weitere Nachbarschaft danach befragen. Eine Aufgabe für die junge Meyer. Wenn die Frauen den Bus genommen hatten, dann mussten sie die Buschauffeure ausfindig machen, die die Fahrten gegen achtzehn Uhr herum gemacht hatten. Eine Aufgabe für Sekretärin Gabi. Das war mühselige Kleinarbeit. Und wenn sie

noch dazu in der Absicht zu töten gekommen waren, dann hatten sie sicher versucht, niemandem im Gedächtnis zu bleiben. Nein, das musste nicht sein. Die Statistik sprach dagegen. Die meisten Mörder waren dumm und unaufmerksam. Sogar Polizisten unterliefen unachtsame Fehler, wenn sie Straftaten begingen. Deswegen wurden ja die meisten Verbrecher, wenn es nicht gerade bestens organisierte Einbruchsbanden waren, erwischt. Erst recht, wenn es sich um Mord und Totschlag handelte, da lagen bei den meisten die Nerven blank. Nichtsdestotrotz blieben die Nachforschungen mühselig. Und sie musste Gabi sagen …

Maria stieg der Geruch von Gegrilltem in die Nase. Er zog sie zum Fenster des Büros. Sie beugte sich hinaus, obwohl sie natürlich wusste, dass im Innenhof des Polizeigebäudes niemand grillte. Die Duftwolke kam sicherlich von einer der Dachterrassen rundherum. Oder vom nahen Donaukanal. Die *Summerstage* und die anderen Strandbars hatten ihren Betrieb schon längst aufgenommen. Und in dieser lauen Nacht waren die Lokale sicher gesteckt voll. – Das war die Idee, genau, jetzt nicht noch bis zum Umfallen arbeiten und dann geschwind nach Hause fahren, um bewusstlos ins Bett zu fallen, sondern sich einen Daiquiri und einen gegrillten Fisch gönnen. Und dann noch einen Daiquiri. Nein, besser waren zwei, drei Bier, die vertrug sie nämlich im Gegensatz zu den Cocktails. Und sie wollte nicht nach zwei Drinks umkippen, sie wollte einen langen Abend. Die Füße ins Wasser baumeln lassen, sich eine dunkle Ecke in den Stadtbahnbögen suchen, mit Phillip eine heiße Nummer im Stehen abziehen, denn das ging mit ihm hervorragend, dabei den Jasmin riechen. Jetzt musste nur noch Phillip wieder auftauchen. Dafür, dass er nur Josefs Ergebnisse holen wollte, war er schon viel zu lange weg. Es war halb acht. Zeit für Arbeitsschluss. Und es wurde ihr auch schon wieder schwindelig.

Maria setzte sich an ihren Schreibtisch und legte die Füße auf den Tisch. Sie schloss die Augen. Mit jedem Herzschlag wurde sie müder. Der Schwindel blieb. Es war, als würde sie auf ihrem eigenen Blut durch den Körper surfen. Ein ständiges Auf und Ab. Hinter den Augen baute sich Druck auf. Er wurde mächtiger und mächtiger – und entlud sich in einem weißen Blitz. Maria riss die Beine vom Tisch und legte den Kopf auf die Platte. Mit den Hän-

den hielt sie die Schläfen. Aber der Schmerz prallte trotzdem mit solcher Wucht gegen die Schädeldecke, dass ihr übel wurde. Sie beugte sich vornüber, jetzt nahm ihr der Schwindel jeden Orientierungssinn. Sie ließ sich auf den Boden gleiten und streckte sich lang aus. Ihr eigenes Gewicht drückte gegen den Magen, die Übelkeit würgte sie. Kurz überlegte sie, sich auf den Bauch zu drehen, damit sie nicht an ihrem Erbrochenen ersticken würde, doch sie schaffte es nur in Seitenlage. Sie zog die Knie an und konzentrierte sich, dass das, was sich ihre Speiseröhre hinaufarbeitete, unten blieb. Die Anstrengung ließ den weißen Schmerz blau aufleuchten. Es war, als hätte sie die komplette Innenseite ihrer Schädelecke auf eine heiße Herdplatte gelegt.
Das war nicht normal. Das konnten nicht die Folgen einer popeligen Gehirnerschütterung sein. Ihr ging es dreckig. Viel zu dreckig. Eigentlich ging es ihr wirklich mies. Der Unfall hatte etwas ausgelöst, in ihr wachgerüttelt. Das musste es sein. Einen Tumor eventuell. Das war gar nicht so abwegig. So etwas las man doch immer wieder, dass ein Schock etwas Schlummerndes aufweckte. Es gab Menschen, die hatten plötzlich einen Schmerz und waren nach drei bis vier Wochen tot. Gehirntumor. Oh – mein – Gott! Sie hatte einen Gehirntumor. Das war es. Oh mein Gott. Die Kopfschmerzen, der Schwindel, die Übelkeit, ihre Mieselsucht, ihre emotionale Verwirrtheit. Sie hatte einen Gehirntumor. Und man sagte ihr es nicht, weil man wollte, dass sie noch ein paar schöne Tage hatte. Das war süß – und unendlich mies. So unendlich mies. Letztklassig. Zum Kotzen.
Maria würgte. Das brachte die Kopfschmerzen zum Explodieren. Sie japste nach Luft. Hielt sie an. Das half. Der Würgereiz ließ nach.
Sie hatte ein Recht darauf, zu wissen, wann sie starb. Ja, sie hatte ein Recht darauf. Sie hatte ein verdammtes Recht darauf, zu wissen, wann sie starb. Damit sie die Zeit bis dahin noch voll auskosten konnte. Damit nichts unerledigt blieb. Sie wollte zum Tod Hallo und zum Leben Adieu sagen. Fuck. Bullshit das alles. Sie wollte einfach nicht die Dumme sein. Deswegen also benahm sich Phillip so seltsam: weil er Mitleid mit ihr hatte. Oh, das durfte nicht sein. Sie brauchte nicht sein Mitleid, sie brauchte ihn. Sie brauchte gegrillten Fisch. Jasminduft. Endlich einmal

auf diesen riesigen Trampolins hüpfen – wenn sie nicht gerade Kopfschmerzen hatte. Lachen. Ficken. Schwimmen. Tanzen. Sie brauchte alles. Und das auf einmal. Die letzten schönen Tage in ihrem Leben musste sie … musste sie … Maria hievte sich hoch und fingerte ihr Handy aus der Handtasche. Sie drückte die Eins. Es läutete und läutete. Endlich hob er ab.

»Roth, du Schwein, wieso kannst du mir nicht sagen, dass ich … Was ist? … Wer ist dran? … Oh, Josef, äh, sorry, du bist natürlich kein Schwein, der Roth, der hat nur, aber nein, ist ja egal. Wo ist er denn, der Roth? … Und wie lange wird er noch mit der Elsa reden?« Die beiden hatten nichts miteinander zu besprechen. Außer ihrem Begräbnis vielleicht. Oh mein Gott! »Aha. Na, werden wir sehen. … Wie's mir geht?« Na bitte, Josef wusste auch schon von ihrem Gehirntumor, sonst würde er sich ja nicht nach ihrem Befinden erkundigen. Allerdings tat man das auch bei Gehirnerschütterung. Aber nicht Josef. Er als Mediziner wusste, dass eine Gehirnerschütterung nichts Besonderes war. Am besten war es, sich nicht zu verraten. »Bestens, danke der Nachfrage.« Na ja, ein bisschen Futter musste sie ihm geben, sonst wurde sie unglaubwürdig, denn sie musste, das wurde ihr plötzlich klar, die anderen irgendwie im Glauben lassen, dass sie nichts vom Tumor ahnte. Sonst kamen sie mit guten Ratschlägen und besorgten Verboten. Als würde einem zum Tod Geweihten noch irgendwas schaden. Ihre Pläne für die letzten Tage würden die Pläne der anderen werden. »Manchmal ein bisschen Kopfweh und Schwindel. Aber nichts Tragisches. … Bitte, Josef, nerv mich nicht du auch noch. Mir geht es bestens, wenn ich arbeite. Viel besser, als wenn ich nichts tu. … Du brauchst nicht nach mir – Josef?!« Er hatte aufgelegt.

Maria ließ sich auf den Boden zurückfallen. Im Kopf wummerte es nur noch, die Übelkeit beschränkte sich wieder auf den Magenbereich. Die Attacke war vorüber. Gehirntumor also. Der war schwer zu behandeln. Auf jeden Fall wurde einem der Kopf aufgeschnitten. Gebohrt.

Marias Körper zuckte.

Und wenn sie es ihr nicht sagten, war es wahrscheinlich so schlimm, dass gar nichts mehr möglich war. So schnell ging das also. Bald würde sie sterben. Sterben. Maria horchte in sich hinein, doch da war kein Gefühl. Keinerlei Angst oder Panik, nicht einmal Traurigkeit, es fühlte sich einfach irreal an. Vielleicht würde sie etwas fühlen, wenn sie wusste, wie viel Zeit sie noch hatte. Wenn sie im Kalender den Monat ankreuzte, den sie nicht mehr erleben würde. Nein, sie konnte keinen Gehirntumor haben. Die Ärzte waren verpflichtet, es ihr zu sagen. Sie konnten sie nicht unwissend sterben lassen. Sie musste einfach mit dem behandelnden Arzt reden und ihn direkt fragen. Da herumrätseln brachte überhaupt nichts. Allerdings gab es da diesen Film, *Kirschblüten*. Die Weißkittel hatten es Hannelore Elsner überlassen, ihrem Mann zu sagen, dass er bald sterben würde. Aber die Elsner hatte Elmar Wepper so geliebt, dass sie es ihm nicht gesagt hatte. *So geliebt*. In einer gut versteckten Gehirnwindung klingelte es. Aber bevor die Information zu Maria drang, war sie schon auf dem Weg ins Bewusstsein verpufft. Ihre verdammte Amnesie. Aber die war jetzt irgendwie irrelevant. Im Fall des Falles. Und zugleich auch nicht. Denn wenn sie bald abmarschierte, dann machte die Zeit der Amnesie prozentual mehr in ihrem Leben aus, als wenn sie noch weiterleben würde. Und Amnesie war vergeudete Lebenszeit, etwas, was ab nun streng verboten war. Jegliche vergeudete Lebenszeit. Leere Gespräche, Abende vor dem Fernseher, Protokolle schreiben – das konnte nun wirklich Phillip erledigen –, Sitzungen mit der gesamten KD1 – denn was interessierten sie noch die Fälle der Kollegen –, Herumgeeiere mit Phillip – sie musste den Sex mit ihm einfach bis zur Neige auskosten, überhaupt jeden Sex, warum sich beschränken? –, schlechtes Gewissen wegen zu viel Alkohols, Streit mit ihrer Mutter, Eifersucht auf Carrie, Schlaf. Ja, bald würde sie genug schlafen.

Maria setzte sich auf, betrachtete den Raum. Vielleicht sollte sie auf der Stelle kündigen. Phillip würde der Chef werden und den Fall lösen. Und selbst wenn er ihn nicht löste, was machte das schon? Ein Mensch weniger, der die Pensionsstatistik belastete.

Maria stand auf und wischte sich die Hose ab. Sie sah zum Einkaufssackerl. Nein, sie würde nicht mehr über den Geschmack ihrer Schwester, Halbschwester, lästern. Sie würde ab nun gut zu den Menschen sein und das Leben genießen. Und es war wahrscheinlich gar nicht so schwer, das zu verbinden, denn es gab niemanden, den sie verletzen würde, wenn sie sich nun den ganzen Wahnsinn intravenös gab. Keinen Mann, keine Kinder, nur einen Geliebten, der davon profitieren würde, denn Phillip wäre sicher ein paar Gruppensexorgien nicht abgeneigt, eine Freundin, die mitziehen würde, sowie Mutter und Schwester – das Halb- vor Schwester war ab nun gestrichen, Zeitverschwendung –, die davon nicht betroffen wären. Sie war ein Glückskind. Mit Gehirntumor. Oh mein Gott. Sie musste sofort morgen in der Früh mit diesem behandelnden Arzt sprechen. Nein, gleich jetzt.

Maria nahm ihre Handtasche. Sie stellte sie wieder hin. Sie starrte auf ihr Spiegelbild im Fenster. Vielleicht war Nichtwissen doch eine Gnade.

Die Tür zum Gang schwang auf.

Maria fand sich in einer Umarmung, die ihr die Luft nahm.

»Ich bin ja so froh, meine Liebe, dass dir nichts Schlimmeres passiert ist. So froh.«

Josefs Hemd war in Aftershave getränkt. Das war ungewöhnlich für diese Uhrzeit. Da roch jeder Mann mehr nach Schweiß als sonst nach etwas. Er musste sich extra eingesprüht haben. Für sie. Oder er hatte noch ein Date. Er hatte also eine Geliebte neben Margit. Und da war es schon wieder, ihr Polizistengehirn, das ständig interpretierte, Rückschlüsse zog, nachfragte. Es war zu befürchten, dass sie sich das in der Zeit, die ihr noch blieb, nicht mehr würde abgewöhnen können, obwohl es Zeitverschwendung war. Alles war so, wie es war. So einfach.

Josef packte Maria an den Schultern und hielt sie vor sich hin. Er musterte ihren Kopf, ihren Oberkörper und ihre Arme. »Das schaut exzellent aus. Die paar Kratzer sind bald weg, und die Gehirnerschütterung bist du auch in absehbarer Zeit los. Heinz ist sich sicher, dass nichts zurückbleibt.«

»Heinz?«

»Oh, entschuldige, jetzt war ich wohl etwas salopp. Doktor Staudinger. Dein behandelnder Arzt. Ein Kommilitone von mir. Ich habe ihn angerufen, und er hat gemeint …«

»Du hast deine Kommilitonen auch wirklich überall sitzen.« Maria lächelte Josef an. Seine Verbindungen über die Uni waren für ihre Ermittlungen schon oft von Vorteil gewesen.

Josef lächelte zurück. Und dann bekamen seine Augen diesen weichen Ausdruck, der in einem Flirtseminar die Note Eins bekommen würde. Die Weichheit wechselte zu Tiefe, die Maria sehr, sehr bekannt vorkam. Genau so hatte sie Josef damals bei ihrem One-Night-Stand angeschaut. Sie räusperte sich und betrachtete demonstrativ seine Hände, die noch immer ihre Schultern gepackt hatten.

Josef zuckte weg. »Entschuldige bitte. Ich …« Er wandte sich ab, holte seine Pfeife aus der Sakkotasche und stocherte in ihr herum. »Du solltest dich aber auf keinen Fall überfordern.« Jetzt sah er sie wieder an, mit neutralem Ausdruck. Guter Kollege war anscheinend angesagt. Irgendwie schade. »Und du neigst dazu, zu viel Einsatz zu zeigen, wenn du auf Mörderjagd gehst. Lass doch Herrn Kollegen Roth die Arbeit machen. Alltag leben heißt Routine und nicht Exzess.«

Maria legte den rechten Zeigefinger auf seine Brust. »Ich habe es so satt, mein lieber Josef, dass ihr mir alle erklären wollt, wie ich mich zu verhalten habe. Arbeit ist für mich Routine. Das hilft mir am besten.«

Sie redete da völligen Quatsch. Gerade eben noch hatte sie beschlossen, die Routine zu beenden, um die Zeit, die ihr blieb, auskosten zu können, und jetzt verteidigte sie ihre Arbeitswut. Es war ein Reflex gewesen, nichts weiter, ein Reflex. Die neue Maria mochte es genauso wenig wie die alte Maria, wenn man ihr vorschrieb, wie sie sich zu verhalten hatte.

Josef betrachtete ihren Finger, dann ihr Gesicht. Er neigte seinen Kopf, als hätte er einen Befehl erhalten, und setzte sich auf den Besucherstuhl. Wie süß, er bekam seine Antipathie gegenüber Phillip noch immer nicht in den Griff. Nie im Leben würde er auf dessen – bequemeren – Stuhl Platz nehmen. Er war in seiner verschrobenen Art wirklich süß. Und der Sex mit ihm war gut gewesen. Sehr gut sogar. Wenn er ohnehin schon wieder fremdging, dann konnte sie doch diese nette Nacht damals mit ihm wiederholen. Margit würde es nicht erfahren. Und gegenüber Phillip hatte sie keinerlei Verpflichtung. Schon wieder diese Rechtfertigung. Lächerlich. Monogamie war im Angesicht des Todes irgendwie lächerlich.

Josef zog an seiner Pfeife, bis ordentlich Rauch aufstieg, und nahm

dann die Mappe, die er beim Hereinkommen auf Marias Tisch geschleudert hatte. »Also gut. Die ersten Ergebnisse.«
Das war vielleicht das letzte Mal, dass sie diesen Satz von ihm hörte.
»Der Fall entbehrt nicht einer gewissen Besonderheit.«
Sie würde seine Art sich auszudrücken schwer vermissen. Nein, würde sie nicht, denn sie war dann ja tot.
»Einmal vorweg zur äußeren Beschau.« Josef zuckte mit den Augenbrauen und lächelte schelmisch.
Wahrscheinlich hatte sich das wirklich Wichtige beim Öffnen der Leiche ergeben. Das war wirklich süß, dass er für sie die Spannung steigern wollte. Es war wunderbar, so wunderbare Menschen zu kennen. Sie wollte ihn am liebsten knuddeln. Maria entschlüpfte ein Seufzer. Sie setzte sich und lehnte sich zurück. Josef war von der Schreibtischlampe nicht zur Gänze erfasst. Sie drehte sie zu ihm. Auf keinen Fall wollte sie auch nur eine Regung von ihm verpassen. Josef sah die Lampe und dann sie an. Die Frage, die ihm offensichtlich auf der Zunge lag, verbiss er sich. Er war einfach wunderbar, wahrscheinlich spürte er, wie es gerade emotional um sie stand. Süßlich. So stand es um sie. Penetrant süßlich. Sie hatte gar nicht gewusst, dass sie derartig picksüß empfinden konnte. Das war nicht sie. Sie durchlitt gerade eine Persönlichkeitsveränderung. Widerlich. Eigentlich wollte sie als die sterben, die sie bislang gewesen war. Sie musste sich dieses Problem genauer anschauen. Später. Solange sie noch nicht gekündigt hatte, musste sie arbeiten.
Josef schob Maria Fotos der Leiche hin. »Ja, wie gesagt, die äußere Beschau. Keine Fesselspuren oder Abwehrverletzungen …«
»Der hat ein Engelsgesicht. Obwohl er tot ist.«
Josef nickte und nahm selbst ein Foto in die Hand. »Als wäre er der Zwillingsbruder von Michelangelos David.«
»Nur weicher. Und die blauen Augen strahlen trotz der Einfärbung noch immer.«
»Blaue Augen, kohlrabenschwarzes Haar und Elfenbeinhaut. Sein Körper war von der Anlage her athletisch. Wenn dieser Mann auch noch charmant war, dann dürfte er bei den Damen eine volle Tanzkarte gehabt haben.«
»Mit Wiederholungsgarantie, wenn ich mir den kleinen August so anschau.«

Josef schnalzte mit der Zunge. »Kollegin Kouba!«
Sie grinsten sich an. Oh mein Gott. Das Leben war so schön. Sie durfte nicht aufgeben. Man musste so einen Tumor doch operieren können. Und es gab da doch schon eine Menge Alternativmedizinen. Auch Gentechnik. Die machten da doch irgendwelche Fortschritte. Nur jetzt keine Tränen.
Maria zündete sich eine Zigarette an, lehnte sich zurück und schloss die Augen. »Weiter.«
»Der Schnitt durch den Hals wurde mit einer sehr scharfen, gezackten Klinge durchgeführt. Die Kollegen von der KD3 werden dann Genaueres sagen können. Sie machen Tests.«
»Aha. Aber ungefähr. Brotmesser? Obstmesser? Was glaubst du?«
»Ich darf nichts glauben.«
»Josef, bitte, stell dich nicht so an.« Plötzlich fühlte sich Maria unendlich müde.
»Maria, das wäre unseriös, viele Messer haben gezackte Klingen und …«
Maria ließ sich nach vorne kippen und sah Josef direkt an.
Er seufzte. »Ich denke, dass nur wenige Messer so scharf sind. Nur berufliche Messer.«
»Jetzt lass dir nicht alles aus der Nase ziehen, verdammt.«
Josef studierte den Tabak in seiner Pfeife, den er wieder auflockerte. Maria wollte sich am liebsten auf den Mund schlagen. Josef verdiente ihre Bärbeißigkeit nicht. Er war einer von den Guten. Sie hatte ihn ja gerade eben auch noch knuddeln, sogar ficken wollen. Es war zum Verzweifeln, ihre Stimmung schwankte hundert Mal stärker als bei jeder noch so heftigen PMS-Attacke. Sie musste über ihren Zustand Gewissheit erlangen, vielleicht ging es ihr dann ja besser.
Maria stand auf, ging eine Runde durchs Zimmer, setzte sich wieder und strich über Josefs Hand. »Entschuldige bitte.«
Josef legte seine Hand auf die ihre. »Du solltest dich wirklich ausruhen. So ein Unfall kann traumatisch sein. Du musst das erst verarbeiten, dass du nur knapp … ich meine, sind wir froh, dass es so ausgegangen ist, wie es ist.«
Er sah ihr tief in die Augen und nahm ihre Hand, die er sanft küsste, den Blick unverwandt zu Maria gerichtet. Gerade als Maria ansetzte, ihn zu fragen, warum er sie bezüglich ihres Zustandes

anlog, wenn er doch sicher wusste, wie es um sie stand, nachdem er diesen Arzt kannte, knarzte die Tür.
Josef fuhr hoch, aber es war klar, dass der Mensch, der das Zimmer betrat, den Kuss gesehen hatte. War ja nichts dabei, war ja nur ein Handkuss.
»Oh … sorry, störe wohl.« Phillips Stimme klang sehr patzig.
Josef ließ Marias Hand los und sah über ihre Schulter hinweg Phillip an. Seine Mimik vermittelte freundliches Interesse, keinerlei Schuldbewusstsein.
Maria drehte sich zu ihrem Partner und Geliebten um. »Nein, nicht wirklich.«
Pause.
Phillips Nase zuckte. »Aber eigentlich schon.«
»Wenn du meinst. Wo ist Elsa?«
Für jeden anderen Menschen war das eine banale Frage, sie beide wussten jedoch um Marias Eifersucht, die sie einst gegenüber ihrer Freundin empfunden hatte. Der Stachel war zwar jetzt auch vorhanden, aber so mikroskopisch klein, dass er zu vernachlässigen war. Der Stachel der sexuellen Eifersucht, immerhin dachte sie ja an Gruppenorgien mit Phillip. Aber nicht der Grant darauf, dass die beiden offensichtlich stundenlang etwas zu bereden hatten. Ohne sie. Elsa war ihre Freundin, ihre, Phillip ihr Geliebter. Die beiden hatten sich nicht zu verbrüdern. Vergeschwistern. Und bislang hatten sie es auch nicht getan. Wahrscheinlich war zwar Marias erster Gedanke der richtige gewesen: Sie besprachen ihre Krankheit. Oder ihre Beerdigung. Aber dann sollten die beiden, verdammt noch mal, Tacheles reden und nicht irgendwelche Dinge über ihren Kopf hinweg entscheiden.
Phillip senkte den Blick und ging auf seinen Platz. »Sie wollte dich nach Hause schleppen und ins Bett stecken. Ich habe ihr gesagt, no chance, my dear, unsere liebe Frau Kouba will sich beweisen, dass sie cooler ist als alle anderen auf dieser Welt und eine Gehirnerschütterung wie einen Gelsenstich wegsteckt. Elsa ist heimgefahren.«
Er setzte sich, nahm die Fotos und studierte sie. Sie schwiegen alle drei. Josef verzog den Mund, als würde er dem Geschmack der Situation nachfühlen. Das wohl nicht sehr befriedigende Ergebnis ließ ihm ein »Tja« herausrutschen. Maria und Phillip sahen

ihn an, mit durchgestreckten Rücken und einem Lächeln auf den Lippen saßen sie da. Sie liefen schon viel zu synchron für … ja, für was eigentlich?
Josef zeichnete mit seiner Pfeife einen Kreis in der Luft. »Ja, wir waren bei der Waffe, mit der der Hals abgetrennt wurde. Nachdem du so urgierst, meine Liebe, wage ich mich zu der Behauptung aufzuschwingen, dass so ein Messer, wie gesagt, nur beruflich verwendet wird, und nachdem es nicht so viele Berufe gibt, wo Messer …«
»Meister Sternberg, the point of the story?«
Josef wandte sich zu Phillip. »Kollege Roth, ich muss es Ihnen einmal sagen, auch wenn mir das nicht zusteht: Ich finde Ihre Anglizismen etwas pubertär.«
Phillip klappte den Mund auf, wieder zu. Dann straffte er sich. »Nicht jeder Mensch kann so überzeugend oldfashioned sein wie Sie.« Freundliches Lächeln hintennach.
Wenn die beiden wüssten, wie ähnlich sie einander waren. Hoffentlich erkannten sie das noch lange nicht, denn ihre Sticheleien waren absolut amüsant. Sie waren einfach so süß, die beiden … schon wieder dieses Wort. *Süß*. Ekelhaft. Sie hatte keinen Gehirntumor, sondern einen schockbedingten Hormontaumel.
Maria dämpfte die Zigarette aus und schlug mit beiden Handflächen auf den Tisch. »Wir wollen doch alle heim. Also. Berufliches Messer mit Zacken an der Klinge und extrem scharf. Bundesheer?«
Josef wiegte den Kopf. Es wirkte wie eine Zustimmung.
Phillip blies Luft aus. »Gut, aber solche Messer kriegt doch jeder in jedem x-beliebigen Army-Shop.«
Josef nickte. »Die Kollegen von der KD3 werden es uns noch bestätigen, aber wenn es denn den Tatsachen entspricht, dann würde ich sagen, dass unser Mann gelernt hat, damit umzugehen. Das war keine Säbelei, es war ein klarer Schnitt. Meiner bescheidenen Meinung nach wusste unser Mann, was er zu tun hatte.«
Phillip seufzte. »Ein Profi. Shit.«
Maria atmete einmal tief ein und aus. »Also wie bei einer Hinrichtung.«
Josef wiegte die Pfeife. »Der finale Schnitt war gekonnt. Aber nachdem ich die Leiche gereinigt habe, nun ja, es gab mehrere

Schnitte im Hals. Sie waren alle nicht tief. Sie wirken, als ob jemand spaßeshalber ein paar Mal …«

»Spaßeshalber.« Maria spürte ihren Magen.

»Hat er geübt?« Auch Phillip schluckte.

Josef wiegte den Kopf. »Scheint mir nicht so. Die Schnitte enden oder beginnen alle exakt vor der Halsschlagader. Sie betreffen auch nicht den Kehlkopf, sondern nur das Fleisch. Und der Finalschnitt ist dermaßen perfekt gesetzt und kraftvoll … die anderen Schnitte wirken auf mich wie Spielerei.«

»Spielerei.« Maria hob ihre Stimme. »Ich werd dich jetzt gleich ein bisschen umbringen. Schau doch einmal, wie sich das anfühlt!« Sie grinste, schüttelte sich.

Phillip blieb ernst. »Folter?«

Josef blies Rauch aus. »Wäre eine neue Methode, aber sicher effektiv. Ein bisschen so wie russisches Roulette. Mach ich jetzt ernst oder nicht?«

Maria und Phillip sahen einander an. Sie wusste, was er dachte: Nix da mit gewöhnlichem Eifersuchtsmord, außer der Betrogene oder die Verlassene waren Sadisten gewesen. Das war keine rasende Affekthandlung gewesen, sondern zumindest Rache. Aber auch dieses Motiv schien ihr zu schwach.

Josef räusperte sich. »Ich konnte außerdem Einstiche feststellen.«

Phillip schaute Josef schnell an. »Drogen?«

Ja, Drogen waren gut. Das war dann sicher eine internationale Sache und sie konnten die Ermittlungen dem BKA abgeben. Und Maria konnte sich ohne schlechtes Gewissen absentieren und auf ihren … Das sollte es gewesen sein? Sechsunddreißig Jahre, kein Mann, keine Kinder und eine Wohnung, die kaum größer war als ein Klo. Nicht einmal besondere Reisen waren auf dem Konto, Mexiko hatte sie noch immer nicht gesehen, auch nicht diesen roten Berg in Australien.

»Maria! Hallo!«

Maria sah Phillip an, dann Josef. »'tschuldigung. Ja. Die Drogen.«

»Nein, keine Drogen. Es waren keine alten Einstiche, sie waren alle frisch. Und teilweise waren sie mit sehr dicken Nadeln durchgeführt. Als hätte jemand etwas aus seinem Körper herausholen wollen. Sie sind hauptsächlich am Rückgrat und in den Hoden zu finden.«

Phillip verzog das Gesicht, als hätte er in eine Zitrone gebissen. »Das heißt, Köhler wurde nicht nur mit Schnitten, sondern auch mit Stichen gefoltert, oder was?«
Josef schüttelte den Kopf. »Sie wurden post mortem gesetzt.«
Phillip zeigte auf. »Dass ich das richtig verstehe: Unser Mann wurde mit Schnitten gequält, dann wurde ihm der Kopf abgeschnitten und schließlich hat jemand mit Spritzen in seine Eier gestochen?«
Josef nickte. Sie schwiegen.
Maria hatte das dumpfe Gefühl, es lag an ihr, dass diese Unterredung sich so zog. Sie hatte nicht ihren üblichen Punch. Sie musste noch heute klären, was mit ihr los war. Das war sie ihren Kollegen, der ganzen Polizei schuldig. Und nicht zuletzt dem Toten. Denn der hatte es wahrlich nicht verdient, dass sein Fall nur gummiartig und halbherzig aufgeklärt wurde – wenn überhaupt –, weil die leitende Ermittlerin dem Tode geweiht war und keinen klaren Gedanken fassen konnte.
Maria nahm einen Kreisgang durch das Zimmer auf. »Ich fasse also zusammen …«
Josef hob die Pfeife. »Ich möchte noch gern zur inneren Beschau wechseln.«
Maria blieb stehen und hob auffordernd die Handflächen.
Josef tippte mit dem Zeigefinger auf ein Blatt seiner Unterlagen. »Der Mann stand unter Drogen.«
»Also doch.«
»Diese Droge hat meiner Meinung nach nichts mit den Einstichen zu tun, Maria, da diese ja post mortem erfolgten. Und üblicherweise wird sie flüssig verabreicht. Es handelt sich um sogenannte K.-o.-Tropfen. Die Tropfen setzen die Muskelfunktion herab, ohne dabei den Geist zu vernebeln. Natürlich nur, wenn man es ohne Alkohol zu sich nimmt. Der Effekt ist außergewöhnlich …«
Phillip fuhr sich durch die Haare und stöhnte. »Du kriegst alles mit, kannst dich aber nicht wehren, weil die Muskeln nicht mehr gehorchen. Beliebt bei Schwulen, bei Gang-Bangs in Sexclubs oder bei Vergewaltigern, die sich einen zusätzlichen Spaß gönnen. Aber das passt doch nicht, oder kommt jetzt auch noch die Vergewaltigung, Sternberg?«
Josef schüttelte den Kopf.
Maria stützte sich auf den Tisch auf. »Okay, also Köhler wurde

unter Drogen gefoltert und dann ermordet. So, wie ich das sehe, hat ihn jemand umgebracht, der sehr, sehr sauer auf ihn war. So weit, so klar. Aber diese Spritzen – das ist doch völlig hinüber.«

Der Geruch nach Gegrilltem überlagerte hier auf der Straße sogar die Abgase. Er kam definitiv von der *Summerstage*, die schräg gegenüber von der Kriminaldirektion wie ein Bienenstock mit Disco summte. Die bunten Scheinwerferlichter der Fressmeile tanzten in der Nacht. Und sie stand hier und gehörte nicht mehr dazu.

Maria holte tief Luft. Es waren die ersten Minuten ohne Hektik an diesem Tag. Diesem Tag mit dem Morgen, der alles verändert hatte. Sie holte nochmals tief Luft. Die verwischten Konturen wurden klar, die Zeit hatte wieder Marias Geschwindigkeit.

Sie war so dumm. Sie krümmte sich vor Angst, ohne zu wissen, ob es überhaupt wirklich einen Grund für ihre Angst gab. Es gab nur zwei Tatsachen, den Unfall und ihre körperlichen Beschwerden, die alle Folgen ihrer Gehirnerschütterung sein konnten. Alles andere, das war nur Mutmaßung. Überbordende Fantasie. So ein Verhalten war für eine Polizistin lächerlich. Ohne Fakten hatte man keine Rückschlüsse zu ziehen. Punkt. Sie hatte einen Unfall gehabt. Ein Zufall, an den sie sich nicht mehr erinnern konnte, hatte sie vor die Straßenbahn laufen lassen, ein weiterer Zufall hatte sie nicht darunter landen lassen. Glück gehabt.

Es wäre verdammt nett, jetzt mit Phillip darauf anzustoßen, wenn er denn endlich erschiene. So lange konnte kein Mensch auf dem Klo sitzen. Wenn er nicht bald kam, mussten sie nach Hause fahren, denn morgen wartete eine Unmenge an Arbeit auf sie, Gabi würde den ganzen Hintergrund des Opfers zusammengesucht haben, sie mussten die Frauen finden, sie mussten diesen Mann mit Hund befragen, sie mussten – sie mussten.

Eine Suzuki neben Maria drehte voll auf. In ihrem Kopf wurde es gleißend hell. Da war er wieder, dieser verdammte, verfickte, völlig unnötige, widerliche Schmerz. Sie schloss die Augen, es wurde ihr vor lauter Schwindel übel. Sie zwang sich, noch einmal die Augen zu öffnen, um einen Platz zum Sitzen zu finden. Doch da gab es nur den Randstein zwischen zwei geparkten Autos. Sie sah einen Hundehaufen genau dort, wo sie sich hinsetzen wollte. Ihr Körper

wich dem Haufen auf wundersame Weise aus. Ein Jammern stieg in ihr auf. Nein, sie wollte nicht, sie wollte nicht – sie stöhnte auf. Nein, das war nicht normal. Es war ein Tumor. Definitiv. Wo blieb nur dieser Arsch von Phillip? Maria fingerte das Handy heraus, drückte die Eins. Niemand hob ab. Typisch. Wenn man ihn brauchte, war er nicht da. Männer waren nie da, wenn man sie brauchte. Elsa. Leerzeichen. Carrie. Mailbox. Mama. Mailbox. Sie war allein. Sie war vollkommen allein. Sie musste heim.
Maria streckte schon die Hand aus, um einem Taxi zu winken, da fiel ihr ein, dass sie keine Geldbörse hatte. Na gut, vielleicht war es ohnehin besser, gleich ins Spital zu fahren und sich behandeln zu lassen. Klarheit zu bekommen. Sie stützte sich auf die geparkten Autos auf und schleppte sich diesen einen Meter zur Fahrbahn. Die Lichter der Autos fuhren direkt in ihren Kopf und vereinigten sich dort mit dem Strahl des Schmerzes. Plötzlich blieb ein Auto neben ihr stehen. Sie stieg ein. Als es losfuhr, sah Maria, dass Phillip aus dem Polizeigebäude kam.

Der Taxifahrer sang mit. Bei ABBA, bei Marc Pirchner, bei den Stones, bei Madonna und *Material Girl,* eine ihrer jugendlichen Songsünden. Er durfte wohl daheim den Mund nicht aufmachen. Seine Stimme war weich und sein Gesang nicht allzu laut. Das war eine gute Mischung, denn der Schmerz verflüchtigte sich mit jedem Lied ein bisschen mehr.
Marias Handy läutete. Phillip. Jetzt war es zu spät. Maria sah dem Handy beim Läuten zu. Es hörte nicht auf. »Ja? … Im Taxi. Ich fahr ins Spital und hol mir meine Geldbörse. … Weil du nicht erreichbar warst.« Jetzt schwieg er. Verdammt, er war nicht auf dem Klo gewesen, er hatte irgendwas getan, was sie nicht wissen durfte. Und jetzt suchte er nach einer Ausrede. »Okay, bis morgen.«
Er hatte keine Ausrede gesucht, er hatte gar nichts zur Erklärung gesagt. Gut. Okay. Musste er ja auch nicht. Sie waren nicht verheiratet. Zum Glück. Trotzdem. Immerhin hatte er ihr angeboten, sie nach Hause zu bringen. Er hatte wirklich seltsame Anwandlungen. Und immer mehr hatte sie das Gefühl, dass sein komisches Verhalten mit den ihr fehlenden Stunden zu tun hatte. Doch er sagte nichts. Scheißamnesie.
Nachdem der Taxifahrer auch noch Patrick Lindner, Boney M.,

Robbie Williams und Peter Alexander intoniert hatte, hielten sie vor dem Spital. Maria bat ihn zu warten und lief in das Gebäude. Die Gänge waren hell erleuchtet und einsam. Als würde sie niemand mögen. Was ja auch den Tatsachen entsprach, denn wer hatte schon ein inniges Gefühl zu Gängen in einem Krankenhaus? Ganz weit entfernt sah sie das Halbrund des Empfangstisches beim Schwesternbereich.

Gerade als Maria es ansteuerte, sah die diensthabende Schwester, die Dicke vom Babyfund, auf. Nein, das konnte sie nicht sein, so lange hatte niemand Dienst. Es musste eine andere dicke Schwester sein. Sie wirkte, als würde sie gleich aufspringen, und sah einem Arzt entgegen, dessen baumlange Gestalt Maria bekannt vorkam. Der Mann hatte eine rasierte Glatze, die zum Streicheln einlud, Krähenfüßchen um die Augen, einen geschwungenen Mund wie gemalt, breite Schultern, einen kleinen, geilen Arsch, einen Oberlippen- und Kinnbart, der ihn wie das Lookalike von König Drosselbart aussehen ließ, und ein Lächeln wie ein Hollywoodstar. Er gab der Schwester die Hand und wandte sich, ignorierend, dass die Frau zum Reden ansetzte, wieder dem Gang zu, auf dem Maria daherkam. Sein Lächeln ging bruchlos auf sie über.

Er streckte ihr die Hand entgegen. »Wie geht es Ihnen, Frau Kouba? Wollen Sie doch noch einmal unsere Gastfreundschaft genießen?«

Sie nahm seine Hand. Fester, trockener Griff. »Nein, ich suche mein Geldbörsel.«

Der Arzt sah zur Schwester, die nahm unter dem Pult Marias Börse hervor. Sie streckte sie ihr entgegen, doch der Arzt – hieß er nicht Heinz Staudinger? Ja, das hatte Josef gesagt – nahm die Börse und streckte sie nun seinerseits Maria entgegen.

»Danke.« Maria schickte einen dankbaren Blick zur Schwester, die diesen nur nebenbei mit einem Nicken annahm. Ihre Konzentration galt voll und ganz dem Arzt, als wollte sie etwas mit ihm besprechen. Tja, Pech, jetzt war Maria an der Reihe.

Sie sah den Arzt wieder an. »Sie sind doch Heinz ... Staudinger, meine ich. Oder?«

Der Mann schlug imaginäre Haken zusammen und verbeugte sich vor ihr. »Professor Doktor Heinz Staudinger. Zu Ihren Diensten.« Dann wieder dieses Hollywoodlächeln.

»Und Sie sind mein behandelnder Arzt, oder?«
Das war jetzt die Chance, alle Unsicherheiten zu beseitigen. Zufall. Schicksal. Es war egal, aus welchem Grund sich Staudinger noch immer, sicherlich weit nach Dienstschluss, im Krankenhaus befand.
»Richtig, Gnädigste. Es war mir ein Vergnügen.« Er nahm ihre Hand und neigte den Kopf. Doch es wurde nicht der zweite Handkuss an diesem Tag, sondern nur eine Verbeugung.
»Vergnügen?« Das war der Begriff, den sie am wenigsten erwartet hatte.
Er sah sie an, wobei er ihre Hand nicht losließ. »Man hat selten Patienten, die so genau wissen, was ihnen fehlt.«
»Aha. Ich habe Ihnen also gesagt, dass ich eine … Gehirnerschütterung habe?«
Er zögerte mit der Antwort. Das sagte alles. Sie hatte einen Tumor. Offensichtlich war ihr Unbewusstes im Taumel nach dem Unfall an die Oberfläche getreten, sie hatte ihre Vermutung auf einen Tumor geäußert, man hatte sie untersucht. Bingo.
»Das würde ich nicht gerade unbedingt bestätigen.«
Was für ein Scheißtyp. Er spielte mit ihr auf diesem hell erleuchteten Gang, als wäre ein Tumor eine bessere Blinddarmentzündung.
Maria ließ seine Hand los und deutete mit dem Kopf zu einer Ecke, wo Besuchersessel standen und ein Fernseher lief. Doktor Staudinger folgte ihr mit einem Lächeln. Das würde ihm bald vergehen. Sie stellte sich zum Fenster und konnte sich nicht beherrschen, dem Gummibaum, der dort sein Dasein fristete, mit dem Nagel ein Loch ins Blatt zu stanzen.
Sie konnte auch den Arzt nicht ansehen, sie stierte auf den Bildschirm. Es lief ein alter *Tatort*. Überall Leichen und Tod. »Wie lange habe ich noch?«
»Wie bitte?«
Er war ein Arsch. Sie musste Josef sagen, dass er diesen Mann aus seinem Freundeskreis zu streichen hatte. »Wie lange ich noch zu leben habe. Fragen Sie nicht so blöd.«
Staudinger stellte sich neben sie und sah ebenfalls auf den Bildschirm. »Ich weiß es nicht.«
Na, wunderbar, endlich ein Arzt, der es zugab. Doch jetzt wäre es

ihr lieber, sie hätte so einen Salbader, der irgendetwas von Monaten und Jahren palaverte. Dann könnte sie sich weiter aufregen.
»Okay, das ehrt Sie. Irgendwie. Dass Sie das zugeben. Dass Sie es nicht wissen. Aber ich muss mich einstellen. Verstehen Sie«, Maria drehte sich zu ihm, »ich muss doch Abschied nehmen.« Sie spürte, dass ihr Tränen in die Augen stiegen. Jetzt war es soweit.
»Ja, natürlich.« Er drehte sich zu Maria. »Aber warum jetzt?«
»Was warum jetzt?«
»Warum wollen Sie akkurat jetzt Abschied nehmen?«
»Na ... na, weil ich sterben muss.«
»Aha. Und wieso?«
»Weil ich einen Gehirntumor habe.« Der Schwindel war wieder da, sie stützte sich auf einem Fauteuil ab.
»Aha. Und seit wann?«
Es war ein selten dämliches Spiel, das sie nicht verstand. »Na, seit dem Unfall. Also das war doch der Auslöser, meine ich. Haben Sie kein CT gemacht? Oder wie das heißt?«
Jetzt nahm Staudinger ihre Hände in die seinen, zwang sie, ihn anzuschauen. »Liebe Frau Kouba, Sie hatten einen Unfall. Sie haben eine Gehirnerschütterung. Und das war es auch schon.«
»Lügen Sie mich nicht an.«
»Das würde ich bei einer Freundin von Josef nie wagen.«
In Marias Gehirn ratterte es. Alles fügte sich neu zusammen. Denn auf eigenartige Weise glaubte sie diesem Arzt genau deshalb, weil er Josef erwähnte. Sie war gesund. Sie war bloß rekonvaleszent. Alles paletti. Sie war noch einmal davongekommen. Alles paletti. Sie würde noch lange leben. Und sie wusste jetzt erst recht nicht, wann sie sterben würde. Alles paletti. Ihre Knie wurden weich. Sie krallte sich an Staudinger fest. Sie gackerte ein Lachen und wischte sich die zwei Tränen ab, die sich herausgeschwindelt hatten. Sie war gesund. Unglaublich. Es war, als würde – wie bei dieser Waschmittelwerbung – der graue Schleier von allem weggezogen.
Maria konnte sich nicht beherrschen, sie strich über Staudingers Hände. Niemand war da, den sie umarmen konnte. Doch der Drang war kaum auszuhalten. Sie spürte Tränennachschub aufsteigen. Sie streichelte noch heftiger, obwohl das eigentlich sehr peinlich war, und sah Staudinger schließlich von unten an.

»Würden Sie ... ich meine, Sie müssen wahrscheinlich zu Ihrer Familie ...« Staudinger hob die Augenbrauen, was das auch immer hieß. »Aber würden Sie mit mir auf mein Leben anstoßen wollen?«

Der Aufzug war eine Sensation. Außen am Gebäude angebracht und komplett aus Glas. Sie musste noch nicht sterben! Maria ignorierte die Stimme in ihr, die ihr kreischend mitteilte, dass sie Höhenangst hatte, und lehnte sich an die Scheibe, um auf die Kärntnerstraße hinunterzuschauen. Das war Leben! *Celebration!* Mit ihrem behandelnden Arzt. Mit einem absolut Fremden ging sie feiern. Egal. Allein sein wäre jetzt das Letzte. Außerdem wusste ja niemand von ihrer Todesangst. Und sie im Nachhinein gestehen ... nein, sie würde sich mit ihrer Hypochondrie nur blamieren.
Es war ein echtes Versäumnis, dass sie nicht schon längst einmal in die *Skybar* gegangen war. Die Einrichtung des Vorraumes hatte sicher das Doppelte von Marias Wohnungsmöbeln gekostet, und dabei war es nur ein dunkler Holzboden. Beim Eingang eine Glasvitrine mit seltenen Whiskeys, eine mit seltenen Rotweinen. Ein Platzzuweiser. Clubsessel vor niedrigen Tischen, eine Bar in der Nähe des Einganges an der Wand, eine Bar mittendrin, beide mit außergewöhnlichen Alkoholika bestückt, die Maria nur von Fällen in reichen Häusern mit gut bestückten Hausbars kannte. Allein die gut fünfzehn verschiedenen Rumsorten waren beeindruckend. Einsame Frauen, einsame Männer. Studenten, die möglichst bald möglichst viel Geld verdienen wollten und schon jetzt so taten, als würden sie bereits darin schwimmen. Menschen, die tatsächlich viel Geld verdienten. Ein Flügel. Riesige Fenster, dahinter der Sternenhimmel und der beleuchtete Stephansdom. Alles wirkte exklusiv, aber es war nur teuer, kein Club. Es war stimmungsvoll. Ein Glas Champagner, leider, denn Bier wäre ihr lieber gewesen, aber einem geschenkten Gaul ... das Lächeln Staudingers, das den Hollywood-Touch verloren hatte und jetzt einfach nur ansteckend fröhlich wirkte. Er hatte auch die enorme Rechnung des Taxis bezahlt. Er war ein Guter. Tod adieu! Genießen war angesagt. Flirten. Lachen. Phillip war ein Vollidiot. Warum auch immer er sich so eigenartig verhielt, es war nicht ihre Schuld. Er

musste sich ändern. Und jetzt feierte sie eben mit einem anderen Mann. Pech. Ach, am liebsten würde sie zu jedem Anwesenden hier hingehen und ihm mitteilen, dass sie noch lebte. Diese ihr völlig unbekannten Menschen umarmen. Das ging natürlich nicht. Nonchalance war angesagt.
»Gehen Sie immer mit Ihren Patientinnen auf einen Drink, wenn sie überleben?« Das war nicht nonchalant, sondern schon wieder einmal viel zu direkt. Und die Frage provozierte nur so eine kitschige Antwort.
»Nur, wenn Sie so …« *Sag es nicht, sag es nicht!* Wieso eigentlich nicht? Auch Stereotypen taten manchmal gut. »… hübsch sind wie Sie.«
Er wollte also flirten. Gut, aber dann auf einem bisschen höheren Niveau. »Und mit den Nichthübschen?« Na ja, das war's noch nicht gewesen.
»Geh ich auf einen Kaffee im Spital.«
»Da hab ich aber Glück gehabt.«
»Das Glück ist ganz auf meiner Seite.«
Sie stießen an. Das Gesülze reichte jetzt. Es konnte ja jeden Moment vorbei sein. Was war, wenn Staudinger am Heimweg Opfer eines Überfalls wurde? Er durfte nicht mit dem Bild von Maria als leicht einzuwickelndes geistiges Leichtgewicht sterben.
»Gut, Herr Doktor Staudinger …«
»Heinz.«
»Genau das meine ich. Werden wir gerade nicht ein wenig zu informell? Ich meine, ich könnte ja wieder einmal eine Patientin von Ihnen werden …«
»Ich habe auch schon Freunde von mir behandelt. Das Du macht mich in keinster Weise unprofessionell.« Wieder das Hollywoodlächeln. Er hielt ihr das Glas hin.
Maria stieß nicht mit ihm an, sondern nahm einen Schluck. »Okay. Dann sind Sie also ein Steiger.« Sie lächelte ihn an, um dem Wort die Schärfe zu nehmen. Anscheinend hatte sie in diesem ganzen Durcheinander ihren Charme verloren. Sie war überhitzt. Einfach weiterreden. »Denn üblich ist es nicht, dass Ärzte mit ihren Patientinnen was trinken gehen. Und überhaupt … Sollten Sie mich nicht davon abhalten, mit einer Gehirnerschütterung Alkohol zu trinken?«

Staudinger schien gar nicht beleidigt zu sein. Er sah vielmehr durch sie hindurch. Dann drehte er sein Glas und betrachtete ausgiebig dessen Inhalt. Oh weh, kam jetzt die Nummer von wegen *Meine Frau versteht mich nicht*?

»Zu Ihrer zweiten Frage: Ein Glas schadet Ihnen nicht, und ansonsten werden Sie es schon merken, wenn Ihnen schlecht wird. Und zur ersten Frage: Ich feiere auch. Den Tod meines Vaters.«

Maria spürte, wie sie rot wurde. Der arme Mann. Und was für eine eigenartige Formulierung. Vielleicht glaubte er ja so stark ans Jenseits, dass der Tod für ihn ein Beginn war, den man feiern musste. »Ist er heute gestorben?«

Staudinger schüttelte den Kopf. »Vor zwei Monaten.« Er strahlte sie an. »Aber heute war mein letzter Tag im Spital.«

Marias Verwirrung musste ihr anzusehen sein, denn Staudinger lachte. »Ich erklär es Ihnen. Es ist die übliche Vater-Sohn-Geschichte. Er hatte ein Geschäft für Eisenwaren. Und wenn ich an ihn denke, sehe ich ihn nur arbeiten. Er hat immer geflickte Anzughosen getragen. Und jetzt hat sich herausgestellt, dass er zweieinhalb Millionen Euro auf der hohen Kante hatte.« Er nahm einen Schluck und starrte wieder ins Glas. *»Sei immer auf der sicheren Seite. Du weißt nie, was kommt.* Originalton. Ich bin plastischer Chirurg. Aber ich konnte mich nie selbständig machen, weil ich immer sein Gejammere da drin«, er zeigte auf sein Herz, »hatte. Ich hatte Panik. Und Krankenhäuser wird es immer geben.«

»Na, ich weiß nicht, bei den Sparmaßnahmen jetzt.«

Staudinger lachte. »Eben. Sie sagen es. Und wissen Sie, was es sicher immer geben wird?«

Maria schüttelte den Kopf.

»Die Panik vor dem Altwerden. Vor dem Sterben.«

Wie wahr, wie wahr. »Ja … und?«

»Ich mache jetzt endlich meine Privatklinik auf. Als Schönheitschirurg.«

»Ja, aber die verdienen sich doch eh deppert! Ich weiß nicht, was Ihr Vater da dagegen hätte haben sollen.«

Staudinger tippte sich an die Stirn. »Ein Fall für die Couch. Also ich meine mich. Aber jetzt ist er ja tot. Jetzt tu ich einfach, was ich will.«

Er ließ sich ruckartig in den breiten, tiefen Barsessel zurückfallen und rollte die Schultern in Sambabewegungen. Ebenso blitzartig beugte er sich wieder zu ihr und hielt ihr neuerlich das Glas zum Anstoßen hin. »Und nachdem Sie sicher nie eine Patientin von mir werden … Heinz.«
Maria stieß an. »Maria.«
Sie tranken. Sahen einander über die Glasränder hinweg an. »Na, sicher bin ich mir da nicht. Wer weiß, ob ich nicht in zehn Jahren mit einem absolut dringenden Doppelkinn zu Ihnen … zu dir komme.«
»Wirst du nicht.«
»Aha. Und warum nicht?«
»Weil du lebst. Du wirst nicht trauern müssen. Um verlorene Zeit.«
»Woher willst du das wissen?«
»Du hast es mir gesagt. Als du eingeliefert wurdest.«
Maria war schlagartig heiß. »Was habe ich gesagt?«
»Dass du nicht mehr lügen willst. Weil das verlorene Lebenszeit ist.«
»Aha. Und sonst nichts?«
»Ich finde, das ist enorm viel.«
Maria lächelte. »Ja, natürlich. Aber ich mein … habe ich sonst noch was gesagt?«
Jetzt lächelte auch Staudinger. »Du meinst über die Stunden davor? Nein. Amnesie kommt nicht schleichend, sie ist einfach da.«
Verdammt, das wäre die Chance gewesen. Und dieser Satz mit dem Lügen, der klang doch danach, dass sie etwas erkannt, verstanden hatte. Aber er verriet nichts. Nicht wirklich. Und trotzdem war er ein guter Satz. Er fühlte sich richtig an. Ja, von nun an würde sie nicht mehr lügen. Denn vielleicht hatte sie ja schon morgen nicht noch einmal so viel Glück. Und dann würde sie sich im Moment des Sterbens ärgern, dass sie wieder gelogen und Zeit hatte verstreichen lassen.
Staudinger sah sie noch immer an. Es war eine seltsame Fügung und zugleich ein Glücksfall, dass sie hier mit ihm saß. Ihre Beziehung war unbelastet. Es gab keine Fragen und Ansprüche, keinerlei Unsicherheiten, weil es keine Sicherheiten gab. Ihre Beziehung war ein weißes Blatt Papier. *What a wonderful world.*

Ein Leptosome in Frack hatte sich an die Tasten gesetzt. Er versuchte erst gar nicht, Luis Armstrong zu kopieren. Und das war gut so, denn dadurch wirkte sein Gesang authentisch. Maria sang mit, ungeachtet dessen, ob sie die Töne traf oder nicht. Morgen würde sie Phillip einfach fragen, was in den Stunden vor ihrem Unfall passiert war. Und dann bekam sie eine Antwort, falls er es wusste. Und jetzt …
Maria hielt Staudinger das Glas entgegen. Hopp oder drop. Auch wenn sie jetzt nicht mehr zum Sterben verurteilt war, so war sie es doch irgendwann. Und das Leben wollte ausgekostet werden. Also entweder weiteten sich Staudingers Pupillen oder … sie taten es. Maria hob den Kopf, Staudinger kam ihr entgegen, und dann bekam sie einen Kuss, nach dem sie sich fragte, warum sie diesen Knackarsch nicht schon längst geküsst hatte.

Der Plafond schwebte meterhoch über ihr. In seiner Mitte strahlte im Licht der beiden Nachttischlampen eine Rosette aus Stuck. Die Ränder des Plafonds zeigten Zeichnungen von Engelchen und Wolken. Und ihre Hand lag auf einem Männerbauch. Einem nicht bekannten Männerbauch. Einem Männerbauch allerdings, der sich mit seinen samtenen Haaren sehr wohlig anfühlte. Maria sah nach rechts. Staudinger. Oioioi. Sie hatte ihn nur küssen wollen. Doch dann hatte der Champagner zu schmecken begonnen. Richtig. Leider – wirklich leider? – hatte ihr ehemaliger, behandelnder Arzt es nicht als anstößig oder ungesund bewertet, dass sie trank. Und wenn ihr die Erinnerung, die da jetzt aufflashte, nichts vorgaukelte, hatten am Schluss zwanzig Champagnerkelche auf ihrem Tisch gestanden. Sehr zum Leidwesen des Kellners, den sie am Abservieren gehindert hatten, weil sie ihren Triumph über den Tod, wie Heinz es formuliert hatte, hatten sehen wollen. Dann Tequila. Eine verschmuste Taxifahrt. Sie waren jetzt irgendwo in einer großen Wohnung an der Zweierlinie. Um die Ecke der Mariahilfer Straße. Gieriges Betatschen und Fummeln in einem breiten Treppenhaus. Und Sex. Ausufernder Sex. Die Bilder waren nur schemenhaft. Aber der Nebel dieser Bilder erzeugte ein angenehmes Gefühl, also dürfte der Sex gut gewesen sein.
Phillip.

Er war nur ihr Lover. Also privat gesehen. Nur ihr Lover. Das implizierte kein Besitztum. Sie brauchte kein schlechtes Gewissen zu haben. Und er benahm sich komisch. Es musste so gewesen sein, in diesen verlorenen Stunden, dass er ihr gesagt hatte, er habe eine andere. Und nun flippte er aus, weil er es ihr nochmals sagen musste und sich angesichts ihres Zustandes – ihres offiziellen Zustandes – nicht traute. Sonst war das alles nicht zu erklären. Genau.

Aber das alles änderte nichts an der Tatsache, dass sie neben einem ihr völlig fremden Mann lag. Gut, sie hatte schon mit noch fremderen Menschen geschlafen, aber das hier war etwas anderes. Und sie hatte auch schon One-Night-Stands gehabt. Aber mit dem behandelnden Arzt ins Bett zu gehen, das war etwas anderes. Nein, war es nicht. Denn er hatte ihr ja gesagt, dass sie gesund war. Insofern war er nicht mehr ihr behandelnder Arzt. Und er arbeitete ja auch nicht mehr im Spital. Er war einfach eine flüchtige Begegnung der Nacht. Gut. Genuss gehabt. Gehen. Sonst kamen Komplikationen.

Maria hob die Decke so weit hoch, dass sie darunter herausrutschen konnte, ohne Heinz dadurch aufzuwecken. Sie robbte ihren Hintern vom Bett, stellte die Füße auf einen Teppich – handgeknüpften Seidenteppich? – und ließ die Decke auf das Bett gleiten.

Staudinger grunzte und schlug die Augen auf. »Was ist?«

»Ich muss heim.«

»Wieso?«

Ich bin verheiratet. Ich habe ein krankes Kind. Ich muss zwanzig Fische, drei Katzen, vier Hunde und hundert Vögel füttern.

»Weil ich heim muss. Ich muss morgen früh aufstehen.« Maria sprang auf und lachte ein gezwungenes Lachen. Sie schnappte sich ihr Höschen und zog es ungelenk an.

»Das muss ich auch. Wahrscheinlich zeitiger als du.« Staudinger klopfte auf das Leintuch neben sich. »Komm wieder ins Bett. Bevor es kalt wird.«

»Es ist Mai. Es wird nicht kalt.« Sie führte sich auf wie die blödeste Zicke ever. »Ich will jetzt einfach in mein Bett.«

»Warum?«

Der Typ war schlimmer als jeder Fünfjähriger. Warum? Wieso? Darum. »Ich kenn dich gar nicht. Ich mein … bitte versteh mich nicht falsch, es war gut. Ich meine wirklich gut, aber jetzt muss ich …«

»Ich will dich auch nicht heiraten. Aber wir können doch die Nacht genießen. Wo ist das Problem? Bist du vergeben? Du hast keinen Ring. Da war nichts in deinen Unterlagen. Und du hast auch nichts gesagt.« Sein Grinsen war frech.

Halleluja!, dieser Typ war nicht dumm. Das war gefährlich. Männer, die nicht dumm waren und noch dazu in der Früh genauso gut wie am Abend davor aussahen, hatten eine gewisse Strahlkraft.

Maria kniete sich auf das Bett. »Es hat wirklich nichts mit dir zu tun, aber ich kann doch nicht … Schau, ich muss morgen ganz frisch …«

»Ich stell uns den Wecker. Ich habe um sieben die ersten Handwerker da. In der Klinik. Ich muss also …« Er packte sie und küsste sie. Seine Küsse waren sein Home-Run.

Maria sank aufs Bett und küsste ihn zurück. Phillip küsste auch nicht schlecht, aber dieser Staudinger küsste so, dass frau nichts anderes mehr machen wollte. Und dann fingerte er sich die Schultern entlang zur Hand hinunter, ganz unschuldig, verschränkte seine Finger mit den ihren, legte dieses Fingerpaket auf Marias Bauch, fuhr mit diesem Paket weiter hinunter zu ihrer Scham, streichelte ihre Klitoris. Er spielte mit ihr, als wäre sie ein Joystick. Und Welle um Welle wurde Phillips Gesicht blasser. Wurde ihre Muschi feuchter. Staudinger musste seinen Finger nicht in die Spalte stecken, sie sog ihn auf. Und immer wieder ging sein Finger zurück zur Klit, die sich ihm groß entgegenstreckte. Staudinger drückte Maria aufs Laken, fuhr mit der Zunge über ihre rechte Brustwarze, fuhr über die linke, biss in sie hinein, knabberte, und Phillips Gesicht war nicht mehr abrufbar. Marias Hand tapste von sich aus zu Staudingers Scham, sie packte seinen erigierten Schwanz und schob die Vorhaut hinauf und hinunter. Ihre Muschi zog sich zusammen, um diesen Schwanz fest hineinzuholen, denn dieser Schwanz passte ganz vorzüglich in ihre Spalte. Daran konnte sie sich plötzlich erinnern. Er hatte genau den richtigen Winkel, um sie in der entspannten Missionarsstellung von einem Höhepunkt zum anderen zu treiben. Denn er traf genau den G-Punkt. Aber vielleicht war dieser Winkel auch in einer anderen Stellung gut. Maria entwand sich Staudingers Händen und kniete sich hin. Er sah sie an, sie wackelte mit dem Arsch. Staudinger war mit einer schnellen Bewegung hinter ihr und stieß hinein.

ZWEI

Jack saß an der Ecke der Dusche und sah sie nur an. Maria fühlte sich wie eine Dienstbotin, die jetzt sofort entlassen würde. Sie hockte sich hin und lockte ihn mit Küsschen. Der Kater sah sie einfach nur an. Sie schloss die Tür, warf die Handtasche auf die Ablage. Es waren drei Nachrichten auf dem Anrufbeantworter. Richtig, sie hatte nach dem ersten Kuss mit Staudinger ihr Handy abgeschaltet. Nicht auf lautlos gestellt, sondern komplett abgeschaltet. Was natürlich interessant war. Das hieß, dass sie zu diesem Zeitpunkt die Nacht mit ihm schon akzeptiert hatte. *Freud, schau oba.* Maria drückte die Wiedergabetaste und machte sich daran, Jack sein Futter zu geben. Die doppelte Ration. Der Arme musste am Verhungern sein.

»Hallo, Mary-Maus. Ich hoffe, das weckt dich jetzt nicht. Aber dein Handy ist aus, und ich habe dir eh schon auf die Mailbox geredet, aber ich will auf jeden Fall … Scheiße, was soll ich sagen … Also, der Roth hat gemeint, dass du das Arbeiten brauchst und … Mist, wie soll ich's sagen? Ich mein das nicht. He, bitte, ruh dich aus. Lass doch den Roth und den Stix die Kacke erledigen. Also wenn du das morgen in der Früh hörst, dann leg dich einfach wieder hin, ja? Versprich mir das, Mausl. Ich hab zwar morgen Vormittag eine kleine Razzia, aber bis zu Mittag sollt ich fertig sein. Dann komm ich zu dir und wir stoßen an. Reden über den ganzen Scheiß. Bussi. Ich … ich hab dich lieb.«

Sie hatte Elsa auch lieb, auch wenn diese Nachricht bewies, dass ihre Freundin Maria nicht wirklich kannte. Nie im Leben würde sie, solange sie nicht völlig hinüber war, jemandem, der nicht aus ihrer Gruppe war, die Ermittlungen überlassen. Und reden war auch überflüssig. Sie hatte keinen Tumor, und über einen popeligen Unfall gab es nichts zu reden.

Jack sah sie immer noch an. Dieses Mistvieh, das sonst seinen

Hunger mit Beißattacken unterstrich, saß jetzt einfach nur da und schaute.
»Mia Bambina, wieso erreich ich dich nicht? Nicht am Telefono und nicht daheim. Ich mache mir Sorgen. Ruf mich bitte sofort an, wenn du das hörst. Ich sterbe sonst, hörst du? Cara mia, ti amo. Tanti baci.«
Ihre Mutter starb bei jeder Gelegenheit. Wenn etwas wirklich Schlimmes passieren würde, würde ihre Mutter wahrscheinlich sterben und gleichzeitig auferstehen.
Maria zeigte Jack den gestreckten Mittelfinger und ging ins Wohnzimmer, wo sie den Radio aufdrehte. Es lief die Werbung vor dem Nachrichtenblock.
»Hi, ich bin's, Carrie. Bitte ruf mich an. Ich muss was mit dir … ruf mich bitte an.«
Wahrscheinlich wollte sie, dass sie Mama anrief, weil die sich so Sorgen machte. Das war schon eigenartig. Die zwei verstanden sich prächtig, obwohl sie nicht einmal miteinander verwandt waren. Eigentlich waren sie ja sogar Feinde, denn immerhin war Carrie die Tochter der Zweitfrau von Marias Vater. Sie hatten damals erst an seinem Sterbebett voneinander erfahren. Und erst vor – ja, es war bloß ein halbes Jahr her, dass sie einander zufällig wieder getroffen hatten. Aber ihre hochkatholische Mutter hatte Carrie vom ersten Augenblick, na ja, vom zweiten Augenblick an gemocht. Obwohl die Besitzerin eines Begleitservices war. Und jetzt arbeitete sie mit ihr sogar zusammen. Das Leben war ein Scherzkeks.
Maria ging auf die Knie und bot Jack ihre Stirn zum Stupsen an. Der Kater ignorierte sie.
»… ausgesetzt. Dieses Mal waren es zwei. Wir berichten live vor Ort. Bleiben Sie dran.«
Die Stimme des Moderators hatte diesen betroffenen Unterton, der Katastrophen verhieß. Ausgesetzt? Zwei? Dieses Baby in der Tasche im Spital. Dieses andere Baby in der Zeitung. Diese zwei hatten es also in die Nachrichten geschafft. Oder andere zwei.
Maria zog sich aus. Wenn sie sich jetzt unter die Dusche stellte, dann versäumte sie wahrscheinlich den Bericht. Sie schaltete die Kaffeemaschine ein und stellte das Handy wieder an. Die Auszeit

mit Staudinger war vorbei. Sie war wieder gesund und voller Tatendrang. Arbeiten war angesagt. Sie war wieder sie selbst. Mehr als das. Sie war entspannt sie selbst.
Maria grinste beim Gedanken daran, was ihr beim Entspannen geholfen hatte.
Das Grinsen entglitt ihr. *Ein* Lover sollte doch hinlänglich reichen. Sie war unersättlich, sie war eine Nymphomanin. Das musste sie akzeptieren. So weit, so gut. Doch da war keinerlei Gefühl bei dieser Erkenntnis. Maria horchte in sich hinein. Da musste doch irgendwo das schlechte Gewissen wegen Phillip hocken. Es schien sich gut zu verstecken. Das Nachdenken brachte sogar noch ein weiteres Gefühl ans Tageslicht: Sie wollte gar nicht genug bekommen. Es war so spannend, mit einem fremden Menschen ins Bett zu gehen. Alles war neu. Jeder Mensch bewegte sich anders, verhielt sich anders beim Orgasmus. Wenn sie zu sich selber ehrlich war, dann kam, beim Gedanken an die letzte Nacht, ein Gusto auf einen dritten Lover. Eine Streifendienstkollegin hatte ihr einmal von diesem Phänomen erzählt: Je mehr man bumste, desto mehr wollte man bumsen. Und zwar ungeachtet der Liebe oder sonstigen romantischen Mists. Sie hatte diese Frau für eine Nymphomanin gehalten. Das war ein Trugschluss gewesen, denn sie selbst fühlte sich im Moment überhaupt nicht nymphoman. Die Kollegin hatte recht gehabt. Es war, als würde ihr Körper erst so richtig auf den Geschmack kommen. Nun ja, das war eigentlich nicht so abwegig, denn hieß es nicht auch, das man die Lust auf die Lust verlor, wenn man sie nicht pflegte? Eben. Und außerdem musste Phillip es ja nicht erfahren.
»Wien ist erschüttert. Zwei Babys wurden diese Nacht ausgesetzt. Vier Babys haben nun keine Mutter. Was ist der Grund für diese Häufung an Kindesweglegungen? Wir gehen dieser Sache nun auf den Grund. Bei mir im Studio ist …«
Vier Kinder. Ihr Gefühl hatte sie nicht getrogen. Es war außergewöhnlich, dass Babys in so kurzer Zeit so häufig weggelegt wurden.
Maria ging ins Wohnzimmer. Die Psychologin mit Expertenbereich Familie quatschte was von schlechter wirtschaftlicher Lage. Finanzkrise. Das Wort beherrschte den Rest ihres Sermons. Das war Bullshit, wie Phillip es formulieren würde. Kinder kamen

auch in den ärmsten Zeiten auf die Welt, und sie wurden auch in den ärmsten Zeiten großgezogen. An der Geschichte war etwas faul. Nur was? Beim besten Willen wollte ihr nichts einfallen, was die Weglegung von Kindern im Großformat begründete. Aber das war nicht ihre Baustelle. Sie hatte sich um einen gefolterten Pfleger mit Einstichen in den Hoden zu kümmern.

Die O-Beine vor ihr gehörten ihrem Kollegen Stix. Das traf sich ja bestens. Die anderen mussten nicht hören, dass er für sie bei der Obduktion eingesprungen war. Maria ging schneller, um ihn einzuholen, bevor er in die Gasse zum Büro einbog.
»Stix!«
Er ging einfach weiter, gebeugt wie ein alter Mann. Maria lief ihm nach und tippte ihm auf die Schulter. Stix fuhr herum. Und er schaute sie an, als wäre sie ein Geist. Erst nach einigen Sekunden nickte er ihr zu. Und jetzt sah Maria den Grund für seine Abwesenheit, er hatte Kopfhörer in den Ohren. Sie hasste diese Dinger, sie machten die Menschen so rücksichtslos und autistisch. Behäbig nahm Stix die Stöpseln aus den Ohren.
»Servus, Stix, fein, dass ich dich da treff, weil ich … du, Xaver, ich bin dir wahnsinnig dankbar, dass du gestern, also, eingesprungen bist. Das war echt leiwand. Aber jetzt … ich mein, mir geht es schon wieder ganz gut und ich würde ganz gern …«
Stix nickte und hob die Hand. Das war alles. Und schon wieder steckte er sich einen der Stöpsel in die Ohren. Das durfte doch nicht wahr sein, so eine Ignoranz. Sie griff schnell nach dem zweiten Stöpsel und hielt ihn sich selber ans Ohr. Wenn da jetzt nicht mindestens die Meldung über einen Terrorangriff kam, würde sie ihm die Meinung sagen.
Es waren Nachrichten über die ausgesetzten Babys. Eigenartig, dass Stix das so interessierte.
Maria reichte ihm den Stöpsel. »Schon schlimm. Weißt du eigentlich, dass gestern im Spital, wie ich wieder ganz zu mir gekommen bin … Also, da war jedenfalls eines der Babys. War irgendwie völlig abstrus. In der Unfallabteilung so ein Baby.«
Stix sah den Stöpsel in seiner Hand an und nickte. Jetzt fing er auch noch an, sich die Augen zu reiben, die Schläfen, die Stirn, und wieder die Augen. Die Sache schien ihm wirklich nahezuge-

hen. Das war nett, dass sie einen Kollegen hatte, der so empfindlich auf Kindergeschichten reagierte.
Maria ging zwei Schritte, aber Stix blieb stehen. Maria ging einen Schritt zurück. »Was ich überhaupt nicht versteh, ist, warum diese Kinder nicht in die Babyklappen gelegt worden sind. Aber Hauptsache, sie kriegen jetzt ein gutes Zuhause.«
Stix ließ den Kopf fallen und richtete beide Zeigefinger gegen Maria, als würde er die Aussage des Satzes doppelt unterstreichen wollen. Dann rieb er sich wieder die Augen. Irgendwas stimmte da nicht.
»Du, Stix, ist was?«
Stix atmete tief durch. Dann betrachtete er die Umgebung, als würde er sie das erste Mal sehen. Schließlich rieb er sich wieder die Augen.
»He, Stix, was ist?«
Er nahm beide Stöpseln aus den Ohren und rollte das Kabel penibel zusammen. »Die Betty und ich haben jetzt drei Runden In-vitro hinter uns.«
Tja, was sollte sie da jetzt drauf sagen? Sie hatte bislang keine Ahnung von Stix' Privatleben gehabt. »Das tut mir leid.«
Doch Stix schien sie nicht zu hören. »Und jetzt ist es zu spät für eine Adoption. Wir sind zu alt. Also, ich mein, wir können schon, aber nur im Ausland. Und das sind alles Gauner. Also, die Vermittler meine ich. Nicht die Kleinen.« Er stopfte das Kabel in die Innentasche seines Sakkos, wohl zum Handy, und legte die Hand auf diese Stelle, als wollte er das Handy mitsamt den Nachrichten und den Kindern beschützen. »Und da gibt es … Arschlöcher, die so arme Würmer aussetzen. Und nicht uns geben.« Er rieb am Rand des Revers, als wäre da ein Fleck. Es wirkte sehr gefährlich. »Und sie setzen sie nicht einmal in der Babyklappe aus, sondern irgendwo. Die könnten erfrieren. Verhungern. Ein Hund könnte kommen …«
»Bitte, Stix! Ich mein, so weit ich das mitbekommen habe, sind die Babys immer nur in geschützten Räumen weggelegt worden.«
»Ich krieg diese Bagage, ich krieg sie.«
»Du? Aber das ist doch keine Sache für die KD1.«
»Seit heute schon.«
Klar, die Babys waren in den Zuständigkeitsbereichen verschie-

dener Kommissariate ausgesetzt worden. Inzwischen regte sich die empörte Öffentlichkeit, die Angelegenheit wurde heikel.
Stix beobachtete eine Frau beim Einparken auf der gegenüberliegenden Straßenseite. Er sah Maria noch immer nicht an. »Weißt du eigentlich, dass bei jedem Versuch, also bei jedem In-vitro-Versuch, ungefähr sechs bis zehn Kinder gemacht werden. Und nur eines wird eingesetzt. Wenn du es ein paar Mal probierst, dann kommen die anderen auch zum Zug. Wenn es beim ersten Mal klappt, dann sind die anderen Ausschussware. Die werden dann einfach nicht gebraucht.« Er lachte auf. »Ich bin also nur ein halbes Arschloch, weil wir haben es dreimal versucht, das heißt, bei uns sind nur maximal sieben Kinder auf dem Mist gelandet.«
Sie hatte Stix doch nur für seine Hilfe danken, ihm klarmachen wollen, dass er ab nun nicht mehr gebraucht würde. Und dann landete sie in einem Vortrag über Kinder und Mist. Das konnte einem die Laune für den ganzen Tag verderben. Aber Stix jetzt einfach stehen lassen, ging auch nicht.
Maria seufzte. »Soviel ich weiß, sind das doch nur befruchtete Eizellen, oder? Also, ich würd mir da jetzt an deiner Stelle nicht so einen Kopf machen.«
Stix sah sie nun das erste Mal richtig an. »Nur befruchtete Eizellen. Und was, denkst du, sind befruchtete Eizellen? Ha?«
»Na ja … befruchtete Eizellen?«
Stix ging einfach im Stechschritt an ihr vorbei. Maria rannte ihm nach und packte ihn am Arm. »He, Stix … Xaver, ich hab doch nicht gwusst, dass dir das Thema … Also, ich wollt dich echt nicht beleidigen oder so.« Wobei sie nicht wusste, wie sie es geschafft hatte, ihn zu beleidigen.
Stix sah ihre Hand auf seinem Arm genauso demonstrativ an wie sie gestern Josefs auf ihrem. Der Typ war echt sauer, und sie wusste einfach nicht, warum. Sie zog die Hand zurück.
Stix schenkte ihr gnadenhalber einen Blick. »Ich nehme an, du bist auch für Abtreibung.«
Halleluja!, in was war sie da hineingeraten. »Äh, wenn sie innerhalb der Frist ist?«
Jetzt stellte er sich gerade vor sie hin. Er deutete mit den Zeigefingern zehn Zentimeter an. »Wenn du ein Kind im dritten Monat umbringst, dann ist es so groß.«

Er drehte sich um und ging weiter zum Büro. Maria sah ihm nur nach. Irgendwie schien ihr Hirn leer zu sein. Ihr fiel einfach keine Antwort ein.

Der Gang zu ihrem Büro war eigenartig ruhig. Maria sah auf ihre Uhr. Die Sitzung aller Abteilungen mit Gottl hatte noch nicht begonnen. Na, wenigstens blieben ihr die Kommentare zu ihrem Unfall erspart. Nach ein paar Freudenkundgebungen, die hoffentlich kamen, würden sicher die Hänseleien folgen. *Blindes Hendel* und *Wenn man nix vertragt, dann sollt ma halt nix trinken* würde sie sich sicher anhören müssen.

Maria öffnete die Tür zum Büro – und prallte zurück. Der Raum war über und über voll mit Luftballonen in allen Farben. Drei von ihnen hatten Clownsgesichter, die fröhlich zu tanzen schienen. Wenn sich die Ballons auseinander bewegten, war mittendrin ein goldenes, offensichtlich selbst gebasteltes Spruchband zu sehen, auf dem *Auf das Leben* zu lesen stand. Eine CD krachte, Musik wurde laut, und dann wünschte Stevie Wonder Maria *Happy birthday to you*. Gleichzeitig ging die Tür zu Sekretärin Gabis Büro auf. Sie selbst stakte als Erste heraus. Heute hatte sie ihre Extremkurven in Zitronengelb mit orangefarbigem Schmuck gehüllt. Und natürlich passte wie immer der Rotton der Haare zum Outfit. Sie war definitiv die heimliche Färbe-Weltmeisterin. Gabi sang laut, vielmehr raumgreifend. Hinter ihr tänzelte Sonja von der Presseabteilung, ihre Stimme war eher schrill. Georg schlackerte sich herein, einzelne Silben brummend, Clemens und Fabian folgten ihm mit leicht verkniffenen Gesichtern, das Getue schien ihnen peinlich zu sein. Navratil mit Knut und Sinclair vom Einbruch, die ohne Rücksicht auf Verluste grölten, bildeten eine Miniaturschlange, der ihrer aller Chef Traugott Mühle himself nachzulaufen versuchte. Gottls Disco-Tanzbewegungen wirkten unglaublich bemüht und dadurch rührend. Das schien seine volle Konzentration zu beanspruchen, denn das Singen ließ er aus. Und schließlich blieb Phillip im Türrahmen stehen. Er starrte auf den Boden. Und als er endlich den Blick hob, grinste er die tanzenden Kollegen an, nicht Maria. Das durfte doch nicht wahr sein, der Typ war beleidigt wegen gestern Abend. Dabei hatte er sie in Stich gelassen.

Maria wandte sich den fröhlichen Gesichtern zu, sollte er doch bleiben, wo der Pfeffer wuchs. Sie wippte und klatschte im Takt mit. Nach dem zweiten Mal Refrain trällerte Stevie Wonder ganz normal den Text weiter.
Gabi stoppte Georg, indem sie ihm die Hand gegen die Brust hielt; bei ihrer ausladenden Weiblichkeit und seiner Schlaksigkeit wirkte das gefährlich. »Wir haben gsagt, Endlosbandl vom Refrain! *Happy birthday* heißt der, Dilo.«
Georg hob die Hände. »'tschuldige, is si einfach nimma ausgegangen.«
»Auf di is vielleicht a Verlass.«
Gottl packte Gabis Hand und tanzte mit ihr so etwas Ähnliches wie einen offenen Foxtrott. Dabei sah er nun ungemein edel aus, weil der klassische Tanzstil bestens zu seiner soignierten Erscheinung passte. »Aber liebe Kollegin, lassen Sie sich doch nicht die Stimmung verderben. Ich finde die Musik ganz vorzüglich.«
Unwillkürlich bildete sich ein Kreis um die beiden. Gabi gab sich dem Rhythmus hin, ihre Bewegungen wurden sehr elegant. Die beiden harmonierten. Es wirkte, als hätten sie nie etwas anderes getan als miteinander getanzt. Auf den Gesichtern der anderen erschien ein Lächeln. Und Maria lächelte am breitesten. Es war doch wunderbar. Das alles. Schlichtweg wunderbar. Ihr Blick fiel auf Phillip, der noch immer im Türrahmen lehnte. Er sah sie einfach nur an. Sie konnte seine Gedanken nicht lesen. Nicht mehr. Er war ein vertrauter Fremder für sie. Lautlos formte sie die Frage: *Was ist los?* Sie blendete den Lärm um sie herum aus, um ihn verstehen zu können. Doch er antwortete nicht. Mit keinem Blick, mit keinem Zucken seiner Gesichtsmuskeln.
Da wurde Maria von Navratil gepackt, sie hörte wieder die Musik, die nun bei der Refrain-Endlosschleife am Schluss angelangt war. Navratil zwang auch die anderen sanft in einen Kreis, in dem jeder den Nachbarn um die Schultern fasste. Nun sang auch Maria mit. *Happy birthday to you.* Die Schlange öffnete sich und Navratil zog die anderen durch den kleinen Raum. Er kam bei Phillip vorbei und packte ihn. Phillip entzog sich ihm. Doch Gabi nahm Phillip so fest um die Taille, dass er sich lachend in die Schlange einreihte. Genau vor Maria. Und das erste Mal in all den Monaten, die sie sich kannten, schaffte sie es beinahe nicht, ihn

anzufassen. Immer wieder riss genau zwischen ihnen beiden die Schlange auseinander. Maria krallte sich in Phillips Hosenbund, sah in das Gesicht von Navratil. Es war vor Lachen verzerrt. Auch das von Gabi und den anderen. Plötzlich roch es nach Vanille und Zuckerguss. Die Gesichter verwandelten sich zu Clownsmasken, die hämisch grinsten. Die Augen waren leere Höhlen.

Maria entwand sich der Schlange und stolperte in Gabis Zimmer. Vornübergebeugt holte sie tief Luft. Die Süße war einfach unerträglich. Sie schaute auf und sah direkt in ein Clownsgesicht aus Zuckerguss auf einer großen Torte mit weißer Glasur. Dieser Clown lächelte wie ein lieber Freund. Sie meinten es ehrlich und gut, die Kollegen, das Unwohlsein lag nur an ihr selbst. Am Unfall. Bald war sicher wieder alles normal.

Maria zwang sich zu einem Lächeln und ging ins Büro zurück. »Okay, für alle eine Runde heut Abend. Same station, same time.« Die anderen strahlten sie an, Marias Lächeln wirkte wohl echt.

Navratil schwenkte noch immer die Arme im Rhythmus der Musik über dem Kopf. »Nur eine Runde?«

Maria grinste. »Willst auch besoffen in eine Bim rennen?« Geniale Replik, jetzt war allen Hänseleien der Wind aus den Segeln genommen.

Navratil lachte auf, packte sie und drehte sich mit ihr unglaublich schnell im Kreis, jenseits von etwas, das man Takt nennen konnte. Abschließend nahm er ihren Kopf zwischen die Hände und drückte ihr einen Kuss auf den Mund. »Nein, alles mach ich dir net nach.«

Er machte ihr doch gar nichts nach. Aber Maria kam gar nicht zum Nachdenken. Navratil busselte sie nochmals ab. »Gut, dass du an Engel ghabt hast.«

»Dem kann ich mich nur anschließen, liebe Frau Kouba. Meine liebe Frau Kouba.« Gottl streckte ihr die Hand entgegen.

Nun packte sie auch noch Gabi und versenkte Maria zwischen ihren wogenden Brüsten. Maria befreite sich. »Gut, gut, gut. Ich geb w.o. Zwei Runden.«

»Und die Nullerrunde kommt jetzt.« Georg hielt eine Sektflasche in die Höhe.

Die Kollegen klatschten wie kleine Kinder in die Hände. Sonja

wuselte in Gabis Zimmer nebenan und kam mit einem Tablett voller Sektgläser zurück. Das große Einschenken begann.
Maria sah sich um. »Wo ist eigentlich der Sternberg?« Im Moment, als sie die Worte aussprach, war es ihr peinlich, denn jetzt dachten bestimmt alle, dass sie und Josef was am Laufen hätten. Solche Gerüchte kamen immer auf, wenn man zu viel Interesse an einem Kollegen zeigte.
Die meisten schienen die Frage jedoch überhört zu haben, nur Phillip knabberte an seinen Lippen. Er beugte sich zu ihr. »Er ist bei seiner Frau daheim. Der geht es nicht gut. Hat was mit den ausgesetzten Babys zu tun.«
Schon wieder diese Geschichte. Wobei, alles klar. Die beiden versuchten ja auch schon ewig, schwanger zu werden. Damals, bei Marias One-Night-Stand mit Josef, hatte seine Frau Margit gerade ihre gesamte unerwiderte Mutterliebe ihrer Hündin Stella mit deren Welpen geschenkt. Vielleicht sollte Maria Josef mit Stix zusammenbringen, die beiden wussten wahrscheinlich nicht mal, dass sie das gleiche Problem hatten. *Zehn Zentimeter*. Nein, Stix war sicher so ein christlicher Freak, das konnte sie Josef nicht antun. Der Arme, seine Diskussion mit Margit würde nicht so bald zu Ende sein. Und das mitten in einem heißen Fall.
So schnell würde Josef also nicht auftauchen. Zum Glück hatten sie ohnehin das meiste schon gestern Abend geklärt. Blieb nur die Frage nach der Tatzeit. Maria ging zu ihrem Schreibtisch. Richtig, da lagen noch Josefs Unterlagen. Sie schlug sie auf. Tatzeit zwischen einundzwanzig und vierundzwanzig Uhr. Wie unter Zwang blätterte sie weiter. Jetzt kamen bald die Bilder vom durchtrennten Hals. Maria ließ die nächste Seite zurückfallen, schlug sie dann doch um. Da stach ihr der Hinweis auf eine DNS-Probe ins Auge. Ein blondes Haar war auf der Leiche gefunden worden. Ein langes blondes Haar, um exakt zu sein. Maria drückte die Leertaste am Computer, er fuhr hoch. Und da waren sie wieder, diese drei Frauen. Die eine trug einen langen, blonden Pferdeschwanz. Die Frage war nur, ob der Bericht mit blond ›gefärbt blond‹ oder ›echt blond‹ meinte. Denn die Frau in Jeans hatte eindeutig nachgeholfen. Zumindest hatte die Petermann es so ausgesagt.
Jemand stellte ihr ein Glas Sekt vor die Nase. Es war Navratil. »Du bist ein Freak.«

Seine Augen waren dunkel, so wie damals, als sie einander im Schießkeller kennengelernt hatten und er sie angeflirtet hatte. Bis sie ihn in die Schranken verwiesen hatte. Na, das war ein netter Effekt dieses Unfalls, dass die gesamte männliche Kollegenschaft ihre Gefühle zeigte. Sie anbaggerte. Das hob das Selbstwertgefühl. Wobei ... das war doch sicher nur deswegen, weil sie ihnen nach dem Unfall schwach erschien. Sie war nicht mehr unverwundbar. Und da kam dann der Beschützerinstinkt hoch, die Ritterlichkeit. Die alten Rollenmuster waren einfach nicht auszumerzen. Es nervte.
Maria runzelte die Augenbrauen.
»Na ja, ich mein ja nur. Du hast unglaubliches Glück gehabt, Maria. Auf deinen zweiten Geburtstag!«
Sie konnte es wirklich nicht mehr hören. »Navratil, trink einfach deinen Alk, ja?«
Navratil blies einen Lacher durch die Nase und stieß mit ihr an. Er kippte das Glas auf einen Zug. Alles klar. Sie alle feierten mit ihr, weil sie selbst Schiss davor hatten, dass es von der einen Sekunde auf die andere aus sein konnte. Maria hielt das Glas zwischen Daumen und Zeigefinger. Es rutschte langsam durch. Ja, es hätte aus sein können mit ihr. Von einer Sekunde auf die andere. *Happy birthday.* Maria leerte das Glas ebenfalls in einem Zug.
Ihr Telefon blinkte auf. Sie nahm ab und lauschte. »Alles klar, Max. Danke.«
Maria drehte sich zu Navratil und sah sein glückstrahlendes Gesicht, als er die anderen beim Anstoßen beobachtete. *Von einer Sekunde auf die andere.*
Maria schaute zu Phillip, der sich ihr prompt zuwandte. Fein, auf dieser Ebene hatten sie also noch keine Kommunikationsstörungen. Sie sprach nicht lauter, als wären sie allein. »Neuer Mord.«
Er verstand sie, wenigstens etwas. Das Berufliche funktionierte.

Phillip und sie schwiegen bis zum Kennedy-Reindl. Dann rollten sie blöderweise zum selben Zeitpunkt die Zigarette im Aschenbecher ab. Sie lachten auf und sahen aus ihrem jeweiligen Fenster. Auf Marias Seite war es langweilig, da war nur ein Zinshaus, das längst wieder einmal einen neuen Anstrich gebraucht hätte. Und so wandte sie sich unwillkürlich zur anderen Seite, zum Reindl, dem Knotenpunkt von Straßenbahnen und der U-Bahn. Da begegnete sie Phillips Blick. Sie lachten erneut auf. Jämmerlicher Schwachsinn, was sie da trieben. Sie benahmen sich wie Teenager nach dem ersten Date. Nein, beim ersten Date. Wobei Maria wusste, warum sie selbst sich so komisch benahm, denn sie war von Phillips Verhalten verunsichert. Aber er hatte keine Ausrede. Wenn er etwas wusste über ihre verlorenen Stunden, wenn es so wichtig war, dass es ihre Beziehung beeinträchtigte, dann sollte er ihr es gefälligst sagen. Das tat man unter Freunden. Dass man einander half, auch wenn es wehtat.

Er rollte erneut seine Zigarette ab. »Und? Hast du dich gut ausgeschlafen? Geht es dir besser?« Umständlich dämpfte er die Tschick aus.

Die Frage verpestete mit ihrer Unehrlichkeit dermaßen die Luft, dass Maria nicht anders konnte, als das Fenster zu öffnen. Sie warf die Zigarette hinaus, damit sie den Typen neben sich nur ja nicht wieder zufällig berührte. »Ja, danke der Nachfrage.«

Und ihre Antwort war ebenso unehrlich. Super. Sie könnte, sollte ihn jetzt fragen, warum er sie gestern quasi hatte sitzen lassen, aber ihr Kiefer verkrampfte sich. Ach, wenn sie nur die Zeit zurückdrehen könnte. Bis vor Kurzem war alles noch so leicht und unkompliziert gewesen.

Sie schwiegen wieder.

Aus dem Augenwinkel sah Maria jemanden aus dem benachbarten Auto winken. Es war Georg, der die ganze Zeit hinterhergefahren war und jetzt gleichauf mit ihnen im Stoßverkehr dahinrollte. Hinter ihm saß Josef, der wohl wegen Fabian neben ihm die Pfeife aus dem Fenster halten musste.

Arbeit. Die war immer der beste Rettungsanker. »Okay, ich hab das Gefühl, dass der Doppelmord da jetzt in direktem Zusammenhang mit dem Mord an Köhler steht, nach dem, was die kleine Meyer gestern gesagt hat.«

»Ich auch.«

»Gut. Dann schauen wir uns einmal an, was Gabi schon über den Köhler herausgefunden hat.«

Maria öffnete die Mappe, die Gabi zusammengestellt hatte. »Also, das sind Auskünfte vom Melderegister, wobei das sehr lückenhaft ist. Und Auskünfte von seinem direkten Chef bei der Caritas.

August Köhler, geboren 1973 in Krems, ein jüngerer Bruder, Leopold, lebt in Wien, eine Zwillingsschwester, Dorothea, tot. Ma, arm. Das war sicher nicht leicht für ihn. Die Zwillingsschwester zu verlieren.«
Phillip reagierte nicht. Gut, musste er auch nicht, ihre Bemerkung war ja nicht so wesentlich. Aber normalerweise plapperten sie immer einfach drauflos. Sein Schweigen wurde langsam unangenehm. Es kroch in ihren Kopf und lähmte ihre Gedanken. *Ignorier ihn!*
»Matura in Krems im Piaristengymnasium, dann Medizinstudium in Wien. Na, schau di an. Der Pfleger ist ein Doktor.«
»Oh.«
Wow, ein Ton. »Fertig geworden ist er 1998. Danach war er an der Medizin in Innsbruck. Von 2000 an bis 2004 existiert er nicht. Laut der Caritas ist er nach eigenen Angaben durch die Welt gereist. Dann drei Jahre Ausbildung zum Pfleger, und sein erster Einsatz war bei Eleonore Egger. Und wir haben noch keine Wohnadresse gefunden.« Maria sah auf. »Komisch. Der muss doch im Melderegister sein, auch wenn er jetzt gerade bei der Egger gewohnt hat. Na ja, vielleicht wieder einmal einer, der glaubt, nur weil er in einer WG wohnt, braucht er sich nicht anzumelden. Egal, die Gabi wird es schon rausfinden.« Maria schloss die Mappe halb. »Da stellen sich natürlich gleich einmal zwei Fragen: Warum arbeitet ein fertiger Arzt als Pfleger und ...?«
»Wo war er in diesen fünf Jahren?«
»Außerdem: Was hatte er für ein Fachgebiet?«
»Und ist da was schiefgelaufen?«
Maria spürte, wie sie lächelte, trotz des Grants auf Phillip. Jetzt war er endlich wieder ihr Partner. Gleichklang in Gedanken und Worten.
Gerade als sie ihn anlächeln wollte, bog Phillip ruckartig rechts in die Tiroler Gasse ein. Abrupt blieb er stehen und winkte Georg, weiterzufahren. Der tat es nach kurzem Zögern. Phillip ignorierte den fragenden Blick von Maria, stattdessen rollte er die Gasse weiter und stellte sich in eine Garageneinfahrt. Dann schaltete er den Motor aus. Er legte die Hände auf das Lenkrad und schaute irgendwo ins Leere Richtung Fußpedale. Und er schwieg.
»Du, äh ... ist dir schlecht?«

Phillip reagierte nicht.
»Du, Roth, was soll das?«
Ganz langsam drehte er sich zu ihr, packte blitzartig ihren Kopf, küsste sie auf dem ganzen Gesicht, beugte sich so weit zu ihr, dass er beinahe auf ihr zu liegen kam, küsste sie heftig auf den Mund, wobei Maria gar nicht dazu kam, den Kuss zu erwidern, so heftig rotierte Phillips Zunge und so gierig schnappten seine Lippen. Er fuhr ihr unter das T-Shirt, schob grob ihren BH über die Brüste. Dann fuhr sein Kopf nach unten. Maria bekam endlich wieder Luft. Er saugte an den Brustwarzen, als hinge sein Leben davon ab. Sein Haarschopf wippte wie bei einem schlechten Pornodarsteller während eines Blowjobs. Zugleich nestelte seine Linke an ihrem Hosenreißverschluss. Alles in Maria versteifte sich. Sie schob Phillip von ihrem Körper, worauf er sich noch mehr in sie verkrallte. Sie stieß ihn weg, er knallte mit dem Hinterkopf gegen das Armaturenbrett.
Sie verharrten beide mitten in der Bewegung.
Der Typ wollte sie vergewaltigen, raunte eine kleine giftige Stimme in Marias Kopf. Frau musste sich vorsehen. Eine andere, mächtigere Stimme machte sich Sorgen wegen Phillip. Er war völlig verrückt geworden.
Phillip zog sich auf seinen Platz zurück, ohne Maria zu berühren, geschweige denn anzusehen. Und wieder schwieg er. Er war völlig neben sich. Eindeutig.
Marias Hände verkrampften sich. Sie dehnte sie und ballte sie zu Fäusten. Das kraftlose und zugleich angespannte Gefühl ging langsam weg. Sie fingerte eine Zigarette aus ihrer Handtasche. Ohne nachzudenken, zündete sie zwei Glimmstängel an. Wie immer. Eine für sie, eine für Phillip. Sie sollte Phillips Zigarette wegwerfen. Nach der Geschichte da eben. Doch sie hielt sie ihm trotzdem hin.
Er sah lange, sehr lange auf das Ding und nahm es dann schließlich. »Bitte entschuldige.«
Er zog heftig daran, blies den Rauch aus, nahm noch einen Zug, und Maria wartete. Das konnte doch nicht alles gewesen sein. Phillip startete den Motor.
Maria fiel ihm in die Hand und stellte den Motor wieder ab. »He, was war das gerade?«

»Wieso? Du willst doch Sex mit mir?« Er sah sie noch immer nicht an.
Maria beugte sich zu ihm, versuchte seinen Blick auf sich zu zwingen. »Könntest du mir bitte erklären, was mit dir los ist?«
Endlich sah er sie an. Doch sie konnte nichts in seiner Miene lesen. »Alles okay, Chefin.« Wo war der Schalk in den Augen, der zu dieser Anrede gehörte? »Männer. Das sagst du doch immer. Wir sind manchmal a bissel komisch.«
»Komm mir nicht damit, Roth. Du bist völlig drüber. Wenn dir irgendwas nicht passt, dann sag es doch.«
»Vielleicht fängst ja du damit an.«
»Das habe ich gerade.«
»Das meine ich nicht.«
»Was dann?«
Phillip betrachtete ihr Gesicht. Dann sah er ihr wieder in die Augen. »Na, vielleicht ... vielleicht fängst du einmal damit an, wie es dir damit geht, dass du fast gestorben wärst.«
Schon wieder dieser Spruch. Aber das war jetzt irrelevant, denn Phillip hatte etwas ganz anderes sagen wollen, das hatte die Pause nach diesem *Vielleicht* nur so herausgebrüllt. *Ich weiß, dass du etwas anderes sagen wolltest. – Wollte ich nicht. – Warum wehrst du dich so dagegen? Wird doch nicht den Weltuntergang bedeuten.*
Phillip wandte sich ab und startete erneut den Motor. »He, May«, endlich hatte seine Stimme wieder den samtenen Klang, »es tut mir wirklich leid. Und ich bin ... sehr froh, dass es dir gut geht. Und ich bin halt jetzt ein bissel durcheinander.« Er sah schnell zu ihr. »Aber ich versprech dir, ich rede mit dir drüber. Wenn's Zeit dazu ist.«
Wenn ein Mann so viele Geständnisse in Serie herauspresste, dann musste frau es dabei belassen, dann durfte frau nicht noch weiter insistieren, denn es war selten genug.
Maria neigte hoheitsvoll das Haupt und deutete ihm mit ausgestreckter Hand – wie eine Königin –, loszufahren. Was Phillip auch tat. Und endlich wirkte sein Gesicht wieder entspannt. Er wusste allerdings nicht, dass sie ihn am Abend in Alkohol einweichen und sein Innerstes nach außen kehren würde. Jawohl. Diese Attacke hatte gezeigt, er war reif dafür. Dann würde sie endlich

erfahren, was in diesen Stunden passiert war, an die sie sich nicht erinnern konnte. Maria zog genussvoll an ihrer Zigarette – und verschluckte sich am Rauch.

Die Gasse mit den beiden Tatorten war zur Gänze abgesperrt. Das war gut so. Wer wusste schon, was da noch alles kam. Und so war es auch übersichtlicher, man konnte im Überblick behalten, wer kam und wer ging. Denn natürlich hatten sich inzwischen ein paar mehr Journalisten als gestern eingefunden. Der ORF und die Privatsender waren jeweils mit einem Fernseh- und einem Radioteam vertreten. Bei der schreibenden Zunft hatten sich zur Nickelbrille der Vollbart und die Rothaarige gesellt. Die Köhler-Geschichte wurde also langsam heiß für die Journaille. Maria ging mit gesenktem Haupt an der Presse vorbei und deutete nur auf Phillip. Eigentlich war sie ja rekonvaleszent, sollte er doch einmal die Meute ruhigstellen. Phillip murmelte was von Pressestelle, der Feigling. Sonja würde ihm seine nicht vorhandene Bereitschaft zur Mitarbeit um die Ohren schleudern. Maria entrang sich ein Seufzer. Seit ihrem letzten Treffen der *International Police Association* wusste sie, dass die Zusammenarbeit mit der Presse nicht überall so schwierig war. In London etwa taten die Journalisten das, was die Polizei wollte. Und die Pressesprecherin oder der Pressesprecher waren Teil des ermittelnden Teams. Man arbeitete Hand in Hand und nicht gegeneinander.
Jungpolizistin Jacqueline Meyer stakste ihnen entgegen. Lange Mascaraschlieren verliefen unter ihren Augen. Der Frischling hatte entdeckt, dass die Welt kein unschuldiger Spielplatz war. Und beim Anblick Marias fing ihre Unterlippe zu zittern an. »Ich wollte heute die Vernehmungen fortführen, Kollegin Kouba, und weil Sie … Ich hab mir gedacht, wenn ich eh schon …«
Sie schluckte aufsteigende Tränen hinunter, wodurch die Augen hervorquollen.
Phillip stellte sich mit auf dem Rücken gefalteten Händen vor sie hin. »Kollegin Meyer, eigentlich haben ja Frau Kouba und ich gesagt, dass wir die Havliceks nochmals befragen wollen.«
»Ich weiß.« Sie biss sich auf die Lippen und wandte sich ab.
Maria verdrehte die Augen zu Phillip. Manchmal war er einfach ein unsensibler Klotz. »Kollegin Meyer, bitte.«

Jacqueline schniefte und wandte sich zu ihr um. Sie tastete ihre Uniform ab, offensichtlich auf der Suche nach einem Taschentuch. Phillip hatte doch immer eins einstecken, Maria starrte ihn auffordernd an. Mit einem Seufzen zupfte er eines aus seiner Jeanstasche und reichte es dem Mädchen. Jacqueline Meyer schnäuzte sich und tupfte an den Mascaraschlieren herum. So kamen sie nicht weiter.

»Also, Sie wollten die Havliceks samt Pudel nochmals befragen.«

Das endlich entlockte Jacqueline ein Lächeln. »Charlie. Er ... er wimmert die ganze Zeit.« Ihre Unterlippe zitterte schon wieder.

»Gut, und wie war das? Sie haben geläutet.« Und jetzt fiel es Maria erst auf: Sie siezte die Kollegin nun ebenfalls, nachdem sie gestern damit begonnen hatte. Das war höchst ungewöhnlich unter Kollegen und konnte nur heißen, sie fügte sich unbewusst in die Rolle der Älteren, des Vorbilds. Wie schrecklich. Sie musste etwas gegen diesen Alterungsprozess unternehmen.

Jacqueline starrte sie aus grünen Augen an. Sie nickte. »Keiner hat sich grührt. Und dann hab ich gsehn, dass das Gartentürl offen ist. Und ich hab mir dacht, ich probier's an der Haustür, falls die eine Klingel kaputt ist.«

»Moment.« Phillip hob den Zeigefinger. »Bei der Befragung gestern ... auf welche Klingel haben die Havliceks da reagiert?«

»Auf gar keine. Der Herr Havlicek ist am Fenster glehnt und hat rausgschaut.«

»Aha. Und dann, Miss Spürnase?«

Jacqueline sah Phillip von unten an. Sie wusste offenbar nicht, wie sie die ›Miss Spürnase‹ auffassen sollte. »Na ja, da hab ich gsehn, dass die Tür Einbruchsspuren aufweist. Und da bin ich hinein und ...«

Ihre Stimme zitterte, doch Phillip schnitt das aufkeimende Weinen mit einem harschen »Was?« ab.

»Ich bin da rein und ...«

»Sie haben Einbruchsspuren bemerkt und sind einfach in das Haus, ohne Verstärkung zu rufen?«

Er siezte die Kleine auch. Entwarnung. Wahrscheinlich ging es nicht um das Akzeptieren einer Vorbildfunktion, sondern um Rebellion gegen das oktroyierte Du unter Kollegen. Jacqueline reagierte passend zur strengen Anrede, denn sie nickte wie ein

beim Kirschenfladern ertapptes Kind. Phillip klatschte sich mit der Rechten auf die Stirn und wandte sich ab.
Jacqueline redete in seinem Rücken weiter. Eifrig, sehr eifrig. Vielleicht war ja auch er ein Vorbild für sie, und er war zwei Jahre jünger als Maria. Wunderbar, sie bildete sich das mit dem Altwerden nur ein.
»Ich hab mir nur dacht, vielleicht sind die ja noch da, die Einbrecher, und ich kann irgendwie eingreifen, oder die Havliceks sind verletzt, und sie brauchen urschnell Hilfe, und da bin ich halt rein und ...« Sie atmete tief durch und sah nun Maria an. »Ich habe das Vorzimmer gesichert, die Küche, und im Wohnzimmer hab ich dann die ... die Leichen von Mathilde und Franz Havlicek gfundn.« Sie schluckte. »Und weil die Hälse – also, das war so urarg – also, weil die Hälse durchtrennt waren, habe ich an den Handgelenken den Puls gefühlt. Sie waren tot. Na ja, bei den Schnitten.« Jede Regung verschwand aus Jacquelines Gesicht. Sie starrte auf Marias Knie. »Und da war ein Fiepsen. Das war voll krass. Dieses Wimmern und Fiepsen. Und ich hab überall gsucht, in jedem verfickten Kastel.«
Ganz schlechte Wortwahl für einen Bericht, aber Phillip wies sie nicht zurecht, er starrte ins Nichts. Derselbe Film spielte sich wohl in seinem und in Marias Gehirn ab. Der Havlicek-Film von Jacqueline Meyer, der sich mit ihren eigenen Filmen vom ersten Leichenfund mischte. Und da war wieder dieses Gefühl zwischen Kotzen und Nichts, das sich zu seelenlosem Automatismus entwickelte und erst durch eine rührselige Nebensächlichkeit wie einen Hund aufgebrochen wurde.
»In wirklich jedem beschissenen Kastel. Und unter der Abwasch war er dann. Der Charlie. Er kann anscheinend Türen aufmachen.« Sie lächelte für einen Sekundenbruchteil. »Und dann hab ich die Zentrale verständigt.«
Maria straffte sich. »Kollegin Meyer, wenn ich Sie richtig verstanden habe, dann haben Sie jede Menge Fingerabdrücke im Haus hinterlassen. Beziehungsweise, Sie haben jede Menge möglicher Fingerabdrücke verwischt.«
Jacqueline tauchte langsam aus ihren Gedanken auf, dann strahlte sie über das ganze Gesicht. Die Kleine war tendenziell eindeutig manisch-depressiv. Sie zog den Arm in den Ärmel der Uniform-

jacke und fasste von innen in den Stoff. So streckte sie den Arm Maria entgegen. »Gar nichts habe ich angriffn oder zerstört.«
Maria sah Jacqueline tief in die Augen. »Gehen Sie nie wieder, hören Sie, nie wieder allein in einen Raum, wo ein Verbrechen stattgefunden hat. Oder gerade stattfindet. Haben Sie mich verstanden?«
Jacqueline nickte. Ihre grünen Augen leuchteten sie an. Maria fühlte sich doch wieder wie ihre eigene Großmutter. Sie war nicht mehr jemand, der lernen oder sich behaupten musste, sondern sie erteilte jetzt den anderen gute Ratschläge. Aber wenigstens hatte sie das Gefühl, dass die Tipps auf fruchtbaren Boden fielen. Sie würde Jacqueline weiterhin mehr einsetzen, als es notwendig war. Das Mädchen sollte lernen.
Phillip drehte sich um. »Und wo ist Charlie?«
»Im Schlafzimmer. Das Tierhilfswerk kommt jetzt dann.«
Phillip zog die rechte Augenbraue hoch und ging ins Haus. Er wirkte so indigniert wie damals bei ihrem ersten gemeinsamen Fall, wo ebenfalls ein Hund ins Tierheim gegeben worden war. Und so wie damals flammte auch jetzt in Maria ein unbändig liebevolles Gefühl für ihren Partner auf. Sie zog sich die Gummihandschuhe an.

Auf dem Boden des Vorzimmers lag eine zerbrochene Glasvase. Das Wasser hatte eine Lacke gebildet, die Maiglöckchen waren über einen Quadratmeter verstreut. Ein Lodenmantel befand sich am Rand der Lacke, seine Schlinge zum Aufhängen war abgerissen. Der Spiegel hing schief. Georg und seine Mannen hatten bereits einen Pfad mit Papier ausgelegt.
Maria schaute in die Küche. Die Töpfe mit Basilikum, Schnittlauch und Petersilie lagen ebenfalls zerbrochen am Boden, weit entfernt von ihrem ursprünglichen Standort, worauf die Wasserränder auf dem Fensterbrett hinwiesen. Beide Küchensessel lagen am Boden, das Tischtuch hing halb vom Küchentisch.
Die Sessel der Wohnzimmergarnitur standen mitten im Raum und so gar nicht im rechten Winkel zur Couch, wie es der Rest der Einrichtung, der generell im Neunzig-Grad-Winkel zueinander ausgerichtet war, vermuten hätte lassen. Auch hier waren Gegenstände auf den Boden geschleudert, der Vorhang hing zer-

rissen von der Gardinenstange. Und alle Kasten und Laden waren durchwühlt. Auf dem Boden lagen zwei Bilderrahmen. Clemens fotografierte sie gerade. Als er fertig war, hob Maria sie auf. Es waren ein Hochzeitsfoto – angesichts der Schulterpolster des Kostüms der Frau wohl in den Achtzigern aufgenommen – und ein Foto von einem Bub und einem Mädel in Volksschulalter.

Maria drehte sich zu Jacqueline um, die konzentriert den Blick auf den Rest des Raumes vermied und Maria fixierte. »Kollegin Meyer, klären Sie bitte mit Gabi Preißl im Präsidium die Verhältnisse der Havliceks. Familie, Freunde und so. Außerdem die Telefonlisten, und zwar Festnetz und Handy von beiden.« Maria sah zu Georg. »Computer?«

Georg schüttelte den Kopf. Maria nickte Jacqueline zu, die rannte beinahe aus dem Haus.

Mathilde Havlicek war mit dem Gürtel ihres Schlafrocks, unter dem sie ein altrosafarbenes Nachthemd trug, an den Händen an den Heizkörper gefesselt, ihr Mann, der einen hell- und dunkelblau gestreiften Pyjama anhatte, lag zwei Meter entfernt am Boden. Die Köpfe der beiden standen in einem unnatürlichen Winkel ab.

Josef begutachtete die Stirn von Franz Havlicek. »Wir haben hier Spuren von Folterung. Schläge. Schnitte. Einer davon quer über das linke Auge. Derzeit sieht es danach aus, als wären dem männlichen Opfer diese Verletzungen kurz vor Todeseintritt zugefügt worden. Bei dem weiblichen Opfer ist nichts dergleichen festzustellen. Und bevor Sie fragen, Kollege Roth, es gibt auch keinerlei offensichtliche Spuren eines sexuellen Vergehens.«

Er stand auf und sah Maria an. »Die Art der Durchtrennung des Halses kommt mir hinlänglich bekannt vor. Die Folterung allerdings ist bei Weitem weniger kunstvoll.«

Er sah sich im Raum um, Maria tat es ihm gleich, ebenso Phillip. Und der sprach es als Erster aus. »Aber der Rest, der ist ganz anders als beim Köhler.«

Es sah alles danach aus, als hätte jemand sich gewaltsam Eintritt verschafft und nach Wertgegenständen gesucht. »Wie schaut's oben im Schlafzimmer aus?«

Georg wischte sich die Stirn. »Wieso fragst, Kouba?«

»Na, weil hier offensichtlich nichts fehlt. Fernseher da, Stereo-

anlage.« Sie ging zum Wohnzimmerschrank, zog eine Lade mit Schlüssel auf und schaute hinein. »Und da ist auch noch die gesamte Münzsammlung.«
Jetzt sahen sie alle einander an, Josef, Georg, Phillip und sie. Phillip rannte los, hinauf ins Schlafzimmer. Während sie auf ihn wartete, schwiegen sie eigenartigerweise alle. Gekläffe und beruhigendes Gemurmel von Phillip waren zu hören. Er kam wieder herunter und hob die Hände. »Schmuck da.«
Maria stieß das Perpetuum mobile aus silbernen Kugeln an, das auf dem Fernseher stand. Klick-klack machte es. Klick-klack. »Ich rekapituliere: Die Havliceks wollten gestern, laut Aussage von Inspektorin Meyer, nicht alles sagen, was sie wussten. Eine Vermutung, aber nehmen wir sie einmal als Tatsache. Heute Morgen …«
»Wahrscheinlich zwischen drei und fünf Uhr früh.« Josef faltete die Hände vor dem Bauch.
»Heute in der Nacht also dringt eine Person in dieses Haus ein, es ist dieser Person egal, dass man sie hört, darauf lassen die Einbruchsspuren schließen. Und die Havliceks hören diese Person auch prompt. Es kommt sofort beim Eingang zum Handgemenge, das sich über die Küche bis zum Wohnzimmer zieht. Der Einbrecher muss stark sein, da sich zwei Personen nicht effektiv gegen sie wehren konnten. Wahrscheinlich wurde Franz Havlicek niedergeschlagen und so konnte Mathilde Havlicek an den Heizkörper gefesselt werden.«
»Der Bluterguss an der Schläfe würde darauf hindeuten.« Wieder Josef.
»Dann wurde Franz Havlicek gefoltert. Mathilde Havlicek musste zusehen.«
Georg deutete auf die Leiche beim Heizkörper. »Und sie hat gelitten. Ihre Handgelenke sind aufgeschürft. – 'tschuldige, Sternberg. Wollt dir nicht reinpfuschen.«
Josef hob beschwichtigend die Hand.
»Es ging aber nicht um Pretiosen. Es ist alles da. Um was ging es dann?«
»Um Informationen.« Phillip hatte sein Kinn in der Hand aufgestützt und betrachtete die beiden Leichen aus sicherer Distanz.
Maria sah jeden einzelnen der Reihe nach an. »Richtig. Wir su-

chen also nach Informationen. Es kann sein, dass der Einbrecher sie nicht gefunden hat, dann sind sie noch da. Und wenn er sie gefunden hat, suchen wir nach etwas, was weg ist.«

Clemens warf den Kopf in den Nacken und deutete ein Schnarchgeräusch an. »Mann, sind wir jetzt in einer CSI-Folge, oder was? Die Genies, die wegen einem Staubkorn in einem Spalt kombinieren, dass in der Decke ein Versteck eingelassen ist, das man durch Druck auf die zweite Blume von links öffnen kann.«

Phillip legte den Kopf schief und nahm eine gebückte Haltung an. Er glich frappierend David Caruso, dem Darsteller des CSI-Chefs aus Miami, sogar seine Haare schienen rötlich zu werden. »Deswegen bist du doch zur Polizei gegangen, Kleiner. Weil du so cool sein willst wie wir.« Sogar seine Stimme klang so sonor wie die von Caruso.

Die Truppe lachte. Clemens fuhr seinen Mittelfinger ein Stückchen aus, stoppte rechtzeitig und begann unvermittelt, eine Lade im Wandschrank zu durchsuchen. Die Kollegen folgten abrupt seinem Beispiel und widmeten sich geschäftig ihrer Arbeit. Maria und Phillip standen auf einer Insel in Emsigkeit.

Sie sahen einander an und lächelten. Sie wandten sich voneinander ab.

Maria stoppte das Perpetuum mobile und stellte sich vor die Leiche von Franz Havlicek. Eine durch und durch graue Person. Wahrscheinlich war seine Ermordung das einzig Spektakuläre in seinem Leben. Sie hockte sich zu ihm. Nein, der Grund für seine Ermordung war das einzig Spektakuläre in seinem Leben. »Er hat wahrscheinlich den Mörder erkannt. Und ihn erpressen wollen.«

Phillip hockte sich ihr gegenüber auf die andere Seite der Leiche. »Dieser gierige Trottel. Er könnt noch leben, und wir hätten unseren Mörder.«

Maria setzte sich auf die entleerte, umgefallene Papiertonne, die vor dem Haus der Havliceks darauf wartete, wieder auf ihren angestammten Platz im Eingangsbereich geschoben zu werden. Sie zückte ihr Handy, streckte dann aber die Beine aus und das Gesicht in die Sonne. Noch keine Kopfschmerzen heute. Mister Schönheitschirurg bewies auch als Innerer Mediziner gutes Behandlungsgespür. Sie atmete ein paar Mal tief durch. So viel Zeit musste sein. *Der Mann ist ohnehin schon tot.* Karin Beluschek hatte völlig recht. Na ja, zumindest grundsätzlich. Sie konnte ruhig einmal durchatmen und sich sammeln. Auch der Mörder war kein Problem. Entweder war er ohnehin aus dem Umfeld des Opfers und dachte gar nicht daran zu verschwinden – oder er war längst über alle Berge, was bei der Professionalität des Mordes wahrscheinlich war. Ja, genau das war der Punkt. Der erste Mord wirkte kalkuliert, der zweite schien eine Notwendigkeit gewesen zu sein, aber beide waren kaltblütig. Dazu passte auch, dass Handy und Laptop von August Köhler verschwunden waren. Alle Verbindungen zwischen Täter und Opfer sollten gekappt werden. Ja, jemand war sehr, sehr sauer auf August Köhler gewesen. Aber es handelte sich nicht um Mord im Affekt.

Es entsprach natürlich ganz und gar nicht der Kriminalistenschule, von der Vermutung, dass die Havliceks den Mörder erpresst hatten, als Tatsache auszugehen. Aber es lag dermaßen auf der Hand, dass Maria nicht anders konnte. Gut, es gab noch die Möglichkeit, dass irgendetwas die Havliceks mit Köhler verbunden hatte und der Mörder von Anfang an geplant hatte, auch sie zu töten. Warum dann aber nicht in einer Nacht? Warum bei ihnen keine K.-o.-Tropfen? Keine Einstiche? Der durchtrennte Hals wies auf denselben Täter hin, doch der Tathergang legte unterschiedliche Motive nahe.

Georg stieg über Marias Beine. »Des artet langsam echt zu einer Hackn aus. Wenn des so weitergeht, dann könn ma da am Berg a Zeltlager aufschlagen.«

Er schlurfte quer über die Straße zum Haus von Eleonore Egger, vor dem noch mehr Spurensicherer eingetroffen waren. Die Arbeit am Tatort Köhler war ja noch nicht beendet.

Ja, es wurde echt eine Hackn, wie es Georg so schön formulierte. Maria drückte die Zwei auf ihrem Handy, um mit Gabi die weitere Vorgehensweise abzusprechen, als Josef aus dem Haus der Havliceks kam und in seiner Pfeife stocherte. Sie unterbrach die sich aufbauende Verbindung.

»Du, Josef, du hast doch auf der Leiche vom Köhler ein blondes Haar gefunden. Echt oder unecht?«

Josef sah sie an, als hätte sie ihn gefragt, wie viel zwei mal zwei sei.

Maria klimperte mit den Lidern und setzte ein Grinsen auf. »Alles klar, wenn es gefärbt wäre, hättest du es in den Bericht geschrieben.« Sie lächelte ihn sicherheitshalber an, so als Quasi-Entschuldigung.
Ein langes Echt-Blondhaar also. Das passte zu keiner der drei Frauen. Und wenn Maria ehrlich war, dann konnte sie sich auch beim besten Willen nicht vorstellen, dass eine Frau so morden würde. Denn diese theoretische Täterin müsste erstens wissen, wie man mit einem Militärmesser gekonnt Hälse durchschnitt. Solche Frauen waren, zumindest in Mitteleuropa, relativ selten. Und zweitens müsste sie sehr viel Kraft haben und wissen, wie man effektiv zuschlug. Einschlägige Berufe wie Bodyguard oder Soldatin kamen dafür infrage. Bei Köhler war das Szenario noch irgendwie möglich – die K.-o.-Tropfen gaben Handlungsfreiheit –, aber bei den Havliceks war Urgewalt am Werk gewesen. Männliche Urgewalt. Wenn es derselbe Täter war. Ja, doch.
Georg stand bei der Absperrung und redete mit einem Mann, der einen Werkzeugkoffer trug. Er verabschiedete sich, ein Uniformierter trat an den Mann heran und zückte seinen Block.
Georg schlurfte zu Maria. »Ich hab mich die ganze Zeit gfragt, wenn der Täter mit dem Opfer gegessn haben soll, wieso hat er dann net den Spüler eingeschaltn? Beziehungsweise wieso hat das Lichtl an der Maschin brennt, aber drin war dreckiges Gschirr? So ein Profi, wenn wir jetzt von der Ermordung ausgehen, der lasst keine DNS zurück. Jetzt weiß ich es.« Er zuckte mit den Augenbrauen. »Der Geschirrspüler ist hin. Der da drüben wollt ihn grad reparieren. Vor vier Tagen ist der Auftrag reinkommen, hat er gesagt. Na, dann schau ma amal, was die Kollegen von dem Geschirr so runterholen.« Er tippte an einen imaginären Hut und ging zum Egger-Haus.
Noch mehr DNS-Spuren, unter Umständen, wenn Köhler nicht doch vier Tage lang dasselbe gegessen hatte. Denn diese drei Frauen waren so gar nicht … Nein, sie mussten sie finden, als Zeuginnen oder als mögliche Täterinnen. Und dann hatten sie auch endlich Vergleichsmaterial für die DNS-Proben. Gut, das Haar stammte offensichtlich von keiner von ihnen, aber vielleicht hatten ja sie mit Köhler gegessen, dann war wenigstens eine Frage geklärt. Dieses Haar konnte natürlich von irgendeiner x-belie-

bigen Geliebten sein, völlig unabhängig von dem Mord, und die drei Frauen hatten etwas mit dem Mord zu tun. Eine weitere Möglichkeit war, der Besuch der drei an dem Tatabend war Zufall. Und natürlich konnte der Mörder lange blonde Haare haben – so wie der eine Spurensicherer aus der neuen Truppe von Georg, der sich gerade die Kapuze überzog. Und es war natürlich auch möglich, dass sowohl das Vorhandensein des Haares auf Köhler als auch die Anwesenheit der Frauen Zufall waren und sie noch überhaupt keinen Hinweis auf den Täter hatten.
»Du, Josef, wann wissen wir, ob das Haar männlich oder weiblich ist?«
»Frühestens morgen bekommen wir die DNS-Analyse.«
Das war zumindest eine Aussicht. Bis dahin mussten sie noch mehr über Köhler erfahren. Dazu sollten sie endlich seine Wohnung durchsuchen, die es laut Meldregister aber nicht gab. Sie existierte aber sicher irgendwo, auch wenn Köhler Vierundzwanzigstunden-Betreuer bei der Egger gewesen war. Außerdem wäre es hilfreich, endlich Zeugen zu finden, die ihn besser als die Mitarbeiter der Caritas oder die Beluschek gekannt hatten. Und dann war zu überlegen, wie sie bezüglich der drei Frauen verfahren sollten. Alle Fahrer von Bus und Bim abzuklappern, war sehr aufwendig, außerdem war nicht anzunehmen, dass sie sich wirklich erinnerten, wieso auch, bei dem enormen Fahrgastaufkommen pro Tag. Nein, sie mussten eine Suchmeldung bezüglich der drei Frauen herausgeben.
Unwillkürlich sah Maria zu den Journalisten jenseits der Absperrung. Nur die Nickelbrille hatte es noch ausgehalten. Wahrscheinlich hatte irgendwer aus dem Team ein Detail durchsickern lassen, was die anderen Reporter befriedigt hatte. Und erst jetzt fiel Maria auf, dass Sascha Herzog, ihr Leib-Geier, nicht unter der Meute war. Er musste krank sein. Eine andere Erklärung gab es nicht, wenn er bei einem Fall, bei dem sie die Leitung innehatte, nicht dabei war. Doch nur mit ihm würde sie die Suchmeldung nach den Frauen durchziehen. Ihm vertraute sie inzwischen, nach all den Fällen, die sie gemeinsam durchgestanden hatten. Sascha Herzog war erwachsen geworden, er wusste, worauf es ankam, obwohl er für die *Kronen Zeitung* arbeitete, die Bassena der Nation. Sie musste ihn anrufen, nach Gabi.

Maria drückte wieder die Zwei. »Hi. Du, ich brauch erstens endlich die Adresse vom … ah ja.« Maria notierte sie. »Im ersten Bezirk, nobel, nobel. Das hätt ich mir nicht dacht. Und wieso hat das so lang … was? August Doblinger? August Köhler ist als August Doblinger gemeldet? Das ist ja interessant. Sehr interessant. Hat's mit dem Namen irgendeine Bewandtnis? … Ah ja. … Und Handy? … Na, da haben wir aber verdammtes Pech. Shit. Jedenfalls das zweite ist …«, Maria lachte auf. »Kannst du Gedanken lesen, oder was? … Ja, stimmt, wir sind ein gutes Team. Also, wir brauchen diesen Leopold Köhler. Wo war er? … Aha. Scheiße. Das ist nicht leiwand. Und wann landet er? … Ja, Blödsinn, natürlich, sonst hätte er ja nicht anrufen können. Okay. Er soll in die Wohnung von seinem Bruder … na, das ist ja praktisch, dass er einen Schlüssel hat. Sag ihm, wir sind gleich da. Und er soll draußen bleiben. Er soll auf keinen Fall reingehen. Und, Gabi, noch was: Bereit einmal was wegen der drei Frauen …«

Eine Hundeleine schnalzte gegen ihre Beine. Maria schrie auf. Im nächsten Moment spürte sie in der Papiertonne unter ihrem Hintern Gepoltere. Phillip kam aus dem Haus gestürzt und sah sich um.

»Du, Gabi, wegen der Frauen ruf ich dich noch einmal an. Wir spielen da gerade *Catch the Dog.*« Sie beendete das Telefonat.

Phillip schlich sich an die Papiertonne heran, auf der Maria saß und in der mittlerweile Jaulen hörbar war.

»Hast du die Schlafzimmertür offen gelassen?«

Phillip schüttelte den Kopf und streckte die Hand entspannt durch die offene Klappe in das Innere der Tonne, begleitet von lockenden Schmatzgeräuschen, wie es Hundeliebhaber so zu tun pflegten.

Maria rückte von der offenen Klappe weg. Hunde waren eindeutig keine Katzen. »Stress dich nicht, das Tierheim muss doch eh gleich da sein.«

»Na, da bist du ja, mein Schöner. Ja, so ein Schöner bist du. Komm, du brauchst keine Angst zu haben. Ich tu dir nichts. Schau, ich tu dir nichts. Ich streichle dich nur. Na, komm schon, mein Schöner.«

Schöner war vielleicht etwas übertrieben, denn aus der Tonne kam ein mittelgroßer graubrauner Pudel, wobei das Graubraun nur an

jenen Stellen zu erkennen war, die nicht geschoren waren, der Rest schimmerte schweinchenrosa. Der Pudel drückte sich nur durch die Schur aus. Schnauze und Ohren hatten etwas von einem Collie, die marginale Haarpracht war wellig und nicht gekräuselt. Der Pudel-Mischling wirkte grotesk und abgrundtief hässlich. Charlie schnupperte an Phillips Hand, und dann leckte er sie doch tatsächlich ab. Dieser Mann hatte echt Charisma, nicht nur Frauen machte er kirre. Schade, dass er so spinnert war. Der Mann.
Phillip nahm die Leine von Charlie in die Hand und drückte dessen Hinterteil sanft in eine Sitzposition. Und das Vieh ließ sich das gefallen. Erstaunlich. Phillip stand auf. »Darf ich vorstellen: Charlie«, sagte er, nicht ohne einen gewissen Stolz in der Stimme.
»Hi Charlie.« Sie sah den Hund an und hob kurz die Hand. »Okay, und jetzt bring ihn bitte wieder rein, wir müssen in die Wohnung von August Köhler, und dort wird auch …«
»Nein.«
»Was nein?«
Phillip sah sie nicht an, vielmehr hockte er sich wieder zu dem Hund und streichelte ihn. »Wir nehmen ihn mit.«
Er war eindeutig spinnert. Der nächste Beweis.
»Das geht nicht, das weißt du. Er muss in das Tierheim. Und wir können außerdem nicht einfach einen Köter mit uns herumschleppen.«
»Er ist unser einziger Zeuge. Er wird den Täter erkennen.«
Phillip war nicht spinnert, sondern durchgeknallt.
»Aha. Er ist also ein besonnener, ruhiger Zeuge, der uns mit Sicherheit Hinweise geben kann.« Phillip nickte. Noch immer sah er sie nicht an. »Okay, Roth, und warum ist dieser Hysteriker von einem Hund gerade aus dem Haus abgepascht? Das ist eindeutig ruhig und besonnen.«
Jetzt strahlte Phillip sie wie ein übereifriger Schüler an. »Na, weil er Angst vor den Verhüterlis hat. Ich hab ihn mit hinunter ins Wohnzimmer genommen, aber da waren wir noch gar nicht, er hat sich also gar nicht vor den Leichen erschrecken können – wobei ich glaube, dass er in diesem Fall eher gewimmert hätte –, sondern wir waren auf der Stiege, und da ist uns Fabian in seiner Montur entgegengekommen. Komplett in Weiß. Charlie war hysterisch. Und siehst du jetzt? Jetzt bei uns beiden ist er ganz

ruhig.« Phillip war heute in Dunkelgrün und Maria in Lila gekleidet. »Er mag nichts Weißes. Das ist es. Vielleicht war er einmal in einem Leintuch gefangen oder so.«
»Oder mit Mehl bestäubt.«
»Du nimmst ihn nicht ernst.«
Sie nahm *ihn* nicht ernst, den Hund. Maria sah den Köter schon auf der Couch eines Psychiaters liegen und über die traumatische Begegnung mit der bösen Kommissarin Maria K. jaulen. Na gut, dieser Hund war auch ein Lebewesen, zwar keine Katze und somit nicht so intelligent wie eine Katze, aber immerhin.
»Trotzdem, Phillip, wir können doch nicht mit einem Hund auf Mörderjagd gehen! Komm, bring ihn jetzt wieder hinein.«
»Maria, bitte, sei nicht so stur, Hunde sind so wahnsinnig intelligent.« Na ja, genau das war der Diskussionspunkt. »Er wird den Mörder erkennen. Da bin ich mir ganz sicher.«
Maria hob beide Handflächen. »Moment. Wollen wir doch einmal eines klarstellen: Du bist ein Hundefanatiker und du hast ein goldenes Herz – was das betrifft. Das ist noch kein Grund, jeden verwaisten Bello zu adoptieren.«
Phillip ließ den Kopf fallen. Dann sah er sie an wie … ein bettelnder Hund. »Ich weiß, ich hab recht.«
Maria warf einen Blick zu Charlie, und der sah sie genau so wie Phillip an. Die beiden hatten einander gefunden. »Na, vielleicht stimmt das mit seiner Intelligenz, der ist nämlich kein richtiger Pudel.«
Herrchen und Hund fixierten einander, als hätten sie jedes Wort verstanden. Dann fixierten sie beide wieder Maria.
»Na, echt, das sieht doch ein Blinder, dass sich da noch was anderes als ein Pudel verewigt hat. Aber«, Maria hob wieder die Handflächen, »das ist eh gut. Mischlinge sind eh intelligenter als Stammbauminzüchtler. Vielleicht liegst du ja richtig. Wobei ich mir nicht vorstellen kann, wie wir jetzt damit …«
Charlie sprang auf, wimmerte, zog den Stummelschwanz ein, suchte den Schutz der Tonne, die er aber nicht erreichte, denn Phillip hielt ihn mit eisernem Griff. Maria folgte dem Blick des Hundes. Weiß. Eine Dreierfront in Weiß. Einer der Spurensicherer in voller Montur brachte gerade Karin Beluschek zum Egger-Haus, es war wohl ihr üblicher Vormittagsbesuch. Sie war

wieder komplett in Weiß gekleidet wie am Vortag, und neben ihnen befand sich Sascha Herzog, in weißen Jeans und weißem T-Shirt, passend zu den sommerlichen Temperaturen. Na, das konnte noch was werden mit diesem Hund. Sie mussten wohl alle Menschen, mit denen sie ab nun zu tun hatten, bitten, sich was Buntes anzuziehen.

Die Gruppe kam näher, und plötzlich sprang der Hund an Phillip hoch. Der ließ die Leine los, und Charlie galoppierte über Marias ausgestreckte Beine Richtung Haus, bremste abrupt, als Fabian mit seinem weißen Overall herauskam, drehte sich im Kreis, winselte und sauste wieder in die Tonne.

Phillip ließ sich auf die Knie fallen, steckte den Kopf in die Tonne. »Charlie, komm heraus. Verdammt noch mal, komm heraus, du Mistviech.«

Maria schlenderte zu der weißen Front, wobei die beiden Männer sie und das Hinterteil von Phillip angrinsten. Karin Beluschek war bei den Petermanns stehen geblieben, weil Katie Petermann im Vorgarten saß und sie angesprochen hatte.

Maria hob die Handflächen. »Was soll man tun, wenn sich der Partner gerade verliebt hat? Wird wohl ein neues Mitglied der Gruppe Kouba.«

Der Spurensicherer verschwand kopfschüttelnd im Egger-Haus. Sascha Herzog wollte ihm folgen.

»Wart, Sascha, wenigstens fragen könntest du mich.«

Er drehte sich mit ausgestreckten Armen um. »Liebe Maria, du willst doch nicht der größten Zeitung des Landes Informationen vorenthalten.«

Maria zog die rechte Augenbraue hoch. »Herzog, net so. Net werd präpotent. Wo warst überhaupt gestern?«

»Die Gschicht mit den Babys liegt uns ach ja so am Herzen. Kennst uns doch, Tiere und Kinder. Und das Ganze ist unglaublich mysteriös. Sehr geheimnisvoll. Und sonst ist auch viel zu tun. Einbrüche. Eine Katz auf einem Baum, gerettet von unserer glorreichen Stadtfeuerwehr …«

Maria hob beide Augenbrauen.

»Na, wirklich, Maria, ein bissel viel los in letzter Zeit. Und weil ich weiß, dass ich am ersten Tag sowieso nie was von euch rauskrieg, hab ich nur die APA-Meldung genommen. Siehst, und richtig war's, jetzt lasst ihr mich wenigstens schon fotografieren.« Er grinste.

Karin Beluschek bewegte sich nun ebenfalls Richtung Haus, wobei sie aber den Kopf schief gelegt hatte und die Tonne mit dem Hund nicht aus den Augen ließ.

Maria deutete Sascha Herzog, zu warten, und folgte der Beluschek. »Haben Sie Angst vor Hunden?«

Die Beluschek straffte sich, ihr Blick auf Maria fokussierte nur langsam. »Äh … Katzen sind mir lieber.«

Diese Frau war wirklich sympathisch. Maria lächelte sie an. »Mir auch.« Karin Beluschek lächelte zurück. Dieser Austausch von Nettigkeiten war jetzt aber nicht das Thema. »Sagen Sie, Frau Beluschek, haben Sie eigentlich je eine von den Frauen von Köhler gesehen? Eine Blonde mit langen Haaren vielleicht?«

Beluschek löste nur langsam den Blick von Phillip, der immer noch versuchte, Charlie aus der Tonne zu locken. »Nein, das habe ich ja schon gesagt. Ich habe immer nur die Überreste gefunden. Aber fragen Sie doch die Petermanns da im Haus gegenüber, die beobachten immer alles. Also zumindest sie. Die steht ständig in der Küche und schaut heraus.«

Mist, aber einen Versuch war es wert gewesen.

Es quiekte. Gotterbärmlich. Maria und die Beluschek drehten sich um. Sascha Herzog war zu Phillip gegangen und hatte nun die Tonne beinhart in die Höhe gehoben, worauf Charlie herausgefallen war. Der Hund preschte die Gasse hinunter, Phillip rannte ihm nach. Und Herzog starrte auf etwas, das offensichtlich beim Entleeren in der Tonne hängen geblieben war.

Maria wandte sich zur Beluschek, um sich zu verabschieden, aber die war schon im Haus verschwunden. Was Maria bedauerte, denn sie hatte ein echt starkes Bedürfnis, mit dieser Frau ein wenig zu plaudern; doch plötzlich hatte sie das Gefühl, dass dieser Restmist, den Herzog nun aufhob, sehr wichtig sein könnte. Denn der sah wie Papier aus, aus dem etwas ausgeschnitten worden war. Sie rannte los und erreichte Herzog gerade, bevor er das eventuelle Beweisstück auch noch mit der anderen Hand anfasste und so endgültig etwaige Fingerabdrücke zerstörte.

Sie nahm ihm das Papier weg. »Was ist da so spannend?«

»Ist es spannend?« Sein Ton war lauernd.

Herzog konnte ja eigentlich nichts davon wissen, dass die Havliceks eventuell den Mörder erpresst hatten, aber Maria hatte sich mit ihrer Hektik verraten.
»Werden irgendwelche Kinder gespielt haben.« Sie ging mit dem Deckblatt des Otto-Katalogs, aus dem Buchstaben ausgeschnitten worden waren, auf das Haus der Havliceks zu.
»Und warum wirfst du es dann nicht weg?«
Maria blieb stehen und deutete über ihre Schulter zum Egger-Haus, ohne Herzog anzusehen. »Mach deine Tatortfotos und sei dankbar.«
»Es geht also um Erpressung.«
Der Typ war wirklich erwachsen und ausgebufft geworden. Nein, sie hatte sich dämlich verhalten. Sie drehte sich um. »Wenn du nicht gleich gehst, überleg ich mir das mit dem Fotografieren noch einmal.«
Herzog lachte. Er deutete mit dem Finger auf sie, auf sich selbst, bewegte die Finger wie bei einer Sprechpuppe und zeigte schließlich zum Egger-Haus. Dann drehte er sich um und ging. Fröhlich pfeifend.

Sascha Herzog und sie waren heute wohl die Einzigen, die gute Laune hatten. Maria schloss die Tür des Egger-Hauses hinter sich und schüttelte sich. Mein Gott, hatte Fabian muffelig reagiert, als sie ihm das zerschnittene Deckblatt des Katalogs in die Hand gedrückt hatte. Das könne irgendetwas sein, hatte er gemeint, und ob sie nicht ohnehin schon genug zu tun hätten. Und als sie – vielleicht ein klein wenig zynisch, aber lächelnd – gesagt hatte, das sei doch sein Job, so etwas auf Fingerabdrücke zu untersuchen, vielleicht auch noch herauszufinden, ob die ausgeschnittenen Buchstaben etwas bedeuteten, hatte er nur hörbar tief eingeatmet. Sie musste Georg in diesem Chaos finden und ihm persönlich von ihrem Fund erzählen.
Maria verließ den Vorgarten der Havliceks und steuerte auf das Egger-Haus zu, als ihr Katie Petermann winkte. Sie saß in einem Gartenstuhl und hatte das Bein auf einem Hocker hochgelagert. Auf ihrem Schoß balancierte sie einen Skizzenblock. Erste Reihe fußfrei sozusagen. Diese Frau genoss ihren Krankenstand sichtlich.

Maria stellte sich zu ihr an den Gartenzaun. »Was zeichnen Sie da denn Hübsches?«
Katie Petermann drehte ihr den Skizzenblock zu. Ein weißer Kubus wirbelte auf einer roten Spirale in ein schwarzes Nichts. Im Vordergrund war ein Kreuz mit einer Öse auf der Spitze. Es war aus der Verankerung gerissen und wurde an einem langen kobaltblauen Seil vom Kubus hinterhergeschleift. Wachskreide.
»Aha. Sehr schön.«
Petermann legte den Block wieder auf ihren Schoß und lächelte. »Ich mal keine Blümchen und Obstschalen. Mich interessiert das Dahinter viel mehr.«
»Aha. Wirklich sehr schön.«
In einer plötzlichen Anwandlung riss Petermann die Zeichnung vom Block und reichte sie Maria. »Schenk ich Ihnen.«
»Nein, ich kann doch nicht ...«
»Nehmen Sie schon. Als Erinnerung an den Fall.« Sie lehnte sich zurück und schaut aufs Egger-Haus. »An einen Fall, der symptomatisch ist für unsere Zeit.«
Maria betrachtete das Bild. »Aha.«
»Die Menschen glauben heutzutage an nichts mehr, haben keine Regeln. Und das zieht sie in den Abgrund. Sie benehmen sich alle wie Kinder, glauben Sie mir, ich weiß, wovon ich rede.« Petermann strich sich die weiße Strähne aus dem Gesicht.
Dabei hatte diese Frau so vernünftig gewirkt. Maria hasste diese Litanei, dass früher alles besser gewesen sei. Denn wenn dem so wäre, dann säßen sie alle noch auf Bäumen, weil jede Generation den Niedergang der nächsten bedauerte. Sie musste einen Abgang machen und die Zeichnung irgendwie unbeschadet transportieren.
»Sie können sie einrollen.« Die Petermann nickte ihr zu. »Ist bei Wachs kein Problem. Und glauben Sie nicht, dass ich nur so lamentiere. Wissen Sie, das Problem ist, dass die Leute immer nur von Freiheit reden, aber nicht reif dafür sind. Denn wenn ihnen niemand sagt, wo es langgeht, dann haben sie Angst. Und dann machen sie die unmöglichsten Dinge. Wie zum Beispiel den ganzen Tag nur an Sex zu denken.«
Die Frau ging ihr entschieden auf die Nerven. »Nur, weil Köhler ab und zu Frauenbesuch hatte, muss er ja nicht verdorben gewesen sein. Oder so.«

Petermann winkte ab. »Nein, den Köhler mein ich nicht, das war nur generell. Er war Junggeselle. Und ständig mit der armen Frau Egger zusammen. Dass er da ab und zu Abwechslung gebraucht hat, ist klar.« Sie winkte zum Haus. Karin Beluschek kam gerade heraus, winkte zurück und ging eilig auf die Absperrung zu. Sie hatte eine Tragetasche bei sich. Hoffentlich hatte Georg kontrolliert, was sie da aus dem Haus …

»Glücklicherweise hat ja dann auch Frau Beluschek begonnen, Frau Egger regelmäßig zu besuchen. Da hatte er dann wenigstens ein bissel eine Ansprache.«

Maria versteifte sich. »Karin Beluschek ist erst nach August Köhler ins Haus gekommen?«

»Nein, sie war schon vorher immer wieder zu Besuch. Aber nur ab und zu. Wie er dann da war, ist sie bald jeden Tag gekommen.«

»Und die beiden haben sich verstanden?«

Petermann richtete den Blick nach innen. »Hm. Genau weiß ich das nicht. Das wäre jetzt alles Interpretation. Ich habe es einfach angenommen.«

Unwillkürlich suchte Marias Blick Karin Beluschek bei der Absperrung zur Würzburggasse, aber sie war schon verschwunden.

Petermann sah sie an. »Ist das denn wichtig? Ob sich die beiden verstanden haben? Glauben Sie, dass die beiden ein Verhältnis hatten und Karin auf die anderen Frauen eifersüchtig war?«

Maria brummte. Sie hoffte, dass es möglichst wertneutral klang.

Petermann lachte auf. »Nein, das kann ich mir nicht vorstellen. Das hätte ich bemerkt, wenn die beiden was miteinander gehabt hätten. Und dann hätte sie sich sicher nie die Haare abschneiden lassen, weil Köhler mochte lange Haare bei Frauen. Das hat er einmal meinem Mann gestanden. Und sie hatte so einen hübschen, blonden Pagenkopf. Bis hier hin.« Sie zeigte zum Kinn.

»Sie hat lange Haare gehabt? Bis wann?«

»Bis … oh«, Petermann legte die Hand auf den Mund und sah zu der Stelle, wo Karin Petermann verschwunden war, »gestern. Vielleicht … hat sie sie ja aus Trauer abschneiden lassen.«

Maria rollte das Bild zusammen. Auch wenn sie es nicht wollte, sie musste das Alibi von Karin Beluschek noch einmal auf Herz und Nieren überprüfen lassen und sie musste noch einmal mit

ihr reden. Vielleicht war alles aber auch nur Zufall. So ein langes blondes Haar nahm manchmal eigenartige Wege.
Petermann klappte den Skizzenblock zu. »Nein, wenn Sie mich fragen, dann hat Karin eher was mit dem Mathias.«
»Mathias?«
»Mit dem Sohn von Frau Egger. In letzter Zeit sind die beiden öfter einmal gleichzeitig gekommen oder zusammen gegangen. Wenn Eleonore das noch mitbekommt, wird es sie freuen. Sehr freuen.«
Der Unterton verlangte nach der Frage *Warum denn?*, also stellte Maria sie.
»Na ja, es wurde immer gemunkelt, dass der Mathias ... also vom anderen Ufer ist, wenn Sie verstehen, was ich meine. Das hat sie endgültig unglücklich gemacht, die arme Eli.«
»Endgültig.« Maria hockte sich neben Katie Petermann. »Sie meinen, nachdem ihr Mann sie wegen einer Jüngeren verlassen hatte.«
Petermann lehnte ihren Kopf zur Seite und lächelte Maria an. »Ah, das wissen Sie schon?«
»Karin Beluschek hat's mir erzählt.«
Petermann nickte und sah wieder zum Haus. »Ja, aber das war eigentlich schon die Befreiung. Er war Alkoholiker, der Herr Doktor. Und dann hat er immer zugeschlagen. Und ja, ich habe ihn angezeigt. Ich habe auch Eli dazu gebracht, ihn anzuzeigen, aber dann hat sie immer wieder zurückgezogen. Das Übliche halt. Ich hab's dann aufgegeben. Und irgendwann hat er dann seine Freundinnen gehabt. Alle sehr jung und sehr hübsch. – Es ist so langweilig, wenn man so etwas erzählt, finden Sie nicht?«
Maria brummte zustimmend, auch wenn sie es ganz und gar nicht langweilig fand. Leider konnte sie damit überhaupt nichts anfangen, denn Köhler gehörte nicht zu dieser Familie. Aber immerhin wusste sie jetzt, dass Karin Beluschek nicht ganz die Wahrheit gesagt hatte. Bei ihr hatte es so geklungen, als wäre sie August Köhler kaum begegnet, und auch Mathias Egger nicht. Als wäre der ein Rabensohn.
»Das heißt, der Mathias Egger hat sich brav um seine Mutter gekümmert.«
»Brav ... na ja, gekümmert hat er sich, indem er das Beste für sie

organisiert hat. Er will wahrscheinlich so eine Karriere wie sein Vater machen. Aber er ist kein Schlechter.«
Karin Beluschek hatte entweder keine Ahnung oder sie hatte sie bewusst in die Irre geführt. Da stellte sich dann die Frage, *Weshalb?*
»Und die Tochter? Die lebt ja in England. Aber kommt sie manchmal?«
»Margret? Nein. Eli hat sie in den letzten Jahren auch noch kaum erwähnt, Margret hat ihr sehr wehgetan. Zuerst heiratet sie diesen Windhund …«
»Ich dachte, sie hat reich geheiratet?«
»Ja, schon, aber er war kein Guter. Er war so einer, der nichts arbeitet und sich nur auf Partys herumtreibt. Autorennen, Fuchsjagden, so ein englischer Playboy halt. Gut, man soll nichts Schlechtes über die Toten sagen …«
»Er ist tot?«
»Bei einem dieser Rennen ist er verunglückt, aber so genau weiß ich das nicht mehr. Na, jedenfalls ist dann Margret nach Amerika, also in die Staaten, und hat sich dort einer Sekte angeschlossen. Die haben dort ja so viele, wissen Sie.« Maria nickte. »Eli war so froh, als das vorbei war und Margret wieder nach England zurück ist. Aber dabei ist es auch geblieben. Sie hat sich nicht mehr anschauen lassen. Vor vier, fünf Jahren hat Mathias noch einmal einen Versuch gestartet, sie zu einem Besuch zu überreden. Aber Margret hockt in ihrem Herrenhaus da drüben und lässt ihre Mutter verkommen. Deswegen war es ja so ein Glück, dass Karin ihre Rolle eingenommen hat. Ja, und deswegen denke ich, dass die beiden, also Mathias und Karin, sich doch … na ja, recht mögen.«

Sascha Herzog kniete mit dem linken Bein auf der Umrandung der Sandkiste, das rechte war halb gestreckt. Eigenartig.
Georg hatte Maria bestätigt, dass Karin Beluschek nur verstaubte Bücher, die er kontrolliert hatte, und eine Thermosflasche mit Tee mitgenommen hatte.
Herzog hielt die Fotokamera in halber Höhe. Sehr eigenartig.
Gabi würde sich gleich allem vorweg um Karin Beluscheks Alibi kümmern. Gut, zweites Hackerl auf der Liste. Und sie musste unbedingt nochmals mit Karin Beluschek reden, wobei Maria sich

keinen Grund denken konnte, warum die Beluschek den Köhler …
Das wirklich Eigenartige war: Herzog war mitten in der Bewegung erstarrt und stierte zum Nachbargrundstück. Dort stand das Mädchen vom Vortag. Heute hatte es eine Latzhose und ein rotes T-Shirt mit einer Micky-Maus-Figur an. Als es Maria sah, rannte es durch die Büsche zum Haus.
»Lauf doch nicht weg!« Herzog reckte sich, stand halb auf. »Komm zurück!«
»Was ist mit ihr?«
Herzog wandte sich zu Maria. »Sie hat offensichtlich Schiss vor dir.«
»Blödsinn.«
»Warum ist sie sonst abgepatscht?«
Maria zuckte die Schultern. »Was wolltest du von ihr?«
Herzog stand nun vollends auf und klopfte sich den Staub von der Hose. Ein Fleck kontaminierte das blendende Weiß. »Shit.« Er sah nochmals in Richtung der Stelle, wo das Mädchen gestanden hatte. »Shit. Sie hat mich die ganze Zeit angestarrt und mich dann gfragt, ob ich ein Bulle bin.«
»Bulle.«
»Sie hat Polizist gesagt, okay, okay. Und wie ich den Kopf geschüttelt hab, da hat sich die Kleine hingehockt und am Gras herumgezupft. Und da hab ich sie gfragt, ob sie mir was sagen will. Und sie schaut mich an, schaut das Haus an, und dann bist du gekommen.«
Maria sah zum Haus der Egger und zum Nachbarhaus. »Wahrscheinlich wollte sie dich nur fragen, was los ist.«
»Das werden der Kleinen doch schon die Alten gsagt haben. Ich glaub eher, dass sie …« Herzog sah Maria an und deutete dann mit dem Kopf zum Egger-Haus.
Maria folgte seinem Blick. »Aber das hätte sie doch ihren Eltern gesagt, wenn sie was gesehen hätte.«
»Hast du denn deinen alles gsagt?«
»In dem Alter schon.«
Herzog glättete seinen Seitenscheitel und runzelte die Stirn. Maria seufzte und ging zum Zaun. An der Stelle, wo das Mädchen gestanden hatte, gab es einen Bereich ohne Büsche und Bäume.

Er bot direkte Sicht auf das Nachbarhaus und – Maria drehte sich zum Egger-Haus um – umgekehrt besten Blick auf den Tatort, auf das Fenster vom Wohnzimmer des Hauses, an dem ja keine Vorhänge montiert waren.

Maria wandte sich wieder zum Nachbargrundstück. Etwa zehn Meter vom Zaun entfernt standen in der Nähe des Pools, in dem das Mädchen am Vortag geschwommen war, eine orangefarbene Hollywoodschaukel. Daneben zwei Regiesessel, ebenfalls in Orange, passend zum gelben Anstrich des Hauses, und ein Glastisch. Auf dem Tisch befanden sich ein Tetrapak mit Apfelsaft, ein leeres Saftglas, eine zur Hälfte geleerte Flasche Weißwein in einem Plexiglaskühler und ein volles Weinglas. Das Mädchen lag auf der Schaukel. Neben ihr saß eine dunkelhaarige Frau mit kurzen Zöpfen. Die Ähnlichkeit zwischen den beiden war unverkennbar, die Frau musste die Mutter der Kleinen sein. Sie arbeitete an einem Laptop, den sie auf ihren im Schneidersitz verschränkten Oberschenkeln balancierte. Als das Kind Maria sah, rückte es zur Mutter, die sie grob von sich wegschob. Das Kind rückte nochmals zu ihrer Mutter – was hatte Maria ihm nur angetan?

Die Frau schaute vom Computer auf und folgte dem Blick des Kindes. Sie sah zu Maria – und senkte den Deckel des Laptops halb, als ob Maria trotz der Entfernung etwas sehen könnte. »Is was?«

Die Frau presste die Lippen zusammen und schob das Kinn vor. Sie hatte offensichtlich keine Ahnung, wie viel dieses Mienenspiel verriet. Maria wäre jetzt gern eine Fliege, um zu sehen, woran diese Frau arbeitete. Sie zückte ihren Ausweis. »Kouba vom Morddezernat. Ich wollte nur …« Was bloß hatte die Meyer über diese Nachbarn erzählt? »Sie waren doch vorgestern Abend in einem Club, oder?« Die Frau nickte. »Und Ihre Tochter, die war daheim?« Die Frau verschränkte die Arme. »Sie war also daheim. Allein?«

»Was geht Sie das an?«

Da fiel Maria allerhand ein, denn immerhin hatten die guten Leute ihre Aufsichtspflicht verletzt, wenn sie das Mädchen wirklich allein gelassen hatten.

»Ich würde gern rüberkommen zu Ihnen. Und ein bissel mit Ihnen über die Bewohner des Hauses hier reden.«

Die Frau spannte merkbar ihren Körper an. »Wir fahren gleich weg. Ist echt nicht günstig jetzt. Und außerdem hab ich schon alles der Polizistin gesagt.«
Die Frau log. Bis Maria den Häuserblock umrundet hatte, konnte die Frau schon mitsamt ihrer Tochter weg sein. Sie musste jetzt und sofort ihr Geschick beim Befragen beweisen. Maria schaute aus den Augenwinkeln zu Herzog. Vor ihm als Journalisten eine Befragung durchzuführen, war gar nicht gut. Doch Herzog hatte sich im Garten der Eggers zu dem Nussbaum mit dem abgebrochenen Ast zurückgezogen und schien nur Augen für sein Handy zu haben.
Sie lehnte sich auf den Zaun und setzte ihr höchst vertrauenswürdiges Mama-Lächeln auf. »Dem … Mann dort drüben schien es so, als ob Ihre Tochter ihm was sagen wollte. Vielleicht hat sie ja was gesehen. Oder nur was bemerkt, irgendeine Kleinigkeit, die irrelevant erscheint, aber für uns sehr wichtig sein könnte. Denn wenn sie den Mord beobachtet hätte«, Maria schaute demonstrativ zum Wohnzimmerfenster des Egger-Hauses, »dann hätte sie es Ihnen ja gesagt, nicht wahr?« Sie schob ein Lachen hinterher.
Die Frau sah ihre Tochter nicht einmal an. »Lara hat nichts gesehen.«
Lara. Maria schaute zu dem Mädchen, das sich daraufhin hinter dem Rücken der Mutter versteckte. Sie hatte ihr doch nichts getan. Sehr eigenartig. Maria strich eine Haarsträhne in den Knoten in ihrem Nacken, nun sah das Mädchen auch noch weg. Wahrscheinlich erinnerte sie das Kind an jemanden, den es nicht mochte, das war die einzige Erklärung.
Die Frau klappte den Laptop zu und streckte die Beine.
Maria nickte ihr zu. »Und Sie? Sie haben doch sicher mitbekommen, wer in dem Haus so ein- und ausging?«
Die Frau schüttelte den Kopf.
»Wirklich nicht?« Maria bemühte sich, ihrer Stimme einen Tratschton zu geben. »Aber da sind ja nicht einmal Vorhänge in dem großen Zimmer bei der Egger. Ist ja wie eine Auslage.« Jetzt fiel es ihr ein. »Und immerhin haben Sie ja ausgesagt, dass Sie öfter Lachen und Musik gehört haben. Also ich«, Maria lehnte sich auf den Zaun, »an Ihrer Stelle hätte schon einmal gspernzlt, ob ich da was seh.«

Die Frau schüttelte wiederum den Kopf.
»Liebe Frau …« Mist, Maria wusste nicht einmal ihren Namen. »Sie brauchen sich deswegen nicht zu schämen. Ich glaub, neunzig Prozent aller Menschen würden spechteln. Und der Herr Köhler war ja ein ansehnlicher Mann, ich kann mir also denken, dass seine Gespielinnen auch ganz hübsch waren. So was schaut man sich doch gerne an. Noch dazu gratis, sozusagen.«
Die Frau stand mit einem Ruck auf. Die Hollywoodschaukel wurde ein Stück angehoben, das Mädchen fiel beinahe herunter. »Ich weiß nicht, was Sie wollen, das geht doch keine Sau was an, mit wem es der Gustl so getrieben hat.« Damit drehte sie sich um und ging zum Haus. Mitten in der Bewegung blieb sie stehen, weil ihr wahrscheinlich klar geworden war, was sie gesagt hatte.
»Gustl? Sie kennen Herrn Köhler also besser?«
Die Frau zuckte mit den Schultern, ohne sich umzudrehen. »Wie man sich halt kennt als Nachbarn.« Sie streckte die Hand zu Lara aus. Die Kleine lief zu ihr, und die beiden gingen ins Haus.
Dass diese Frau etwas verheimlicht, war ihr von der ersten Sekunde an der Nasenspitze anzusehen gewesen. Jacqueline Meyers Intuition hatte hier eindeutig versagt.
Maria musste mit Phillip unbedingt nochmals eine Befragung durchführen. Sie drehte sich zu Herzog um. Er hatte die Arme verschränkt und grinste sie an. Es war süß zu sehen, wie er sich immer mehr den Habitus von Phillip aneignete. Und genauso lässig, wie es dieser machen würde, hielt er ihr sein Handy entgegen.
»Was ist? Neues Spielzeug?«
Herzog nickte. »iPhone. Und bald weiß ich auch, was die Frau gerade am Laptop gemacht hat. Ich muss es nur noch auswerten.«
»Wieso?«
Er schwenkte das iPhone hin und her. »Das ist ein Computer, dort ist ein Computer. Die Lady hat kein mobiles Internet benutzt, also hab ich mir gedacht, schauma amal, ob zufällig was offen ist. Ist es ja immer. Die meisten Leut sichern nicht.« Er wies mit dem Kopf zur Straße. »Da vorn hab ich auch zwei offene Leitungen gefunden. Die sind aber da hier im Garten schon ein bissel schwach. Also hab ich mir gedacht, es kann nur die neu dazugekommene starke sein.«

»Offene Leitung.« Maria legte den Kopf schief.
Herzog ließ die Hände und die Schultern fallen. »Net, Maria, bitte. Tu wenigstens so, wie wennst schon im einundzwanzigsten Jahrhundert ankommen wärst.«
Maria runzelte die Stirn.
»WLAN.« Herzog faltete die Hände und sah ihr in die Augen. »Kabelloses Internet. Verbindungswolke. Huu!«
Maria wich zurück und verschränkte die Arme. »Das hab ich schon kapiert. Mich interessiert viel mehr, ob du mir damit sagen willst, dass du dich in ihr WLAN eingeloggt hast?«
Herzog nickte und strahlte. »Dir ist das doch auch komisch vorgekommen, wie sie den Laptop so halbert zugmacht hat. Hab ich mir gedacht, schauma amal, ob wir reinkommen in ihren Läppi und finden, was sie verstecken will. Und Bingo. Offene Leitung. Ich hab ordentlich was raussaugen können. Aber wie gesagt, ich muss die Dateien und die Mails jetzt erst auswerten.«
Maria nickte, dann stellte sie sich mit noch immer verschränkten Armen ganz knapp zu Herzog und sprach in sein Ohr: »Machst du das öfter?«
Herzog wollte ihr in die Augen sehen, doch Maria senkte den Blick und beugte sich nochmals zu seinem Ohr. »Du weißt aber schon, dass das unglaublich illegal ist?«
Herzog breitete die Arme aus. Er grinste. »He … ich mein, das tut doch jeder. Also zumindest ihr tut das doch auch.«
Maria dehnte den Nacken, indem sie den Kopf erst auf die eine, dann auf die andere Schulter fallen ließ. Dabei ließ sie Herzog nicht aus den Augen. »Wir haben Gerichtsbeschlüsse dafür.«
Herzog hielt die Handflächen nach oben und lachte.
Maria stellte sich wieder ganz knapp zu ihm. »Herr Herzog, kennen Sie eigentlich das Strafmaß für illegales Abhören? Ausspionieren? Diebstahl? Eindringen in die Privatsphäre?«
Herzog grinste sie an. Sie schaute starr zurück. Sein Blick ging zum Egger-Haus, zum Nussbaum. Schließlich sah er ihr wieder in die Augen. Er hörte zu lächeln auf. »Maria, bitte, ich werd es auch nicht mehr tun. Bitte, zeig mich nicht an. Ich versprech, ich tu es nie wieder. Wirklich nicht.«
Sie glaubte ihm kein Wort, aber sein Ducken war ein Genuss. »Du kannst den Scheiß vor Gericht ja nicht einmal verwenden.«

»Brauch ich auch nicht. Ich bin Journalist. Ich muss meine Informanten nicht offenlegen.«
Genau das war es. Journalisten hatten Informanten, Polizisten hatten sie. Sie musste sich einfach mehr an den Vorbildern FBI und CIA orientieren. Oder vielmehr den Bildern nacheifern, die sie von diesen Institutionen hatte. Sie hielt sich viel zu oft am legalen Ende der Grauzone auf, die Polizisten betreten durften.
Maria legte den Arm um Herzogs Schulter. »Und? Wann hast du die Daten ausgewertet? Wann weißt du, woran sie gearbeitet hat?«
Herzog verzog den Mund, Maria verdrehte die Augen zum Himmel, Herzog nickte, Maria ebenfalls.
»In rund einer Stunde. Ungefähr. Kommt darauf an, ob sie die Dateien und das Outlook codiert hat. Aber ich hätt gedacht, du kannst das nicht verwenden, Frau Kommissar?«
»Du bist ab sofort ein Informant.«
Herzog lachte und hielt Maria die Hand hin. Sie schlug ein.
»Und was hast du für mich, meine Lieblingsschnüfflerin? Wer hat da so cool altvaterisch mit Buchstaben aus einer Zeitung einen Erpresserbrief geschrieben?«
»Das vergisst du, bis ich dir sag, dass du dich wieder erinnerst.«
Herzog zog ein Schnoferl. Maria seufzte und fing an, ihm die Daten der Fälle so zu erzählen, dass er dachte, er wüsste danach Bescheid. Immerhin wollte sie ja, dass er sie bei der Suche nach den Frauen unterstützte. Während er die Fakten notierte, glitt ihr Blick immer wieder zu dem Haus mit Pool. Aber das kleine Mädchen tauchte nicht mehr auf.

Maria hörte ein Wischeln auf den Fußabtretern im Fond. Das konnte nicht sein. Sie wandte sich zu Charlie, der hinter Phillips Autositz hockte und in die Luft starrte. Sie sah zu Phillip, doch der war auf den Verkehr vor ihm konzentriert. Alles nur Einbildung.
Maria lehnte sich wieder in ihren Sitz. »Ja, wie gesagt, diese Leute«, sie sah auf den Notizzettel von Jacqueline, »Bettina Schranz und Herbert Loidolt, die müssen wir unbedingt nochmals befragen. Diese Bettina Schranz, die weiß irgendwas.«
Eindeutig Wischeln. Und ein pressendes Geräusch. Der Pudelcollie pinkelte, startete gleichzeitig das große Geschäft. Maria fragte

sich, ob der Unfall bei ihr die Gehirnregion Kündigungssehnsucht aktiviert hatte. Das mit dem Köter war eine absolute Schnapsidee von Phillip. »Gehe. Mit. Ihm. Gassi. Und wisch vor allem das da hinten auf, verdammt noch mal. Ich kotz gleich.«

Phillip blinkte und parkte sich auf der Schönbrunner Straße ein. »Ich versteh dich nicht, du hast doch auch ein Tier.«

»Einen Kater, wenn du dich bitte richtig erinnerst. Und der geht, wie alle zivilisierten Lebewesen, auf ein Klo.«

»Das musst du doch auch ausräumen.«

»Das stinkt aber nicht so.«

Phillip lachte auf und schüttelte den Kopf. Egal. Hauptsache, er erledigte diesen Kack. Und das tat er auch ganz vorschriftsmäßig mit Leine und Plastiksackerl, die er wohl aus dem Haus der Havliceks mitgenommen hatte.

Marias Handy klingelte. Unbekannter Teilnehmer, keine Nummer. Sie drückte trotzdem Annehmen. »Kouba?« Zuerst war nichts, dann Atmen zu hören. Schließlich ertönten drei schnell aufeinander folgende Piepser, dann nichts mehr. Aufgelegt. Entweder hatte sich jemand verwählt oder es war ein anonymer Zeuge, den der Mut verlassen hatte. In diesem Fall stellte sich die Frage, woher er ihre Handynummer hatte. Nun gut, er würde sich schon wieder melden.

Phillip ließ Charlie wieder einsteigen und klemmte sich selbst hinters Steuer. »Er ist wahnsinnig gut erzogen.« Er nickte und lächelte. Sah dann Maria nickend und lächelnd an.

Maria setzte eine betont ernste Miene auf, Marke Mütter unterhalten sich über das Toilettentraining ihrer Kids. »Wahnsinnig gut erzogen.« Sie imitierte sein Lächeln auf und versuchte zu grinsen, aber sosehr sie sich auch bemühte, es fühlte sich nicht echt an.

»Nein, wirklich. Er hat das nur gemacht, weil wir ihn die ganze Zeit ignoriert haben.«

Maria hob die Hände. »Ist okay, Roth, ist okay.« Das unechte Lächeln verwandelte sich zu Lachreiz. Sie biss sich in die Wange.

Phillip brummte und fädelte sich wieder in den Berufsverkehr ein. Marias Handy blinkte auf. Eine SMS von Unbekannt. *Sehr geehrte Frau Kommissar Kouba, habe aus der Zeitung entnommen, dass Köhler tot. Ich war Mentor. Wir sollten reden. Bitte rufen Sie zurück, wenn Zeit.*

»Ja, wie denn, du Wichser?«, knurrte Maria.
»Was?«
Maria hielt ihm das Handy hin. »Na, da ist einer, der will mir was über den Köhler erzählen und schickt seine Nummer nicht mit.«
»Volltrottel.«
»Ja, aber muss meine Nummer ja von irgendwo herhaben. Wahrscheinlich ist das auch der Dilo, der grad vorher nur so ins Handy reingeatmet hat.«
»Na, kaum lass ich dich eine Sekunde allein, hast du schon die Psychos am Hals …«
»Quatsch.«
»Kein Quatsch. Die toughe Kommissarin, an der sich alle rächen wollen. Weil's durch sie an Zwanzger ausgfasst haben. Oder lebenslänglich. – Da müssen wir echt aufpassen, auf die Chefin, Charlie, was?« Er drehte sich zum Hund um und nickte ihm zu. Dabei verriss er leicht das Steuer.
»Hör auf mit dem Mist.«
Phillip wandte sich wieder der Straße zu, gab Gas und überquerte die Kreuzung bei der Pilgrambrücke bei Orange. Ein Fußgänger sprang auf den Gehsteig zurück. »Kein Mist. Ich glaub echt, dass wir es, wenn wir uns den Hund antrainieren, ein bissel besser haben. Der ist sicher ein guter Schnüffler. Wer sagt, dass es immer Schäfer sein müssen?«
Maria stützte sich an der Konsole ab. »Ist okay, Roth, ist okay.«
Phillip scherte auf die linke Spur aus. »Das sagst du jetzt ständig zu mir. Als wär ich nicht ganz dicht.«
»Bist du auch nicht. Und ich bin es auch nicht. Aber das ist jetzt egal. Fährst du jetzt bitte ein bissel langsamer?«
Phillip bremste sich ein und sah sie mit erhobener Augenbraue an.
Maria nickte betont. »Danke.« Sie lehnte sich zurück. »Mich interessiert viel mehr, wer dieser Typ ist. Hoffentlich ruft er noch einmal an.«
»Sonst müssen wir die Nummer halt zurückverfolgen.«
»Nein, irgendwer muss sie dem Mann gegeben haben.«
Maria rief Gabi an. Niemand hatte nach Marias Nummer gefragt. Sie rief Jacqueline an. Die hatte allen Befragten nur die Nummer der Kriminaldirektion gegeben.

»Mist. Ich möchte wissen, wie der an meine Nummer rangekommen ist.«
»Irgendwer sonst im Büro wird sie ihm gegeben haben.«
»Und wenn nicht?« In Maria blitzte das Bild von Spurensicherer Clemens auf, dem Computergenie der KD1. Er hatte bei einer internen Schulung vor zwei Monaten eindrucksvoll den Einbruch in das Handy eines anderen demonstriert. Sie hatten alle gelacht, wie er Gottls Mobiltelefon von ihm unbemerkt per Laptop manipuliert hatte. Weil Gottl wie viele andere – und auch sie selbst bis zu dieser Vorführung – immer die Bluetooth-Leitung offen ließ. Bluetooth. Sie hatte die Verbindung vor Kurzem wieder verwendet. Maria kontrollierte ihr Handy. Sie beendete die offene Leitung. Maria wurde heiß. Dieser Unbekannte, dieser Mentor, konnte ein iPhone haben, das ja nichts anderes als ein Computer war, er konnte theoretisch … er musste einer jener Unbekannten sein, mit denen sie die letzten zwei Tage am Tatort konfrontiert gewesen waren. Jemand aus der Nachbarschaft. Die konnte sie bei Bedarf unter die Lupe nehmen. Die Journalisten ebenfalls. Die Schaulustigen. Zwei Mädchen in Miniröcken, eine alte Frau, mit Gehwagerl, eine Frau mit Einkaufstasche, ein älterer Mann – ein älterer Mann? Er hatte einen weißen Haarkranz gehabt und sehr agil gewirkt. Nein, der hatte sich mit der Frau unterhalten, war wahrscheinlich ein Anrainer. Und da waren noch mehr Menschen gewesen, aber Maria konnte sich nur verschwommen erinnern. Nein, das hatte keinen Sinn, auf die Schaulustigen hatte sie keinen Zugriff mehr.
Phillip griff zu seiner Zigarettenpackung, sah, dass sie leer war, und zerknüllte sie. »Was, wenn nicht? Glaubst vielleicht, dass sich irgendwer in dein Handy gehackt hat?« Er lachte auf. »So, wie es uns der Clemens gezeigt hat? Das ist doch Quatsch.«
Maria lachte auf. »Ich? Ich hab doch keine Paranoia.« Sie drehte sich zu Charlie um. »Jetzt schläft er. Das ist gut.«
Als sie sich wieder nach vorn drehte, sah sie, dass Phillip grinste.
Maria verschränkte die Hände und schaute auf die Straße. »Nein, wirklich nicht.«
»Eh nicht.«
»Genau.«
»Und warum kreisen dann deine Daumen?«

Maria stoppte das Kreisen, das sie nicht bemerkt hatte. »Weil … ich schwer neugierig bin, wie die Wohnung vom Köhler ausschaut.«
Phillip lachte trocken auf. Idiot. *Selber Idiot. Er kennt dich einfach zu gut*. Bei der Secession blinkte die Ampel grün, doch Phillip ließ den Wagen nur langsam auf die Kreuzung zurollen. »Ein Pfleger wohnt in der Weihburggasse im ersten Bezirk. Unter falschem Namen …«
»Dem Namen seiner Mutter.«
»Nachdem er für Jahre verschwunden war. Das ist mysteriös. Fast so mysteriös wie der Umstand, dass sich jemand von Maria Kouba, einer der bekanntesten Kommissarinnen der Stadt, die Handynummer organisiert hat.«
Maria boxte Phillip in den Arm. Er schrie auf, als hätte ihn ein Rhinozeros angerempelt. Sie sahen einander an und lachten. Sie schauten einander in die Augen. Plötzlich war alles vertraut. Und ebenso plötzlich presste Phillip die Lippen aufeinander und wandte sich wieder dem Verkehr zu. Da waren sie wieder, die vergessenen Stunden.
Maria nahm eine Zigarette aus ihrer Packung und bot sie Phillip an. Er nickte, sie zündete sie an und reichte sie ihm. Er nahm ein paar Züge und legte dann wieder die Hände aufs Lenkrad. Kein Blick zu ihr. Okay, er war einfach spinnert. Sollte er doch. Sie hatte jetzt keine Lust auf Spielchen.
Maria zündete sich selbst eine Zigarette an. »Unter August Doblinger hat er auch sein Handy angemeldet. Sein Bruder, dieser Leopold Köhler, hat übrigens heute im Flieger vom Tod seines Bruders gelesen. Wie er von Berlin zurückgekommen ist.«
Phillip atmete aus. Ja, so vom Tod eines Angehörigen zu erfahren, war arg. Maria versuchte, es zu visualisieren. Sie saß im Flugzeug, vielleicht von der Heimreise aus ihrem Urlaub – den sie eigentlich nie machte –, schlug die Zeitung auf und las … eine ganz, ganz blöde Situation.
Phillip trommelte mit den Fingern auf das Lenkrad. »Ich frage mich, warum sich August Köhler unter einem falschen Namen eingemietet, aber unter seinem richtigen Namen gearbeitet hat.«
Sie schwiegen. Phillip bog vom Ring ab und fuhr mit einem Affentempo durch die engen Gassen der Innenstadt. Schließlich bogen sie in die Weihburggasse ein.

Maria verschränkte die Arme. »Wir stellen uns bei diesem Fall dauernd irgendwelche unlösbaren Fragen. Weil einfach nichts zusammenpasst.« Phillip bremste abrupt, weil ein Auto rückwärts aus einer Ausfahrt herausfuhr. »Phillip, bitte!«
Er lehnte sich aufs Lenkrad. »Ja, es passt nichts zusammen.«
Maria sah ihn an. Sein Gesicht war ausdruckslos. Völlig ausdruckslos. Nein, nicht ganz, seine Kiefer bewegten sich leicht. Und seine Lippen pressten sich zusammen. Er meinte definitiv etwas anderes als den Fall. Aber sie würde sich beherrschen, sie würde Phillip erst am Abend in die Mangel nehmen.
Maria aschte ab. »Gut, dann haben wir also einen Arzt, der fünf Jahre lang verschwunden war und dann als Pfleger gearbeitet hat. Mit Tropfen K. o. gesetzt, gefoltert und dann ermordet. Mit einem Spezialmesser. Kurz davor hatte er Besuch von drei Frauen. Keine von denen ist blond. Aber es war ein blondes, langes Haar auf der Leiche. Wir haben Nachbarn, die gestern, nach Meinung von Meyer, nichts sagen wollten und heute tot sind. Anders gefoltert, aber ident getötet.« Das Auto war endlich aus der Ausfahrt heraußen und fuhr los. »In ihrem Mistkübel finden wir das Deckblatt des Otto-Versand-Kataloges, aus dem Buchstaben herausgeschnitten sind.« Phillip gab Gas. Maria lehnte den Kopf an die Nackenstütze und betrachtete die Decke. »Das inspiriert unsere Fantasie …«
Phillip bremste abrupt. Maria schaute auf die Straße. Ein Lastwagen blockierte die Durchfahrt.
Phillip hupte. »Die werden uns nicht helfen, die Buchstaben.«
»Wieso nicht?«
Phillip hupte erneut, jetzt ein paar Sekunden lang. Es stieg kein Fahrer aus, es kam niemand aus den umliegenden Häusern. Er hupte nochmals. »Wir *mutmaßen*, dass die Havliceks was verheimlicht haben. Wir *interpretieren*, dass die ausgeschnittenen Buchstaben für eine Erpressung verwendet worden sind …«
»Sie werden kaum mit ihren Enkeln gebastelt haben.«
»Aber wir wissen es nicht. Wart ma auf die Ergebnisse von der Gabi. Vielleicht waren ja die lieben Enkelchen vorgestern bei ihnen. Dann hat sich alles erledigt. – Jetzt fahr schon, du Arschloch!«
Es war noch immer niemand zu sehen, der auf diese Aufforde-

rung hätte reagieren können. Phillip sprang aus dem Auto und stapfte Richtung der Fahrerkabine des Lkw.
Und als wäre es inszeniert, läutetet erneut Marias Handy. Hoffentlich war es wieder der Mentor. Na, immerhin, dieses Mal hatte der Anrufer seine Nummer nicht unterdrückt. »Kouba hier. ... Oh, Sie sind's, Herr Hirsch! ... Nein, ich dachte nur, es wäre was Berufliches, aber egal. Wie kann ich Ihnen denn ...? Äh, ja, natürlich, aber ich bin gerade schwer im Stress. ... Nein, nein, es geht mir gut. Alles paletti. ... Ja, natürlich, ich hab ja jetzt Ihre Nummer.«
Phillip ließ sich wieder in den Wagen plumpsen und drosch auf das Lenkrad.
Maria drehte sich von ihm weg. »Herr Hirsch, haben Sie vielleicht vorhin angerufen und Ihre Nummer nicht mitgeschickt? ... Das waren nicht Sie? Gut. Alles klar. Ja, ich melde mich. ... Ich freue mich auch.«
Phillip ließ den Kopf auf die Nackenstütze fallen. Und noch einmal. »Du freust dich? Auf wen?«
»Das geht dich eigentlich gar nichts an.« Sie beugte sich zu ihm, grinste ihn an, doch Phillip starrte nur auf die Decke des Autos. Spaßverderber. Maria lehnte sich wieder in die Polsterung. »Auf meinen Retter. Wir wollen ein Bier trinken gehen.«
»Aha.« Das Wörtchen hatte er mehr geknurrt als gesagt. Phillips miese Stimmung war langweilig. Ja, langweilig war das richtige Wort. Wenn er wegen irgendetwas, was die verlorenen Stunden betraf, schmollen wollte, dann sollte er doch. Sie wollte Spaß haben. Wie gut, dass sie nicht in Krankenstand gegangen war, denn die Arbeit machte immer Spaß. Fast immer. Und wenn ihr Partner ein Gesicht wie sieben Tage Regenwetter machte, dann würde sie eben mit jemand anderem Spaß haben. Genau. Das Leben war doch viel zu kurz, als es mit Befindlichkeiten zu vertun. *Früher. Später.* Wer weiß, ob sie das nächste Mal so viel Glück hatte wie mit der Straßenbahn.
Und schon wieder gab ihr Handy Laut. Jetzt war es eine SMS mit Nummer. *Liebe Maria, fand gestern sehr schön. Wiederholung? Würde mich sehr freuen. Heinz.* Maria grinste. Gerade noch hatte sie an Spaß gedacht.
Phillip deutete mit dem Kinn zum Handy. »Ist das wieder der

Geheimnisvolle? Oder dein Retter?« Er sah nicht sie, sondern das Telefon an.
Maria steckte es in die Tasche zurück. »Weder noch. Das ist mein behandelnder Arzt. Also, er war mein behandelnder Arzt.«
Phillip blickte sie schnell von der Seite an. »Und der schreibt dir eine SMS?«
Er war eifersüchtig. Das wäre nett, wenn nicht die Stimmung so im Arsch wäre. Und sie würde ihn reizen, wenn nicht ... »Wir waren gestern noch was trinken. Er war grad dort, im Spital, wie ich mein Geldbörsel geholt habe. Ach ja ...«
Maria kramte ihr Portemonnaie heraus und hielt Phillip vierzig Euro entgegen. »Danke nochmals, dass du eingesprungen bist beim Gewandkaufen.«
Phillip sah auf die Scheine, presste die Lippen zusammen. »Behalt dir's.«
»Äh, wieso? Du brauchst mich nicht ...«
»Behalt es dir. Du bist eingeladen.«
Der Ton war unfreundlich und bestimmt. Maria betrachtete die Scheine, weil sie nicht wusste, was sie mit ihnen machen sollte. Einfach wieder einstecken, das ging irgendwie nicht. Phillip wollte ihr die Hose und das T-Shirt offensichtlich schenken ... aber so? Bei diesem Ton konnte sie ihm nicht einmal dankbar sein. Und außerdem war es seltsam, dass einem der Partner, gut, eine Affäre, Gewand schenkte. Sie hielt ihm die Scheine nochmals unter die Nase, doch Phillip sah nur starr auf den Lkw. Er war ein Vollidiot. Mit seinem blöden Gehabe bestrafte er sie für etwas, von dem sie keine Ahnung hatte. Anstatt dass er sich freute, dass ihr nichts Schlimmeres passiert war, behandelte er sie wie ein ungehorsames Kind. Idiot. Maria schmiss das Geld in die Ablage unterhalb des Handschuhfachs und drückte am Handy die Antworttaste.
Lieber Heinz, ich auch. Beides. Melde mich später. Maria.
Der Lkw fuhr los, Phillip folgte ihm mit quietschenden Reifen.

Die Wohnung befand sich in einem fünfstöckigen Gründerzeithaus. Das mächtige schmiedeiserne Eingangstor war das Sinnbild bürgerlicher Wohlhabenheit. Die rechte Front des Hauses setzte allerdings einen Kontrapunkt, denn hier befand sich der straßenseitige Eingang zum *Kaiserbründlbad*, einer bekannten Schwu-

lensauna. Vom Gang, der in einen Innenhof mündete, zweigten links und rechts Flure ab, die in die Stiegenhäuser der beiden Flügel übergingen. Maria und Phillip studierten die Liste mit den Türnummern. Sie mussten nach rechts und in den letzten Stock. Glücklicherweise gab es einen Lift, eine metallene Box, die wohl in einen ehemaligen Lichtschacht eingebaut worden war, denn ihr Stil passte so gar nicht zum Rest des Hauses. Der Lift ruckte sich viermal auf Position, wobei das vierte Mal so heftig war, dass Maria und Phillip aneinanderprallten. Phillip hielt den Blick gesenkt und schob Maria behutsam, aber bestimmt von sich. Vor zwei Tagen noch hätte er die Situation ausgenützt und sie mit ein paar gut gesetzten Griffen zu einem Stehfick überredet. Vielleicht war er ja wegen ihrer Zurückweisung heute früh im Auto angefressen. Aber er konnte doch nicht glauben, dass sie ihm bei solch einer unbeholfenen, ruppigen Aktion zu Willen war. Der Mann war ein Rätsel.
Phillip schob die metallene Falttür auf, was nur mit einer gewissen Kraftanstrengung möglich war. Das alte Ding war gemeingefährlich. Die Tür klappte hinter ihnen rasselnd zu, als wäre der Lift froh, sie losgeworden zu sein.
Phillip ging die Eingangstüren auf dem Gang ab. Er stutzte. »Da geht es nur bis vierzehn.« Er sah zum Fenster beim Lift hinaus und zog die Tür daneben auf. Das Gebäude bestand aus einem Vorder- und einem Hinterhaus. Und statt eines separaten Stiegenaufgangs im Innenhof führte – wahrscheinlich in jeder Etage – ein Gang zum hinteren Haus. Er sah wie ein Balkon aus und war lediglich ein wenig über einen Meter breit. Phillip trat hinaus und ging hinüber. Maria folgte ihm ein paar Schritte, dann sah sie hinunter in den Innenhof. Der kam auf sie zu, zog sie zu sich in die Tiefe. Sein Kopfsteinpflaster wölbte sich ihr entgegen. Maria stieß sich vom Geländer ab und presste sich an die Wand. Der Boden des Freiganges kippte zum Innenhof, ganz eindeutig. Sie klammerte sich an das Gitter des Fensters in ihrem Rücken, drehte sich um. Das Gitter war schwarz. Die Glätte des Lacks war von Tropfen durchbrochen, da war ein Pfuscher am Werk gewesen. Der Innenhof zog sie zu sich, dabei schaut sie ihn doch gar nicht mehr an! Sie rutschte ab. Klammerte sich wieder fest. Japste nach Luft. Der Kugelblitz in ihrem Kopf erwachte und zischte durch die Gehirn-

windungen. Maria schloss die Augen. Das Bild, wie ihre Hand langsam neuerlich abrutschte, wechselte sich mit jenem vom Schmerz in ihrem Kopf, der alles hell erleuchtete, ab.
»Maria, was ist?«
Phillip konnte selten dämlich fragen. Er musste doch sehen, dass sie gleich mitsamt dem Freigang abstürzte.
»Komm, bitte, das sind doch nur ein paar Meter.«
Und nach denen war sie tot. Die Eisenstäbe des Gitters würden nachgeben, mit einem Salto würde sie abstürzen, frei hängen … Arme legten sich um ihre Schultern.
»Du solltest was wegen deiner Höhenangst unternehmen.«
Arschloch. Maria presste sich noch dichter ans Fenstergitter. Die Vorhänge dahinter waren absolut blickdicht. Gute Ratschläge hatte sie bis obenhin satt. Und auch Übungen auf Steinmauern und Brücken. Sie war eben so. *Nobody's perfect*. Sie lehnte den Kopf gegen das Gitter. Es musste eigenartig sein, wenn tagtäglich zig Menschen direkt am Fenster vorbeigingen, einem quasi über die Füße latschten. Phillip zog sie weg. Maria krallte sich fest, aber ihre Finger rutschten ab. Mistkerl. Jetzt musste sie sich auch noch auf ihre Beine konzentrieren, damit sie nicht einsackten.
Plötzlich verlor sie den Boden unter den Füßen. Maria schrie. Phillip presste sie fest an sich, sie konnte sich nicht befreien, riss die Augen auf und sah über sich ein Glasdach, das vor Ablagerungen ganz grau war, daneben den blauen Himmel. Und plötzlich stand sie wieder auf sicherem Boden. Die Tür des Hinterhauses klappte hinter ihnen zu. Sie war in Sicherheit.
Phillip sah sie heftig atmend an. Mein Gott, so schwer war sie nun auch wieder nicht. Maria setzte zu einem *Danke* an, als sie im Augenwinkel einen Schatten wahrnahm. Phillip und sie drehten den Kopf synchron, bemerkten in derselben Sekunde einen Mann, der halb auf dem Gangfenster saß und eine Zigarette hinaushielt. Er war um die dreißig und glotzte sie aus verschwollenen Augen an. Marias Wangen wurden heiß. »Ich hab mit ihm gewettet. Herrn Roth. Meinem Partner. Dass er es nicht schafft.«
»Das ist meine Chefin, Kommissarin Maria Kouba. Ich habe sie … als Übung herübergetragen.«
»Sozusagen.«
Der Mann formte den Mund zu einem winzigkleinen Lächeln,

der Rest des Gesichtes blieb starr. Er nahm noch einen Zug von der Zigarette, setzte ein paar Mal an, sie wegzuwerfen, ließ sie los. Sie klebte am Finger. Er schüttelte sie ab. »August hat gesagt, ich brauche den Schlüssel für den Fall, dass ihm etwas passiert. Ich habe mich immer gefragt, was ihm schon passieren soll.«

Leopold Köhler stieß sich vom Fenster ab, taumelte kurz, holte einen Schlüssel aus seiner Hosentasche. Seine Krawatte war verrutscht, sein Anzug gut geschnitten, aber verknittert. Seine Haut war weiß wie die seines Bruders, doch seine Augen waren grau und die Haare aschblond, als wären bei ihm, dem Jüngeren, die Farben ausgegangen. Er seufzte und sah sie beide an. Maria nickte ihm zu. Zu dritt gingen sie zur Wohnungstür Nummer zwanzig, Maria und Phillip wie Bodyguards hinter Köhler. Oder wie Sanitäter. Hoffentlich fiel der Mann nicht in Ohnmacht.

Köhler fuhrwerkte umständlich mit dem Schlüssel herum und schloss es schließlich auf. Als Maria ihn zur Seite schieben wollte, um selbst als Erste die Wohnung zu betreten, wurde die Tür von innen aufgerissen. Köhler bekam eine Faust in einem schwarzen Handschuh auf die Nase, kippte wie ein Stück Holz einfach um. Ein Fuß fuhr zwischen Phillips Beine, Maria sah rot, Phillip ging in die Knie, sie selbst bekam eine Ohrfeige und wurde von der Tür weggeschleudert. Sie hörte hinter sich einen dumpfen Schlag, einen zweiten. Phillip heulte auf, ein dritter dumpfer Schlag folgte. Köhler schrie auf. Maria spürte eine Kante in ihrem Nacken, worauf es in ihrem Kopf aufgleißte. Ihre Handwurzelknochen vibrierten, als sie auf die Knie fiel und sich abzustützen versuchte. Es folgten weitere dumpfe Schläge, Schreie und ein metallenes Scheppern. Dann Schritte. Sie liefen.

Maria schaute auf. Phillip lag mit angewinkeltem linkem Bein am Bauch auf dem Flurboden und blutete am Hinterkopf, Köhler hatte sich völlig zusammengekrümmt und die Arme über Kopf und Nacken gekreuzt. Aus seiner Nase strömte Blut. Langsam richtete sich Maria auf, indem sie sich die Wand hinauftastete. Phillip nickte ihr zu. Also griff sie auf ihre Waffe, öffnete das Holster, streckte ihre Beine, dann, endlich, setzte sie einen Fuß vor den anderen.

Der Täter hatte mindestens dreißig Sekunden Vorsprung. Ihr wurde heiß, sie rannte, riss die Tür zum Freigang auf. Er kippte.

Wie die Ladeklappe eines Transporters. Und da war ein Riss, mindestens vierzig Zentimeter lang, mit Mörtel zugeschmiert. *Maria, er ist die letzten hundertfünfzig Jahre nicht eingebrochen, er wird auch jetzt nicht einbrechen.* Sie fixierte den Himmel, sah, dass die Wohnung gegenüber eine Dachterrasse hatte, die über die ganze Länge des Innenhofes reichte.
Fünfzig Sekunden.
Maria schloss die Augen, stellte sich eine Rennbahn vor, sah dann gar nichts mehr außer der Tür gegenüber, die plötzlich rot pulsierte. Sie rannte los, über den Gang, durch die Tür, die Stiegen hinunter. Sie hörte das Trappeln der anderen Schritte. Gedämpftes Trappeln. Weiche Sohlen. Die Spirale des Stiegenhauses dehnte und streckte sich. Sie lief immer geradewegs auf die Mitte der Treppe zu. Vierter Stock. Der gleißende Lichtstrahl in ihrem Kopf verbrannte die Hinterseite ihrer Augen. Maria torkelte zum schmiedeisernen Geländer, klammerte sich daran, sah die restlichen vier Stockwerke hinunter bis zum Erdgeschoß. Sie kippte vornüber, der Kinderwagen unten im Erdgeschoß zog sie wie ein Magnet an. Sie klemmte ihre Oberschenkel zwischen die Gitterstäbe und drückte sich gleichzeitig vom Gitter weg. Endlich löste sich ihr Blick von der Tiefe. Sie kroch zur Wand und zog sich am Handlauf in die Höhe.
Eineinhalb Minuten.
Ihr Körper schien zu kochen, ihre Umgebung auch, denn jetzt war auch das Geländer rot. Die Wand flirrte in Orange und Himbeere. Sie nahm zwei Stufen auf einmal. Kein Stolpern, kein Festhalten am Geländer. Sie flog. Dritter, zweiter Stock. Sie schrammte mit der Ferse über eine Stufe, fiel die letzten zwei Meter der Stiege hinunter.
Zwei Minuten. Mindestens.
Maria raffte sich auf. Nichts gebrochen, nichts gezerrt. Nicht einmal eine Abschürfung. Erster Stock, Mezzanin, Erdgeschoß, Gang, Tür, Gasse. Sie rannte auf die Fahrbahn. In der Richtung zum Ring war niemand zu sehen, in die Richtung zur Kärntner Straße auch niemand. Zwanzig Meter weiter war der Franziskanerplatz. Maria sprintete los. Zwei asiatische Reisegruppen versuchten gerade, aneinander vorbeizukommen. Endlich gaben sie den Blick auf den Rest des Platzes frei. Beim Brunnen tummelten sich min-

destens zehn Jugendliche, die Tische beider Schanigärten waren zur Gänze besetzt. Gastgarten vom *Immervoll*: Niemand dort war außer Atem. Gastgarten vom *Kleinen Café*: ebenso niemand. Welche Richtung jetzt? Zur Singerstraße oder in die Ballgasse hinein? Ballgasse. Genau unter dem Torbogen am Beginn der mittelalterlichen Gasse stoppte Maria.

Zweieinhalb Minuten.

Es war sinnlos. Der Täter hatte zu viel Vorsprung. Marias Herz klopfte in ihrem Kopf. Es hörte sich wie eine stampfende Maschine an. Und jetzt gleißte auch wieder der Schmerz auf. Maria griff nach ihrem Handy, doch es fiel ihr nichts ein, was sie für eine Fahndung hätte durchsagen können. Sie hatte nichts gesehen. Nichts außer einer Faust in einem schwarzen Handschuh mit einem Arm daran, der ebenfalls schwarz umhüllt gewesen war. Ah ja, richtig, und einem schwarz umhüllten Bein. Also eine schwarz gekleidete Gestalt. Klein, mittel, groß, dick, dünn, blond, dunkelhaarig, alt, jung? Verdammte Scheiße, sie war Polizistin, sie musste doch mehr als eine ungeübte Zeugin sehen.

Maria schleppte sich zum Haus zurück, ihre Beine brannten und waren kurz davor, den Dienst aufzugeben. Sie keuchte, drückte mit letzter Kraft die schwere Haustür auf. Die fiel mit einem satten, tiefen Ton hinter ihr ins Schloss. Dieses Geräusch hatte sie nicht gehört. Es war also möglich, dass sich der Täter noch im Haus ... sie lugte in den Gang der linken Gebäudehälfte, in das dortige Stiegenhaus. Nichts. Auch im Innenhof war nichts. Maria ging wieder zum rechten Stiegenaufgang, sie musste sich endlich um die verletzten Männer kümmern. Im Erdgeschoß stand eine Metalltür offen. Ein Lieferant mit einem enormen Bauch und mit einer Coca-Cola-Jacke bekleidet kam gerade mit einer leeren Sackkarre heraus.

Maria trat keuchend zu dieser Tür. Ein Schild verriet, dass es sich um den Hintereingang ins *Kaiserbründlbad* handelte.

Ein Mann mittleren Alters mit Glatze und gezupften Augenbrauen stand bei den abgeladenen Getränkekisten und entdeckte nun Maria. Er lächelte sehr charmant. »Wir haben nur für Clubmitglieder Zutritt, Gnädigste.«

»Ich weiß, dass das ein Schwulenclub ist. Ist bei Ihnen so vor zwei Minuten ein Mann komplett in Schwarz aufgetaucht?«

Der Glatzkopf verdrehte die Augen, lächelte verschmitzt. »Will das seine Frau wissen?«
Maria stützte die Hand in die Taille, sodass ihr Holster sichtbar wurde. »Meine Marke hab ich oben in der Handtasche. Sorry.«
Das Gesicht des Mannes blieb freundlich. »Oh. Alles klar. Also ein Mann ist hier nicht aufgetaucht. Aber eine Frau.«
Eine Frau. Eine Frau? Maria sah anscheinend ziemlich blöd aus der Wäsche, denn der Glatzkopf nickte.
»Ja. Sie hat gemeint, sie müsse einmal ganz geschwind unsere Toilette benutzen. Ich hab sie hereingelassen, weil wir eh noch nicht geöffnet haben. Und weil sie wirklich unendlich verzwickt dreingeschaut hat, die Arme.«
»Und diese Frau, war die schwarz gekleidet?«
»O ja, sie hatte einen ausgesprochen unvorteilhaft geschnittenen Overall an.«
Maria lehnte sich an den Türrahmen. »Hatte? Ist sie nicht mehr da?«
Der Mann schüttelte den Kopf. »Das war ja das Eigenartige. Kaum war sie herinnen, haben wir jemanden draußen laufen gehört.« Er studierte Marias Gesicht und schien zu verstehen, wer da gelaufen war. »Jedenfalls hat sie gemeint, es sei ihr doch peinlich, da einfach bei uns und so. Und bevor ich noch was sagen konnte, war sie weg.«
Die hatte sie ausgetrickst. Es war zum Kotzen. Ständig rannte Maria irgendwelchen Verdächtigen nach, und ständig waren die schneller. Gewitzter. Sie sollte sich als Fernsehkommissarin engagieren lassen, dann würde sie endlich einmal jemanden erwischen.
»Es tut mir leid.« Es klang sehr mitleidig. Bestimmt schaute Maria ziemlich fertig aus.
»Und wie hat sie ausgesehen?«
Der Glatzkopf rieb sich die Nase. »Tja, schwer zu sagen ...«
»Klein, mittel, groß, dick, dünn, blond, dunkelhaarig, alt, jung?«
»Das ist mir schon klar. Und ich weiß auch, wie sie ausgeschaut hat, ich fürchte nur, dass das nichts nützt. Sie hat nämlich eine Perücke getragen. Sehr schick im Prinzip, schwarzer Pagenkopf, aber billig gemacht. Das war leider gleich erkennbar. Sie wissen schon, diese Kunsthaare. Vielleicht hat sie ja deswegen die Ka-

puze darüber getragen. Sie trug nämlich unter dem Overall ein Kapuzenshirt.«
Maria holte tief Luft. »Und wahrscheinlich hat sie auch eine Sonnenbrille getragen.«
Der Mann grinste. »Richtig. Große Shades. Sie hat ausgesehen wie eine Bankräuberin. Ich muss gestehen, ich habe sie auch deswegen reingelassen, weil ich mir gedacht habe, vielleicht sind das ja irgendwelche Filmaufnahmen. Mit versteckter Kamera oder so.«
Maria schloss die Augen. Jetzt, wo sie wieder Luft hatte, kamen die Kopfschmerzen zurück. Wie viele Schläge hielt ein Schädel eigentlich aus?
»Und wie groß war sie? Hatte sie einen Akzent? Wie war der Mund?«
»So groß wie Sie. Kein spezieller Akzent. Eher dünn, denn sie war trotz des Overalls keine Tonne. Und der Mund? Ich weiß es nicht mehr. Ich weiß nur, dass ich mir gedacht habe, zu diesem Pagenkopf gehören dunkelrote Lippen und ob ich ihr das sagen soll, wenn sie von der Toilette zurückkommt.«
Maria seufzte.
»Aber wenn es Ihnen hilft … Die Frau hatte Turnschuhe mit roten Sohlen an. Das ist selten. Ich kenne nur die roten Sohlen von Louboutin. Und der Meister hat leider noch keine Turnschuhe kreiert.«

Die Schere schnappte. Phillip verzog das Gesicht, als ginge es um seine Männlichkeit. Dabei waren es nur seine Haare rund um die Wunde am Kopf. Der Sanitäter schnitt weiter und weiter, bis Maria der Verdacht kam, dass er Befriedigung daraus zog, Phillip eine halbe Glatze zu scheren. Vielleicht hatte das mit dem schütteren Haarkranz des Sanitäters zu tun. Jetzt tupfte er die Wunde nochmals. Phillip zuckte zusammen, Köhler kurz nach ihm. Er durchlebte die Tortur, die er schon hinter sich hatte, anscheinend noch einmal.
Maria setzte sich auf den antiken Schreibtischsessel aus Holz. »Wir haben Glück gehabt. Die kleine Gießkanne war viel zu leicht für schwere Wunden.«
Die beiden Männer brummten. Weicheier. Sie hatte auch einen Schlag abbekommen, ihr Kopf wummerte und ihr war schlecht.

Aber jammerte sie? Eben. Köhler ließ sich auf die Eckcouch zurücksinken. Sie war aus abgewetztem hellbraunem Leder. Ein Gustostückerl an Geschmacklosigkeit. Davor stand ein Glastisch.
An den Wänden dahinter hingen Reisebüroplakate. Sie waren ausgeblichen. Griechenland. Italien. Kroatien. Spanien. Nach dem Durchgang zum Kabinett stand eine riesige Palme aus Plastik. Die einzigen edlen Stücke in diesem Zimmer von August Köhlers Wohnung waren der Holzschreibtisch mit gedrechselten Beinen und der Sessel, auf dem sie saß.
Maria stand auf und ging ins Kabinett. Die Hälfte des kleinen Zimmers nahm ein Hochbett ein, so wie in ihrer eigenen Wohnung. Und darunter war ein begehbarer Schank, ebenfalls wie bei ihr. Das war wohl die beliebteste Art, in kleinen Wohnungen Platz zu schinden. Das Bettzeug muffelte.
An der dem Eingang gegenüberliegenden Wand war ein IKEA-Regal montiert, das im unteren Bereich Laden hatte. Auf dem Regal standen CDs, Walgesänge und dergleichen. Daneben Bücher von Erleuchteten und solchen, die Gott gefunden hatten. Auf dem zweiten Brett lagen Broschüren, jeweils im Stapel. Sie waren alle von der *Aktion Leben* und ziemlich verstaubt. Die Titel waren *Dem Anfang auf der Spur. Wie jedes Menschenleben beginnt*, *Lebens.Philosophien*, *Das gläserne Kind* und *Alles unter Kontrolle?* Maria zog ihre Gummihandschuhe an und blätterte Letztere auf. Es ging um Präimplantationsdiagnose. Aha. Sie überflog die Seiten, blieb immer wieder bei Passagen hängen. Die Sache an sich war ganz einfach. Bei künstlicher Befruchtung wurden mehrere Embryonen gezeugt, dann der erste auf Erbkrankheiten untersucht, dann der zweite, so lange, bis man auf einen gesunden stieß. Der wurde dann eingesetzt. Die Broschüre meinte, dass mit jedem Embryo, der nicht eingesetzt wurde, Leben vernichtet wurde. *Ausschussware*, so hatte es Stix genannt. Maria legte die Broschüre so schnell zurück, als stünde sie in Flammen. *Wie jedes Menschenleben beginnt*. August Köhler war offensichtlich ein christlicher Fundi gewesen. Einer von denen, die skandierend am Fleischmarkt den Frauen auflauerten, die eine Abtreibung vornahmen. Wobei es Maria schon immer als dégoutanten Witz empfunden hatte, dass ausgerechnet die bekannteste Abtreibungsklinik von Wien auf der Adresse namens Fleischmarkt lag.

Maria öffnete die Laden. Socken, Unterhosen, T-Shirts und Jeans waren streng nach Farben geordnet. Sie vermisste den Geruch von frisch gewaschener Wäsche. Gegenüber dem Regal, gleich neben dem Durchgang zum Wohnzimmer, waren Haken montiert. Dort hingen eine Jeans- und eine schwarze Lederjacke. Maria ging in den begehbaren Schrank. Es hingen ein paar Mäntel im Damenschnitt darin. Auch der kümmerliche Rest der Kleidung gehörte einer Frau. Alles war verstaubt.

»Herr Köhler?! Hat Ihr Bruder mit einer Frau zusammengewohnt?«

»Mit unserer Tante. Also, nicht wirklich. Sie ist nur ab und zu in Wien. Vielleicht so dreimal im Jahr. Sie wohnt bei ihrem Freund in der Schweiz.«

Die Wohnung war also eine Absteige, kein Zuhause. Deshalb war hier alles unpersönlich, sogar die Küche wirkte verlassen. Und es schien nichts durchsucht worden zu sein. Na ja, wenn die Spurensicherung irgendwann hier auftauchte – verdammter Personalmangel, die lieben Innenminister glaubten wohl, die Arbeit erledigte sich von allein –, dann würde sie vielleicht was finden.

Maria drehte ihr Handy lautlos, ging ins Zimmer zurück. Der Sanitäter war weg, sie hatte ihn sich gar nicht verabschieden gehört. Wahrscheinlich, weil sie in die Broschüre vertieft gewesen war. Die Männer starrten in die Luft.

Maria stellte sich vor Leopold Köhler. »Also, Herr Köhler, diese Frau hat uns niedergeschlagen. Sie wollte also nicht, dass wir wissen, dass sie in dieser Wohnung ist. An der Tür sind keine Bruchspuren, sie hatte einen Schlüssel. Es ist nichts durchwühlt oder verwüstet, es scheint nichts Offensichtliches gestohlen worden zu sein. Es stellt sich also die Frage, Herr Köhler, was wollte diese Frau hier? Hat sie etwas gesucht? Und welche Frau, außer Ihrer Tante, hatte einen Schlüssel zu dieser Wohnung?«

Köhler schnaufte. »Sie fragen den Falschen. Das müssen Sie Freunde von August fragen. Ich … wir haben seit Jahren nur mehr losen Kontakt gehabt.«

»Aber er hat Ihnen doch den Wohnungsschlüssel zum Aufbewahren gegeben.«

Köhler kletzelte an seinem linken Daumennagel. »Ja. Keine Ahnung, warum. Ich hab noch gesagt, aber Tante Elfie hat doch eh

einen.« Er schüttelte den Kopf. Nun arbeitete er am Zeigefinger, schien den Nagel bis zur Wurzel ablösen zu wollen.
Nur gut, dass sie eine Plastikplane aufgelegt hatten, als Phillip und Köhler verarztet worden waren. Marias Hand zuckte. Sie konnte sich kaum beherrschen, dem Mann nicht einfach auf die Finger zu klopfen. Oh weh, schon wieder so eine Alt-werden-Anwandlung. Sie war bald wie ihre Oma, die sich immer darüber aufgeregt hatte, wenn Leute ständig in ihren Haaren wühlten. *Keine Erziehung, die jungen Leut.* Aber diese Kletzelei war wirklich nervtötend. Maria wandte sich ab und sah zum Fenster hinaus.
Sie hörte ein Feuerzeug klicken, zweimal, und Phillips Schritte. Er reichte ihr die Zigarette und ging zu Köhler zurück. Na ja, zumindest war er wieder ansatzweise normal zu ihr.
Die Couch knarzte, die beiden Männer hatten sich anscheinend gesetzt.
»Okay, wann haben sich denn Sie und Ihr Bruder auseinandergelebt?« Maria drehte sich um und lehnte sich ans Fensterbrett.
Köhler biss inzwischen am Mittelfinger der linken Hand herum. »Bei Dorlis Tod. Dorothea. Augusts Zwillingsschwester. Das ist jetzt … ja, zwanzig Jahre ist das jetzt her.«
Phillip beugte sich zu ihm. »An was ist sie gestorben?«
Maria war mit zwei Schritten bei den Männern, die ihr mit großen Augen entgegensahen. Maria streckte Phillip die Hand entgegen. »Bitte ein Taschentuch.«
Der kramte eines aus seiner Hose. Maria nahm es und reichte es Köhler. »Halten Sie sich das bitte unter, sonst haben wir überall Ihre DNS.«
Köhler wurde knallrot. Er wickelte das Taschentuch um seinen Zeigefinger. Wenigstens wusste er jetzt, dass dieses Kletzeln unangenehm war. Sie ging zurück zum Fenster.
»Äh, ja, also Dorli ist bei einem Zweihundertmeterlauf an Herzflimmern gestorben. Mit sechzehn.«
»Mister …« Phillip beendete offensichtlich die männliche Verbrüderung, gut so. »An Herzflimmern? Mit sechzehn?«
»Sie ist an HOKM gestorben. Hypertrophe obstruktive Kardiomyopathie.«
»Was ist das?«
»So ein Muskelwulst, der in die Herzkammer hineinragt und den

Blutfluss behindert. Die Krankheit wurde von unserem Großvater väterlicherseits vererbt. Also, ich mein, natürlich von unserem Vater. Aber bei Opa ist es ausgebrochen. Und eben bei Dorli. Wird selten entdeckt und auch beim EKG oft übersehen. Wenn man überhaupt eins macht. Aber wer macht das schon bei Jugendlichen, denen nichts fehlt? Und die brauchen dann nur einmal heftig Sport machen, wie Dorli …«

Phillip wandte sich zu Köhler. »Hat das nicht auch dieser junge Fußballspieler bei den Afrikameisterschaften gehabt?«

»Ja, bei dem hat man das auch vermutet. Jedenfalls hat August das nie verstanden, dass nur sie daran gestorben ist und nicht auch er. Also, verstanden, so im Kopf verstanden, hat er es schon. Aber nicht da drin.« Köhler klopfte sich auf die Herzgegend. »Für ihn war Dorli eben die Zwillingsschwester. Auch wenn sie natürlich zweieiig waren. Da hat er sich dann in sich verkrochen. Hat nur mehr gelesen. Schon vor der Matura nur mehr so medizinisches Zeugs. Nur mehr Medizin. Medizin. Medizin. Medizin. Hat kaum mehr mit uns geredet.« Er lachte auf, wobei er das Taschentuch zerzupfte. Na bitte, warum nicht gleich? »Mama hat es dann geschafft, dass er zu so einem Psychoheini gegangen ist. Aber das hat auch nix genutzt. Er war ein halbes Jahr bei dem Typen, hat uns danach brav immer angegrinst, bei Familienfeiern und so, aber im Grunde … im Grunde war er weg.«

Jetzt schnellte Köhlers Rechte zu seinem linken Ringfinger. Sie schwiegen. Maria wollte ihm eine Ohrfeige verpassen, das schabende Geräusch war nahezu unerträglich. Sie musste sich entspannen. *Om.* Maria ließ ihre Schultern fallen und atmete in den Bauch.

Sie schnippte die Asche aus dem Fenster. »Was war denn sein Spezialgebiet auf der Uni?«

Köhler seufzte. »Na, was wohl? Genetik. Oder wie der Scheiß auf der Uni auch immer heißt. Er wollt Dorli wieder lebendig machen. Das war's. Und sonst nichts.«

»Und Sie halten nichts von Gentechnik?«

Köhler sah sie an. »Wozu soll der Mist gut sein, frage ich Sie?«

Maria lachte. »Das fragen Sie eine Polizistin?«

Köhler machte eine wegwerfende Handbewegung. »Ja, natürlich, die DNS-Analyse. Aber das ist, 'tschuldigen Sie, nur eine Kinderei

im Vergleich zu dem, was da noch auf uns zukommt. Weil, bald können wir das Genom von einem jedem von uns innerhalb von einem Monat um, sagen wir einmal, fünftausend Euro bestimmen. Dann wissen wir, an was wir sterben werden. Warum uns die Versicherung nicht mehr versichert. Oder warum uns keine Firma mehr anstellt. Und kommen Sie mir jetzt nicht mit dem Datenschutz. Wir wissen doch alle, wie wir hier sitzen, wie leck der ist. Da kann ich mich ja gleich umbringen. Also wozu der ganze Scheiß?«
Phillip streckte die Beine, die Couch war unmenschlich niedrig. »Damit wir uns rechtzeitig behandeln lassen können?«
Köhler unterbrach sein Kletzeln, mittlerweile am kleinen Finger. »Wenn Sie an HOKM leiden, wie Dorli, dann wird es keine Behandlung geben, weil diese Krankheit nämlich keine Sau interessiert. Daran leiden zu wenige Menschen. Ja, so ist das. Wenn's keinen Gewinn verspricht, wird auch nicht geforscht. Ich könnt Ihnen da Sachen erzählen.«
Maria warf die Zigarette aus dem Fenster und setzte sich auf den Schreibtischsessel. »Das heißt, Sie beschäftigen sich auch mit der Gentechnik. Sie als Jurist.«
Jetzt lachte Köhler laut auf. »Ja, glauben Sie, freiwillig? Bei jedem Familienfest haben wir über nichts anderes geredet als über diesen Scheiß. *Das Gold der Zukunft.* So nennen's die Araber, die größten Investoren. Ha. Und unser Genie als Goldmacher.« Er verdrehte die Augen. »August hier, August da. Der große Wissenschaftler August Köhler. Oh, wie toll. Dass ich Jus sub auspiciis gemacht habe, hat sie alle null interessiert. Dass ich mir eine Kanzlei aufgebaut habe, auch nicht. Meine Kinder. Das sind die Enkel oder die Neffen, aber nie meine Kinder. Verstehen Sie? Und wie der Paul sich einen Chemiebaukasten gewünscht hat, da waren seine Intelligenz, sein Interesse vom August vererbt. Alles klar? Ich war immer der Luschi. Sogar jetzt noch. Der gute August, der Heilige, der alles hinter sich lässt, das Renommee, die weltweite Karriere, das Ansehen, und kreuzbrav als Reservejesus für die Caritas Alten und Kranken den Hintern auswischt, obwohl er ja zu viel Höherem berufen wäre. Es ist zum Kotzen.«
Köhler starrte auf den Boden, kniff dann die Augen zusammen. Wahrscheinlich wurde ihm gerade klar, dass die Gespräche bei

den Familienfeiern ab nun anders ablaufen würden. Bruderzwist im Hause Köhler. Leider war sein Alibi hieb- und stichfest, er war bei dem Kongress in Berlin gewesen. Die Verantwortlichen hatten es Gabi gegenüber sofort bestätigt.
Phillip hielt die Hand unter seine Zigarette und sah sich um. »Das heißt, Ihr Bruder wollte eine Medizin gegen die Krankheit Ihrer Schwester finden. War er in der Forschung?« Er stand auf und verschwand Richtung Küche.
Köhler sah ihm nach. »Warum wollen Sie das wissen?« Er schien die Luft anzuhalten, er blockte. Realisierte offenbar nicht, wie verräterisch seine Frage gewesen war.
Maria suchte seinen Blick, er erwiderte ihn kurz und sah dann auf den Boden.
Phillip kam mit einer Kaffeeuntertasse zurück, auf die er aschte. »Na, weil uns alles an Ihrem Bruder interessiert. Und weil es so aussieht, als wär er eine Zeit lang untergetaucht. Hat er da in einem Projekt oder so gearbeitet? Wissen Sie, wo er zwischen 2000 und 2004 war?«
Köhler stand auf. Er trat zum Fenster, an dem Maria gestanden hatte, schaute lang hinaus. Er ging ins Kabinett, blieb vor dem Regal stehen, betrachtete jedes Buch einzeln, indem er sich manchmal seitwärts oder ganz nah beugte, um den Titel lesen zu können. Schließlich richtete er sich auf und tat sekundenlang nichts mehr. »Nein.«
Phillip sah Maria an, während er in Köhlers Rücken sprach. »Da haben wir aber jetzt ein bissel lang gebraucht für die Antwort, Mister.«
Köhler reagierte nicht.
Maria ging zu Phillip und dämpfte auf dem Teller ihre Zigarette aus. Sie nickten einander zu. »Herr Köhler, Sie müssen doch eine Ahnung haben. Was war denn am Ende seines Studiums sein Spezialgebiet? Also in der Genetik, meine ich.«
»Das weiß ich nicht.«
Maria zog die Augenbrauen Richtung Phillip hoch und stellte sich hinter Köhlers Rücken. »Das glaube ich doch, dass Sie das wissen. Schämen Sie sich für Ihren Bruder? War er so ein verrückter Wissenschaftler? So ein Frankenstein?«
Köhler setzte an, über die Broschüre mit dem Titel *Alles unter*

Kontrolle? zu streichen. Maria fiel ihm in den Arm, worauf er aufschluchzte. Dabei zerknüllte er das Taschentuch. Genauso schnell straffte er sich wieder. Er spannte das Taschentuch und ritzte mit dem Rest seines Daumennagels Löcher hinein. »Er war in der embryonalen Stammzellenforschung.«

»Oh, alles klar«, tönte es aus dem Wohnzimmer. Immer diese Kommentare von den Rängen.

Maria wartete, dass von Köhler eine Erklärung hintennach kam. Sie kannte zwar den Ausdruck, konnte sich aber nicht wirklich vorstellen, warum man sich da so überwinden musste, es auszusprechen. Und warum Phillip *Oh* sagen musste. Es konnte doch nicht sein, dass Phillip auch bei diesem Thema schon wieder Bescheid wusste.

Maria stellte sich neben Köhler. »Und?«

Köhler sah durch sie hindurch, schüttelte den Kopf und ging ins Wohnzimmer zurück. Dort blieb er vor den Plakaten stehen. »Eine Frage der Perspektive. Die einen finden, dass die Embryos in dem Stadium, wo mit ihnen geforscht wird, eh nur läppische Zellhaufen sind, die anderen sagen, dass das Forschung an einem Kind ist. Also, dass man sich quasi wie ein Mengele aufführt. Embryonale Stammzellenforschung ist bei uns ja auch verboten, in Deutschland auch, aber in Spanien zum Beispiel nicht. Und England ist überhaupt liberal. Manche in den USA wären es gern, aber dort haben sich die fundamentalistischen Christen bislang im Großen und Ganzen gegen die embryonale Stammzellenforschung durchgesetzt. Und im Osten ist sowieso alles undurchsichtig.«

Phillip hatte sich nach vorn gebeugt. »Sie kennen sich da aber ganz gut aus.«

Köhler seufzte. »Wie gesagt, notgedrungen. Aber auch, weil mich das mit den Embryonen ärgert. Es gibt ja auch die adulte Stammzellentherapie …«

»Adult?«

Köhler drehte sich zu Maria um. Er runzelte die Stirn. »Also, wie sag ich's? Jede Zelle ist ursprünglich quasi neutral. Und erst mit der Zeit werden sie zu einer Hautzelle oder zu einer Leberzelle. Ein paar bleiben aber neutral. Und wenn dann was kaputtgeht, werden sie dorthin geschickt und nehmen die Zellart an, die notwendig ist.«

»Eine Art Austauschlager.« Phillip sagte es in einem Ton, als wüsste er Bescheid, dieser Wichtigtuer.
Köhler nickte. »Weil, sonst würde keine Wunde heilen.« Er kletzelte am kleinen Finger.
Maria fixierte Köhlers Hand. »Und darauf verlassen Sie sich anscheinend. – Oh, Entschuldigung. Entschuldigen Sie bitte, es geht mich nichts an. Ich …« Sie mit ihrem verdammt losen Mundwerk.
Köhler schüttelte schnell den Kopf und wickelte erneut das Taschentuch um die Finger. Maria wartete darauf, dass er sie endlich anschrie, sich ihre Frechheit verbat. Nichts. Er schien sich doch tatsächlich zu schämen.
Köhler hob den Kopf, schüttelte ihn nochmals und lächelte sie an. »Auf jeden Fall kann man auch diese Zellen dem Körper entnehmen und starten. Zur Behandlung einsetzen. Wird zum Beispiel schon bei Leukämie gemacht. Großer Vorteil: keine Abstoßreaktion. Es gibt zwar ein paar Probleme, die sind aber läppisch im Vergleich zu denen bei der embryonalen Stammzellentherapie. Und außerdem bestehen bei der adulten kaum juristische Probleme.«
»Und Sie sind auf Ihren Bruder sauer gewesen, weil er Embryonen zerschnipselt hat, obwohl es auch anders ginge.«
Köhler wandte sich wieder zu den Plakaten. »Er ist … war Forscher. Die denken erst über Ethik nach, wenn ihre Erfindung zum Massenmord eingesetzt wird. Es gibt viele Menschen, die Gentechniker, Babymörder, hassen. Vielleicht hat ihn ja so jemand umgebracht. – Ich würd gern die Plakate mitnehmen, geht das?« Er sah Phillip an. »Das waren unsere letzten gemeinsamen Urlaube. Als Jugendliche.«
Phillip sah Maria an. Die Plakate waren nicht wichtig, und damit konnte sie wenigstens ein bissel etwas gutmachen. Sie nickte.
Phillip nickte Köhler zu. »Und Ihr Bruder, war der in einer bestimmten Forschergruppe? Vielleicht einer, die angefeindet wird?«
Köhler stieg auf die Couch und zupfte am Tixo des Griechenland-Plakats, das auf der Tapete ausgesprochen gut klebte. Er atmete tief durch. »Am Schluss, also bevor er einfach verschwunden ist, der Arsch, war er in Innsbruck. Die sind dort die Ersten gewe-

sen in Österreich, die ein Humangenetikinstitut aufgebaut haben, schon in den Sechzigern. Und dementsprechend weit vorn sind die. Aber eigentlich ist er wegen dem Illmensee hingegangen.«
»Wegen wem?«
»So ein Genetiker, der aufs Klonen spezialisiert ist. Zu dem Zeitpunkt war er zwar nur«, er machte Gänsefüßchen in der Luft, »Frauenheilkundler an der Uni, aber auch wenn ein Wolf sich als Schaf verkleidet, ist er trotzdem ein Wolf. Der August wollte von ihm lernen.«
Phillip gesellte sich zu Köhler und zupfte an der zweiten und vierten Ecke. »Klonen?«
Köhler antwortete nicht, sondern kletzelte nun mit noch mehr Vehemenz am unteren Tixo. Er benutzte abwechselnd jene Finger, an denen er noch Reste von Nägeln hatte.
Maria stellte sich zu den Männern und nahm Griechenland entgegen. »Wir reden über Klonen? So echt Klonen? So Dolly-Schaf-Klonen?«
Köhler löste nun gemeinsam mit Phillip Italien. »Ja, so echt und wirklich Klonen. Der Illmensee war übrigens der Erste, schon in den Achtzigern, noch vor den Dolly-Leuten. Aber keiner hat's ihm geglaubt, weil es eine Methode war, die man für unmöglich gehalten hat. Erst vor Kurzem, so vor zwei, drei Jahren, wurde bewiesen, dass er recht hatte.« Köhler lachte auf. »Ein Österreicher als Speerspitze.«
»Ich kenn den Namen gar nicht.« Wow, Phillip gab zu, dass er etwas nicht wusste.
»Ja, irgendwie typisch österreichisch. Die anderen, die sich inzwischen mit dem Klonen wichtigmachen, die Epigonen, die sind berühmt.«
Das Plakat löste sich, es rutschte den beiden Männern beinahe aus der Hand. Sie verharrten. Maria räusperte sich, sie reagierten nicht. Sie stieg zu ihnen auf die Bank. Lugte ihnen über die Schultern. Auf der Rückseite von Italien klebte ein Schlüssel. Ein altmodischer mit Bart.
Sie starrten alle drei den Schlüssel an.
Phillip schnalzte mit der Zunge. »Ich könnt mir vorstellen, dass unsere Frau Einbrecherin das hier gesucht hat.«
Maria drehte das Plakat zu sich. »Kann, muss aber nicht. Es ist

kein Tresor- oder Schließfachschlüssel, er kann für sonst was sein. Für einen Zweitwohnsitz …«

Köhler schnippte gegen das Papier. »So ein altes Modell … glaub ich nicht. Außerdem versteckt man einen Schlüssel für einen Zweitwohnsitz nicht.«

Phillip zupfte ein Taschentuch aus seiner Hose und nahm den Schlüssel vom Plakat. »Gehört er vielleicht zu Ihrem Elternhaus in Krems?«

Köhler schob sich an Phillip vorbei zu Kroatien und Spanien, indem er ihn um die Schultern fasste. Für einen Moment sah es aus, als würden die beiden miteinander tanzen. »Ich kenn den Schlüssel nicht. Ich weiß nicht, wozu er gehört. Und ich will es auch gar nicht wissen.«

Phillip reichte Maria den Schlüssel. »Vielleicht passt er ja irgendwo am Tatort.«

Sie steckte ihn mitsamt dem Papiertaschentuch in ihre Jeanstasche. Bis die Spurensicherung auftauchte, dauerte es noch, und vielleicht konnten sie ihn schon vorher überprüfen. Eine einfache Lösung gab es aber noch …

»Gehört er vielleicht Ihrer Tante?«

Köhler brummte und kletzelte an dem Tixo von Kroatien herum. »Fragen Sie sie doch. Ich geb Ihnen gern die Nummer.« Plötzlich riss er das Plakat von der Wand, wobei er es zerstörte. Er zerfetzte es mit Absicht noch mehr. Dann sah er Maria schwer atmend an. »Hören Sie, wenn mein Bruder einen Schlüssel versteckt hat, dann hat er sich was dabei gedacht. Und das Ganze hier passt auch zu … ich habe August nie geglaubt, dass er aufgehört hat. Mein Bruder war besessen davon, Dorothea wieder zum Leben zu erwecken. Besessen. Zuerst war es die Heilung der Krankheit, ja. Dann aber, wie das mit dem Schaf war … Er hat mich einmal zu Weihnachten … Da hab ich den Sentimentalen kriegt und hab von Dorli geredet und dass es so schad ist, dass sie nicht mehr da ist und so. Ja, ist halt so, manchmal kommt's halt hoch … auf jeden Fall hat er da nur gelächelt und gesagt, *Wer weiß*.«

Das war ja das reine Schauermärchen. Maria spürte Lachen aufsteigen. Sicherheitshalber bückte sie sich und klaubte die Reste von Kroatien auf.

Phillip schob Köhler zur Seite und löste nun Spanien. »Ja, aber

zum Klonen von Ihrer Schwester«, es entfuhr ihm ein Lacher, »da hätte er ja irgendeine DNS gebraucht.«
»Die hat er ja gehabt. Er hatte in einem Medaillon einen Blutstropfen von Dorli.« Er sah sie abwechselnd an. »Haben Sie das Medaillon gefunden? Er hatte es immer um den Hals.«
Maria schüttelte den Kopf. Sie musste die Spusi darauf aufmerksam machen, bei der Durchsuchung dieser Wohnung besonders darauf zu achten.
Köhler nickte ihnen hektisch zu. »Sehen Sie? Er muss es irgendwo sicher aufbewahrt haben. Vielleicht passt ja da der Schlüssel. Er hat nicht aufgegeben. Er hat sicher nicht aufgegeben. Er wollte es wahr machen.«
Irrwitz. Absoluter Irrwitz. *Die Jäger nach dem verlorenen Blutstropfen.* Maria prustete los. Phillip versuchte zwar, sich zu beherrschen, aber auch ihm entschlüpften Lacher.
»Sie lachen. Ich sag nur *Jurassic Park*.«
Jetzt lachten Maria und Phillip lauthals. Phillip versuchte, die Luft anzuhalten und das Lachen hinunterzuschlucken. Vergebens.
Maria reichte Köhler die Papierschnitzel. Sie sahen einander an. Maria verharrte, auch Phillip stoppte das Lachen. Eine Taube flatterte am Fenster vorbei. Das Schwingen der Flügel war so laut wie in einem Horrorfilm. Köhlers Mundwinkel zuckten. Dann lachte auch er, wobei seine Augen ernst blieben. »Glauben Sie mir, es ist verdammt hart, der Bruder von Frankenstein zu sein.«
Phillip sprang von der Couch. »Und Sie halten es wirklich für möglich, dass Ihr Bruder ein Monster war?«
Köhler stieg ebenfalls herunter und faltete Spanien zusammen. »Sie haben mir nicht zugehört, oder? Er war ein Genie, ein Fan von Illmensee, und der ist einer der besten Klonforscher.«
»Und?«
»Und? Ich nehme an, der Illmensee hat nicht widerstehen können, dem neuen Supertalent ein bisschen unter die Arme zu greifen.« Er verzog den Mund und drehte sich weg Richtung Ausgang. »Ah, ich will nicht drüber reden. Machen Sie Ihre Hausaufgaben.«

Maria hasste diesen Blick. Diesen Blick, der einem sagte, dass man ein verfressener Mensch war und alle anderen verhungern ließ. Es reichte, dass einer in ihrer Umgebung, ihr Kater Jack nämlich,

diesen Einakter Wenn-ich-nicht-sofort-etwas-bekomme-sterbe-ich beherrschte. Sie sah über Charlie hinweg auf die Franziskanerkirche und betrachtete die graue Musterung, beobachtete die Kellnerin am Eingang des *Kleinen Café*, die einem älteren dünnen Mann mit einer großen Handbewegung den voll besetzten Schanigarten zeigte. Und sie sah wieder in große glänzende Hundeaugen. Maria nahm die Beine vom Stuhl, auf dem sie sie hochgelagert hatte, und beugte sich zu Charlie vor. Er legte den Kopf schief, öffnete das Maul. Maria machte mit dem Frankfurter-Würstel einen großen Bogen zu ihrem Mund und biss ab. Der Hund legte den Kopf auf die andere Seite und schien doch tatsächlich Tränen in den Augen zu haben. Schwachsinn.
Maria legte die Beine wieder hoch und schnappte nach Luft. Der Kren, anscheinend frisch gerissen, und der scharfe Senf brachten ihre Transpiration in Schwung. Das sollte ja angeblich gut sein bei Hitze. Und die herrschte. Wie im Hochsommer. Sie war sogar spürbar, obwohl Maria und Phillip unter einem Sonnenschirm saßen.
Maria schielte zu Phillips Würstel, die erst zur Hälfte gegessen waren, so sehr war er ins weltweite Netz abgetaucht. Er machte *Hausaufgaben*. Unverständlich, denn die Frankfurter vom *Kleinen Café* waren einfach unwiderstehlich. Das fand wohl auch Charlie, denn jetzt wimmerte er. Und Phillip ignorierte den Köter. Der Hund war so grotesk. Zum Glück sah er sich selbst in keinem Spiegel, sonst würde er Harakiri begehen.
»Du, Phillip, wir müssen das regeln. Ein Hund ist erstens gegen die Dienstvorschrift, und zweitens ist er kein Polizeihund. Da muss er erst eine Ausbildung machen, und selbst dann wäre er in einer anderen Abteilung. Ich mein, wenn du ihn privat haben willst, okay. Aber dann musst du dir was einfallen lassen. Und außerdem wissen wir noch gar nicht, ob die Familie von den Havliceks ihn nicht haben will.«
Red's in a Sackl und stell's vor die Tür. Phillip reagierte mit keinem Wimpernzucker auf Marias Rede.
»Isst du das Würstel noch?«
Wieder nichts. Maria griff zum Frankfurter, aber Phillip war ohne hinzusehen schneller. Er stellte sich also nur taub. Gut. Das bedeutete Krieg. Mit Aussitzen würde er keine Tatsachen schaffen.

Maria zückte ihr Handy. Eine SMS von Elsa. Ihre Razzia hatte sich verschoben und sie würde sich erst am frühen Abend melden. Außerdem vier Anrufe in Abwesenheit. Nein, jetzt nicht, jetzt war Pause. Aber das Klingeln, das konnte sie wieder einstellen.
»Lass es, Kouba, ich ruf schon selber an.« Phillip biss in das Würstel, ohne vom Computer aufzublicken. »Gabi wird inzwischen doch endlich die Familie gefunden haben. – Wahnsinn, das ist ein Typ, dieser Illmensee.«
Ja, Wahnsinn, das war ein Typ – aber nicht Illmensee, sondern Heinz. Stand er da doch an der Ecke Richtung Kärntner Straße. Maria schob die Sonnenbrille auf die Nasenspitze. Kein Zweifel. Der schöne Schönheitschirurg. Er sah sich um, wartete offensichtlich auf jemanden. Sie stellte die Beine auf den Boden und holte Luft, als ihr einfiel, dass eine überaus erfreute Begrüßung eine peinliche Situation mit Phillip hervorrufen könnte. Heinz strahlte auf, und da bog die Person um die Ecke, auf die er gewartet hatte. Ihre Mutter. Sie lachte und hängte sich sehr vertraulich bei Staudinger ein.
Maria suchte hinter Phillips Silhouette Blickschutz.
Die beiden blieben stehen und plauderten, glücklicherweise mit dem Rücken zum *Kleinen Café*. Ihre Mutter. In einem hellblauen Sommerkleid mit weißen Blüten. Viel zu jugendlich. Mit Sandaletten. Halbhohen Sandaletten. Sie brach sich doch angeblich immer bei mehr als eineinhalb Zentimetern Absatz die Beine.
»Maria, das musst du dir geben: Der Illmensee war all die Jahre immer wieder im Zusammenhang mit illegalen Klonexperimenten im Gespräch, auch wenn er noch so sehr auf kreuzbraver Gynäkologe gemacht hat. Und sich jetzt als großer Warner gibt. Der hat zum Beispiel mit diesem Antinori aus Italien zusammengearbeitet, weißt eh, der, der Frauen im Oma-Alter per In-vitro Nachwuchs verschafft, das war 2001 …«
Jetzt setzten sie sich doch tatsächlich in den Gastgarten des *Immervoll*. Keine zwölf Meter entfernt. Maria duckte sich noch mehr. Ihre Mutter und Staudinger. Unfassbar. Und er hatte sie gerade eben noch um ein Date gebeten. Einfach unfassbar.
»Kurz danach ist er zu Zavos gewechselt, auch so einem Klonguru. Der hat in den USA eine Firma, und dort sollen sie, also der Illmensee und der Zavos, 2003 erstmals … wart, wie war das

genau? … Ja, das Erbgut aus Körperzellen einer US-Amerikanerin in zehn Eizellen übertragen haben. Das ist vollkommen irre. Und das war genau zu der Zeit, wo unser guter Köhler verschwunden war.«

Ihre Mutter tätschelte doch tatsächlich Staudingers Hand. Mein Gott, das war so … geschmacklos. Ihre Mutter war knapp sechzig, Staudinger Mitte vierzig. Höchstens. Und außerdem – zuerst die Tochter und dann die Mutter vögeln? Der Typ hatte doch nicht alle Tassen im Schrank.

Phillip stieß Maria an. »Ich sag dir, der Köhler ist durchgeknallt und hat bei diesen ganzen illegalen Geschichten mitgemacht.«

Maria musste sich zwingen, auf Phillip zu fokussieren. Ihr Blick schweifte immer wieder zu den Turteltäubchen. »Na, dann hat er eben ein bisschen herumgeforscht. Aber das ist noch keine Erklärung dafür, dass er untergetaucht ist. Das sind die anderen ja offensichtlich auch nicht, wenn du so viel über sie findest.«

Phillip lehnte sich auf den Tisch und starrte wieder auf den Monitor. »Ich weiß nicht, ich weiß nicht. Was ist, wenn die einfach sein Talent ausgenützt haben? Assistenten werden bei einem Forschungsdurchbruch nie erwähnt. Zumindest nicht in den gewöhnlichen Zeitungen. Und da, noch was: Die haben 2004 und 2005 angeblich tatsächlich solche geklonten Embryonen eingepflanzt. Ist nix draus geworden, aber die Uni von Innsbruck hat dann dem Illmensee gekündigt.«

Adieu, heiße Heinz-Nacht, adieu. Widerlich. Jetzt verrückten die beiden auch noch den Tisch, offensichtlich weil er an der alten Stelle gewackelt hatte. Super. Maria musste sich zu Phillip beugen, um weiterhin von ihm verdeckt zu werden.

Er deutete auf den Bildschirm. »Aber der Illmensee hat weitergemacht, in einer Klinik in Griechenland und mit einem anderen Ami, Mike Levanduski. Aber es ist nichts mehr dabei herausgekommen.« Phillip klopfte mit den Daumen auf den Tisch. »2005. Der Bruch war 2005. Da ist unser Köhler hier in Wien als Doblinger untergetaucht. Seitdem gibt's keine Erfolgsmeldungen von den Klonern mehr. Das ist doch höchst spannend.«

»Wirklich. Total spannend.«

Phillip sah sie an, bemerkte ihre gekrümmte Haltung. »Ist was?«

»Nein, nein. Wirklich nicht. Wart, wo geht es da weiter? Also in Le-

vanduskis New Yorker Labor erforscht Illmensee das in Deutschland verbotene Embryosplitting: Bei einer In-vitro-Fert…«
Maria bemerkte eine Bewegung aus dem Augenwinkel, schaute hoch. Staudinger stand auf. Sie musste, sie musste … nein, er setzte sich wieder. Die Kellnerin kam.
»Fertilisation.«
»Danke, ich weiß, Roth. Ich bin ja nicht auf der Nudelsuppe dahergeschwommen.«
Sie blitzten einander an. Phillip rückte ein Stück ab. Bitte nicht.
»Mit dir stimmt doch was nicht.«
»Nein, alles okay. Echt, alles okay. Ja, wo waren wir? Also damit würde sich die Chance für eine Schwangerschaft verdoppeln, wenn aus einem befruchteten Embryo durch Teilung ein natürlicher Klon entstünde.«
Sie war nur eine Doppelgängerin von Maria Kouba, genau. Das würde sie sagen. Blödsinn, Phillip saß neben ihr, wie ein Ausweis. Er war auch ein Klon. Die Klone waren ausgebrochen. Haha.
»Im Journal …«
Phillip klappte den Monitor ein Stückchen zu. »Lesen kann ich selber. Kannst du dich jetzt bitte konzentrieren, Kouba? Was ist denn da?« Er drehte sich um.
»Nichts.« Maria hielt den Atem an und lugte zum feindlichen Tisch. Ihre Mutter war durch die Kellnerin verdeckt, und Phillip hatte Staudinger im Spital ja kaum gesehen, außerdem trug er jetzt keinen Arztkittel, dafür Sonnenbrillen.
Phillip wandte sich ihr wieder zu und musterte sie.
»Mir ist nur heiß.«
»Heiß.« Phillip hob die Augenbraue, dann seufzte er. »Trotzdem wär's fein, wenn du jetzt einmal mitdenken würdest.« Maria lächelte ihn an, er hob die Handflächen. »Es passt so viel zusammen. Köhler, der wegen Illmensee nach Innsbruck geht, weil er klonen will. Die Erfolgsmeldungen, die in der Zeit beginnen, als Köhler nirgends auftaucht, die tote Hose, die seit 2005 herrscht, als er wieder zurückgekehrt ist und Pfleger geworden ist. Also ich glaube, nicht nur der Illmensee will der Erste sein, der einen Menschen klont. Unser Köhler hat das auch gewollt.«
Und sie wäre gern der erste Mensch, der sich unsichtbar machen konnte, denn Staudinger sah zu ihnen herüber. Maria duckte sich

weg. »Vermutungen, alles Vermutungen. Ich schätz, du musst so lang weitersuchen, bis du irgendwo eine Erwähnung von Köhler findest.«

Phillip nickte und streckte sich. Das Blickfeld war frei. Gleich sah Staudinger wieder her.

Maria drehte sich in die Höhe, tief in den Schatten. »Ich muss amal.«

Ganz ruhig gehen. Laufen war verräterisch. Ganz ruhig ins Lokal, ganz ruhig ins Klo. Und die Götter meinten es gut mit ihr, es war frei. Maria lehnte sich an die Tür. Es musste eine vernünftige Erklärung dafür geben, dass ihre Mutter Staudinger traf. Wahrscheinlich hatte sie sich nur nach Marias Befinden erkundigt. Eben. Sie hatte noch immer nicht auf die Nachricht am Anrufbeantworter heute Morgen reagiert.

Maria drückte die Vier. »Hallo Mama, bitte entschuldige, dass ich erst jetzt anruf, aber der Fall, der ist die Hölle. Stör ich dich gerade? … Ja? … In was für einer Besprechung?« Das war die billigste Ausrede sämtlicher Manager auf der ganzen Welt und gänzlich ungeeignet für Mütter, die in Frühpension waren und nur manchmal bei der Agentur der Stiefschwester aushalfen. Und die in Wahrheit dem Lover der Tochter die Hand tätschelten. »Nein, ich bin nicht neugierig, ich hab nur so gefragt. Ich hab ja nicht gwusst, dass du jetzt auf geheime Mission machst.« Maria lachte, es klang albern. »Ja, am Abend. Zum Essen? Ich weiß nicht.« Auf ein gurrendes Geständnis von wegen zweiter Frühling konnte sie liebend gern verzichten. »Ich meld mich, wenn ich Zeit habe.« Maria drückte die rote Taste.

Okay. Ihre Mutter verschwieg ihr, dass sie sich mit Staudinger traf. Das war eindeutig. Die beiden mussten im Spital zusammengekommen sein. Da war man einmal ohnmächtig, und schon spielte sich hinter dem eigenen Rücken eine *Bergdoktor*-Persiflage ab. Widerlich. Und schade. Staudinger wäre eine zweite Nacht wert gewesen. Dieser Küsserkönig. Scheißkerl.

Viel wichtiger war aber jetzt die Frage, wie sie an den beiden ungesehen vorbeikam. Gar nicht. Das *Kleine Café* hatte zwar eine Hintertür Richtung Singerstraße, aber Phillip saß mit dem Blick auf diese Straße und würde sie rufen. Vielleicht konnte sie es einfach aussitzen. Das Klo erst verlassen, wenn die Chance bestand, dass

die beiden gegangen waren. Das konnte allerdings dauern. Und jetzt drückte auch schon eine Frau von außen auf die Türschnalle. Sie könnte natürlich einfach zu den beiden hingehen und Hallo sagen. Wenn sie alleine wäre, vielleicht, aber nicht in der Gegenwart von Phillip. Zwei Lover einander vorzustellen, war schon schlimm, aber auch noch eingestehen zu müssen, dass frau gegen die eigene Mutter verloren hatte, war nicht machbar. Ein Schlupfloch wäre ideal. Ein Schlupfloch. Maria griff nach Leopold Köhlers Schlüssel von der Wohnung seines Bruders, den er ihnen für die Dauer der Ermittlungen überlassen hatte. Und drückte die Eins am Handy.
»Du, Roth, ich glaub, ich hab was in der Wohnung übersehen. Zahlst du und kommst nach? Ja? … Nein, ich bin schon am Weg.«
Schnell legte sie auf.

Maria steuerte die Singerstraße an, um über die Straße zur Seilerstätte und dann von hinten in die Weihburggasse zu gelangen. Da kam eine Gruppe russischer Touristen des Weges. Sie bemühte sich, ihre Aura so klein wie möglich zu halten, und drückte sich im Schutz der Meute an der Franziskanerkirche vorbei. Nur nicht rüber zu den Tischen schauen. Vielleicht sah sie ja niemand, wenn sie niemanden sah. Sie bog um die Ecke in die Weihburggasse, atmete erleichtert aus – und hielt die Luft sofort wieder an. Die nächste Begegnung der anderen Art. Herzog studierte die Gegensprechanlage von Köhlers Zinshaus. Maria hatte ihm nicht gesagt, dass August Köhler hier unter dem Namen Doblinger wohnte. Aber Herzog hatte das Haus gefunden, also musste er Bescheid wissen. Und jetzt wuchtete sich zehn Meter von Maria entfernt auch noch Gabi wie ein surrealer Zitronenfalter aus einem Taxi. Dieses Grätzl in der Innenstadt hatte sich anscheinend zum allgemeinen Treffpunkt entwickelt.
Gabi sah Maria und winkte. »Juhuuu! Maria!«
Maria rannte los, Gabis Organ war sicherlich bis zu den Tischen am Platz hörbar. Sie bremste sich zwischen Gabi und Herzog ein und kontrollierte den Blickwinkel. Nein, hier war sie für ihre Mutter und Staudinger nicht mehr sichtbar.
»Was macht ihr denn da?«
Das Taxi fuhr ab. Gabi hob eine schwarze Stofftasche in die Höhe. »Ich war fleißig.«

»Ja, aber warum kommst du daher? Ich mein, wir können das doch im Büro besprechen.«
»Schon. Aber ich hab mir gedacht, ich überred euch zu einer lässigen Mittagspause. Einfach amal was anderes. Ist heute doch so ein schöner Tag. Ich hab ma dacht, das muss ma ausnützen. Einfach leben. Verstehst? Ob wir im Büro oder in an Schanigarten die Infos durchgehen, ist doch schnurze. Seids in der Wohnung schon fertig?«
»Aber warum hast nix gsagt? Wir könnten doch schon wer weiß wo sein.«
Gabi bewegte ihren Zeigefinger wie einen Scheibenwischer und feixte. »Nein, nein, weil dann hättest du mich angerufen. Wie du es immer machst, wenn ein Termin vorbei ist.«
Wenn Maria nicht gerade ihr Lover mit ihrer Mutter in die Quere kam. Sie drehte sich zu Herzog um. »Und du?«
»Ich hab auch versucht, dich zu erreichen. Und jetzt schuld ich der ehrenwerten Frau Preißl ein Mittagessen für die Info und fürs Mitnehmen.«
»Wo hast du denn den Roth gelassen, Maria?«
So. Notbremse. Maria schloss die Augen und hob die Hände. »Gabi, du gehst zum Roth, der sitzt um die Ecke im *Kleinen Café*. Und du, Sascha, du kommst mit mir.«
Herzog riss die Augen auf. »Ich darf die Wohnung fotografieren?«
»Wirst nur nichts sehen dort. Ich komm dann nach. Wenn ihr noch dort seid.«
Hoffentlich nicht. Gabi nickte und wallte zum Franziskanerplatz. Offensichtlich dämpfte ihr Hunger den Widerspruchsgeist. Maria schloss die Haustür auf. Sie ging zum Aufzug, Herzog folgte ihr. Mezzanin. Irgendetwas musste sie in der Wohnung finden, was sie übersehen hatte, sonst stand sie vor Phillip blöd da. Erster Stock. Zweiter. Dritter. Oder sie konnte sich ja nur eingebildet haben, etwas übersehen zu haben.
Maria lächelte Herzog an. »Und? Was hast?«
Herzog zuckte mit den Augenbrauen und grinste. Fünfter Stock. Er schob die Tür auf und sah sich um, wartete auf eine Anweisung Marias. Mist. Sie hatte den Freigang vergessen.
Maria deutet auf die Tür hinaus und senkte den Blick. »Da hinüber. Geh vor. Und lach nicht. Egal, was passiert.«

Herzog runzelte die Stirn, sagte aber nichts. Das hätte sie ihm auch nicht geraten. Er ging hinaus. Es war nichts dabei. Sie hatte es zwischenzeitlich vier Mal geschafft, bei vollem Bewusstsein den Gang zu überqueren. Er war keine Hängebrücke. Er war stabil. Aber er war schmal. Und er hatte diesen Riss, der zugemörtelt war. Nein, so einfach war das nicht. Nach dem Überfall war sie so aufgeputscht gewesen, dass sie gar nicht mitbekommen hatte, wie sie wieder in die Wohnung gelangt war. Und als sie mit Köhler fertig gewesen waren, hatte Phillip sie wieder getragen. Sie war im Grunde noch nie über diesen Gang gegangen. Also bei vollem Bewusstsein.

Maria stellte sich mit dem Gesicht an die Wand und klammerte sich an die Gitterstäbe des ersten Fensters. Hinter ihr ging es zig Meter in die Tiefe. Scheiße. Der Boden kippte schon wieder.

»Sascha, red.«

»Was? Was soll ich reden?«

»Red! An was hat diese Bettina Schranz gearbeitet? Red, verdammt noch mal.«

Warum tat sie sich das eigentlich an? Sie hatte ja schon beschlossen, Phillip zu sagen, dass sie doch nichts übersehen hatte. Aber jetzt stand sie schon eineinhalb Meter vom rettenden Inneren des Vorderhauses entfernt. Zumindest dahin musste sie zurück.

Herzog brach in Gelächter aus. »Das ist jetzt aber net wahr. Du hast Höhenangst!«

»Denk an die griechischen Götter. Auch die haben alle einen Fehler. Und jetzt red. Und wenn du irgendwas zu irgendwem sagst, dann bring ich dich um. Klar?«

»Okay, okay. Also unsere Squaw verschickt Spams. In der Schmalspurvariante. Schaut so aus, als hätte sie sich ein paar Millionen Adressen gekauft. Die Leute kaufen über ihre Homepage direkt irgendwo in Asien, und sie kassiert die Provision. Sie verscherbelt diesen Viagra-Mist, weißt eh.« Er brummelte verschwörerisch. *»Das Leben ist zu kurz – genießen Sie es in vollen Zügen. Mit Geld kann man nicht alles kaufen! Die Potenz und über dreißig Minuten Standhaftigkeit schon!«* Er lachte.

Maria schob sich einen Meter weiter. Potenz. Leben genießen. In vollen Zügen. Sie stoppte und sah auf eine Gelse im Spinnennetz im Eck des Fensters. Die hatte sicher geglaubt, noch mindestens zwanzig Menschen aussaugen zu können. Und batsch, da hatte es sie erwischt. So wie es Maria gestern früh nicht erwischt hatte. Es war Vorsehung. Sie wusste nicht, wann sie endgültig abtrat. Das konnte schon heute sein oder erst in fünfzig Jahren. *Früher. Später.* Und wenn der Freigang jetzt einbrach, dann war es auch Schicksal. Maria sah sich mit diesem balkonähnlichen Ding kippen, am Geländer baumeln, sich von den herabstürzenden Teilen geschickt nach unten transportieren lassen, gut auf sicherem Boden landen. Wie ein Actionstar. Also, wie ein Stuntman. Und es war ein angenehmes Gefühl.

Sie lockerte ihren Griff um das Fenstergitter etwas. »Weiter.«

»Das war aber nicht das Einzige, was sie verschickt hat … Ich sag dir nur, die musst du verhaften. Ich hasse diese Scheißspams. Kleistern den ganzen Eingang zu. Wenn ich ein Viagra will, geh ich in die Apotheke. Und wenn ich ficken will, ins Puff. Also, meine ich jetzt nur so. Ganz allgemein.«

»Ist mir wurscht, wo du deinen Schwanz scheuerst, Herzog. Was hat sie sonst verschickt?« Wieder zwei Schritte. Jetzt ohne Klammern am Gitter. Sie ging frei. Zwar mit dem Gesicht zur Wand, aber frei.

»Auch so was wie Spams. Aber jetzt wird es heiß. Die gingen nur in bestimmte Länder. In die USA, nach Spanien und nach Rumänien.«

Diese Länder hatten viel und gar nichts gemein. Und sie war ein vernunftbegabtes Wesen. Maria drehte sich nach links, sah Herzog direkt in die Augen. Sie stakste einen Schritt. Ihre Muskeln waren steif wie nach zu viel Krafttraining.

Herzog zuckte in ihre Richtung, er streckte seinen rechten Arm aus, um ihr zu helfen. »Maria, bist du dir sicher. Soll ich nicht zu dir …?«

»Red weiter.«

»Ja, also«, er schluckte und fixierte Maria, »der Inhalt ist das Geile.« Sein Ton klang gar nicht nach geil, sondern nach ängstlich.

Maria hob die Handflächen. »Denk nicht, Sascha, red.«

»Ja, also, da werden Frauen gesucht, hauptsächlich auf Elite-Unis, die Eispenden abgeben. Sie sollen sich Eier gegen Geld abzapfen lassen. Für Befruchtungen in Labors. Für kinderlose Paare. Total strange.«

Eier. Zellhaufen. *Ausschussware*. Es war Schicksal, ob man leben durfte oder nicht. Wie lang man lebte. Maria sah in Richtung des schmiedeisernen Geländers. Sicherheitshalber einmal auf die gegenüberliegende Hauswand. Zentimeter für Zentimeter, Stockwerk für Stockwerk senkte sie den Blick.
Es passierte … nichts.
Kein Boden stellte sich auf, keine Wände wölbten sich. Sie sah einfach sechs Etagen hinunter in den Innenhof. »Yeah!« Sie lachte und weinte gleichzeitig. Schlagartig und kurz. Sie atmete durch und sah Herzog an. Der strahlte und hielt ihr die Hände entgegen.
Maria ging mit festem Schritt auf ihn zu und blieb wie ein Soldat mit Doppelschritt vor ihm stehen. »Und jetzt stellt sich nur noch die Frage, warum die Schranz diese Mails verschickt, vielmehr, im Auftrag von wem. Ich kann mir kaum vorstellen, dass sie für den Eigenbedarf so viele Eispenderinnen sucht.«
Maria fiel Herzog in die Arme, er wiegte sie. Sie lachten.
Er streichelte ihr über den Kopf. »War das jetzt echt ka Gschichtl von dir, das mit der Höhenangst? Hast die jetzt echt überwunden? Jetzt grad?«
Maria nickte.
»Ich … ich find das echt lässig. Total cool. So richtig megageil. Eigentlich.«
Und plötzlich dauerte die Umarmung einen Deut zu lang. Mein Gott, sie umarmte Herzog, das Kind. Ihren Bewunderer. Und der ließ sie nicht mehr los. Streichelte sie jetzt sogar auf der Wange. Zitterte dabei. Oh-oh.
Maria entwand sich seinen Armen, Herzog ließ nur zögerlich los. »Also, das war alles?«
Herzog befeuchtete sich die Lippen, seine Augen irrten umher, als suchten sie ein Schlupfloch. »Ja, ich hab in der kurzen Zeit nur die Mails von der letzten Zeit runtergekriegt. Aber ich hab dann noch ein bissel gesurft, nur so aus Neugierde, weil es so pervers klingt. Es dürfte dafür einen ziemlichen großen Markt geben. Und diverse kritische Gruppen regen sich auf, dass diese Eizellenspenden nicht nur für die In-vitro verwendet werden, sondern auch für Experimente. Embryonale …«
»Stammzellentherapie. Alles klar.«

Herzog runzelte die Stirn.
Maria ging an ihm vorbei zur Wohnung von Köhler und sperrte auf. Ein nochmaliger Blick konnte nicht schaden … das Medaillon! Genau, vielleicht fand sie es völlig unspektakulär zwischen den Socken, das würde Leopold Köhlers Fixierung, dass sein Bruder die Schwester geklont hatte, auf ein Hirngespinst schrumpfen. Außerdem hatte sie Herzog ein Foto versprochen. »Bitte. Schau dich um. Ziemlich karg das Ganze. Im Kabinett hinten wirst Broschüren von der *Aktion Leben* finden. Nicht angreifen, nur fotografieren. Der Köhler war anscheinend ein vehementer Abtreibungsgegner.«
Maria stutzte. Jetzt, wo sie es ausgesprochen hatte, wurde ihr klar, dass sie sich bei ihren Recherchen von Köhlers Bruder nicht nur in die Forschungsrichtung drängen lassen durften. Sie mussten auch die Abtreibungsschiene weiterverfolgen. Vielleicht hatte ja ein Mitkämpfer herausgefunden, dass Köhler mit seinem Vorleben eigentlich ein Feind war.
Herzog beugte sich zu ihrem Gesicht. »Du sagst mir nicht alles.«
»Kann ich jetzt noch nicht. Aber du kriegst die …«
»Exklusive. Danke.« Herzog seufzte.
»He, das hat nix mit dir zu tun. Du weißt, dass wir immer taktieren müssen.«
»Aber ich hab dir geholfen.«
»Und ich hoff, dass du uns noch einmal hilfst. Also, wie schaut's aus mit dem Artikel, in dem die drei Frauen gesucht werden?«
Herzog presste die Kiefer zusammen. Er wurde Phillip wirklich immer ähnlicher. »Schau, sonst hat keiner ein Foto von der Wohnung des Toten. Auch wenn da hier wirklich nichts Spannendes ist.«
Herzog seufzte ein, »Die Gschicht is am Laufen«, und sah sich um. Dann fing er zu fotografieren an. Maria wich ihm aus und stieß mit dem Fuß gegen einen zugeklebten Karton neben der Toilette, die sich neben der Wohnungstür befand. Es schepperte. Maria zog Gummihandschuhe an und schob den Karton zur Seite. Auf dem Boden im Eck lag ein Schlüsselbund. Sie holte den Schlüsselbund von Köhlers Bruder aus ihrer Hose. Die beiden Schlüssel für Eingangstor und Wohnung waren ident. Nur am Schlüsselbund auf dem Boden war ein dritter Schlüssel – altmodisch mit

Bart. Sie fingerte auch den Schlüssel vom Plakat aus ihrer Hose. Die beiden waren ident. Maria steckte den einzelnen Schlüssel wieder ein und betrachtete den Schlüsselbund, den sie am Boden gefunden hatte. Er war nicht verstaubt, über der Fundstelle an der Wand befand sich auch keine Ablage, von der er hätte heruntergefallen sein können. Es musste der Schlüsselbund sein, mit dem die Einbrecherin in die Wohnung gekommen war. Und in der Hektik hatte sie ihn verloren. Wenn das so war, dann hatte diese Frau aber auch nicht den Schlüssel mit dem Bart gesucht. Sie musste das mit Phillip besprechen. Auf jeden Fall hatten sie tatsächlich etwas übersehen. Und vielleicht war das nicht das Einzige.
Maria schaute sich im Vorzimmer um. Ein Kaffeehausgarderobenständer, auf dem einsam ein Burberry hing, noch immer in die Folie der Putzerei geschweißt. Ein offenes Schuhregal, in dem Filzschlapfen und ein Paar Regenstiefel standen. Das alles hatte Maria schon beim ersten Besuch gesehen. Und alles wirkte, es wäre es schon seit Monaten so. Die Küche. Erst jetzt sah Maria, dass die Oberfläche der Küchenbank ein Deckel für eine Kiste war. Sie beinhaltete Plastiksackerl in allen Größen. Maria durchwühlte sie. Nichts. Die Kasteln und Regale hatten sie schon durchsucht. Sie waren allesamt fast leer, bis auf eine Dose mit Zucker. Das war zum Beispiel ein gutes Versteck für ein Medaillon. Maria nahm sie nochmals in die Hand. Der Zucker war verklebt. Sie musste die Dose an die Kante der Kredenz schlagen, damit der Zucker wieder bröselte.
Maria ging ins große Zimmer. Es war so unglaublich leer. Nicht einmal der Schreibtisch gab etwas her, denn er hatte keine Laden. Die Couch konnte nichts verbergen, ihre Oberfläche war aus einem Stück hergestellt. Keine Polster, unter denen man etwas verstecken konnte. Maria ging zum Kabinett, sah sich dort nochmals um. Sie durchwühlte die Sockenlade, aber natürlich war da kein Medaillon. So etwas Wichtiges sperrte man in einen Tresor oder in ein Bankschließfach. Oder eben in etwas, in das ein Schlüssel mit Bart passte.
Herzog drängte sich an ihr vorbei in das kleine Zimmer und steuerte sofort auf das Regal zu.
Sie fasste ihn am Hosenbund. »Nein, die Spusi war noch nicht da.«

Herzog feixte. »Ja, ja, Beamte brauchen immer ein bissel länger.«
Maria warf den Kopf in den Nacken. »Net den alten Spruch, Herzog.« Sie grinste ihn an, senkte ihre Stimme. »Ein bissel viel los in letzter Zeit.«
Herzog grinste zurück. »Verarschen kann ich mich selber.«
»Nein, echt, die Tatorte am Küniglberg, und das mit den ausgesetzten Babys ist ja jetzt auch zur KD gewandert …«
»Ja, aber warum überhaupt die Spusi? Da gibt's doch nichts.«
Maria presste die Lippen aufeinander und wiegte den Kopf.
»Aha, da sind wir jetzt bei dem, was du mir nicht sagen willst.«
»Mach einfach deine Fotos. Und den Rest reimst du dir auf der Homepage von *Aktion Leben* zusammen. Bitte.«
Herzog nickte ergeben, drückte einmal ab. »Okay, ich muss aufs Häusl. Und nachdem das sicher auch Sperrgebiet ist, muss ich runter ins *Kleine*.« Er machte einen Schritt zur Eingangstür und einen retour. »Also, für die Sache mit den Weibern, die ihr sucht: Das kost dich außerdem ein Abendessen.«
Maria lachte auf. »Okay, wir werden dich groß ausführen.«
Herzog zog ein Schnoferl. »Ich hab da mehr an dich und mich gedacht.«
Na bum, der Bub preschte ordentlich los. Die etwas zu lange Umarmung war also kein Irrtum gewesen. »Ist okay, Sascha, ist okay.« Oje, genau so redete sie mit Phillip. Die Bereiche in ihrem Leben vermischten sich. Gut war das nicht. »Das besprechen wir noch.«
Mit einem leisen Lächeln verschwand Herzog. Sie hätte ihn gleich jetzt fragen sollen, ob er noch ganz dicht sei. Sie war gute zehn Jahre älter als er. Er könnte quasi ihr Sohn … nein, könnte er nicht. Und selbst wenn, es sprach doch nichts dagegen, dass sie sich einmal mit einem wesentlich jüngeren Mann verabredete. Das war ja mittlerweile schon nicht einmal mehr eine Mode, so selbstverständlich war es, dass sich ältere Frauen jüngere Freunde hielten. Aber doch nicht Herzog, er war gar nicht ihr Typ. Wobei … je erwachsener er wurde, desto mehr war er es. Und ja, reizvoll wäre es schon. Einfach so. Just for fun. Ein bisschen spielen. Himmel … Herzog. Heinz, der Verräter. Josef. Navratil. Nicht zu vergessen Phillip. Und wenn Maria könnte, wie sie wollte, auch Karin Beluschek. Eine beachtliche Liste von potenziellen One-

Night-Stands. Irgendetwas war los mit ihr, sie war auf so einem eigenartigen Trip, bei dem sie offenbar kein Flirtangebot ausschlagen konnte. Das hatte etwas von Midlife-Crisis.
Maria straffte sich und konzentrierte sich wieder auf den Raum. Nein, es hatte keinen Sinn, sie mussten abwarten, ob die Spurensicherung irgendwelche Fingerabdrücke fand. Denn wenn diese Frau kein Profi war, war es gut möglich, dass sie die Handschuhe einmal unbewusst ausgezogen hatte. Es waren normale, schwarze Lederhandschuhe gewesen. Im Gegensatz zu den Gummiüberziehern der Spusi hatte man mit ihnen kein Gefühl. Und nachdem keine geputzte Stelle oder ein Staubrand verrieten, dass es etwas Großes gewesen war, was sie gesucht hatte, hatte sie offenbar etwas Kleines mitgehen lassen, wofür sie ihre Feinmotorik gebraucht hatte. Wenn sie überhaupt etwas hatte mitgehen lassen. Jedenfalls hatte sie wahrscheinlich etwas dagelassen. Maria ging ins Vorzimmer zurück und wickelte den Schlüsselbund vom Boden hinter dem Karton in Klopapier ein. Wenn er tatsächlich von der Einbrecherin stammte, dann drängte sich der Gedanke auf, dass es sich um August Köhlers verschwundenen Schlüsselbund handelte. Denn bislang gab es keinen Hinweis auf eine Ehefrau oder Lebensgefährtin, die natürlich eine Zweitausgabe besitzen würde. Und wenn es Köhlers Schlüsselbund war, dann war die Einbrecherin seine Mörderin. Lächerlich. Ihre Überlegungen durfte sie auf keinen Fall Phillip mitteilen, der würde sie auslachen. Ihr Gehirn war eindeutig überhitzt.

Wie gut, dass Gabi so ein Schleckermaul war und sich deswegen wohin auch immer locken ließ. Und so saßen sie in der Milchbar des *Steirerecks*, in der entgegengesetzten Richtung vom Franziskanerplatz, wo Muttern und Staudinger turtelten, löffelten Eisbecher und schauten auf den Stadtpark. Genau genommen auf die Baumfront des Stadtparks, denn das Lokal befand sich direkt am Wienkanal, dessen hohe Mauer im Stadtpark mündete. Der Park war eine Idylle mit Teich. Am Tag wie geschaffen für Mütter mit Kindern, vereinzelt auch Väter mit Kindern, Studenten, Pensionisten und Touristen, die den golden angemalten Johann Strauß Sohn bewunderten. Weil es aber keinen Zaun gab, den man absperren konnte, war der Park in der Nacht Rückzugsgebiet für

Junkies und Sexhungrige. Vor allem, wenn der Jasmin blühte, so wie jetzt. Einfach einmal so hinter einem Busch ficken, jederzeit in Gefahr, entdeckt zu werden, das wäre schon was. Wobei man dann aber nicht vertrieben, sondern beobachtet wurde. Es gab ja auch Parkplätze auf Autobahnen, wo es die Leute zwischen grellen Scheinwerfern auf Kühlerhauben trieben. Und jederzeit konnten die Kollegen kommen.
Maria verschluckte sich. Das mit den Kollegen war schlecht, aber das andere hatte ihre Muschi anschwellen lassen. Na, sauber. Sie hatte ja Fantasien. Das mussten auch Fantasien bleiben, eine Polizistin konnte sich nicht so aufführen. Wobei … einmal auf so einem Baukran, hoch oben über der Stadt, unter ihr die Lichter, hinter ihr ein Hengst. *Maria!*
Maria schob sich einen Batzen Amarena in den Mund, um sich abzukühlen, wieder analytisch und denkfähig zu werden. Doch ihr Hirn wollte nicht in Gang kommen. Was war mit dem Schlüsselbund und der Frau? Und das mit dem ganz normalen, altmodischen Schlüssel mit Bart. Ein ganz normaler Schlüssel …
»Und was ist, wenn die Einbrecherin, gesetzt den Fall, dass wirklich sie es war, die den Schlüsselbund verloren hat, ich weiß, ich weiß, also wenn sie nicht gewusst hat, dass dieser Schlüssel mit dem Bart was Besonderes ist? Und der Schlüssel gehört zu etwas, in dem versteckt ist, was sie sucht, ein Kästchen vielleicht, oder eine verschlossene Lade. Wir müssen herausfinden, wohin dieser Schlüssel gehört.«
Phillip nickte, ohne seinen Blick vom Monitor zu nehmen. Er hing schon wieder im Netz, die Infos von Herzog vor sich, den Schlüsselbund, eingewickelt in Klopapier, neben sich. Charlie lag auf seinen Füßen. »Habe Leopold Köhler schon gemailt, dass er nachdenken soll, warum der Schlüssel ausgerechnet hinten auf Italien geklebt war.«
Braver Phillip, wenn schon bei Maria alles so zäh vonstatten ging. Gabi leckte mit der Spitze ihrer Zunge das Schlagobers vom Löffel und seufzte, wobei sie in den kobaltblauen Himmel starrte. Sie nahm noch einen Löffel, er fiel ihr auf den Rand des sehr weiten Dekolletés. Gleichmütig wischte sie das Obers mit dem Finger auf, leckte dann den Finger ab. »Eigentlich sollte man von Mai bis Oktober frei haben.«

»Aha. Warum?« Phillip tippte weiter, ohne aufzublicken.

»Na, weil ... da hamma doch wirklich alle was anderes zum tun, oder?«

Gabi hegte anscheinend die gleichen Fantasien wie Maria.

»Hast an neuen Lover?« Er drückte die Enter-Taste.

»Roth«, Gabi wuchtete sich in die Aufrechte, »du bist so gefühllos. Lover. Wie das schon klingt. Aber wennst scho fragst, da ist einer. Im Internet.« Sie lächelte und verdrehte die Augen. »Mei, der ist so, so unglaublich lieb.«

»Aha. Schreiben kann man bald amal was.« Er drückte nochmals auf Enter.

Gabi schob den Eisbecher von sich weg. »Du sicher net, so wie du grad drauf bist, Roth.«

Das endlich ließ Phillip hochsehen. »Wie bin ich denn drauf, deiner geschätzten Meinung nach?«

»Gschissn. Grantig. Und dabei sollt ma alle ... ja, ich weiß net, jubilieren. Ich mein, die Maria hat a immenses Glück ghabt, wir wissen alle, dass es jederzeit vorbei sein kann. Wir sollten einfach das Leben genießen. Volle Wäsch.«

Schon wieder dieses Thema. Aber Maria fühlte eigenartigerweise keinen Ärger mehr, denn Gabi hatte ja recht. Sich wie ein Stuntman von Geländer zu Geländer schwingen sollte man.

»Aha.« Phillip sah Maria an. »Dieser Antinori und der Illmensee und damit unser Köhler, die tauchen im Netz immer wieder in Verbindung mit so einer komischen Vereinigung auf, den Raëlianern.«

Gabi verschränkte die Arme. »Du bist echt a Spaßverderber, Roth. Wir reden über die Liebe und du über die Arbeit.«

Phillip beugte sich zu ihr hin. »Na, dann bin ich ja voll beim Thema.«

Er sah Gabi an, dann Maria. Er schien zu merken, dass er ihre volle Aufmerksamkeit hatte, denn er lächelte. »Die Raëlianer sind eine Gruppe, die glaubt, dass es sich bei dem, was wir Gott nennen, um Außerirdische handelt. Die sollen uns den Bauplan für den Menschen gegeben haben. Der ist nur vergessen worden. Und deswegen ist alles, was mit Genforschung zu tun hat, gut und gottgewollt, sozusagen. Natürlich auch das Klonen, das zum Züchten besserer Menschen verwendet wird. Weil wenn man den Bauplan kennt, kann man Fehler ausmerzen.«

Gabi stand auf. »Ma, geh, ich hab glaubt, wir reden über die Liebe. So a Hitler-Diskussion brauch i jetzt net. Ich bin amal für kleine Rosen.« Damit verschwand sie im Innern des Lokals.

Phillip glotzte, Maria verschränkte die Arme. »Frag jetzt nicht, was kleine Rosen sind.«

Phillip beugte sich zu ihr und zog einen Mundwinkel hoch. »Nein, die kenn ich hinlänglich. Gott sei Dank.«

Maria lächelte zurück. Das hier eben war ganz, ganz vertraut. Da verpuffte das Lächeln von Phillip wieder. Er lehnte sich zurück und starrte auf den Bildschirm. Dieser Sack. Heute Abend. Heute Abend würde sie alles aus ihm herauskitzeln.

»Ja, auf jeden Fall haben die Raëlianer eine Firma, Clonaid. Und an die wenden sich auch viele, die nicht bei der Sekte sind, weil sie hoffen …«, Phillip zuckte ein paar Mal mit den Augenbrauen, »verstorbene Angehörige oder Haustiere wiederzubekommen.«

»Angehörige und … Haustiere?«

Phillip beugte sich zu ihr und schaute sie treuherzig an. »Na, das wär doch was. Dann hättest deinen heiß geliebten Jack für immer und ewig.«

Maria setzte zum Sprechen an, schüttelte den Kopf. »Das ist doch völlig gaga. Stell dir vor, ich lass Papa klonen. Ich mein, wenn ich von ihm was zum Klonen hätte. Der kommt ja dann als Baby auf die Welt. Super. Soll ich ihn dann mit meinen eigenen Kindern großziehen? *Nein, mein Engelchen, das ist nicht dein Bruder, das ist dein Opa*. Kommt sicher geil. Oder wird's dann auch schon eine Art *Substral* für Menschen geben?«

Phillip grinste und tippte auf den Monitor. »Du hast es erfasst. Dieser Oberguru, dieser Gründer von den Raëlianern, dieser Raël – nein, wart, eigentlich heißt er Claude Vorilhon, also der sagt uns, wie das schon bald gehen wird: Schritt eins, das Klonen. Schritt zwei, das Wachstumsgen, du aktivierst es und bist in fünf Minuten ein Erwachsener. Schritt drei, die Kopie der Software, weil es wär ja öd, wenn du dich selber nicht mehr kennst, weil du deine Erinnerungen nimmer hast.«

»Und den Schmarrn glauben irgendwelche Leute?«

»Moment …« Phillip scrollte. »So um die fünfzigtausend weltweit. Aber immerhin in vierundachtzig Ländern.«

Maria fischte eine Kirsche aus ihrem Eis. »Okay, und unsere Klongurus arbeiten also für diese Firma?«
»Nicht direkt. Die Chefklonerin von Clonaid – die Firma steht übrigens auf den Bahamas ...«
»Warum nur wundert mich das nicht?«
»... ist Brigitte Boisselier. Immer wieder taucht ihr Name im Zusammenhang mit Illmensee und Antinori auf. Und Ende 2002 hat sie bekannt gegeben, dass es angeblich das erste Mal gelungen sei, ein Baby zu klonen. Schon wieder dieses Jahr. 2002. Genau in der Zeit ist unser Köhler verschwunden.«
Sie sahen einander an. Und seufzten synchron.
Maria schlürfte das geschmolzene Eis mit dem Strohhalm. »Solange wir nicht wissen, ob er bei dieser Sekte war, brauchen wir nicht nachdenken, was theoretisch gewesen ist. Gibt's da Adressen, wo man die Raëlianer kontaktieren kann? Und wennst schon dabei bist, den Illmensee brauchen wir auch.«
»Ist mir klar.« Phillip verschmolz wieder mit dem Computer. Er scrollte und klickte, nach einer Weile tippte er.
Maria zündete zwei Zigaretten an und reichte ihm eine. »Weißt, das Ganze kommt mir a bissel surreal vor. Ich mein, ich hab bis jetzt nur von dem blöden Schaf gehört. Und jetzt stellt sich raus, dass es da eine Unmenge an Wahnsinnigen gibt, die da hinter unserem Rücken mit diesem Irrsinn herumtun.«
Phillip stützte sein Kinn in die Hände. »Den Illmensee hab ich jetzt auf die Gachn nicht gefunden, den soll sich die Gabi raussuchen. Aber ich hab jetzt einmal zwei Mails geschickt, an die Haupt-Kontaktadresse von den Raëlianern und an die österreichische Seite.«
Maria verhustete sich. »Die gibt's in Österreich auch?«
»Ja, aber da scheinen sie nicht sonderlich aktiv zu sein. Keine Treffen oder so was. Na, schauma amal, ob sich was tut.«
Maria beugte sich ganz weit zu Phillip vor. »Und denen hast du was genau geschrieben?«
Phillip betrachtete seine Zigarette und nahm einen tiefen Zug. »Na ja, dass wir gern mit ihnen über ihr verstorbenes Mitglied August Köhler reden würden.«
»Hast du nicht.«
Phillip drehte nun seine Zigarette und betrachtete sie. »Hab ich schon.«

Maria schlug mit beiden Händen auf den Tisch. »Das ist jetzt nicht wahr. Einfach nicht wahr. Noch direkter geht's wohl nicht, was? Das ist doch …«
Phillip verschränkte die Arme. »Was hättest du denn geschrieben?« Er hob seine Stimme. »›*Was Sie machen, ist so toll, ich würde gern bei Ihnen mitmachen*‹.«
Maria ruderte mit den Händen, sie war so fassungslos, dass sie sich nicht mehr unter Kontrolle hatte. Sie verschränkte sie ebenfalls. »Ja, zum Beispiel. Dann würden wir bald einem von denen gegenüberstehen, und dann wär alles viel leichter.«
»Zeitverschwendung wäre das. Wenn die dann mitkriegen, was wir wirklich wollen, machen sie erst recht zu.« Er holte tief Luft und atmete aus. »Schau, Maria, wenn es da wirklich ein Geheimnis gibt, erfahren wir sowieso nichts. Und wenn nicht, dann kooperieren sie. Und wir wissen dann wenigsten schon, was wir der Interpol sagen, wenn wir sie bitten, für uns auf den Bahamas einen Gesprächspartner aufzutreiben. Hm?« Er runzelte die Stirn.
Maria schüttelte den Kopf und starrte in den blauen Himmel. Das Ganze war überhaupt Quatsch, entschieden eine Nummer zu groß für sie. Für so eine dubiose Vereinigung wie die Raëlianer brauchte man Undercover-Agenten. Oder zumindest Aussteiger, die einem berichteten. Man brauchte internationale Zusammenarbeit. Wenn sich nicht bald herausstellte, dass eine vergrätzte Geliebte oder ein saurer Abtreibungsgegner der Mörder war, dann mussten sie den Fall ans BKA weitergeben. Genau. Was natürlich eine Niederlage war.
Sie schwiegen. Sie rauchten.
Phillip dämpfte die Zigarette aus. Er sah Maria an, sie wich seinem Blick aus. Er sah ins Lokal hinein und winkte. »Gabi, du Traum meiner schlaflosen Nächte, wennst immer so lang am Klo brauchst, dann solltest du dich vielleicht klonen lassen, damit du ewig lebst.«
Gabi fläzte sich auf ihren Sessel. »Ewig leb?«
Phillip lächelte sie an. »Ja, die Raëlianer. Die klonen dich. Wobei sie dir auch noch kaputte Bausteine ausbessern. Keine Veranlagung für Alkoholismus mehr …«
»Na, die Weinbauern und die Bierbrauer werden auf die Straße gehen.«

»… keine für Krebs. Und was dir noch gefallen wird, die ficken, was das Zeug hält. Weil der Gründer von denen steht auf Autos und nackte Weiber. Eine einzige Orgie. Lust?«
Gabi klatschte in die Hände. »Wo sind sie, diese Raëlianer?«
Maria dämpfte nun ebenfalls die Zigarette aus. »Ihr seids kindisch. Ewiges Leben.«
Gabi warf die Arme in die Luft. »Na, hör mal! Ich könnt … mir alle Länder auf der Erde anschauen. Ja, genau. Ich könnte mir in jedem von den Ländern an Liebhaber suchen. Ich könnt …« Gabi ließ die Arme sinken.
Phillip rieb sich die Nasenwurzel. »Ich könnt alle Bücher lesen.«
»Könntest du nicht.«
Er sah Maria durch seine Finger hindurch an.
»Na, weil auch alle Schriftsteller ewig weiterschreiben würden. Du könntest es nicht aufholen.«
»Du bist defätistisch. Nein, ich würde zum Beispiel … ja, wie die Gabi, ich würde mir die Welt anschauen. Ich würde mir ein Motorrad kaufen und um den ganzen Globus fahren.«
»Und warum tust das nicht jetzt schon?«
»Weil ich keine Zeit habe. Und kein Geld.«
»Aha. Und wenn du unsterblich bist, hast du Geld.«
»Hm.« Phillip schaute auf das Rinnsal des Wienkanals, Maria und Gabi schauten ihn an. »Hm.« Er nickte ganz langsam, er wirkte wie ein Professor, der die Weltformel gefunden hatte. Schließlich grinste er sie an. »Ja, ich hätte Geld, weil ich dann einmal für ein paar Jahrzehnte ein Arschloch wäre, zum Beispiel … als so ein Broker-Typ von der Börse. Ich würd beinhart«, er rollte das R, »Firmen zerlegen, den Gewinn einsacken und losfahren.«
Gabi boxte ihn in die Schulter. »He, Roth, du bist ja im Grunde deiner Seele wirklich ein Arschloch.«
Er boxte zurück. »Jetzt hast du mich erkannt. In der Tiefe meiner Seele.«
Sie lachten und stupsten sich weiter, kicherten wie kleine Kinder. Maria wünschte, sie könnte mit Phillip auch wieder so blödeln.
»Es ist einfach unglaublich, welch schlechtes Benehmen manche Menschen an den Tag legen.«
Maria drehte sich suchend um. Am Nebentisch blitzte sie ein beigefarbenes Twinset mit Perlenkette an.

Phillip streckte die Arme aus, dehnte sich mit einem wohligen Seufzer. »Also, ich find's unglaublich, dass Holzstecken reden können.«
Das Twinset versenkte sich in seinen Capuccino. Nun schauten sie alle drei in den Wienkanal. Phillip und Gabi kicherten ab und zu auf.
Marias Blick fiel auf eine Skulptur am anderen Flussufer. Zwei Männer mühten sich mit einem Stein ab. Es erinnerte sie an Sisyphos. »Also ich weiß nicht, stellt euch vor, ihr wisst, dass ihr ab nun jeden Tag bis in alle Ewigkeit aufsteht, esst, aufs Klo geht, euch schlafen legt. Kurzer Relaunch, dann wieder, bis in alle Ewigkeit. Das ist wie arbeiten ohne Aussicht auf Urlaub.«
Gabi löffelte mit Verve das geschmolzene Eis aus ihrem Becher. »Aber leben tu ich ja gern.«
Maria sah auf die angestrengten Gesichter der steinernen Männer. »Verstehst nicht, wenn da kein Ziel mehr ist …«
Gabi stoppte mit dem Löffel vor ihrem Mund und sah Maria mit großen Augen an. »Der Tod is a Ziel? A Ziel?«
Maria wandte sich zu ihr. »Ja, irgendwie schon. Wir wissen einfach nicht, was nachher ist, also versuchen wir das Beste aus dem zu machen, was wir haben. Und vielleicht auch ein bisschen gut zu sein, weil wir ja nicht wissen, ob wir nicht doch von einem bösen Gott«, sie zuckte mit den Schultern und grinste, »bestraft werden.«
»Geh, Maria, net alle glauben an die Pfaffenmärchen.«
Phillip überschlug die Beine und grinste ebenfalls. »Allerdings müssten dann alle Arschlöcher Atheisten sein.«
Maria zeigte mit dem Finger auf ihn. »Oder Katholiken. Denn am Schluss gehen sie beichten und alles ist wieder gut.«
»Oder alle Atheisten und alle Katholiken sind Arschlöcher.« Gabi tupfte an ihrem Kleid herum. Sie sah auf. »Was is? Umkehrschluss nennt ma des, oder?«
Sie lachten, streckten sich in den Sesseln aus und der Sonne ihr Gesicht zu. Laut und energisch verlangte das Twinset die Rechnung. Wahrscheinlich war die Frau katholisch.
Maria blinzelte sie an. Richtig, das Twinset schickte giftige Blicke herüber. Maria schloss die Augen wieder. »Trotzdem … ich glaub, dass Unsterblichkeit unwahrscheinlich fad ist. Du brauchst für nix mehr eine Verantwortung übernehmen. Alles wird relativ.

Mach ich's nicht heut, mach's ich halt morgen. Oder in fünfzig Jahren. Also warum soll ich dann überhaupt raus aus dem Bett, wenn ich eh alles irgendwann einmal machen kann. Das ist dann wie bei Langzeitarbeitslosen.«
»Na ja, vielleicht entspannen wir uns dann alle ja ein bissel.« Weise Selbsterkenntnis vom Herrn Roth. »Und vielleicht lernen wir dann ja auch, nicht immer nur dann zu funktionieren, wenn uns was vorgeben wird, sondern uns selber was zu überlegen.«
Gabi seufzte. »Ihr zwei seid's ma zu philosophisch. Aber i weiß jetzt, warum das net geht, das mit dem Unsterblichen. Weil dann haben wir irgendwann kan Platz mehr. Weil pudern werden die Leute doch auf jeden Fall – noch dazu, wenn ihnen fad is. Des wird dann a bissel eng da auf der Erden da.« Sie lachte. »Aber andererseits, wenn's dann so fad is, vielleicht bringen sich ja ein paar wieder um.«
Maria dämpfte die Zigarette aus. »Na ja, sie brauchen sich ja nur nicht klonen lassen.«
Ihr Blick traf sich mit dem vom Twinset. Die Dame stützte sich auf ihren Stock und setzte an zu gehen, dann sprach sie Maria doch an. »Wissen Sie ... werden Sie erst einmal alt und gebrechlich.« Sie humpelte davon.
Sie schauten alle drei der Frau nach und wechselten dann die Blicke. Phillip stürzte sich wieder in seine Recherchen.
Gabi holte Unterlagen aus der schwarzen Tasche. »Wahrscheinlich hat's recht. Das is a bissel so, wie wenn Männer übers Kinderkriegen reden.«
Sie lachten alle trocken auf.
Gabi nahm den ersten Zettel in die Hand. »Mit der Nachbarin von der Beluschek hab ich geredet. Aussage ident. Die haben bis um circa eins gezwitschert. Der Sohn von der Egger kommt erst heute Abend wieder. Hab seiner Sekretärin gesagt, dass er sich bei uns melden soll. Und da«, Gabi zog einen dicken Packen aus der Tasche, »sind die Aussagen sämtlicher Nachbarn. Gleich vorweg, rund um die Havliceks ist nix gesehen oder gehört worden.«
Maria ließ die zig Seiten durch die Finger gleiten. Zumindest Polizisten müssten ewig leben.

Sie hielten auf dem Parkstreifen vor dem *Café Schwarzenberg*. Phillip nahm Charlies Kopf zwischen seine Hände und legte seine Stirn an die des Hundes. Marias Blick traf sich mit jenem der dicklichen, mit Vorderbiss geplagten jungen Frau, die Heidi Havlicek hieß und die Frau von Havliceks Enkel René war. Er war draußen in Langenlebarn Soldat und sie noch nicht einmal zwanzig, außerdem mindestens im fünften Monat schwanger. In seinem Urenkel floss Havliceks Blut, es würde auch im Sohn des Urenkels fließen. Das war wahre Unsterblichkeit. Klonen. So ein Quatsch.
Phillip übergab dem Mädchen den Hund und stieg schweigend wieder ein. Er fädelte sich in den Ringverkehr, bog auf die Wienzeile ab. Schweigend.
»Du kannst die junge Havlicek ja fragen, ob sie dir von Charlie Blut gibt. Und dann suchen wir diesen Illmensee …«
»Ha, ha. Wirklich sehr lustig.«
Er war einfach unmöglich, nicht einmal diese kleine Retourkutsche vertrug er. Heute Abend würde sie ihn zur Rede stellen. Und dann würde sie die Sache beenden. Schon wieder kam die Übelkeit. Na bitte, das war der Beweis, die Sache mit Phillip tat ihr nicht gut. Nicht einmal beim Anblick ihrer Mutter mit Staudinger war ihr schlecht geworden, und dabei war das ja wirklich pervers. Halleluja!, sie wurde wirklich alt. Vorurteilsbehaftet und voller erzkonservativer Meinungen wie eine mieselsüchtige Nonne. Kurz vorher hatte sie die Vorstellung, mit einem wesentlich Jüngeren wie Herzog Sex zu haben, noch als sehr animierend empfunden. Das war nichts anderes als das zwischen Mama und Staudinger. Zwischen diesen beiden lagen zwar so um die fünfzehn Jahre, aber es war das Gleiche. Und wenn sie ehrlich war, wenn sie einmal vergaß, dass sie erstens die Tochter und zweitens eine gekränkte Geliebte war, dann musste sie zugeben, dass Staudinger keinen schlechten Geschmack besaß. Ihre Mutter sah aus wie eine in die Jahre gekommene Sophia Loren, genauso einladend. Eine knapp sechzigjährige Frau im einundzwanzigsten Jahrhundert war etwas anderes als eine knapp sechzigjährige Frau im neunzehnten Jahrhundert. Zumindest in Europa. Tina Turner ging noch immer auf Welttournee, Iris Berben war ein feuchter Traum … und Marias Mutter eben eine attraktive Frau. Und aus.
Maria nahm Gabis Mappe in die Hand. »Also, die Tochter der

Havliceks ist Kellnerin und in Tirol auf Saison. Die Enkel, also René mit seiner Heidi, wohnen in Niederösterreich draußen. Die haben alle drei von den alten Havliceks tagelang nichts gehört. Sagen sie. Glauben wir ihnen das ganz einfach einmal. Also auch keine Buchstabenausschneiderei mit Enkerln.«
Maria warf Phillip einen Seitenblick zu, er starrte auf das Auto vor ihm.
Maria blätterte um. »Dazu passt auch der Telefonauszug der Havliceks, die haben nämlich nur einmal telefoniert nach der Ermordung vom Köhler, als sie Sushi bestellt haben. Und zwar an dem Abend vor ihrer Ermordung.«
»Die Havliceks und Sushi. Das Exotischste in dem Haus war der Basilikumtopf.«
»Ich denk mir, die wollten feiern. Weil, die haben nämlich auch zwei Weinflaschen dazubestellt. Und es war ihnen angeblich wurscht, wie viel das kostet.«
Phillip bog in die Maxingstraße ab. »Weißt, was ich mich schon die ganze Zeit frage? Wie geht sich das aus? Die Havliceks haben am Abend der Ermordung was beobachtet, kriegen wahrscheinlich erst am Morgen danach mit, dass es relevant war, weil sie dann gehört haben, dass da ein Mord war. Basteln den ganzen Tag über den Erpresserbrief … und es muss entweder schriftlich oder persönlich über die Bühne gegangen sein, das Erpressen, weil sie ja niemanden angerufen haben. Und in der Nacht darauf werden sie ermordet. Haben die den Brief also persönlich beim Mörder vorbeigebracht? Oder haben die ihn von einer Telefonzelle aus angerufen? Auf jeden Fall müssen sie ganz genau gewusst haben, wer es ist.«
»Sie.«
»Was?«
»Sie. Der Schlüsselbund. Die Einbrecherin. Hallo! Wir müssen uns diese Option offen lassen, das haben wir schon besprochen.«
Phillip brummte. »Wir haben aber auch besprochen, dass es trotzdem einen dritten Schlüsselbund gegeben hat können. Von wegen Frauenbesuche, wenn ich dich erinnern darf. Eine Geliebte, die, sagen wir einmal, prominent ist und jetzt nicht will, dass das alles bekannt wird.«
Jetzt brummte Maria. »Und du glaubst wirklich, dass eine Promi-

Tante so gekonnt zuschlagen kann? Zwei ausgewachsene Männer schachmatt setzt?«
»Du hast Vorurteile. So oft, wie die ins Fitnessstudio gehen.«
»Jetzt hast du welche.«
Sie lachten.
»Aber beim Köhler haben wir nun einmal keinen Schlüsselbund gefunden.«
»Spricht nicht dagegen. Der Mörder kann ihn ja wirklich mitgenommen haben. Und diese Frau hat eben auch einen.«
»Mit einer Kopie von dem versteckten Schlüssel? Ich weiß nicht.«
Sie waren am Montecuccoliplatz angelangt. Maria deutete auf einen freien Parkplatz. »Bleib da stehen. Ich will nicht, dass die ganze Nachbarschaft mitbekommt, dass wir da sind. Als Fußgänger sind wir unauffälliger.«
Phillip parkte sich ein. »Okay, also die Havliceks haben gefeiert, keine Anrufe gemacht. Und die Zeitungsreste?«
Sieh an, jetzt wurden sie für Herrn Roth langsam interessant. »Noch nicht ausgewertet. Ma, echt, wir bräuchten mehr Leute bei der Spusi. Aber wenigstens Gabi war wieder ein geölter Blitz. Nicht nur Köhlers Handy läuft auf Doblinger, sondern alles, was offiziell ist.«
Phillip konzentrierte sich auf die freien Parkplatzmillimeter vor ihm. »Und warum kennen ihn die Caritas-Leute dann unter Köhler?«
Maria fuhr mit dem Finger über die Seite. »Da! Brave Gabi, sie hat den Caritas-Typen das auch gefragt, den Personalchef, der uns all die Auskünfte gegeben hat. Und der hat den Köhler von seiner Zeit auf der Wiener Uni gekannt hat, weil sie beide einmal bei einer Podiumsdiskussion als Diskutanten waren. Zum Thema *Zwanzig Jahre künstliche Befruchtung.* Der Köhler war natürlich uneingeschränkt dafür. Das war achtundneunzig, wie er fertig geworden ist.« Maria sah Phillip an. »Und weißt, wer Gabi den Namen des Personalchefs genannt hat?«
Phillip stellte den Motor aus. »Sein Bruder?«
»Karin Beluschek.«
Phillip lehnte sich in die Ecke der Fahrertür und sah Maria an. »Richtig. Sie hat ihn von Anfang an beim richtigen Namen genannt. Das ist mir noch gar nicht aufgefallen … jetzt hat uns die Dame aber schon ein paar Dinge zu erklären.«

Sie nickten einander zu, lange und ausführlich.
Phillip zog den Schlüssel ab. »Ich glaub trotzdem nicht, dass das eine Frau war.«
»Wieso? Weil Frauen mit Gift morden? Geh, bitte, Roth. Ja, das ist die Statistik, aber es gibt auch Ausnahmen.«
»Wen?«
»Die Hackenmörderin. Die ihre Kinder umgebracht hat.«
»Das war im Affekt.«
»Darüber kann man streiten. Aber das tut jetzt nichts zur Sache. Es kann eine Frau gewesen sein. Mit der Betäubung vom Köhler war's kein Problem. Und bis jetzt sind uns nur Frauen als mögliche Tatverdächtige über den Weg gelaufen. Die Einbrecherin, die drei Weiber, die ihn besucht haben …«
»Okay, okay.« Phillips Handy klingelte. Er sah aufs Display und drückte den Anrufer weg. Das war der Beweis. Er hatte eine neue Geliebte und er wusste nicht, wie er es ihr sagen sollte. Nochmals sagen musste, nachdem sie ja den Abend vergessen … und aus. Keine privaten Gedanken jetzt, wo es gerade so gut lief zwischen ihnen. Beruflich.
Sie vertiefte sich wieder in die Mappe. »Sonst wissen wir noch nichts Neues. Gabi sucht gerade Zeugen aus Innsbruck, die uns was über seine Zeit dort sagen können. Für die sechs Jahre danach haben wir auch noch immer nichts.«
»Gut. Also Köhler hat sich eine neue Identität beschafft. Und das macht man meistens dann …«
»Wenn man von bestimmten Menschen nicht gefunden werden will.«
»Oder mit der Vergangenheit abschließen will.«
»Beides passt zu der Geschichte mit den Raëlianern, wobei wir aber noch nicht wissen, ob er tatsächlich mit ihnen zu tun gehabt hat oder nicht. Er kann ja zum Beispiel auch von Illmensees Arbeit frustriert gewesen sein und meinetwegen nach … Südamerika gegangen sein, wo er, was weiß ich, Heilkräuter studiert hat.«
»Oder stimulierende Substanzen, wie es so schön heißt.«
Sie lachten.
Maria rieb sich die Nase. »Kann alles sein. Aber ein Mann, der untertaucht, der seine Identität wechselt, der hat meistens Angst.

Und er nimmt an, dass die, vor denen er davonläuft, sich nicht nur die Arbeit antun, nach ihm zu suchen, sondern auch die Möglichkeiten haben, ihn in allen eigentlich nicht zugänglichen Registern zu finden. Oder Profis engagieren.«
»Interessant, dass du plötzlich die Mehrzahl verwendest.«
»Jemand, der ihn sucht, jemand, der ihn tötet. Muss ja nicht ident sein.«
»Das impliziert, dass Köhler den Raëlianern mit irgendwas gefährlich werden konnte.«
Maria zuckte die Schultern. »Lass uns einfach alles andenken, die Geliebte, die Abtreibungsgegner, die Klongeschichte.«
»Okay.«
»Und deswegen lass uns einmal annehmen, es war ein Auftragsmord. Das Kampfmesser, keinerlei Spuren, die Mitnahme aller persönlichen Sachen von Köhler, die uns hätten Spuren liefern, das Motiv verraten können. Köhler hingegen war leicht zu identifizieren. Der Mörder wollte, dass die Leiche gefunden wird, dass der Mord bekannt wird. Sonst hätten sie ihn auf einer Mülldeponie verschwinden lassen.«
»Ein Auftragsmord mit Botschaft.«
Sie schwiegen. Schließlich öffnete Phillip die Tür.
Maria hielt ihn zurück. »Es gibt allerdings etwas, das gegen die Auftragsmord-Theorie sprich, das, was du gesagt hast: Die Havliceks müssen den Mörder oder die Mörderin gekannt haben. Also muss es jemand aus seinem persönlichen Umfeld, aus der Nachbarschaft oder seiner Familie sein.«
Phillip verzog den Mund. »Vielleicht hat der Havlicek den Mörder ja auch gesehen und verfolgt.«
Maria sah einen schleichenden Havlicek vor sich, der dann dem Täter auf die Schulter klopfte und ihn so nebenbei um eine Million Euro bat. Das war schlechte Parodie.

Sie bogen in die Parallelgasse zu der, in der das Egger-Haus stand, ein. Zurechtgestutzte Rosenbäumchen wechselten sich mit Thujenhecken und geometrischen Blumenbeeten ab. Hinter den Vorgärten strahlten Häusern aus den Sechziger- und Siebzigerjahren in Weiß und Creme. Nur eines war zartgelb, es musste das von Bettina Schranz sein.

Phillip stoppte am Anfang der Gasse wie ein störrisches Pferd. »Ich geh da nicht hin.«
»Roth, bitte, stell dich nicht so an. Wir müssen einfach herausfinden, für wen Bettina Schranz Eispenderinnen gesucht hat. Und wir sind uns einig, dass das kein Zufall sein kann, wenn die Nachbarin das besorgt, was der Nachbar früher für seine Arbeit gebraucht hat. So hoch ist die Dichte der Menschen, die sich professionell im Dunstkreis von künstlicher Befruchtung herumtreiben, auch wieder nicht. Außerdem hat sie Köhler Gustl genannt. Die Dame verschweigt uns was.«
»Wir können die Informationen vom Herzog nicht verwenden. Er hat sie sich illegal beschafft. Wir haben offiziell nichts in der Hand. Wie oft soll ich das noch sagen?«
»Und wie oft soll ich noch sagen, dass wir uns einfach auf einen Informanten ausreden?«
Phillip seufzte. »Das ist einfach so ein Herumgeeiere, mit knallharten Fakten wär's leichter.«
»Klar, aber irgendwie müssen wir weiterkommen. Und außerdem bin ich mir sicher, dass die Kleine, die«, Maria schaute in ihren Notizen nach, »die Lara was gesehen hat.«
»Nur, weil sie Schiss vor dir hat? Das haben andere auch.« Phillips Mund lächelte, aber seine Augen nicht.
»Was meinst du damit?«
»Gar nichts.«
Phillip ging ihr so unglaublich auf die Nerven. Und diesen Typen hatte sie einmal sympathisch gefunden. Ja, mehr als das, mehr als sympathisch. *Rosen vor morgenblauem Himmel. Ein männliches Gesicht über ihr.* Maria sah hin, ganz intensiv. Und natürlich verpuffte das Bild wieder. Auf einmal fühlte sie sich klein und elend. Diese Verunsicherung musste aufhören. Das Leben ging doch weiter. Was waren schon ein paar abhandengekommene Stunden? Und doch tat es jedes Mal so furchtbar weh, wenn so eine Art Ahnung auftauchte, was in diesen Stunden passiert sein konnte. Phillip musste sie gekränkt haben, mit einer neuen Liebe oder sonst was, anders konnte sie sich diesen Schmerz nicht erklären. Phillips Gesicht tauchte vor ihr auf. »Maria, ist was mit dir?«
Und dann war er in den richtigen Momenten auch noch sensibel. Dieser Mann machte sie fertig. Sie musste sich von ihm ablenken.

»Ich hab nur was vergessen.«
Maria ging auf die andere Straßenseite, lehnte sich an einen Strommasten und atmete durch. Dann suchte sie im Ordner *Anrufe* nach der Nummer ohne Name, denn sie hatte ihrem Retter Gerold Hirsch ja versprochen, dass sie zurückrufen würde. Eben. Versprechen musste man halten. Staudinger war ja leider keine Option mehr zum Ablenken. Und da war auch dieser Anruf ohne Nummer. Der Mentor. Den hatte sie völlig vergessen. Und er hatte sich nicht wieder gerührt. Entweder hatte ihn der Mut verlassen oder er wusste nicht, dass er die Nummer nicht mitschickte.
Maria drückte die Zwei. »Du, Gabi, kannst du bitte mein Telefon überprüfen lassen? Und zwar auf eine Nummer am späten Vormittag. Zuerst ein Anruf und dann eine SMS. Danke. Und Gabi? Vielleicht mach ma das inoffiziell, muss ja nicht jeder wissen, wer mich so anruft.« Sie schickte ein Lachen hinterher und kam sich ziemlich dämlich dabei vor.
Phillip stand noch immer an der Stelle, an der sie diskutiert hatten, vor dem weiß gestrichenen Haus mit den Rosenbäumchen, und beäugte sie. Gut so, nicht nur er konnte Geheimnisse haben. Kindisch. Absolut kindisch, einer erwachsenen Frau unwürdig. Trotzdem wandte sie sich ab, als sie nun Hirsch anrief.
»Hallo, ich bin's, die Frau, die Sie … ja, hab ich ja versprochen. Na, ich habe mir gedacht, warum nicht gleich heute?« Als sie es ausgesprochen hatte, fiel ihr das zweite Versprechen ein, dass sie gegeben hatte. Sie wollte ja die Kollegenpartie auf ein paar Getränke einladen. Aber da würde Phillip dabei sein. Nein, sie hatte so die Nase voll von ihm, dass sie ihn nicht einmal mehr in die Enge treiben wollte, obwohl sie genau das ja schon den ganzen Tag vorgehabt hatte. Sie würde Flaschen auffahren lassen und einen französischen Abgang machen. Genau. »Herr Hirsch, ich kann aber erst sehr spät, wenn Ihnen das nichts ausmacht? … Gut, um zehn. Im *Stein*? Gut, im *Stein*. … Ja, Bis dann.«
Ihr Blick fiel auf das Rund des Blumenbeetes im Vorgarten neben ihr. Es verformte sich zu einem Oval, schob sich zu einem Hügel zusammen. Schon wieder dieser Schwindel, von einer Sekunde auf die andere. Sie hatte es satt, unter dieser Gehirnerschütterung zu leiden. Sie hatte alles satt. Maria ließ sich den Strommasten entlang in die Hocke gleiten, der Boden wankte noch immer. Sie

setzte sich nieder, auf den Grasstreifen neben der Straße, krallte die Finger in die Büscheln. Phillip war sofort neben ihr.
»Sag nichts, Roth, ich weiß, ich hätte mich ausruhen sollen. Aber es ist nicht so schlimm. Es kommt nur ganz selten. Lass mich einfach, es geht mir gleich wieder gut.«
Er blieb neben ihr stehen.
»Bitte, lass mich einfach allein. Es geht gleich wieder. Bitte.«
Jetzt entfernten sich seine schwarzen Lederschuhe. Einmal noch drehten sie sich in ihre Richtung, bevor sie aus ihrem Gesichtskreis verschwunden waren.
Es war einfach alles zu viel. Ein Partner, der lieb und zugleich ein Arsch war. Dieses ständige Gequatsche vom ewigen Leben und vom Tod. Diese gotterbärmliche Amnesie. Überall Männer, die ihr nachstiegen. Nein, Moment. Sie war kein getriebenes Wild, sie sendete ja auch Signale aus. Und wenn sie ehrlich zu sich selbst war, dann war sie momentan in einer Stimmung, in der sie mit jedem ins Bett gehen würde. Ins Bett gehen … was für eine verniedlichende Bezeichnung. Ficken. Sie wollte alles und jeden ficken. Da war keine Rücksichtnahme mehr, nichts mehr, was man landläufig als *anständig* bezeichnete. Nur einen klitzekleinen Gedanken hatte sie an Phillip verschwendet, als gestern Abend klar geworden war, worauf die Flirterei hinauslaufen sollte. Nur einen klitzekleinen Gedanken. Und dann war sie mit Wonne in die Arme von Heinz gefallen. Dachte an Orgien auf Parkplätzen. Die disziplinierte, angepasste, normale Maria war ganz komisch drauf. Und sie konnte sich partout nicht erklären, was mit ihr los war. Sie musste das mit Elsa besprechen.
Elsa. Sie hatte Maria anrufen wollen, nachdem die Razzia vorbei war. Hoffentlich war da nichts schiefgelaufen. Und Carrie wartete auf Marias Rückruf. So versuchten einander alle zu erreichen. Ein ewiger Kommunikationsversuch. Bei dem niemand wusste, welche Rolle er gerade innehatte.
Aber jetzt, wenn sie diese Schranz befragten, da wusste sie, welche Rolle sie spielte. Sie musste nur Phillip sagen, dass er endlich wieder einmal seinen reinrassigen Bad Boy herauskehren sollte. Dann konnte sie die einfühlsame Befragerin geben, und alles war klar. Wie gut, dass sie Polizistin war.

Die Klingel war längst verhallt, und noch immer öffnete niemand. Doch das nutzte Bettina Schranz nichts, denn Maria und Phillip hatten die Bewegung des Vorhanges gesehen, obwohl sie noch am Gartenzaun standen. Die Menschen lernten wirklich gar nichts aus den vielen Fernsehkrimis.

Phillip trat von einem Fuß auf den anderen. »Noch einmal … Ich weiß nichts von Herzog. Die Info kommt von einem Informanten … von dir.«

»Seit wann bist du so ein Schwitzer?«

»Ich bin kein Schwitzer. Ich mag nur dieses Hacken nicht.«

»Als würdest du jeder Versuchung, dich irgendwo reinzuhacken, großräumig ausweichen.«

»Ich bin Polizist. Manchmal muss man die Regeln an die von seinen Kunden angleichen.«

»Eben.«

»Eben. Und Herzog ist kein Bulle. Du hättest ihn anzeigen sollen, deinen Sascha.«

Maria spürte, wie sich ihre Kiefer aufeinanderpressten. »Das wird schon einmal jemand tun. Ich versau mir doch nicht meinen besten Kontakt zur Presse.«

»Opportunistin.«

»Selbstherrlicher Besserwisser.«

An der Tür wurde ein Geräusch hörbar. Sie stellten sich aufrecht hin.

Maria senkte ihre Stimme. »Und jetzt benimmst du dich, Roth. Wie es sich für einen Partner gehört. Verdammt, warum glaubst du mir nicht, dass nichts auf dich zurückfallen wird? Ich lass meine Leute nicht hängen, das solltest du inzwischen wissen.«

Bettina Schranz öffnete die Tür und lugte heraus. »Ja?«

»Das weiß ich auch.« Phillip zückte seine Dienstmarke. »Sorry – Frau Schranz? Wir hätten da noch ein paar Fragen an Sie.«

»Schon wieder?« Sie kniff die Augen zusammen und sah Maria an. »Sie! Ich hab Ihnen doch das letzte Mal am Zaun gesagt, dass ich nichts weiß.«

Gut, jetzt war es so weit. Sie musste mit der Information von Herzog herausrücken. Erstaunlicherweise war es Maria peinlich. »Würden Sie uns bitte hereinlassen? Wir können natürlich auch hier reden. Ich weiß allerdings nicht, ob Sie wollen, dass alle

Nachbarn erfahren, wie Sie mit kleinen blauen Pillen viel Geld verdienen.«
Schlechter Satz. Wie aus einem C-Movie. Jetzt fehlten nur noch Trenchcoat, Sonnenbrille und eine Tschick im Mundwinkel.
Der Öffner des Gartentores summte. Phillip schritt voran. Die Schranz, gekleidet in einen weißen Bademantel aus Seide mit gestickten Mohnblumen, machte ihnen an der Tür Platz und schloss sie hinter ihnen. Ohne ein weiteres Wort gingen sie, von Bettina Schranz geführt, durch das luxuriös ausgestattete Haus im Sechzigerjahre-Stil auf die Terrasse. Der Blick auf das ausladende Fenster im großen Zimmer des Egger-Hauses war, wie sie es schon von der anderen Seite aus gesehen hatte, völlig frei. Wenn in der Tatnacht jemand zu Hause gewesen war, dann hatte er etwas gesehen. Denn die Nacht war lau gewesen, man hatte sicher die Terrasse benützt. Auch der Fernseher, der, von einer Verschallung geschützt, im Eck stand, sprach dafür. Entweder die Schranz und ihr Lebensgefährte waren in dem Club gewesen, oder sie log und die beiden hatten etwas gesehen. Und erst recht konnte das Mädchen eine Zeugin sein … von dem Maria keine Spur entdecken konnte.
»Wo ist denn Ihre Tochter?«
»Bei Freunden.«
Das war die plausibelste Antwort überhaupt, und doch war sie gelogen, denn die Augen der Schranz wanderten unruhig hin und her. Die Frau sollte umsatteln, zwielichtige Geschäfte lagen ihr nicht. Mit ausgestreckter Hand bat sie Maria und Phillip, auf den Regiestühlen gegenüber der orangefarbenen Hollywoodschaukel Platz zu nehmen. Auf den Regiestühlen waren die Namen *Billy Wilder* und *John Huston* aufgedruckt. Phillip nahm den des *Misfits*-Regisseurs. Schranz selbst drapierte sich in der Haltung der Kleinen Meerjungfrau in die Polsterung. Mit einer großen Geste, die sicher von Bette Davis abgekupfert war, deutete sie auf eine Karaffe und Gläser aus Bleikristall auf dem Tisch, der zwischen Regiestühlen und Schaukel stand. Mit Spams und Eispenderinnen ließ sich anscheinend Geld verdienen.
»Ich hoffe, Sie mögen Zitronenlimonade. Das Beste bei dieser Hitze.«
Es klang wie ein auswendig gelernter Text. Und jetzt erst regis-

trierte Maria, dass die Augen der Schranz mit dem klassischen Lidstrich der Sechziger geschminkt waren und links oberhalb des Mundes wie bei Marilyn Monroe ein Muttermal saß. Die Gute lebte anscheinend in einer eigenen Welt. Heute trug sie ihre Haare auch gelockt und leicht aus der Stirn, wie es die Monroe meist getan hatte. Ihr Mund war knallrot geschminkt. Sie war nur nicht blond, sondern brünett.
Maria und Phillip bedienten sich gleichzeitig. Natürlich war Zitronenlimonade bei dieser Hitze eine Sensation.
»Wissen Sie, ich habe Herb«, sie sprach die Abkürzung des Vornamens ihres Lebensgefährten sehr englisch aus, »immer gesagt, dass wir in einem Überwachungsstaat leben. Er wollte es nicht glauben.«
Wie die Schranz plötzlich redete! Ganz anders als beim Gespräch über den Zaun. Auch wenn sie am Vormittag nur wenige Worte gewechselt hatten, so hatte sie doch eindeutig derber und nicht so gestelzt geklungen.
Die Schranz streckte sich, und nun kam unter dem Mantel auch noch ein Badeanzug zum Vorschein, der, wie in den Fünfzigern und Sechzigern, bis auf den halben Hintern reichte. Er war weiß, wie auf dem berühmten Foto der Marilyn. Diese Frau lebte eine Rolle.
Und Phillip gab sich seinen Fantasien hin. Er glotzte. Maria konnte es ihm nicht einmal verübeln, denn die Figur der Frau wirkte makellos, kein Gramm Fett zu viel, die Beine waren eines Modells würdig. Nur das Dekolleté passte nicht, es war zu faltig. Die Schranz war, abgesehen von ihrem glatten Gesicht, weit über vierzig. Botox. Und sonst was. Der Busen stand jedenfalls. Doch die Haut darüber war schrumpelig. Irgendwie war es beruhigend, dass die Schönheitschirurgie nicht alle Spuren des Alters beseitigen konnte. Das gab Frauen, die kein Geld – oder keine Lust – auf so eine Tortur hatten, eine Chance. Maria sah sich auch in zehn Jahren nicht unterm Messer liegen. Außer, sie machte einen Lottogewinn. Und selbst dann … Botox war Leichengift. Ekelhaft. Und außerdem hasste sie Operationen und Krankenhäuser. Der Kurzaufenthalt gestern reichte ihr völlig für die nächsten zwanzig Jahre.
Auf das Sticheln bezüglich eines Polizeistaates würde sie nicht

eingehen. Die Frau hatte sich ohnehin damit abgefunden, dass sie alles wussten. Was so viel wie der Strohhalm in ihrem Limonadenglas war.
»Frau Schranz, die Viagra-Spams sind ja nicht Ihre einzige Einnahmequelle. Wie kamen Sie auf die Idee, nach Eispenderinnen zu suchen? Und für wen machen Sie es?«
Die Schranz zog ihre Beine auf die Couch und legte den Kopf schief. »Warum fragen Sie so blöd, Sie wissen doch eh alles. Lass ma doch das Kieberer-Spiel.«
Das war die Sprache, die Maria kannte. Und auch Phillip schien sich zu entspannen. Ja, mit einer aalglatten Kunstfigur war schwer umzugehen, aber nicht mit einer auf Monroe fixierten Transdanubienpflanze, die es nach Hietzing geschafft hatte. Na ja, vielleicht war Bettina Schranz ja aus dem achten Bezirk oder dem dritten. Vielleicht auch wirklich aus Hietzing. Nur weil hier ein paar Villen herumstanden, bedeutete das nicht eine durchgehend großbürgerliche Bevölkerungsstruktur.
Phillip beugte sich vor, ging in seine Angriffsstellung. »Natürlich, Beste, aber wir würden es gern von Ihnen hören. Und je mehr Sie uns erzählen, ohne, dass wir es beweisen müssen, umso bessere Chancen haben Sie vor Gericht. Also?«
Puh, mutig. Bislang war noch nicht einmal ein relevanter Tatbestand vorhanden.
»Ich weiß net, von was Sie da reden.«
Phillip fuhr mit dem rechten Zeigefinger den Rand des Limonadenglases nach und sah dabei der Schranz unentwegt in die Augen. »Guter Versuch. Leider völlig sinnlos. Und wenn Sie nicht gleich den Bademantel schließen, dann muss ich vermerken, dass Sie mit unlauteren Mitteln einen Polizeibeamten beeinflussen wollten.«
Er redete völligen Scheiß. Aber es wirkte. Die Schranz verhüllte sich. Was Maria in einen Zwiespalt der Empfindungen trieb. Denn sosehr sie den netten Anblick des Körpers genoss, so froh war sie, dass Phillip ihn nicht mehr genießen konnte. Was natürlich unfair war. Wenn sie Lust auf andere hatte, mit ihnen ficken konnte, durfte er wenigstens dran denken. Trotzdem störte es sie.
»Also, Beste? Was haben Sie da mit Gustl«, er betonte den Namen, »gedreht?«

Die Schranz saugte mit spitzem Mund am Strohhalm. »Ich habe keine Ahnung, von was Sie reden, Herr Kommissar.« Oje, sie war wieder die Monroe. Ihre Stimme wurde dabei auch gleich höher. »Der reizende August und ich … wir natürlich, mein Herb, August und ich, wir sind einfach nur Nachbarn.«
Phillip ließ den Zeigefinger vom Daumen gegen das Glas schnalzen. Immer wieder. Dabei sah er die Schranz unverwandt an. Da war er, der reinrassige Bad Boy, Maria konnte sich auf ihn als Partner wirklich verlassen. Sie musste die Sache zwischen ihnen doch unbedingt heute Abend – an dem sie Gerold Hirsch traf. Dem konnte sie aber immer noch wegen Kopfschmerzen absagen. Maria war nach einer Zigarette, aber nirgends war ein Aschenbecher zu sehen.
Die Schranz griff neben die Schaukel und stellte Maria einen aus Bleikristall hin. Die Reste einer Zigarre befanden sich darin. Das war jetzt nett gewesen von ihr. »Danke.«
Sie erwiderte Marias Lächeln, dann schwiegen sie alle wieder. Nur Phillips Zeigefinger schnalzte gegen das Glas. Maria zündete sich eine Zigarette an, das Feuerzeug ratschte laut. Und Phillips Finger schnalzte.
»Schauen Sie, Frau Schranz, wir brauchen einfach Hintergrundinfos von Ihnen, damit wir diese grässliche Sache mit Köhler aufklären können.«
Marias Good-Girl-Wellen gelangten zwar bis zur absolut ausdruckslosen Oberfläche der Schranz, aber dort zerplatzten sie wie Seifenblasen. Und der Finger schnalzte noch immer.
Der Blick der Schranz wurde abgelenkt, Maria folgte ihm und sah einen Spurensicherer im Garten des Egger-Hauses stehen und telefonieren. Der Mund der Schranz zuckte leicht, doch sie hatte sich sofort wieder in der Gewalt. Es stand Schweiß auf ihrer Stirn, und der konnte natürlich von der Hitze sein. Aber das Geschehen da drüben ließ sie offensichtlich nicht kalt. Auch Phillip hatte die Regung der Schranz verfolgt. Er verdoppelte die Frequenz des Schnalzens, langsam ging es auch Maria auf die Nerven.
»Was passiert eigentlich theoretisch mit der Lara, wenn ich theoretisch irgendwann einmal ins Gefängnis müsste? Verstehen S' mich nicht falsch, nur rein theoretisch, weil Sie … na, schon einmal da sind.«
Das Schnalzen hörte auf.

Theoretisch hatte die Schranz jetzt angedeutet, dass sie etwas Verbotenes getan hatte. Theoretisch hatte es mit Köhler zu tun, theoretisch kam vielleicht gleich ein Mordgeständnis. Das würde dazu passen, dass die Havliceks den Mörder gekannt haben mussten. Außerdem hatte die Schranz vorhin bei der Erwähnung Köhlers nicht reagiert, sie kannte ihn also unter seinem richtigen Namen und nicht unter Doblinger.
Maria umklammerte ihr Handgelenk, damit ihre Hand nicht zitterte. »Sie haben ja einen Lebensgefährten. Er bekommt – theoretisch gesehen natürlich – die Obsorge, wenn er sie nicht eh schon hat. Und dann hängt es von der Schwere des Verbrechens ab, ob Sie sie nach Abbüßen der Gefängnisstrafe wieder zurückbekommen. Außer bei Mord sollte das irgendwie möglich sein. Und bei Mord ist es nicht relevant, so lange, wie Sie da sitzen.«
Die Schranz knickte den Strohhalm alle zwei Zentimeter ab. »Aha. Und wenn der Lebensgefährte – theoretisch – auch nicht geeignet für die Obsorge ist?«
»Dann bekommt jemand aus der Familie Lara. Und wenn es da niemand gibt, dann das Jugendamt. Im schlimmsten Fall kommt das Kind in ein Heim, aber üblicherweise werden sehr nette Pflegefamilien gefunden, die wissen, auf was sie sich einlassen und meist einen guten Kontakt mit der Mutter oder den Eltern pflegen. Wenn es nicht um Kindesmissbrauch geht. Aber wie gesagt, das kommt alles auf die Tat und das Strafmaß an. Theoretisch.«
Die Schranz sah weiter ins Nichts und verknotete nun den Strohhalm. Nach ungefähr einer halben Minute Stille schnalzte Phillips Finger wieder an das Glas.
»Wenn Sie net sofort aufhörn, tret ich gegen den Glastisch, damit Sie von oben bis unten nass sind.« Vollkommen ruhig machte die Schranz einen zweiten Knoten in den Strohhalm.
Phillip hörte auf. »Das ist tätlicher Angriff auf einen Staatsbeamten.« Er schnalzte weiter. Er musste ein Buch über chinesische Foltermethoden gelesen haben.
»Schauen Sie, Frau Schranz, theoretisch hatte Köhler mit illegalen Klonversuchen zu tun. Theoretisch war ihm da jemand sehr böse. Praktisch wissen wir, dass Sie was damit zu tun haben.« *Gut formuliert, Maria, vage und gefährlich zugleich.* »Es könnte also theoretisch sein, dass dieser grantige Jemand auch auf Sie einen

Pick hat. Dann stellt sich vielleicht nicht mehr die Frage, theoretisch gesehen, unter welchen Umständen Sie die Obsorge für Ihr Kind behalten oder nicht. Es wäre also sehr praktisch, wenn Sie uns ins Vertrauen ziehen würden, denn dann könnten wir Ihnen theoretisch Schutz anbieten.«

Wenn die Schranz nicht selber die Täterin war natürlich.

Phillip schnalzte, die Schranz stierte, Maria rauchte, die Sonne brannte umbarmherzig auf sie nieder. High-Noon am Küniglberg.

»Ich habe ihn erpresst.«

Der Finger hörte zu schnalzen auf, Maria verschluckte sich am Rauch, die Schranz stierte noch immer.

Phillip zückte sein Notizbuch. »Okay, Beste, das war doch gar nicht so schwer. Und jetzt fang ma von vorn an.«

Die Schranz sah ihn an und betrachtete dann die Bäume im Garten. Sie brachte die Schaukel in Bewegung und streckte die Nase in den Wind. Phillip richtete sich zu voller Größe auf und holte Luft, doch sie gebot ihm mit erhobener Hand Einhalt.

»Ich red schon.« Sie stoppte die Schaukel, stellte die Beine auf den Boden, stützte die Arme auf die Knie und verbarg den Kopf zwischen den Händen. »Ich verschick schon seit Jahren ungefähr ein Fünftel der Viagra-Mails über eine nicht geschützte WLAN-Leitung da irgendwo in der Gegend. Ich glaub, das ist das WLAN der Filmfirma da drüben, aber ich weiß es nicht sicher.«

Beinahe hätte Maria laut aufgelacht. Das Benützen von ungeschütztem WLAN glich ja schon beinahe Rudelbumsen. »Und wo haben Sie die anderen verschickt?«

»Im Garten meiner Mutter, in der Wohnung von Herberts Eltern, unten im *Dommayer* und im *Starbucks*. Jedes Mal eine andere Filiale. Ab und zu auch beim *McDonald's*. Ja. Auf jeden Fall war da plötzlich hier bei uns eine zweite offene Leitung. Zum Spaß hab ich mich … also haben sich der Herbert und ich einmal in den Computer des anderen reingehängt, und da haben wir dann …«

»Sie spionieren die Leute aus? Auch die Filmfirma?«

Die Schranz sah kurz auf. »Spionieren. Wie das klingt. Nein, es war das erste Mal. Ich … also der Herbert und ich, wir haben das früher noch nicht können, wir haben zuerst nur das von den offenen Leitungen gewusst. Dann hat mir ein Kumpel das Reinhacken gelernt. Und das war grad ungefähr zeitgleich mit der neuen Leitung.«

Endlich einmal verwendete die Schranz die Ich-Form. Es war Maria schleierhaft, warum sie immer ihren Herb vorschickte, wo es doch offensichtlich war, dass sie diese Geschäfte abwickelte. Na ja, Beziehungen hatten alle ihre eigenen Regeln und Geheimnisse.

Maria dämpfte die Zigarette aus. »Gut, und da haben Sie, Frau Schranz, dann …?«

»Da hab ich dann ganz viel religiöses Zeug entdeckt, aber auch …«

»Was für religiöses Zeug?«

Die Schranz wedelte mit der Hand. »Na, so von christlichen Parteien, Sie wissen eh, die Bibel hat immer recht und Abtreibung ist Mord und so was halt.«

Phillip blätterte seinen Notizblock um. »Namen der Gruppen? Haben Sie vielleicht was abgespeichert?«

Die Schranz schaute hoch. »Nein, also wirklich net. Es war ja völlig uninteressant, er hat sich Material runtergeladen ghabt und hat mit Leuten drüber gechattet, wann das Leben beginnt.«

»Und wie war Köhlers Meinung?«

Die Schranz zog die Augenbrauen zusammen. »Wenn's mich so fragen … Er hat eigentlich immer nur die anderen zum Reden aufgefordert, nix selber gesagt.«

Es war langsam echt nervig, Köhler blieb einfach nebulös.

Maria überschlug die Beine. »Okay, Sie haben angedeutet, dass Köhler sich auch mit anderen Dingen beschäftigt hat.«

Die Schranz verzog den Mund. »Jetzt halten Sie mich wahrscheinlich für deppert …«

Maria und Phillip schüttelten die Köpfe.

»Mit Klonen.« Sie betrachtete sie abwechselnd und zuckte zur Bestätigung mit den Augenbrauen.

Sie hatte es ja gewusst, dass ein Gespräch mit der Schranz etwas bringen würde. Maria nickte. »Und?«

Die Schranz ließ die Schultern fallen, wahrscheinlich hatte sie erwartet, dass ihre Mitteilung mehr Reaktion hervorrufen würde. Sie wischte sich übers Gesicht, wodurch das Muttermal zu einem schwarzen Strich wurde. »Richtig, Sie haben's vorhin ja selber erwähnt, das mit dem Klonen. Na ja, er hat sich ständig alles runtergeladen, wo's um neue Forschungsergebnisse gegangen ist. Da

waren auch viele alte Dateien, Mailwechsel mit so anderen Forschern …«
Phillip beugte sich vor. »Welchen Forschern? Welche Dateien?«
Die Schranz runzelte die Stirn. »Woher soll denn ich das wissen? Ich kenn mich damit echt nicht aus, so was merk ich mir nicht. Und eigentlich hat es mich ja nicht wirklich interessiert.«
»Was hat Sie dann interessiert, Gnädigste?«
»Na, das mit den Eispenderinnen. Dass im großen Stil per Internet Spenderinnen gesucht werden. Und da hab ich mir gedacht, ah, schau an, amal was anderes als die Pillen. Und weil der Köhler anscheinend nicht mehr wollen hat, da hab ich mir gedacht, jetzt schaust einmal, wer der Typ ist, weil da hab ich ja noch nicht gewusst, dass der Köhler der Köhler ist und …«
Phillip hob die Hände. »Moment, Moment. Bitte der Reihe nach. Sie haben also über WLAN auf einem fremden Computer Unterlagen gefunden, die Sie interessiert haben. Wie haben Sie herausgefunden, dass sie zu Köhler gehören?«
»Ma, das war a Hackn. Ich bin mit Weihnachtskeksen tratschen gegangen zu den Nachbarn und hab halt immer das Gespräch irgendwie auf die Internetverbindung gebracht, weil ich angeblich selber den besten Anbieter such. Ausschlussverfahren halt. Das hat seine Zeit braucht, und mittendrin in meiner Suchaktion hat's sich dann von selbst erledigt, weil … Also, das war so. Eine Dorli@hotmail.com hat von dieser neuen Leitung aus immer eine Anna Bee von der Gesellschaft, die da die Eizellenspenderinnen sucht, attackiert. Sie soll …«
Phillip beugte sich noch weiter zur Schranz. »Welche Gesellschaft?«
Die Schranz spreizte die Finger vom Kopf ab. »Skarin-Gesellschaft.«
Phillips Stift stockte. »Skarin-Gesellschaft? Sicher?«
Jetzt hob die Schranz den Kopf und sah Phillip an. Phillip wechselte einen Blick mit Maria. »Die Raëlianer? Haben Sie von denen schon gehört?«
»Ja, das sind so Klonbrüder, die an Außerirdische glauben. Der Gustl hat mit denen auch einmal was zu tun gehabt. Das ist ihm einmal rausgerutscht. Genaues weiß ich nicht. Aber so richtig angelegt hat er sich mit der Skarin-Gesellschaft.«

Maria nahm einen großen Schluck von der Zitronenlimonade. Die beiden anderen taten es ihr nach. Sie nickte der Schranz zu. »Okay, Köhler hat also Anna Bee attackiert.«
Die Schranz wischte sich neuerlich übers Gesicht, jetzt war statt des Muttermals nur mehr ein schwarzer Schatten zu sehen. »Ja, die Anna Bee solle die Spenderinnen endlich über die Risiken aufklären, sich die eigene Verantwortung bewusst machen und so halt. Die Anna Bee hat gemeint, ›Dorli‹ soll sich nicht so anstellen, er habe früher doch dasselbe gemacht. Daraufhin hat ›Dorli‹ gedroht, dass er verrät, mit wem Anna Bee zusammenarbeitet. Worauf die ganz stinksauer geworden ist und angekündigt hat, dass sie August finden wird, wo immer er sich auch versteckt. Da ist dann sein Name gefallen.«
Die Schranz nickte ihnen zu, schien mit ihrer Erzählung fertig zu sein.
Phillip klopfte mit dem Stift auf den Block. »Sie haben also jetzt gewusst, wem die Leitung gehört. Und?«
Die Schranz presste die Lippen zusammen, befeuchtete sie dann. »Na ja, da hab ich mir gedacht, ich … also Herb und ich, wir dachten, wir sollten einmal dem Gustl erzählen, dass wir wissen, wo er ist. Und dass wir wissen, dass andere Leute das unbedingt wissen wollen. Und wir es diesen Leuten erzählen könnten.«
Maria stand auf und ging zum Swimmingpool. Auf seinem Grund lag etwas Schwarzes, vielleicht eine Badehose. »Sie wollen also«, *dass Ihr Kind beide Elternteile ins Gefängnis verliert, so, wie Sie Ihren Herbert belasten, sich an ihm abputzen,* »sagen, dass August Köhler bedroht worden ist? Und Sie ihn erpresst haben, um von ihm … was zu bekommen?«
»Na, das Geschäft mit den Eispenderinnen. Dass er mich denen vermittelt. Wie ich das mit den Spenderinnen das erste Mal gelesen hab, hab ich ja gleich an die Anna-Bee-Adresse geschrieben, aber die hat null reagiert. Da hab ich mir ja gleich gedacht, dass sich das Geschäft auszahlt, wenn die so auf geheimnisvoll machen, und das hat es wirklich. Von jedem Abschluss zwanzig Prozent.«
Maria hörte, wie Phillip sich einschenkte. Ja, da blieb einem glatt die Spucke weg. »Sie haben sich auf die USA, Spanien und Rumänien konzentriert. Warum auf diese drei Länder? Gibt es woanders keine spendenfreudigen Frauen?«

»Ich hab die Länder zugewiesen bekommen.«
»Von wem?«
»Na, per Mail. Von dieser Anna Bee.«
»Sagen Sie uns bitte die Adresse und die anderen Kontaktdaten?«
Die Schranz holte Luft und atmete dann lautstark aus. »Wieso eigentlich fragen Sie mich das alles? Sie sind ja eh in meinem Compi herummarschiert. Sonst wüssten Sie ja gar nicht … Sie müssten das von der Skarin-Gesellschaft wissen.«
Phillip klatschte in die Hände. »Tja, wir sind nur über Ihre Spams gestolpert. Und auch wenn wir jetzt Ihren PC einkassieren, so geht's schneller. Und Sie haben den Behörden geholfen, was Ihnen sicher nicht schaden wird. Bei Erpressung.«
Die Schranz seufzte. »Ich hab nur die Mailadresse, ich hab diese Leute nie persönlich kennengelernt. Also, das ist anna.bee@skaringesellschaft.com. Wobei ich mich immer gwundert hab, dass es da keine Homepage dazu gegeben hat. Ich mein, die Kennung deutet doch darauf hin. Die machen wirklich auf sehr geheimnisvoll.«
Maria wandte sich wieder zur Hollywoodcouch. »Bi wie englisch B oder wie zwei?«
Die Schranz fixierte Maria. Offensichtlich war ihr der Sinn der Frage nicht klar. »Wie die Biene auf Englisch oder ein Name. B, e, e. Bee. So wie Lee Strasberg. Alle Adressen der Skarin-Gesellschaft sind so. Bee, Lee, See, Tee, und immer mit Anna davor.«
Phillip blätterte im Notizbuch um, sodass zwei weiße Seiten zu sehen waren, und reichte es Bettina Schranz. »Schreiben Sie die Adresse bitte auf, ganz genau mit Unterstrich oder Leerzeichen und so.«
Die Schranz tat, wie ihr geheißen.
Maria wechselte mit Phillip einen Blick, sie nickten einander zu. Maria setzte sich zur Schranz. »Sie haben also über Köhler, auf seine Empfehlung hin, den Kontakt zu diesen Leuten bekommen und sich sozusagen als Makler angeboten.«
Die Frau nickte.
»Und wie ist das dann so abgelaufen?«
»Wie bei den Spams ist das. Die relevanten Adressen werden rausgesucht und dann wird verschickt. Das war's. Für mich. Weil, der direkte Kundenkontakt ist dann über die Zentrale gelaufen. Aber

die waren immer korrekt, die in der Zentrale. Also nehm ich an. Weil die haben gut bezahlt. Und für Rumänien haben sie mir sogar einmal eine Prämie auszahlt, weil ich's nicht links liegen hab lassen und sich von dort anscheinend viele gemeldet haben.«
»Warum hätten Sie es denn theoretisch links liegen lassen sollen?«
»Na, wie gesagt, zwanzig Prozent von dem, was die Frauen gezahlt kriegen. Ursprünglich ist das Geschäft ja nur über Homepages gelaufen. Sie wissen schon: *Unerfüllter Kinderwunsch? Wir helfen Ihnen*. Der Gustl hat mir erzählt, dass sie auch mit Handzetteln gearbeitet haben. Also vor diesen Elite-Unis in Amerika zum Beispiel. *Es gibt etwas, was dich zu etwas ganz Besonderem macht*. Et cetera, blabla. Ich frag mich, wer auf so einen Mist reinfällt.« Die Schranz stierte auf den Himmel der Schaukel und spitzte ihren roten Mund.
Was für eine präpotente Ansage. Die Monroe-Masche diente ja auch nichts anderem, als die Schranz aus der Masse zu heben, in der sie sich sonst anscheinend untergehen sah. »Äh …«
Die Schranz sah Maria an. »Ja, Sie haben recht, da gibt's genug. Aber trotzdem ist der Skarin-Gesellschaft das zu wenig geworden. Und da sind's auf die Idee mit den Spams kommen.«
Phillip verknotete die Beine. »Und was haben Sie da so verdient?«
Die Schranz schnalzte mit der Zunge, entschied sich dann aber doch, über ihr Intimstes, ihren Verdienst, zu reden. »In Amerika sind das ein paar tausend Dollar, fünf- bis zehntausend Minimum, in Spanien sind's zwischen siebenhundert und tausend Euro, aber die Frauen in Rumänien kriegen natürlich nicht so viel. Höchstens zweihundertfünfzig Euro. Marktwert. Und davon zwanzig Prozent.« Das Wort *Marktwert* schwebte über ihren Köpfen, Maria und Phillip wandten sich beide der Schranz zu. Deren Wangen röteten sich leicht. »Also ich mein jetzt nicht, dass die Eier von den Rumäninnen weniger wert sind, aber die haben dort ja net so viel Einkommen, die fressen ja den Kitt von den Fenstern und deswegen kriegen s' weniger.«
Phillip lachte auf. Es klang sehr böse. »Wie die Arbeiter in Indien oder in China.«
Die Schranz seufzte. »Is einmal so. Da kann man nix ändern. Auf

jeden Fall waren es genug Frauen, die sich gemeldet haben. War ein netter Zusatzgroschen.«
Maria trank ihr Glas leer. »Und was war dann mit dem Köhler? Hat er mit Anna Bee weitergestritten?«
»Soviel ich weiß, nicht. Aber ich hab das dann nicht mehr verfolgt, ich hab ja meinen Job gehabt.«
»Und hat er Ihnen eigentlich was über seine Zusammenarbeit mit dieser Skarin-Gesellschaft erzählt?«
Die Schranz schüttelte den Kopf. »Nicht viel, nur dass er damals Forscher war, mit der DNS herumexperimentiert hat. Ja, und natürlich mit Embryonen. Geteilt hat er sie. Ich weiß noch, dass mir fast schlecht geworden ist, wie ich mir vorgestellt hab, er schneidet so ein winzig kleines Baby auseinander. Aber das war natürlich Blödsinn, weil wir reden da von was, was kleiner ist als ein Stecknadelkopf.«
Phillip legte die Hände auf den Glastisch. »Mit wem er geforscht hat? Wo? Wann? Irgendwas?«
»Tut mir leid. Er hat nicht gern drüber geredet. Weil er war ja auch stinksauer wegen meiner Mail an die Anne Bee.« Sie sah Maria an. »Und, was meinen Sie jetzt? Glauben Sie, dass diese Leute auch auf mich einen Pick haben?«
Maria stand auf. »Ich glaub eher, die überlegen, Ihnen einen Orden zu verleihen. Nachdem Sie sie zu Köhler geführt haben.«
Die Schranz versank in sich und wirkte tatsächlich für einen winzigen Moment betroffen. Einen Schweißtropfen später waren ihre Augen schon wieder kalt.

Bettina Schranz saß im Gang des Präsidiums, wartete auf Anwalt und Lebensgefährten samt Kind und erklärte doch tatsächlich dem uniformierten Polizisten, der sie bewachte, dass er sie nach ihrer Entlassung kontaktieren möge, denn sie vertreibe wunderbare Mittel gegen Hämorriden. Interessant daran war nicht nur, dass die Schranz nach diesen paar Minuten mit diesem Mann auf dem Gang bereits wusste, dass er Hämorriden hatte, sondern auch, dass dieser Mann gar nicht auf die Idee kam, dieses Medikament könnte gefälscht und der Handel desselben illegal sein. Gut, in Apotheken legte man viel Geld ab, und die Machenschaften der Pharmaindustrie waren sicher nicht astrein und sollten einmal zu-

gunsten der Patienten unter die Lupe genommen werden, aber einer wildfremden Firma im Internet zu trauen, war in Marias Augen einfach dumm. Der Uniformierte dagegen hatte sicher auch schon einmal Viagra im Internet gekauft. Weil er sich für seinen Schlappschwanz ebenso schämte wie für seine Hämorriden.
Maria schloss die Tür. »Na, hast schon was gefunden über die Skarin-Gesellschaft?«
Phillip brummte. Das wurde ja langsam zur Gewohnheit. Maria überlegte kurz, ob sie ihn mit irgendeiner halblustigen Bemerkung in die Realität zurückholen sollte, beschloss dann aber, Phillip einfach machen zu lassen. Besser ein überdrehter Kollege als ein verschlafener Kollege.
Sie ließ sich in ihren Bürosessel fallen und legte die Füße auf den Tisch. Die Geschichte mit Köhler und der Schranz hatte etwas Tragikomisches. Köhler war auf ihre Erpressung eingestiegen, weil er nicht gefunden werden wollte, und genau die Vermittlung des Jobs an die Schranz hatte Anna Bee auf seine Spur gebracht. Aller Wahrscheinlichkeit nach. Denn wenn diese Person die technischen Möglichkeiten besaß – und so eine mysteriöse Gruppe wie die Skarin-Gesellschaft besaß sie sicher –, dann war es ein Leichtes, herauszufinden, wo der PC der Schranz stand. Auch wenn sie von verschiedenen Orten aus die Mails verschickte. Mit ein bisschen Geduld war das kein Problem … Wie es hoffentlich auch keines für Georg war. Mist, sie hatte ihn schon längst auf den aktuellen Stand bringen wollen.
Maria griff zum Telefon. »Georg? … Ja, du, wegen des Computers vom Köhler, seiner ID, da haben wir jetzt doch eine Möglichkeit, weil die Schranz … Ja, das ist eine Zeugin. Die hat sich über sein WLAN eingelinkt, das ist doch was, oder? Und außerdem hatte er eine Hotmail-Adresse. Mit der hat er eine gewisse Skarin-Gesellschaft kontaktiert. Und die bräuchten wir ganz dringend. Wo die sitzen, wer die sind und so … Passt. Danke.«
Gut so, jetzt kreisten sie diese Gruppe von zwei Seiten ein. Maria nahm ihren Bürosessel und schob ihn neben Phillip. Er registrierte es mit einer ganz kleinen Bewegung des Kopfes. Musste ja sehr spannend sein, was er da las.
Phillip markierte gerade eine Stelle über eine Spenderin in den USA, der bei der Ernte – Maria las das Wort nochmals, ja, da

stand tatsächlich *Ernte* – sechsundsechzig Eizellen entnommen worden waren.
Maria lehnte sich zurück. Sechsundsechzig. Das waren sechs Mal so viel wie bei einer üblichen In-vitro-Fertilisation. Stix hatte doch erzählt, dass es normal drei bis vier Versuche gab. Da blieben also ohnehin an die zehn befruchtete Eizellen übrig. Embryonen. Zellhaufen. Mist, was auch immer. Und das war sicher nicht gesund. Deswegen also hatte Köhler Anna Bee so anagitiert.
»Hast du das gewusst, Maria? Nur ein Fünftel der In-vitro werden Schwangerschaften, das ist a bissel weniger, als sie in der Werbung sagen.«
Maria betrachtete Phillips gerötete Wangen. »Ich find's ja grundsätzlich super, lieber Roth, dass du dich plötzlich so sehr für weibliche Fragen interessierst, aber eigentlich brauchen wird doch nur diese Skarin-Gesellschaft finden und mit ihnen reden, sie abhören, ihre Unterlagen durchwühlen, herausfinden, was Köhler über diese mysteriöse Zusammenarbeit wusste, wer das ist, der ihn zum Schweigen bringen wollte …«
Maria verstummte. Das klang alles extrem nach James Bond.
Phillip sah sie dann mit hochgezogenen Augenbrauen an. »Genau. Ich les mich jetzt einmal in das Thema ein. Weil wenn wir es vielleicht schaffen, Kontakt zu diesen Leuten zu bekommen, dann wäre es doch ganz angenehm, wenigstens einen Verdacht zu haben, was bei ihren Geschäften illegal sein könnte.«
Maria stand auf. »Okay, du mein Held des Netzes, such weiter.«
Phillip reagierte schon nicht mehr.
Sie packte sich die Pfeile fürs Darts. Sie musste einen Überblick bekommen. Werfen, werfen, werfen, hingehen, rausziehen, wieder auf Position stellen, werfen. Die Monotonie würde ihren Kopf kühlen.
Maria stellte sich gegenüber der Dartsscheibe auf. Die Spusi untersuchte endlich Köhlers Wohnung. Vielleicht waren die Fingerabdrücke der Einbrecherin irgendwo registriert, wenn es sie denn gab. Ebenso überprüften Georgs Leute, ob sie irgendetwas über den Schlüssel herausfinden konnten. Die Nummer vom angeblichen Mentor von Köhler wurde noch immer gesucht.
Maria visierte die Dartsscheibe an. Triple zwanzig, eins, zwanzig. Nicht schlecht für den Anfang. Ob die kleine Lara etwas gesehen

hatte, war noch offen, aber das musste sie behutsam angehen. Jetzt musste die Familie Schranz einmal den Schock verdauen, dass ihre kleine Erpressung doch tatsächlich Konsequenzen nach sich zog. Maria warf neuerlich. Drei, drei, Triple neunzehn. Das war nicht viel besser als bei einem Anfänger. Sie kreiste die Schultern. Sie war zu angespannt und das letzte Training einfach zu lange her. Mindestens zwei Tage. Da hieß es einfach nur werfen. Und nachdenken. Das Messer mit den Zacken. Sie wussten noch immer nicht, wo so eine Waffe verwendet wurde. Aber wahrscheinlich war es egal, was die Spurensicherung da herausbekam: Es war das Messer eines Profis. Das reichte fürs Erste.

Zwei, drei, Triple siebzehn. Das wurde ja immer schlimmer. Quasi ein Hausmeister auf siebzehn. Gut, dass Phillip so beschäftigt war, er würde …

»Kollegin Kouba, ich werd mir überlegen, ob ich mit Ihnen in Zukunft noch einmal ein Turnier spiele.«

Maria streckte Phillip die Zunge heraus, er grinste und verschwand wieder hinter dem Monitor bei seinen Eizellenspenderinnen. Leihmüttern. Babymachern.

Maria ließ sich vornüberfallen und schüttelte die Verspannung im Rücken aus. Sie blieb in der Haltung. Und nach ein paar Zügen war ihr Atem endlich wieder im Bauch. Sie richtete sich auf und fixierte das Bull. Sie traf sogar ins Bull's Eye. Ha. So was wünschten sich viele Paare. Ein Schuss und Bingo. Bislang war sie noch nicht in Versuchung geraten, ein Kind zu wollen. Nicht bei Karl, ihrem Ex, dem Traumtänzer. Und bei Phillip – ja, mein Gott, da waren irgendwann einmal so komische Träume von *Ganz in Weiß mit einem Blumenstrauß* gewesen, aber das war vor ihrer Affäre gewesen. Sie war doch noch viel zu jung für Kinder. *Na ja, ein junges Mädchen bist du nicht mehr unbedingt*. Dafür hätte sie bei ihrem letzten Geburtstag ihrer Mutter am liebsten die Augen ausgekratzt. Nein, natürlich nicht, ein Mädchen nicht mehr, aber auch noch keine alte Schachtel. Sie hatte noch Zeit genug, es gab noch so viel zu erleben.

»Willst nicht weitertrainieren? Sonst weinst, wenn ich mich dann einklink und dich betonier.« Er sah nicht einmal auf, aber Maria wusste, dass er grinste.

Phillips Ohren leuchteten rot, seine Haare glänzten golden vom

Sonnenlicht, das von der gegenüberliegenden Fensterfront gespiegelt wurde. Ja, in die wollte sie sich wieder einmal hineinkrallen, um Phillips tiefe Stöße auszugleichen. O ja, sie musste noch viel, viel erleben.

Acht, sieben, sechzehn. Nicht einmal Triple. Das Bull's Eye war echt ein Glückstreffer gewesen.

Die Havliceks. Fingerabdrücke waren keine gefunden worden, was zu erwarten gewesen war. Und die Zeitungsreste wurden noch analysiert. Das dauerte schon viel zu lang, ein Computer spuckte die Ergebnisse doch in Sekundenschnelle aus. Wahrscheinlich hatten die Burschen noch gar nicht angefangen. Sie musste Georg später darauf ansprechen, aber jetzt war es wichtiger, dass sie die ID von Köhler fanden und dadurch vielleicht seinen Computer. Wenn ihn gerade jemand verwendete.

Fünfzehn, fünfzehn, zwei. Es reichte, sie war einfach nicht in Form. Alle recherchierten und checkten, sie konnte sich also in aller Ruhe einmal um ihr Privatleben kümmern. Elsa hatte sich noch nicht gemeldet. Würde sie schon noch. Wahrscheinlich war die Razzia wirklich schwieriger verlaufen als gedacht. Ihre Mutter … Die würde sie nicht so schnell anrufen. Da kam sicher wieder so eine dämliche Manager-Ausrede, weil sie gerade mit dem Schönheitschirurgen herum … tat. Heinz. Da war doch tatsächlich ein leichter Stich in der Herzgegend. Na ja, es war nur die gekränkte Eitelkeit. Und die war lächerlich, sie konnte sich wirklich nicht über mangelnde Angebote beschweren. Trotzdem war der Herr Arzt ein Miesling. So. – Carrie. Sie wollte was besprechen.

»Du, Roth, ich geh kurz Luft schnappen.« Ein Brummen als Antwort. Gut. Der Mann war noch länger beschäftigt.

Maria schnappte sich ihre Handtasche, nahm das Handy heraus und wählte Carries Nummer. Als sie schon bei der Tür war, sah sie das Telefon blinken. Nein, es würde gleich bei Phillip läuten. Egal, was es war, es würde … musste warten können. Am Handy ertönte bei Carrie das Freizeichen. Vor der Tür war es immer den Bruchteil einer Sekunde davor zu hören.

Endlich saß Maria auf der *Summerstage*. Es war zwar zum falschen Zeitpunkt – später Nachmittag statt später Abend – und mit dem falschen Menschen – ihrer Stiefschwester statt eines

Knackarsches –, aber immerhin saß sie da. Sie zischte kein Bier, sondern einen gespritzten Apfelsaft, doch die Sonnenflecken, die sich durch die Bäume ihren Weg bahnten, tanzten auf ihrem Körper und kitzelten sie im Gesicht. Das Leben war schön.

Carrie trank Wodka Tonic. Das war für ihre Stiefschwester sehr ungewöhnlich. Sie hatte sich in ihrem Job angewöhnt, einen klaren Kopf zu behalten, sodass sie auch in der Freizeit nicht mehr unbedingt Alkohol trank. Und jetzt war noch Geschäftszeit, noch lange, denn am frühen Abend würden noch einige Kunden im Begleitservice wegen eines Akutfalles anrufen. Was Carrie ihr sagen wollte, musste also wichtig sein. Doch sie war den ganzen Weg vom Büro bis hier zum Donaukanal nicht herausgerückt damit. Maria fiel beim besten Willen nicht ein, um was es gehen könnte. Außer Krankheit. Eine schlimme Krankheit.

Maria schielte zu Carrie. Sie hatte dunkle Ringe unter den Augen. Die Lippen unter dem Lippenstift waren rissig. Vitamin- und Schlafmangel. Aber sonst wirkte alles ganz in Ordnung. Nun ja, nicht jedem Tumorpatienten sah man das Endstadium an. »Äh … geht es dir gut?«

Carrie ließ das Glas nicht aus der Hand, nippte ständig an der Wodkamischung. Dann zuckte sie, als würde sie aus einem Traum aufwachen. »Äh … ja. Geht so.«

»Und in der Firma? Alles paletti?«

Carrie ließ das Getränk durch den Mund gleiten und sah Maria immer noch nicht an. »Ja, hervorragend. Überraschenderweise. Ich hab geglaubt, dass es schlechter werden wird, jetzt, wo die Leute weniger Geld haben. Aber nein. Nur …«

Ein eng umschlungenes Pärchen ging an ihnen vorüber. Es blieb ein paar Meter entfernt stehen und schmuste. Die spielenden Zungen waren bis zu ihrem Tisch zu sehen. Maria spürte, wie ihr Mund wässrig wurde.

Carrie zeigte so heftig mit dem Glas auf das Pärchen, dass ein wenig der Flüssigkeit herausschwappte. »So gehört sich das.«

»Ja, es ist ja Frühling.« Maria bemühte sich zu lachen, aber etwas in Carries Ton sagte ihr, dass ihre Schwester nicht wirklich die Schmusenden gemeint hatte. Maria sah genauer hin, doch es fiel ihr nichts auf. Beide waren sicher noch nicht volljährig, was jetzt

aber nicht besonders aufsehenerregend wäre, beide waren typisch für Jugendliche mit Jeans und T-Shirts gekleidet.
»Sie passen zusammen.«
Maria besah sich das Pärchen. »Ja. Eh.« Die Verliebten schienen aus demselben Stall zu kommen, wenn Carrie das meinte. Gebärden, Aussehen – wobei Maria noch nie verstanden hatte, wie man anhand des Aussehens spüren konnte, ob Menschen zusammenpassten.
»Die sind gleich alt, meine ich.«
»Ja, wie die meisten Pärchen.« Maria bemühte wieder einen Lacher. Doch dieses Mal blieb er ihr im Hals stecken. Carrie wusste von Staudinger und Mama. Das war es. Sie wollte es Maria schonend beibringen und ihr gleichzeitig sagen, dass sie es ungustiös fand. Und sie, die abservierte Geliebte, musste ihrer Stiefschwester erklären, dass das im einundzwanzigsten Jahrhundert doch ganz okay war.
Carrie hielt ihr das Glas hin und schaute sie mit zu klaren Augen an. »Trinken wir drauf. Dass das wieder Mode wird.« Sie reckte das Glas noch weiter zu Maria.
Maria stieß an. Und trank. Und überlegte, wie sie aus diesem Gespräch heil herauskommen konnte. »Du, so ein Altersunterschied …«
»Der ist zum Kotzen. Weißt du, dass die meisten Kunden von uns nur mehr Mädchen wollen? Also wirkliche Mädchen. So auf jeden Fall höchstens achtzehn, aber besser noch drunter.« Sie hob das Glas in die Höhe und prostete dem Himmel zu. »Das war es wohl für mich. War okay. Danke.«
Mit wem Carrie auch immer redete, es klang unglaubwürdig. Ihre eigene, nicht gerade angenehme Biografie sprach schon dagegen. Und es klang so verdammt zynisch. »Was meinst du damit?«
»Was mein ich damit? Ha. Ich mein damit, dass die alten Scheißer, die sich bei uns eine Begleiterin aussuchen, immer nach sehr jungen Frauen verlangen. Aber ich kann da nicht mit. Ich will da auch nicht mit. Ich bin ja keine Puffmutter für Päderasten.« Sie nahm einen großen Schluck. »Ich hab einmal einen langjährigen Kunden gefragt, warum das so ist. Weil, wir sind ja kein Puff, die Mädels müssen die Herren ja meistens wirklich zu einem öffentlichen Event begleiten und nicht nur zum Essen. Und ich

kenn kaum eine Zwanzigjährige, die wirklich einen niveauvollen Smalltalk auf einer Vernissage machen kann. Und weißt du, was er mir gesagt hat? Das braucht sie auch nicht zu können. Sie muss nur gut ausschauen. Möglichst wie ein Modell. Dürr. Plakatschön. Aber nachdem die meisten Achtzehnjährigen wie fünfundzwanzig ausschauen, die Sechzehnjährigen wie achtzehn, verschiebt sich alles nach unten. Widerlich. Ich muss da raus. Ich … ich muss raus aus dem Geschäft.« Sie trank erneut und winkte gleichzeitig dem Kellner zu, dass sie einen neuen Drink wollte. »Weißt du, wie lange mich schon keiner mehr angebaggert hat? Und dabei bin ich noch nicht einmal vierzig.«

Ja, Maria wusste das nur zu genau, war ihre Stiefschwester doch genauso alt wie sie selbst. Aber Maria hatte Verehrer. »Geh, das bildest du dir nur ein.«

Carrie sah sie an und lachte lauthals auf. »Maria, Schatzi, in deiner Welt bist du noch jung. Da bin ich es auch noch. Also halbwegs jung, wenn man uns nicht so genau anschaut. Mitte dreißig, da tauschen viele grad erst einmal die Studentenwohnung gegen eine nette Singlewohnung. Aber in meiner Welt sind wir alte Schachteln. Und da brauchen die Spritzer Frischfleisch.« Sie drehte sich weg. »Widerlich.« Sie wollte einen Schluck nehmen, aber es war nichts mehr im Glas. Suchend sah sie sich nach dem Kellner um. »Ich weiß nicht, was die alten Wichser bei denen suchen. Ihre eigene Jugend?«

Wann kam sie endlich aufs Thema? »Du, Mama …«

Carrie winkte ab. »Die schnallt das nicht so. Ist okay. Und ich halt sie auch immer mehr fern vom Job, sie soll in diesen Dreck nicht reingezogen werden. Mach dir keine Sorgen. Aber weil du sie schon angesprochen hast … warum ich eigentlich mit dir reden wollte …«

Jetzt kam es.

»Mama will sich Botox spritzen lassen. Und sie will sich Fett absaugen lassen. Auch die Brüste sollen drankommen. Das ganze Programm halt.«

Maria war es noch immer unverständlich, dass Carrie jene Frau, die die Konkurrentin ihrer leiblichen Mutter gewesen war, jetzt Mama nannte. Das Leben ging eigenartige Wege. Wie auch jetzt. Carrie redete gar nicht über das Verhältnis zwischen Staudinger und Mama, sondern nur über eine Schönheitsoperation …

»Mama will sich spritzen lassen?« Maria schnellte aus ihrem Knotzsessel in die Senkrechte und starrte Carrie an. Ihre Stiefschwester nickte. »Wie? Was?«
Carrie zuckte mit den Schultern. »Na, wie es das Schicksal so wollte. Sie hat mir die ganze Zeit schon was angedeutet. Und wie sich dann herausgestellt hat, dass dein Arzt in dem Spital da auf Schönheitschirurg umsattelt, da war es soweit. Ich hab die ganze letzte Nacht mit ihr diskutiert. Dass sie ihre Jugend nicht wiederbekommt. Dass es lächerlich ausschauen wird.« Carrie setzte sich nun auch auf und beugte sich zu Maria. »Dass es gefährlich ist. Jede Operation ist gefährlich, verdammt noch mal. Maria, du musst ihr den Kopf waschen. Zum Glück haben wir noch etwas Zeit, weil dieser Staudinger erst in ein paar Wochen seine erste OP macht. Aber du musst ihr das ausreden. Jetzt.«
»Ich?«
»Ja, ich schaff das nicht.«
»Aber du bist doch … mehr mit ihr zusammen.«
»Du bist ihr Kind.«
Doch genau das hatte sich Maria manchmal gefragt in den letzten drei, vier Monaten, seit Carrie aufgetaucht war. Es hatte immer so gewirkt, als hätte Mama endlich ihre Idealtochter gefunden. Nicht das biologische Etwas, das aus ihrem Schoß gekrochen war, sondern ihre gefühlsmäßige Tochter, die ihre Weiblichkeit voll auslebte – wobei sich Maria fragte, was an Carries androgynem, schwarzgekleidetem Äußeren so weiblich war. Die Tochter, die immer für Mama da war – verdammt, zählte ihr Beruf, in dem sie sich Stunden um Stunden für die Allgemeinheit abkasperlte, denn gar nichts? Die Tochter, die Muttern eine neue Aufgabe vermittelte – eine Aufgabe, die für eine Polizistin existenzgefährdend war, weil sich Carries Agentur an der Grenze zur Illegalität befand.
Maria fingerte eine Zigarette aus ihrer Tasche. »Ich glaub nicht, dass da was geht.« Sie blies den Rauch in den Äther.
»Warum nicht?
»Sie steht voll auf den Typen. Ich hab sie heute Mittag zufällig heimlich gesehen.« Jetzt nur nicht die Geschichte mit der Eifersucht verraten. »Und ich hab geglaubt, sie fragt ihn wegen mir. Das wäre peinlich gewesen, deswegen bin ich nicht hingegangen. Aber die waren sich einig, glaub mir.«

Aber nicht verliebt. Heinz war wieder eine Option. Und er wollte sie wiedersehen. Es war etwas vorschnell gewesen, sich ihren Abend so mit Terminen zuzupflastern. Na ja, es gab ja auch noch ein Morgen.
Carrie ließ sich in ihren Sessel zurückfallen. »Ich versteh deine Mutter nicht. Sie ist so eine schöne Frau. Warum will sie sich verschandeln? Die schauen dann doch alle wie Kasperlfiguren aus. Glaubt sie, dass sie dadurch verhindern kann, dass sie alt wird? Das können wir doch alle nicht.«
Maria sah ihre Hand ein graues Haar auszupfen. Sie sah sich in die Apotheke gehen und eine besonders wirksame Creme gegen Faltenbildung kaufen. Sie konnte nicht die Erste sein, die den Stein warf.
»Sie hat doch auch ein Recht darauf, schön zu sein.«
Carrie beugte sich quer über den Tisch zu Maria und sah sie lange an. »Und ich hab geglaubt, du bist anders.«
Das hatte Maria auch von sich selbst geglaubt. Doch sie zupfte graue Haare aus und sie kaufte Antifaltencremes. Jetzt müsste das Handy läuten, damit sie aus dieser Situation herauskam. Stattdessen trat das Pärchen zu ihnen und bat um Feuer. Maria gab den beiden ihr Feuerzeug.
Carrie deutete mit ihrem Wodkaglas auf die Jugendlichen. »Wenn wir nicht diesen Scheiß machen würden – rauchen, saufen, ungesund essen – dann bräuchten wir keine OPs.«
Jetzt wurde Maria heiß, ihre Kopfhaut zog sich zusammen. »Und dann leben wir ewig. Sicher. Und sind ewig schön. Klar. Und ewig jung. Glaubst du das wirklich?« Sie fixierten einander. »Wenn ja, dann solltest du den Wodka in den Donaukanal gießen.«
Marias Handy läutete nun wirklich. Sie hob ab. »Ja, Gabi? … Großartig. Und das ist schon im Laufen? … Fein. Wann? … Okay, schau ma amal.« Sie wollte schon auflegen, da hörte sie Gabi kreischen. »Was ist? … Der Georg hat etwas entdeckt? … Macht nichts, wenn er auf geheimnisvoll macht, es wird um die ausgeschnittenen Buchstaben gehen. Hol sie alle zusammen, den Georg, den Josef, bei uns im Zimmer. Ich komm gleich.« Sie legte auf, ohne Gabis Antwort abzuwarten, sonst kam noch die Ausrede von wegen Feierabend.
Na endlich, sie hatte doch gewusst, dass aus den ausgeschnittenen

Buchstaben was rauszuholen war ... Und sie hatte Carrie gerade ihren Wodkakonsum vorgeworfen. Das war wirklich kleinkariert. Sie trank doch selber. Trotzdem, ihre Schwester hatte es verdient, denn ihre Aussage war so was von Mainstream gewesen. Lebe gesund, verzichte auf alles, was Spaß macht, und du lebst ewig. Maria nahm einen tiefen Zug von der Zigarette. Die Nummer des Mentors war endlich herausgefunden worden. Maximilian Zotter. Die Nummer hatte er von der Nickelbrille. Er war tatsächlich einer der Schaulustigen gewesen. Am besten wäre es, diesen Mann gleich anzurufen. Nein, eins nach dem anderen. Zuerst war Georg mit seinen Ergebnissen dran, dann Phillip, der mit Sicherheit auch schon was gefunden hatte. Und danach konnte sie den Mentor – Maria sah auf die Handyuhr – auf Morgen verschieben, denn es war Zeit für den Kollegenabend. Und zum Drüberstreuen wartete später auch noch Gerold Hirsch auf sie. Das war purer Stress. Den sie aber genoss. Mehr als die Larmoyanz von Carrie.

Maria dämpfte die Zigarette aus und stand auf. »Gut. Ich werd mit Mama reden. Aber ich weiß nicht, ob das was bringt.« Sie zögerte beim Wegdrehen und setzte ein kleines Lächeln auf. »Du weißt, wie stur sie ist, wenn sie einmal von was überzeugt ist.«

Na, komm schon, Carrie, das war ein Versöhnungsangebot. Doch Carrie lächelte nur den Kellner an, der ihr den neuen Wodka Tonic brachte. Der Kellner, Mitte zwanzig mit trainiertem Körper, erwiderte das Lächeln nur kurz und eilte dann weiter.

Carrie sah ihm nach. »Siehst du?« Sie trank, noch immer den Blick auf den Kellner gerichtet.

»Was ist? Hast du jetzt die Midlife-Crisis? Jetzt komm wieder runter, der ist doch viel zu jung für dich. Und wahrscheinlich ist er eh schwul.«

Carrie drehte sich langsam zu Maria. »Warum leben wir?«

Oh nein, nicht diese Diskussion. Carries schwarzes Outfit wirkte gleich gar nicht mehr intellektuell und cool, sondern existenzialistisch. Das war so eine sinnlose Frage. Warum gab es Bäume? Warum gab es die Erde? Außerdem war es eine gefährliche Frage, denn man könnte draufkommen, wenn man nicht im engen Sinn, also im Sinn einer Amtskirche, an einen Gott glaubte, der im Menschen sein Ebenbild oder sein Lieblingsspielzeug sah, dass es keinen Grund gab. Es war einfach so. Genauso gut oder richtig wäre es anders. Das war genauso wenig eine zielführende Frage wie, *Was macht mein Partner gerade in diesem Moment? Betrügt er mich?* Man konnte sowieso keinen Einfluss darauf nehmen. Wenn der Partner einen betrog, dann war es so. Wenn das Leben sinnlos war, dann war es so.

Carrie lachte auf und trank. Schon wieder. »Genau. Keiner weiß es. Was ist der Sinn? Wie sollen wir dieses … Leben überhaupt anlegen? Wohin bringt es …«

»Okay, Carrie, ich red gern mit dir drüber, aber ein anderes Mal. Ich muss jetzt wirklich ins Präsidium zurück. Ich kann dir nur sagen, dass ich das Leben super finde. Und lustig. Und spannend.«

Fand sie das wirklich? Egal, jetzt hatte sie keine Zeit, zu grübeln. Maria kramte aus der Geldbörse ein paar Euro und legte sie Carrie auf den Tisch.

Ihre Stiefschwester fixierte die Münzen. »Ich finde das Leben anstrengend. Angsteinflößend. Ich will es genießen, und es spuckt mich dauernd aus.«

Maria umrundete den Tisch und schloss Carrie in die Arme. Sie musste mit ihr wirklich etwas trinken gehen. Mit ihr nachdenken, was sie arbeiten könnte, wenn sie den Begleitservice wirklich aufgeben wollte. Sie war doch so intelligent und erfahren, da fand sich sicher was. Und sie war eine schöne Frau. Genau!

Maria streichelte Carries Wange. »Warum hörst du nicht mit dieser Agentur auf? Du könntest doch zum Beispiel als Sekretärin arbeiten. Dieser Staudinger sucht sicher noch wen. Der baut seine Praxis ja erst auf.«

Carrie bekam nasse Augen. Sie küsste Maria und schickte sie mit einem Kopfnicken weg. Maria drehte sich nochmals um. Ja, sie musste mit Mama reden, aber nicht, um ihr die OP auszureden, sondern um sie zu bitten, sich um Carrie zu kümmern.

Sie fuhren wieder einmal nach Hietzing. Nichts da mit den Buchstaben, sie mussten ins Egger-Haus, und Georg ließ sich nicht davon abbringen, obwohl es schon Feierabend war. Verraten wollte er auch nichts, dieser kindische Mensch. Mein Gott, war das mühsam. Wenigstens war dadurch dieser Kollegenabend gestorben, zu dem sie ohnehin keine wirkliche Lust hatte.

Vielleicht sollte sie auch gleich Gerold Hirsch absagen. Sie suchte die Nummer in der Anrufliste. »Ja, ich bin's, Maria Kouba … Ja, genau das ist das Problem, ich kann nicht. Was Dienstliches. … Wer, bitte, wird traurig sein?« Maria legte die Hand auf das Telefon und beugte sich zu Phillip. »Weißt du, mit wem mein Lebensretter gerade essen ist? Mit meiner Mutter!« Phillip grinste. Affe. Sie nahm das Handy wieder ans Ohr. »Das ist ja schön, Herr Hirsch, aber, und bitte verstehen Sie mich nicht falsch, aber wieso sitzen Sie mit … ah ja, eine Überraschung. Carrie und Elsa auch? … Und mein Partner, der Herr Roth?« Maria sah Phillip von der Seite an, jetzt grinste er ganz breit. »Verstehe. Na, dann werden mein Partner, der Herr Roth, und ich nachkommen. Wenn es noch nicht zu spät ist. … Ja, ich freu mich auch.«
Sie beendete die Verbindung und beugte sich vor, sodass sie Phillip in die Augen schauen konnte.
Er zuckte mit den Schultern. »War eine Idee von deiner Mutter. Sie hat uns heute alle organisiert. Nur Elsa hat sie noch nicht erreicht. Wir haben ihr auf die Mailbox geredet.«
Maria ließ sich in die Polsterung zurückfallen. So etwas Kindisches hatte sie selten noch erlebt. Aber es war auch süß. Und es war in Ordnung, sie musste Hirsch endlich so richtig offiziell danken. Allerdings war dann auch die Gefahr groß, dass sie mit ein, zwei Bier intus Phillip doch nach den verlorenen Stunden fragte.
»Na, gut, dann hoff ma, dass das jetzt nicht allzu lang dauert.«
»Hm.«
Er war ja wieder einmal höchst kommunikativ, ihr Partner. Egal, sie musste ohnehin einiges erledigen. Zum Beispiel musste sie nochmals bei diesem Mentor anrufen, Maximilian Zotter. Maria wählte die Nummer. Es war wieder besetzt, schon zum dritten Mal. Der Mann musste in einer Sex-Hotline hängen, anders war das nicht zu erklären.
Also gut, dann Phillips Rechercheergebnisse aus dem Netz. Sein Handy läutete.
Oh, der Herr nahm ab. »Roth? … Ja, ich weiß, das ist ja noch nicht so lange her. Was gibt's? … Haben Sie etwas Weißes an? … Na ja, vielleicht schreien Sie ihm zu viel, er mag es eher ruhig. … Sorry, war nicht so gemeint. Aber ich bin mir sicher, dass Charlie das nicht so meint. Er ist ein guter Hund. Das wird sich schon alles

einspielen. … Das habe ich Ihnen schon gesagt, Frau Havlicek, bei uns kann er nicht bleiben. Leider. Und ins Tierheim sollten Sie ihn wirklich nicht geben, er ist sehr intelligent.« Er legte ohne Verabschiedung auf.

»Charlie macht Probleme?«

Ein läppisches »Hm« war die Antwort. Gut, also dann zurück zur Arbeit. Phillips Rechercheergebnisse. Sie scrollte und scrollte. Es war zu viel. Und zu mühsam. Der Text sprang von Eispenderinnen über Befruchtungskliniken zur Beschreibung, wie eine In-vitro-Fertilisation genau funktionierte. Akut Relevantes fand sie auf den ersten Blick nicht.

Maria wollte all das jetzt nicht mehr lesen, der Tag war lang gewesen. »Ich schau mir das morgen durch. Was ist mit der Skarin-Gesellschaft?«

»Clemens, unser Hackergenie, macht weiter. Ich bin an meine Grenzen gestoßen. Er hat gesagt, er setzt sich gleich dran, wenn wir Georgs Überraschungsparty überstanden haben.« Er winkte zu Marias Seite. Auf der Spur neben ihnen fuhren gerade Clemens und Tobias in eine Lücke weiter vorn in der äußersten rechten Spur. Und schon waren sie ganz im Verkehr verschwunden. Nicht einmal sie wussten, was ihr Chef da am Küniglberg entdeckt hatte.

Phillip klopfte kurz auf den Laptop. »Nach dem, was ich da alles recherchiert hab, bin ich mir ziemlich sicher, dass die ganzen Eier, die diese Skarin-Gesellschaft sammelt, nichts mit künstlicher Befruchtung im herkömmlichen Sinn zu tun haben, so von wegen armen, verzweifelten Pärchen helfen. Denn dann würde es diese Partie so offen machen wie jede andere Befruchtungsklinik. Die sind verbreitet wie Fußpilz. Da schau, da unten irgendwo, da hab ich …«

Er lehnte sich zu ihr. Sein Oberarm streifte sie. Phillip zuckte zurück, bog sich von Maria weg. Steif fingerte auf dem Touchpad herum. Gehupe. Lautes, hysterisches Hupen drang in das Auto, in Marias Kopf. Sie hielt sich die Ohren zu. Phillip riss das Lenkrad herum. Der Wagen schlingerte ein wenig, dann lag er wieder ruhig auf der Straße. Phillip atmete ein paar Mal tief ein.

Maria rieb die Hände aneinander. Sie waren doch tatsächlich feucht geworden. »Das Spital war net so aufregend, dass ich da gleich wieder hinmüsst.«

Phillip bremste mit quietschenden Reifen knapp vor dem Vordermann, er hatte die Warteschlange vor einer roten Ampel übersehen. Er legte den Kopf aufs Lenkrad. »Tut mir leid, May, tut mir leid. Ich wollt dir jetzt nicht noch einen zusätzlichen Schock ...« Mit weit geöffnetem Mund holte er Luft.
Na, so schlimm war es auch wieder nicht gewesen. Und dieses Vorsichtige, Weicheiige von Phillip ging ihr ordentlich auf die Nerven. Sie sehnte sich nach seinen lockeren, machoiden Sprüchen. Wenn er nicht endlich wieder normal wurde, kam sie sich noch wie eine Schwerkranke vor.
»Hast du aber.« Phillip sah sie von der Seite an, sie schaute auf die Schlange vor ihnen und seufzte theatralisch. »Mein Partner fährt wie ein Opa mit Hut. Das ist mehr, als ich ertragen kann.«
Keine Reaktion.
»Ich glaub, ich muss in Psychotherapie. Oder in eine Selbsthilfegruppe. Hilfe, mein Partner ist nicht perfekt. Kann ich mein Weltbild noch aufrechterhalten? O ja, alles wird sich ändern, ich werde alles und jedes hinterfragen, ich werde«, Maria senkte die Stimme, »in Selbstzweifeln versinken. Sollte doch ich besser Auto fahren können als er?«
Jetzt endlich lachte Phillip. »Womit geklärt wäre, dass Madame Kouba von ihrem Unfall einen Dachschaden davongetragen hat.«
Maria stützte die Hände in die Hüfte und wandte sich Phillip zu. »Na, hör mal ...«
Er grinste. »Ist doch hervorragend. Jetzt brauchst du wenigstens nicht mehr so tun, als wärst du normal. Vielleicht sollt ich mich auch vor eine Straßenbahn werfen.«
»Kann ich so gesehen nur empfehlen.«
Sie grinsten einander an. Und dann waren da nur noch seine Augen, groß und dunkelbraun. Sie kamen näher, diese Augen. Ihre Nasenspitzen berührten sich, sein Duft stieg ihr in die Nase, er machte sie wirr im Kopf, hypnotisierte sie, süß und herb zugleich, sie schnupperten aneinander, legten die Köpfe schief, ihre Lippen schnappten nach einander ...
Es klopfte an der Fensterscheibe auf Phillips Seite. Maria sah ein schmales Gesicht mit großen blauen Augen, umrahmt von langen Krauslocken. Die elfenartige, kleine Frau deutete mit gespreiztem Zeige- und Mittelfinger auf ihre Augen, dann auf Marias und

schließlich mit dem Daumen über die Schulter auf die Schlange vor ihnen, die nicht mehr da war. Maria hob beschwichtigend die Hände, während ihr Herz klopfte wie damals mit fünfzehn, als sie im Park mit ihrem ersten Freund geschmust und eine alte Dame gefragt hatte, ob sie denn keine Wohnung hätten.

Phillip fuhr mit quietschenden Reifen los. Normalerweise hätte er die Frau jetzt mit einem coolen Spruch beruhigen müssen, aber er war ja nicht mehr normal.

Statt dass sie zusehen und genießen, ärgern sie einen. Gerade als Maria das sagen wollte, um das angespannte Schweigen zu brechen, räusperte sich Phillip. »Ja, wie gesagt, wenn man sich einmal die Geschäfte anschaut, die da ganz offiziell laufen, dann wird einem die Skarin-Gesellschaft mit ihrer Heimlichtuerei suspekt. Die Frage ist nur, wo sitzt sie. Übrigens, als Einstieg … ich hab da was Interessantes gefunden: das Ranking nach Besucherfrequenz von Befruchtungswilligen aus dem Ausland.«

Gut, das sollte ihr wohl sagen, dass der Fastkuss eben nicht stattgefunden hatte. Warum auch immer. Vielleicht sollte sie nachher im *Stein* doch … Nein, sie würde ihn nicht nach jener Nacht fragen, denn solange er nicht darüber sprach, kam kein Schmerz. Es würde sich sicher alles wieder normalisieren. Wenn genug Wasser die Donau hinuntergeflossen war, dann würden sie wieder so unbeschwert miteinander umgehen wie ehedem. Sie würden diesen Kuss zu Ende führen. Phillips Duft war noch immer in ihrer Nase. Er roch so gut … wie Rosen. Rosen. Sie war irgendwo gewesen, wo Rosen wuchsen. Natürlich, im Volksgarten. Immerhin war sie ja dort beinahe in die Bim gerannt. Wenn sie an den Volksgarten dachte, kam ein trauriges Gefühl. Sie war traurig gewesen. Einsam. Warum? Verdammt noch mal, es musste ihr doch langsam alles wieder einfallen!

Maria widerstand dem Drang, sich gegen die Schläfen zu trommeln, das würde wieder nur einen besorgten Blick ihres Sargnagels nach sich ziehen. Und diese Kopfschmerzen. Sie suchte stattdessen das Befruchtungsklinikranking. Alltag. Die Amnesie war nur temporär. Alles eine Frage der Zeit. Alltag. Arbeit. Sie überflog die Stelle. Die Statistik betrachtete den Zeugungstourismus – was für ein nettes Wort – europäischer Pärchen. Sie gingen in erster Linie in die Schweiz, dann nach Spanien, Belgien und … Österreich. Schau di an. Und erst danach kam Großbritannien, das ach so liberale Großbritannien, wie Köhlers Bruder betont hatte. Vielleicht war die Skarin-Gesellschaft also in der Schweiz beheimatet. Dafür war die Insel Spitzenreiter bei Leihmüttern, denn dort war sie erlaubt, wie etwa auch in Spanien, Belgien, den Niederlanden und natürlich den USA. In der Schweiz hingegen, Platz eins im Ranking, und auch in Österreich war die Leihmutterschaft verboten. Leihmutterschaft. Wie das schon klang. Da war frau einmal geschwind für ein paar Monate Mutter. Ein Tragetier sozusagen … ein Bild flashte in Maria auf. Eine Frau, eine Sklavin, die von einem Mann penetriert wurde, während die Ehefrau zusah, weil sie selbst keine Kinder bekommen konnte. Es machte sich Beklemmung in Maria breit. Diese Szene … hatte sie einmal gelesen. Richtig, *Der Report der Magd*. Margaret Atwood. Das Buch hatte Elsa ihr in die Hand gedrückt, als sie beide ganz frisch bei der Sitte gewesen waren. Sie hatten es damals aus emanzipatorischen Gründen geliebt, dieses Buch, aber tatsächlich war Atwood seherisch gewesen. Leihmütter. Wenigstens mussten diese Frauen nicht tatsächlich mit dem Spender des Samens ins Bett, das geschah alles ganz sauber in einem Glas. Die Frage war allerdings, ob manche, sei es Leihmutter oder Spendermann, die Befruchtung nicht vielleicht doch lieber persönlich vollziehen würden, wenn es kein Tabu von wegen Zweitfrau gab. Oder Zweitmann. Maria sah die Hand von Heinz an ihrer Klit spielen. Nicht jetzt. Geschwind scrollte sie weiter. In Europa war seit 2005 der Handel mit menschlichen Körpern und Teilen davon verboten. Statt einer Bezahlung gab es für die Eispenderinnen eine Aufwandsentschädigung – was für eine primitive Begriffswichserei. Das hieß aber …

Maria klappte den Laptop zu. »Okay, die Eier für eine Leihmutterschaft müssen dort abgesaugt werden, wo sie eingepflanzt werden. Nach der Rankingliste von wegen Zeugungstourismus kommen da nur Spanien, Belgien und Großbritannien infrage, weil die Leihmütter erlauben. Und wenn man das mit der Mailingliste von der Schranz vergleicht …«

»Haben wir wieder drei Möglichkeiten für den Sitz der Skarin-Gesellschaft, wenn du das meinst: Spanien, Rumänien, wo die Gesetzeslage nicht ganz klar ist, und die USA.«

Maria zündete sich eine Zigarette an. »Ich glaub, du hast recht. Wir denken viel zu legal. Die Skarin-Gesellschaft macht so auf geheim, dass sie die Eizellen sicher nicht nur für verzweifelte Pärchen verwendet und sich außerdem nicht drum schert, ob sie sie transportieren darf oder nicht.«
Phillip nahm ihr die Zigarette aus der Hand und zog kräftig daran. »Und unser Klonexperte Köhler hat mit ihr zu tun gehabt. Die werden viele schöne Experimente miteinander gemacht haben. Und als er ausgestiegen ist, ist er vor Angst fast umgekommen.«
Tja, der Zauberlehrling schien die Geister, die er rief, nicht mehr losgeworden zu sein.

Im Egger-Haus angekommen, führte Georg sie in den Keller, dort in den Fitnessraum. Die Sprossenwand war an einer filigranen und beinahe unsichtbaren Schiene befestigt. Georg schob sie beiseite. Wenn man nicht direkt bei der Sprossenwand stand, ahnte man nicht, dass sie überhaupt beweglich war. Und genau unter den Seitenflächen des Turngerätes wurden nun hauchfeine Schlitze in der Wand erkennbar. Phillip klopfte. Es klang hohl. Er runzelte die Brauen.
Georgs Augen blitzten, er schlenkerte seine überlangen Arme wie vor einem Weitsprung und wirkte dabei wie ein freudiges Kind, das gleich mit der großen Überraschung herausplatzt. Er hob den rechten Zeigefinger, sah die ganze Mannschaft an und drückte dann auf ein Metallplättchen, das sich direkt neben dem linken Schlitz befand. Eine Tür sprang auf.
Sie sahen einander an, Georg, Maria, Phillip, Clemens, Tobias. Letzterer boxte Clemens auf die Schulter. »He, Mann, kommt echt wie bei CSI. Megageil, äh?«
Er wollte in den Raum stürmen, aber Georg hielt ihn am Overall zurück und deutete Maria mit einer Verbeugung an, dass sie als Erste den Raum betreten sollte.
Maria ging in das Dunkel und sofort flashte Licht auf. Ein Bewegungsmelder wie beim Kellerabgang und im Fitnessraum. Das alles hier war Hightech vom Feinsten. Sie musste ein paar Mal zwinkern, weil das Licht so unglaublich grell war, viel heller als im Fitnessraum draußen. Sie hörte hinter sich ein Raunen.
»Das ist ja megakrass.« Das war Tobias' Stimme.

»Voll spacig.« Und das jetzt Clemens'.
Marias Augen gewöhnten sich langsam an die Helligkeit. Sie sah einen weiß gekachelten Raum, in dessen Mitte ein Gynäkologiestuhl stand, beleuchtet von einer großen Operationslampe am Plafond. Daneben stand ein Tisch, auf dem unter einem türkisen Tuch, wie es in Krankenhäusern benutzt wurde, Metallgegenstände hervorblitzten. In der linken Ecke stand ein Glasschrank mit Medikamenten und Spritzen, daneben befanden sich ein weißer Kasten und eine Art Backofen darüber, daneben eine Arbeitstheke, die mit technischen Geräten bestückt war. Maria erkannte lediglich ein Mikroskop und einen Monitor. In der anderen Ecke stand ein riesiger Apparat, der auch etwas von einem Mikroskop hatte, aber wesentlich aufwendiger und massiver gebaut war. Daneben befand sich eine zweite Arbeitstheke mit Instrumenten, bei denen Maria nicht einmal im Ansatz erkennen konnte, welchem Zweck sie dienten. Und ein Computer. In der rechten Ecke neben dem Eingang waren vier Behälter nebeneinander aufgereiht, jeder etwa fünfundsiebzig Zentimeter hoch. Sie sahen wie Milchkannen aus. Auf ihnen waren Messanzeigen montiert. Drei waren geschlossen, einer offen.
Georgs junge Kollegen drängten an Maria vorbei in den Raum und übertrafen einander mit Steigerungsformen von krass und geil, während sie den etwa acht mal acht Meter großen Raum durchschnüffelten. Georg eilte ihnen nach und zog Tobias grob die weiße Kapuze über den Kopf. Er sah ihn nur kurz irritiert an, um dann gleich wieder das Hightech-Material anzusabbern. Eigentlich waren die beiden Youngsters ja ausgelernte Spurensicherer, aber im Moment wirkten sie wie Welpen im Hundepark.
Phillip stützte sich mit der Hand oberhalb von Maria am Türrahmen ab. Sie musste ihm verbieten, sein Parfum in der Arbeit zu tragen, es vernebelte ihre Sinne.
Sie trat ebenfalls in den Raum und stellte sich vor den Gynäkologiestuhl. »Okay, Mathias Egger ist Jurist. Wenn er nicht auf seltsame Doktorspiele steht, dann ist das da hier nicht von ihm. Das Gleiche gilt für seine liebe Schwester Margret.«
Georg deutete auf die futuristischen Milchkannen. »Wenn ihr mich fragt, dann ist das da Stickstoff. Flüssiger Stickstoff.«

Maria nickte ihm zu. Georg streifte weiße Handschuhe über und öffnete einen Behälter, es quoll weißer Rauch heraus.
Phillip stieß einen Pfiff aus. »Wisst ihr eigentlich, dass Sperma tiefgefroren transportiert wird?«
Georg schloss den Behälter mit spitzen Fingern. »Ich werd den Sternberg dazuholen. Wenn das so ein medizinisches Zeugs ist, dann bin ich a bissel überfragt.«
Er telefonierte mit Josef, während Maria immer wieder auf diese Operationsleuchte starrte, obwohl ihr das grelle Licht in den Augen wehtat. Sie wischte die Tränen ab. Es war alles so surreal.
Phillip sah sie an und studierte dann die Schalter neben der Tür. Er drückte einen, die Operationslampe erlosch. Jetzt gleißten nur noch Neonröhren. »War wohl ein überstürzter Aufbruch.«
Maria hob die Hände. »Okay, okay, eins nach dem andern. Wann ist Köhler hier eingezogen als Pfleger?«
Phillip blätterte in seinem Notizbuch. »Vor einem Jahr. Hm.«
Maria betrachtete die unzähligen Geräte, die elektrischen Anschlüsse, die beinahe den ganzen Raum perforierten. »Vor einem Jahr.«
Phillip ging zur linken Arbeitstheke, auf der Petrischalen aufgestapelt waren. »Ich gneiß das nicht. Er war doch so heilig, hast du gesagt. Und jetzt steht da das ganze Zeug, was man für eine In-vitro braucht.«
Georg reichte Phillip Gummihandschuhe. »Woher weißt denn das?«
»Recherche. Das Netz bildet.«
Nun nahm auch Maria von Georg Gummihandschuhe entgegen und zog sie an. »Ein Jahr. Das kann er doch nicht allein so hingekriegt haben. Ich mein, das ist doch ein unglaublicher Aufwand, so was aufzubauen.«
Phillip ließ den Rand seiner Handschuhe schnalzen. »Und wenn er so heilig war, dann war er ja sicher gegen die In-vitro, weil da ja ständig Föten getötet werden.«
»Da muss doch jemand bemerkt haben, dass hier umgebaut wurde. Ich versteh das nicht.«
»Und selbst wenn er da Frauen künstlich befruchtet hat, wieso sind die nicht in eine ganz normale Klinik gegangen?«

»Und wieso hat er dann überhaupt so eine geheime Kammer gebaut? Künstliche Befruchtung ist doch nichts Illegales?«
Maria ging zur rechten Arbeitstheke. Da lag ein Buch. Sie schlug es auf und sah nur Formeln sowie Notizen in einer absolut unleserlichen Handschrift. Der Computer lief auf Stand-by. Köhlers Computer. Sie hatten ihn gefunden. Wobei ... benutzten Wissenschaftler, Bestsellerautoren oder auch paranoide Normalsterbliche nicht oftmals zwei Computer, damit sich niemand in ihre Arbeit und Tagebücher hacken konnte? In irgendeinem Interview hatte sie das einmal gelesen. Gleich würde sie es wissen. Sie drückte die Leertaste, das Gerät fuhr hoch.
Georgs Hand legte sich auf ihren Arm. »Lass mich zuerst meinen Job machen. Ich fang auch mit dem Ding da an, versprochen. Eine halbe Stunde müsst ihr eure Neugier noch beherrschen, okay? Und jetzt husch, husch.«
»Ja, aber wir müssen so schnell wie möglich wissen, ob das sein privater oder sein Arbeitscomputer war.«
»Kriegst du, kriegst du. Und jetzt Abmarsch.«
Georg scheuchte Maria und Phillip hinaus und brachte die Gerätschaften für die Spurensicherung in den Raum. Clemens und Tobias stürzten sich darauf, jetzt durften sie endlich mit all den Wunderdingen auf Tuchfühlung gehen.
Maria und Phillip blieben bei der Tür stehen und lugten in die Miniordination.
Maria wusste nicht, was sie denken sollte. Das Szenario war so absurd. Gut, es gab in Kellern neben Saunen und Proberäumen in Gefangenschaft gehaltene Kinder und Spielwiesen für Sexorgien, aber eine Ordination oder ein Labor, oder was das Ding da auch immer war, war neu.
Und ihr selbst war der Fitnessraum gestern bei der Erstbegehung des Hauses noch seltsam vorgekommen. Sie hätte ihrem Gefühl gehorchen sollen. »Sag, Georg, wie hast du den Raum überhaupt entdeckt?«
»Na, ich hab den letzten Rundgang gmacht, zur Kontrolle, und wie ich da herunten war, hat mich meine Frau angerufen, und da hab ich vergessen, das Licht abzudrehen. Und wie ich dann zum Auto bin, hab i gesehn, dass in den Kellerfenstern Licht brennt. Ich bin wieder rein, und wie ich dann im Fitnessraum war, ist mir

aufgefallen, dass es da ja nur zwei Kellerfenster gibt. Geleuchtet haben aber vier. Und dann hab ich zu suchen begonnen …« Er zuckte mit den Schultern.
Und das war niemanden sonst bislang aufgefallen. Doch sicher wusste niemand so genau Bescheid, wie der Keller der Eggers ausschaute. Kaum ein Nachbar beschäftigte sich mit so etwas. Trotzdem mussten zumindest die Bauarbeiten aufgefallen sein. Sie musste Jacqueline nochmals losschicken. Nein, sie mussten vor allem mit Mathias Egger und mit Karin Beluschek reden. Die Nummern waren im Auto bei den Unterlagen.
Phillip setzte sich auf das Standrad im Fitnessraum und strampelte gemächlich los. »Ich versteh es nicht. Er hat eindeutig Frauen behandelt. Entweder hat er ihnen was reingegeben …«
»Oder er hat ihnen was rausgenommen.«
Er wurde schneller. »Du meinst Eizellen?«
»Vielleicht war das mit der Heiligkeit ja nur Tarnen und Täuschen. Und er hat weiterhin für die Skarin-Gesellschaft gearbeitet.«
Maria ging zu Phillip und schaute auf den Tachometer. Achtzehn km/h. Nicht schlecht. Sie sah sich plötzlich mit Phillip eine Wettfahrt machen, an deren Ende sie am Ostspitz der Donauinsel ins Gras fielen und bumsten. »Und die Frauen … Vielleicht war das auch nur Tarnen und Täuschen. Die hat er gar nicht wegen ein paar netten Stunden zu sich eingeladen, sondern …«
»… um sie zu behandeln.«
»Wir müssen diese drei Frauen finden. Und ich fürchte, wenn das stimmt, was wir glauben, dann werden die sich morgen wohl kaum auf den Artikel in den Zeitungen melden.«
Phillip strampelte nun ganz schnell. Tritt. »Ich«, zwei, drei, Tritt, »hasse«, zwei, drei, Tritt, »diesen«, zwei, drei, Tritt, »Fall.«
Ja, Maria hasste den Fall auch. Sie jagten einem Phantom nach. Und außerdem war das Thema irgendwie … aufwühlend.
»Komm jetzt, lass uns die Beluschek und den Egger in die Mangel nehmen.«
Phillip strampelte weiter. Immer schneller. Da war einer aber aggressiv. Es war sicher besser, seinen Anfall abzuwarten. Maria setzte sich auf den Hocker der Bizepsmaschine. Spaßeshalber drückte sie einmal. Nichts regte sich. Erst, als sie nur zwanzig Kilo eingestellt hatte, konnte sie das Gewicht von sich wegdrü-

cken. Na ja, es war ohnehin nicht besonders weiblich, so kräftige Oberarme wie ein Gewichtheber zu haben.
Sie stoppte. »Du, Phillip, ich hab plötzlich so eine irrsinnige Lust darauf, mit einem muskelbepackten Buschauffeur zu plaudern.«

Simmering präsentierte sich in lachsfarbenem Abendrot. In der glatten grauen Oberfläche der Gebäude brannten die Fenster im Widerschein der untergehenden Sonne. Das stand den Industrieanlagen und Zinshäusern gut.
Endlich hatten sie einmal Glück gehabt. Der Buschauffeur an der Haltestelle vor dem ORF hatte gewusst, welchen der Kollegen mit überdimensionalem Bizeps sie meinten, und hatte ihn gleich am Handy angerufen.
Je weiter sie auf der Stadtautobahn in den Osten von Wien vordrangen, umso weitläufiger wurde alles. Simmeringer Heide. Das klang nach Norddeutschland. Ob hier einst auch Heidekraut gewachsen war? Phillip schwieg. Er hatte gemeint, er sei beeindruckt. Das klang nett. Er hätte sich nicht mehr daran erinnert, dass der Störenfried bei dem Gespräch mit den Petermanns etwas von Abschleppen gesagt hatte. Sie bogen von der Ostautobahn ab und in ein Gebiet ein, das eine wunderbare Kulisse für einen Thriller mit suspekten Geschäften abgegeben hätte. Ein Parkplatz mit Platz für Hunderte von Autos wurde sichtbar.
Und der Bizepsmann hatte sich auch sofort erinnert. Drei Frauen waren ausgestiegen aus diesem Wagen, den er dann am Abend des Mordes hatte abschleppen lassen. Blond, brünett und dunkel waren sie gewesen. Ihr Glück war beinahe penetrant. Hoffentlich dauerte es an, denn die Frauen mussten vom Küniglberg ja auch irgendwie wieder weggekommen sein. Gabi und Jacqueline hatten den ganzen Tag die Chauffeure der Buslinien der Umgebung und die Straßenbahnfahrer von der unweiten Linie 60 abgeklappert. Morgen kamen die Taxiunternehmen dran, irgendwann würden sie fündig werden.
Phillip stellte das Auto am Straßenrand ab. Sie stiegen aus. Maria betrachtete die unendlich vielen Fahrzeuge, die darauf warteten, dass ihre Besitzer sie abholten.
Die Kontrolle des Kennzeichens des abgeschleppten Wagens hatte ergeben, dass er auf Leopold Köhler zugelassen war. Der war sich

bei ihrem Anruf keinerlei Schuld bewusst gewesen. Er habe seinem Bruder doch nur einen Gefallen getan. Das Auto habe immer nur August benutzt. Er selbst besitze nicht einmal einen Schlüssel.
Maria ließ die Tür ins Schloss fallen.
Und wenn Karin Beluschek nicht bald zurückrief, wenn sie und Egger morgen auch nicht erreichbar waren, dann würde sie beide zur Fahndung ausschreiben. Jawohl. Es reichte.
Als Phillip ihr Auto mit der Fernbedienung verschloss, griff Maria nach ihrem Handy. »Und du bist sicher, dass du den Wagen aufkriegst? Soll nicht doch Georg irgendwen von seiner Truppe aus dem Bett läuten?«
Phillip lehnte sich mit den Ellbogen auf das Autodach und zog die rechte Augenbraue hoch. Er grinste. »Na, bin ich a Krimineser oder a Lulu?«
Maria ließ das Handy über der Handtasche schweben. »Ich mein ja nur, weil ich glaub, ich kann erst schlafen, wenn ich erfahr, wer die Frauen sind, denen der Köhler sein Auto gegeben hat.«
»Wenn wir in dem Auto überhaupt Spuren von ihnen finden.«
Maria seufzte und ließ das Handy in die Tasche fallen. Sie gingen zum Eingang des zentralen Abschlepp-Platzes von Wien, neben dem sich ein Bürogebäude befand. Es war ein schmuckloser, lang gestreckter Bau mit Flachdach. Vereinzelte Büsche sollten wohl die Strenge des Ortes etwas auflockern.
Ein Mann mit grauem Haarkranz und einem Arbeitsmantel aus blauem Drillichstoff kam heraus. Er ging gebückt, hatte die linke Hand in der Manteltasche. Die rechte schleuderte er wie ein Soldat beim Stechschritt neben seinem Körper nach vorn und wieder zurück. »Grüß Sie, grüß Sie. Ich hab ihn schon gfunden, den gelben VW Fox. Ist ja nicht so leicht. Ist ja so viel los bei uns. Man glaubt's ja nicht, dass die Leut nicht lernen, man glaubt's ja nicht. Das sagt meine Frau. Aber ich sag ihr dann, schau, sag ich dann, wir leben ja in einer großen Stadt. Wir haben jetzt, so um den Daumen, zwei Millionen, haben wir jetzt. Wenn eine Million mit dem Auto fahrt und dann bloß jeder ein Mal in fünf Jahren sich blöd hinstellt, dann sind das …«
Maria streckte ihm die Hand entgegen. »Sie haben ja so recht, Herr Weber. Und wenn man dann noch die Pendler und die Touristen dazurechnet, überhaupt. Wo ist er?«

»Wer?«
»Der gelbe VW Fox.«
Weber machte »Ha«, was wohl als Lachen gedacht war, und wirbelte mit der Rechten an seinem Gesicht vorbei in den Himmel. »Ja, natürlich. Aber die Statistik, die ist ein Hobby von mir, wissen S', ein Hobby von mir, da vergess ich immer alles.«
Damit startete er los auf den nur schwach beleuchteten Parkplatz. Es war wie im falschen Film, der Mann mit seiner Kauzigkeit passte nicht hierher, Maria hatte einen hemdsärmeligen Jeanstypen erwartet, vielleicht mit Schnauzbart, sich cool seiner Macht über die armen Verkehrssünder bewusst. Oder vielleicht sogar jovial und nett, weil er ein Seminar gemacht hatte, in dem er über seinen Beruf als Dienstleister aufgeklärt worden war. Doch der Herr Weber – die geschlechtsspezifische Anrede wirkte wie der Vorname – war eine Fellini-Figur. Er rechnete laut für sie beide aus, wie viel die Stadt Wien verdiente, wenn ein Abschleppen hundertzweiundneunzig Euro kostete, jeder Tag eine Standgebühr von sieben Euro, und das bei knapp dreißigtausend abgeschleppten Autos pro Jahr. Wenn man natürlich nun die Gehälter für die Beamten abzog und …
»Herr Weber«, Maria blieb stehen und holte Luft, der Mann fegte nicht nur den Arm wie im Stechschritt, er rannte auch im Stechschritt, »und Sie haben das kontrolliert? Bislang hat sich niemand wegen dem gelben VW gemeldet? Vielleicht, um zu sagen, dass sie auf Urlaub ist?«
»Nein, Frau Kommissar. Niemand. Muss Geld haben, der Mann, muss Geld haben. Hat er aber wahrscheinlich. Ist ja Doktor, dieser Herr Köhler.«
Phillip deutete in die nächste Reihe. »Da drüben, das ist doch das Auto, oder nicht?«
Herr Weber musterte die Reihe. »Genau. Das ist der Wagen, genau. Ein Doktor und ein gelber VW.« Er schüttelte den Kopf.
Er wartete. Sie warteten. Schließlich gab Phillip Herrn Weber die Hand. »Danke Ihnen vielmals, danke Ihnen. Wir kommen jetzt allein zurecht.«
Die Frage, was sie ohne Autoschlüssel nun mit dem Wagen zu tun gedachten, stand Herrn Weber auf die Stirn geschrieben, aber er schlenkerte nur zweimal mit dem Arm und ging dann zurück

zum Bürogebäude. Wesentlich langsamer als auf dem Herweg. Phillip zog sich Gummihandschuhe an, zückte einen sehr kleinen Schraubenzieher und öffnete die Tür. Der Alarm ertönte. Er warf sich auf den Beifahrersitz und fingerte unter dem Lenkrad herum. Der Alarm verstummte. Er sah Maria mit erhobener rechter Augenbraue an. Sie klatschte und verneigte sich. Phillip grinste, Maria lachte. Sie schaltete die Taschenlampe ein.
Das Auto war leer. Sozusagen jungfräulich. Da lagen nicht einmal eine leer getrunkene Dose oder ein zugeschnäuztes Taschentuch. Maria leuchtete ins Handschuhfach, unter die Sitze. Nichts. Sie hob die Fußmatten auf. Auch nichts. Nicht einmal ein Kaugummipapier. Das Auto wirkte wie ein frisch übernommener Leihwagen. Köhler hatte anscheinend keine große Beziehung zu ihm aufgebaut. Oder er war ein Ordnungsfanatiker gewesen. Doch das war weder in seiner Wohnung noch im Egger-Haus zu erkennen gewesen. Phillip ging zum Kofferraum und deutete Maria, ihm zu folgen. Er hob den Deckel hoch. Da standen zwei Reisetaschen. Sie mussten von den Frauen stammen. Sie hatten wirklich und tatsächlich Glück. Allerdings waren es nur zwei, nicht drei.
Maria öffnete die erste Tasche. Trainingsgewand, drei Hosen, zwei Röcke, T-Shirts, Pullover, alles in Weiß. Und eine Bibel. In der zweiten Tasche ähnliches weißes Gewand und eine Bibel.
»Kein Armeemesser. Wär ja auch zu schön gewesen.« Maria warf die zweite Bibel wieder in die Tasche, wodurch sie aufklappte.
Phillip nahm sie und studierte die vordere Innenseite. »Ursula Steidl. Kaiserstraße 121-3-23. 1070 Wien.«
Maria riss ihm die Bibel aus der Hand. Da standen tatsächlich Name und Adresse der Besitzerin. Fortuna saß ihnen im Nacken.
»Yeah! Wahnsinn! Wir müssen sofort da hin. Komm schon, um die Uhrzeit ist diese Steidl jetzt sicher daheim. Komm schon!«
»Bitte, Maria, es ist«, Phillip sah auf sein Handy, »halb elf. Wir sollten ins *Stein*. Die Frau rennt uns nicht davon. Und wer weiß, vielleicht stammt der Name ja von einer früheren Besitzerin, schau, wie abgegriffen die Bibel ausschaut. Wer schreibt schon heutzutage seinen Namen in eine Bibel?«
»Du redest nur Schwachsinn, Roth. Die ist abgegriffen, weil sie viel darin gelesen hat. Und sie wollte ihr gutes Stück eben nicht verlieren. Jetzt komm schon, sei nicht so ein Beamter. Und auf

dem Weg in die Kaiserstraße rufen wir Mama an, dass wir uns noch ein bissel verspäten.«
Phillip schloss die Augen. »Ich bin nur einfach müde. Ich würd gern ein Bier trinken« Er öffnete die Augen wieder und schloss Kofferraum und Autotür. »Aber meinetwegen. Schauen wir halt in die Kaiserstraße.«
Marias Handy klingelte. »Die Gabi. Die wird uns das jetzt sicher bestätigen, wirst sehen, die hat die drei Frauen sicher schon gefunden. … Hi, Gabi, weißt, was wir gerade … Was ist los? Was redest du da?«
Maria hörte Gabis Worte, die Stimme entfernte sich immer mehr. Elsa. Da war plötzlich ein Schmerz im Magen, als hätte jemand hineingeboxt. Elsa. Sie japste nach Luft, die Beine knickten ein. Elsa. Sie suchte Halt, sie sah nichts mehr, obwohl alles klar zu erkennen war. Elsa. Ihr ganzer Körper pochte. Elsa. Taube Hände, taube Beine. Elsa. Die Motorhaube, der harte Boden. Luft.
»Maria!«
Phillip versuchte, sie hochzuheben. Seine Finger glitten ab. Dann nahm er ihr das Handy aus der Hand. »Gabi, verdammte Scheiße, was ist los? Red schon. … Wann? Fuck. Fuck. Fuck. Wo ist sie jetzt? … Was heißt das, wir dürfen nicht zu ihr? … Nur ihr Vater? Bullshit. Zu dem hat sie doch nicht mal halb so viel Bezug wie zu Marias Handtasche! Ich will trotzdem wissen, wo Elsa liegt. … Ich glaub, das ist der Maria scheißegal, ob Elsa nichts mitkriegt, weil sie im künstlichen Tiefschlaf liegt. Scheißegal ist ihr das.«
Phillips Stimme entfernte sich, der Asphalt hatte viele kleine Risse. Elsa.

Phillip drückte ihr eine Cola-Dose in die Hand. »Du bist unterzuckert. Du hast den ganzen Tag nichts Gscheites gegessen.«
Marias Hand nahm die Dose automatisch. Sie war kalt. Maria schüttelte es. Phillip setzte sich neben sie. Der Plastiksessel quietschte. Maria sah zu ihm. Es saß wirklich da. Alles war so unwirklich. Phillip stierte den Krankenhausgang entlang zur Schleuse der Intensivstation, vor der ein Uniformierter stand.
»Ich hab auch deine Mutter angerufen. Sie ist ganz fertig. Nur dass sie nicht auf uns warten. Und auf Elsa.«
Phillip bemerkte ihren Blick, nahm ihr die Dose aus der Hand,

öffnete sie und hielt sie Maria hin. Sie trank automatisch. Die kalte Flüssigkeit wollte nicht in die Speiseröhre, als wäre dort ein Verschluss. Es sprudelte in ihrem Mund, der Geschmack war metallen. Maria sah sich um, aber sie fand nichts, worin sie hätte ausspucken können, also schluckte sie mit Gewalt. Es tat weh, aber ihr Körper wurde mit jedem Zentimeter, den die Flüssigkeit zurücklegte, ein bisschen lebendiger.

»Wieso sind ihre Kollegen nicht da? Wenigstens der Steffen und der Franz?«

Phillip atmete tief ein. »Sie werden noch immer befragt. Weil noch immer nicht klar ist, welche Kugel jetzt wirklich Elsa getroffen hat. Es muss ein unglaubliches Durcheinander gewesen sein bei dieser Razzia. Und komisch ist auch, dass sie kurzfristig auf den frühen Nachmittag verschoben worden ist. Und außerdem ist es sinnlos, hier zu warten. Wir sollten auch gehen. Der Arzt hat doch gesagt, dass wir morgen einmal kurz zu ihr dürfen. Aber jetzt sind sie noch dabei, sie zu stabilisieren.«

Maria trank.

»Komm, May, du gehst am Zahnfleisch. Du musst auf dich schauen. Du hast selber erst vor zwei Tagen einen Unfall …«

Maria fuhr hoch. »Richtig. Einen Unfall. Einen läppischen Unfall. Aber Elsa … Elsa liegt da drin und kämpft ums … Sie stirbt vielleicht. Ich muss sie davon abhalten, verstehst du, ich muss sie davon abhalten.«

Maria sank zusammen. Sie zitterte. Ihr war so entsetzlich kalt.

Phillip packte sie an den Schultern. »Du musst gar nichts. Du weißt, dass ich mir genauso viel Sorgen um Elsa mach wie du, aber für sie wird schon alles getan. Du aber, du rennst in der freien Wildbahn herum und glaubst, dass du alles mit links machen kannst. Ich will, verdammt noch mal, dass du endlich Rücksicht auf dich nimmst. Hörst du?«

Maria versteifte sich. »Du verstehst mich nicht.«

»Was? Was versteh ich nicht?«

»Ich kann Elsa retten. Ich muss nur einfach zu ihr.«

»Wie willst du ihr helfen?«

»Ich muss nur einfach zu ihr. Mit ihr reden. Dann wacht sie wieder auf.«

Phillip ließ los und nahm ihre Hand. »Du kannst Elsa nicht helfen.

Sie kann jeden Moment sterben. Du musst dich darauf einstellen, dass du dich von ihr verabschieden musst.«
Maria schüttelte den Kopf. Sie versuchte, auf Phillip zu fokussieren, aber sie sah durch ihn hindurch auf das Linoleum am Boden des Krankenhausganges, das im Schein der Neonröhren glänzte. Phillip war jetzt auch nicht wichtig. So, wie sie selbst nicht wichtig war. Da drinnen, hinter den zartgelben Wänden, ihre Freundin, die war jetzt wichtig. Das musste er doch einsehen. Sie mussten ihr all ihre positiven Energien schicken.
Nun sah sie Phillip doch plötzlich scharf und real. »Hör auf, davon zu reden, dass sie stirbt. Das tut ihr nicht gut.«
»Maria, sie stirbt … oder nicht, egal, was ich sag.«
»Geh.«
»Was?« Er legte den Kopf schief, als wollte er Marias Antwort nachhören.
»Geh. Du bist so negativ. Ich will nicht, dass sie das spürt.«
»Maria, bitte, jetzt dreh nicht durch. Du bist ein bissel überkandidelt. Und ich lass dich in diesem Zustand jetzt sicher nicht allein.«
»Geh.« Sie entzog ihm die Hände. »Ich brauch dich nicht.«
Phillip schluckte. »May, du bist übermüdet, rekonvaleszent. Du bist viel zu schwach, um allein nach Hause zu kommen.«
»Ich nehm mir ein Taxi. Geh.« Sie sah ihn an. »Jetzt. Bitte.« Sie wandte sich ab.
Phillip stand mit einem Ruck auf. Er sah sie wohl noch an, weil sich seine Füße nicht bewegten, dann eilte er um die Ecke zum Aufzug.
Maria atmete durch. Männer waren einfach unsensible Klötze. Phillip war unsensibel. Abschied nehmen? Sicher nicht. Er machte sich genauso viele Sorgen um Elsa. Was Leute daherredeten, wenn der Tag lang war. Nein, er hatte mit Elsa abgeschlossen. Und das war unverzeihlich. Denn sie lebte noch. Und sie würde weiterleben.
Maria nahm einen großen Schluck Cola. Sie hörte ihr Herz nahe bei den Ohren mit jedem Schlag rauschen. Ihr Körper kam anscheinend wieder in Schwung. Das war gut, sie brauchte jetzt ihre Kraft. Für Elsa. Maria lehnte sich zurück.
Und irgendwann war da nur mehr Elsa. Wie sie Maria im Kran-

kenhaus zugedeckt hatte. Wie sie ihre Leberkässemmel aß. Wie sie ihre Füße auf Marias Bürotisch legte und sich wohlig reckte. Wie sie mit der Hand durch ihre kurzen blonden Haare fuhr und Maria auffordernd angrinste, weil ein Abend voller Verlockungen bevorstand. Wie sie damals von diesem Rohbau aus Gabi mit ihrem neuen Lover beobachtet und dazu masturbiert hatten. Die Bilder verschwammen, übrig blieb Elsas Lachen. Maria schüttelte es. Das kalte Licht des Krankenhausganges fraß sich in ihre Haut. Die mittlerweile taub war. Maria rieb sich die Hände. Sie blieben gefühllos. Plötzlich musste sie weinen. Es kamen keine Tränen, dafür wollte wieder so ein furchtbarer Schrei wie vorhin in Simmering aus ihr heraus, so ein Schrei, der ihr die Luft nahm. Maria krallte ihre Hand in den Oberschenkel.

Eine Krankenschwester kam vorbei und forderte Maria auf, nach Hause zu gehen. Ein Arzt tat kurz danach dasselbe. Maria sah nur Elsas Lachen.

Die Augen fielen ihr zu. Also stand sie auf und ging den Gang auf und ab. Jede Silbe ein Schritt. El. Sa. *Ich brauch dich. Du kannst mich nicht allein lassen, du Miststück. Kämpf.* El. Sa.

Sie musste es ihr sagen. Sie musste hinein zu ihr. Staudinger. Er war Arzt. Nicht in diesem Spital, aber er war ein Kollege. Sie würde ja auch jedem Polizisten auf der Welt helfen. Maria wählte Staudingers Nummer. Wenn er wollte, konnte er es sicher für sie organisieren, dass sie hinein zu Elsa gelassen wurde. Er hob ab, schien ehrlich erfreut. Sagte nichts, während sie berichtete, sagte, dass er sofort kommen würde.

Der Gang war exakt neunzig Schritte lang. Maria-Schritte. Elsa-Schritte waren es wohl nur sechsundachtzig. Sie war zwar kleiner als Maria, aber sie schritt energischer aus. Sie mussten das nach Elsas Genesung testen. Maria imitierte Elsas Art zu gehen. Es waren vierundachtzig Schritte. Die Freundin musste gesund werden, damit sie es exakt testen konnten.

Die Tür zur Intensivstation öffnete sich mit einem lauten Zischen. Elsas Vater kam auf den Gang heraus. Er ging mit gesenktem Kopf und sah Maria nicht. Sie verhielt sich still in ihrer Ecke am anderen Ende des Ganges, sie wollte nicht von ihm gesehen werden. Denn sonst musste sie ihn anbrüllen, dass er doch alles daransetzen sollte, sie zu Elsa zu lassen. Doch das hatte schon beim ersten Versuch, als Phillip und sie im Krankenhaus angekommen waren, nichts genützt. Elsas Vater hatte nur von der Ruhe gefaselt, die seine Tochter jetzt bräuchte. Dieser Wichtigtuer. Zeit seines Vaterlebens war er lieber die Autobahnen Europas abgefahren, als mit Elsa auf den Spielplatz oder ins Kino zu gehen. Truck-Fahrer. Die mussten ja so viel entbehren, um ihre Familien durchzubringen. Wichser. Er hätte sich auch einen anderen Job suchen können. Elsas Vater ging ins Stiegenhaus. Der Mistkerl schaffte es doch tatsächlich, seine Tochter allein zu lassen. Gut, er war ja geübt darin. Diese Regelung, dass nur engste Angehörige zu Schwerverletzten durften, war ungerecht. Familie hatte man, Freunde suchte man sich aus.

Maria setzte sich wieder auf die Wartebank. Mit verschränkten Armen fixierte sie das Stiegenhaus. Elsa Vater sollte ihren anklagenden Blick nur sehen. Als er zurückkam, roch er nach Zigaretten. Er hatte nasse Augen.

Er stoppte vor Maria. »Sie wollen sie morgen früh noch einmal operieren. Sie sagen, ich soll gehen. Jetzt passiert nichts. Ich …«

Er schaute sie an und wartete, als wollte er von ihr die Bestätigung, dass er ein guter Vater war, auch wenn er nun nach Hause ging. War ihr doch egal. Sie presste ein mattes Lächeln auf ihr Gesicht und nickte ihm zu.

Elsa Vater schaute zur Tür der Intensivstation und schluchzte auf. Dann ging er um die Ecke zum Aufzug. Weichei.

Als der Aufzug klingelte und Elsas Vater wohl einstieg, kam Staudinger um die Ecke. Er nahm sie in den Arm. Und Maria weinte. Tränen, keinen Schrei. Endlich. Es war befreiend. So einfach war das also. Wieso hatte Phillip sie nicht in den Arm genommen? Heinz strich ihr die Tränen aus dem Gesicht, setzte sie wieder auf die Wartebank. Er zeigte dem Uniformierten irgendeinen Ausweis und verschwand in der Intensivstation. Jetzt war alles gut. Sie würde zu Elsa können. Ihr die Hand halten.

Heinz streckte den Kopf aus der Tür und deutete Maria zu kommen. Wie in Trance ließ sie sich die sterile Kleidung anziehen. Dann stand sie neben ihr. Von Elsas kleinem Gesicht war beinahe nichts zu sehen, weil der Verband um den Kopf so groß war. In ihrem Mund steckte ein Schlauch, aus ihrer Nase ragten Röhren. Ihre Hände waren verkabelt. Und das ganze Zeug wirkte lebendiger als Elsa. Maria wollte näher treten, aber Heinz hielt sie zurück. Und sie war froh darüber, sonst stieß sie noch gegen das Bett und es passierte etwas. Sie starrte Elsa an. *Komm, ich bin da, jetzt wird alles gut. Komm, reiß dich zusammen.* Da war ein Flackern der Lider. Elsa spürte sie, Elsa spürte sie.

»Elsa. Elsa.«

Sie konnte ihr all die Sätze, die sie dachte, nicht sagen, also dachte sie sie wieder. Sie fixierte Elsas Gesicht. Ansatzlos begann sich der Raum zu dehnen, er wurde zu einer Halle, und mittendrin stand einsam diese Maschine, die wie ein Bett aussah, aber tatsächlich ein Krake war, der ihre Freundin gefangen hielt. Maria wich zurück.

Das war lächerlich. Ihre Freundin brauchte sie. Sie winkelte den Fuß an, brachte aber keinen Schritt zusammen. Sie drehte sich um und ging. Lief.

Sie war der widerlichste Mensch auf Erden. Aufgeplustert hatte sie sich, in ihrem Heldentum. Elsa retten hatte sie wollen und es nicht einmal geschafft, ihre Nähe zu ertragen.

Maria ließ sich von Heinz zum Lift, aus dem Krankenhaus hinausschieben.

Nein, es war dieser Krake gewesen. Wie eine dunkle Wolke hatte er über Elsa gehangen und Gift abgesondert. Er hatte gestunken.

Maria ließ sich von Heinz ins Auto setzen und anschnallen. Er fuhr los.

Sie durfte die Schuld nicht dem Kraken anlasten. Sie, Maria, hatte versagt. *Elsa, bitte, verzeih mir. Bitte, bitte, bitte verzeih mir. Bitte werd gesund.*

Maria verknotete ihre Hände. Sie musste jetzt noch stärker an Elsa denken. Sie musste ihr all ihre Kraft schicken, wenn sie selbst schon so jämmerlich versagt hatte. Aber vielleicht half das alles ja nichts. Sie hatte sich im Zimmer, im Angesicht von Elsa, abgestoßen gefühlt. Es war nicht Elsa gewesen, die Ekel erzeugt hätte, nein, nach ihr hatte sie sich gesehnt. Es war etwas anderes gewesen, das sie hatte erstarren lassen. Als wäre um ihre Freundin herum eine Glocke, die alles abprallen ließ.

Heinz bog von der Zweierlinie ab in die Lerchenfelder Straße. In die Richtung ihrer Wohnung. Woher wusste er ...? Richtig, sie hatten ja noch diskutiert, wohin sie gehen sollten. Gestern. Vorgestern. Nein, gestern. Er bog in die Piaristengasse ab, sah sie an. Sie nickte, als sie ihr Haus erreichten. Sie schnallte sich ab, blieb sitzen.

Heinz beugte sich zu ihr. »Es ist gut, dass du jetzt schlafen gehst. Du kannst wirklich nichts machen.«

Er streichelte ihre verknoteten Hände. Marias Finger packten die seinen mit eisernem Griff. »Ich wollte … ich muss doch dort sein, damit mich Elsa spürt. Das ist wichtig. Lass uns umdrehen.« Sie sah ihn an. »Bitte.«

»Glaub mir, ich weiß das aus Erfahrung, sie spürt dich auch so. Die Entfernung ist nicht so wichtig.«

Kein *Du spinnst*. Sie sah Heinz in die Augen, doch auch da entdeckte sie keine Lüge. Er meinte, was er sagte. Er lachte sie nicht aus. Sie konnte die Finger wieder bewegen, sie waren eine Spur wärmer. Jetzt streichelte er sie auch noch. Und plötzlich wusste sie …

»Du, Heinz, kann ich heute …? Bitte, versteh das jetzt nicht falsch … und du kannst auch Nein sagen … natürlich kannst du das …«, sie versuchte ein Lächeln, »aber ich halt's in meiner Wohnung jetzt nicht allein aus.«

»Du willst, dass ich bei dir bleib?«

»Ja … Nein. Eigentlich wollt ich dich fragen, ob ich bei dir … Weil, da oben erinnert mich alles an … Obwohl, ich will ja an Elsa denken, aber ich krieg keine Luft, wenn ich dran denk, dass ich da jetzt rauf soll. Ich will das alles nicht.« Ihr Hals wurde eng. »Ich will das nicht.«

Sei weinte ansatzlos, und zwar so heftig, dass sie sich krümmte. Heinz nahm sie in den Arm und wiegte sie. Daraufhin weinte sie umso heftiger. Er machte beruhigende Geräusche. »Na ja, ist ein bisschen ungünstig, weil ein Freund übernachtet bei mir. Er ist auf der Durchreise. Schiffsarzt. Er fliegt übermorgen nach Hamburg.«

Maria befreite sich, schluckte das Schluchzen hinunter, schaute aus dem Fenster. Es war auch eine selten dämliche Idee gewesen, einen ihr nahezu Unbekannten zu fragen. Peinlich. Aber sie konnte jetzt nicht in ihrer Wohnung übernachten. Ihre Mutter. Carrie. Sie stellte sich vor, wie die beiden sie zu trösten versuchten. So voller Anteilnahme. Maria schüttelte es. Sie konnte ihre Finger vor Kälte schon wieder nicht bewegen. Jetzt fingen auch noch ihre Zähne zu klappern an. Und Phillip? Nein, nie im Leben. Er würde sie spüren lassen, dass sie versagt hatte. Außerdem hatte er sich selbst disqualifiziert, dieser unsensible Klotz. Sie konnte nirgends hin. Weil Elsa im Spital lag. Da war schon wieder dieser Schlag in den Magen. Maria krümmte sich.

»Aber, ich mein, wenn es dir nichts ausmacht, dann kannst du schon mit zu mir ... Entweder du schläfst bei mir im Bett oder Markus. Und du auf der Couch, wenn dir das lieber ist. Wobei ... ich werd dich schon nicht angreifen.« Er lachte auf.

Kurz sah Maria die Situation, wie sie war: Sie bettelte einen Wildfremden an, bei ihm sein zu dürfen. Staudinger würde die Situation wahrscheinlich ausnutzen. Und sie würde es zulassen, gern zulassen, denn sie wollte im Arm gehalten werden, von einem Menschen, der klar und nüchtern und zugleich verständnisvoll war. Vielleicht würde die Situation aber auch nur peinlich werden, weil sie sich beide vor diesem Markus beherrschten. Tatsache war aber, dass sie unter keinen Umständen allein und in ihrer Wohnung sein wollte.

Maria nickte. »Ich füttere nur geschwind meinen Kater.«

Das Rot des flauschigen Teppichs wärmte, das eierschalfarbene Weiß der Couch beruhigte. Maria rollte sich auf ihr wie eine Katze ein. So hatte sie beide Männer im Visier. Sie saßen am langen, weiß gestrichenen Holztisch, tranken Rotwein, aßen Chips, quasselten wie dreizehnjährige Mädchen und lachten. Maria lächelte. Manchmal lachte sie auch mit, denn Markus war ein begnadeter Erzähler. Sie sah sämtliche ältliche Damen vor sich, die er irgendwann einmal auf diesen Schiffsreisen behandelt hatte. Viele kamen zu ihm, weil sie sich an ihre Wehwehchen genau wie an den morgendlichen Milchkaffee gewöhnt hatten und sie nach Arztbesuchen süchtig waren. Aber einige kamen auch zu ihm, weil sie ihn anschwärmten. Vor allem, wenn sie erst so um die fünfzig waren. Markus erzählte das ganz unbekümmert. Und wenn er sagte, dass er wusste, wie gut er in einem weißen Mantel aussah, dann klang das gar nicht kokett, sondern selbstverständlich. Immer wieder verrieten ein Zwinkern oder ein Lachen, dass er sich nicht als hübsch empfand, er sich aber mit der Ausstrahlung seines Arztkittels angefreundet hatte und seinen Charme als ausgleichendes Geschenk für sein aknenarbiges Gesicht und für seine etwas zu kleine Statur ansah. Und er fand ältliche Schwärmerei besser als ältlichen Grant. Und wenn er ab und zu einflocht, dass er ab und zu eine Dame in seine Kabine ließ, obwohl das natürlich verboten war, dann wirkte er wie ein Spitzbub, der das Leben genoss.

»Spannend sind auch immer wieder die Familien. In den zwei Seewochen bringen sie das ganze Programm unter – sie streiten, hassen sich dann aufs Blut und am Schluss lieben sie sich mehr, als sie es jemals zuvor getan haben.«

Maria sah die Umarmungen und Glückstränen vor sich.

»Neu sind ja die Teens und Twens, die Trendsetter.« Markus zwinkerte. »Weil Clubs sind ja so was von out. Und die sehen dann die zwei Wochen als Intensivtraining an. Sechs Uhr Tagwache, Joggen, Schwimmen, Kraftkammer, Tennis, Squash und den ganzen Rest halt.«

Heinz stöhnte laut auf. »Das schafft man nur in dem Alter.«

»Ja, und dann in der Nacht Party. Klar. Wisst ihr, es ist schon lustig. Die Kiddys sind ja so individuell, Trendsetter außerdem, wie gesagt, und dabei merken sie gar nicht, dass sie genau das tun, was auch alle anderen machen …«

»Was denn?« Maria lächelte Markus an. Sie musste die Frage stellen, auch wenn sie natürlich wusste, was die Jugendlichen wollten.

Markus deutete mit den Händen ein Fernglas an. Er sah sich in der Wohnung um. »Ja, wo ist er denn«, seine Stimme piepste, »mein Begattungspartner?« Sein Blick landete bei Maria.

Sie lachten. Das hier war das Leben. Es war alles so leicht, wahrscheinlich weil die beiden Freunde so unbeschwert waren. Elsa. Maria wollte unbedingt, jetzt, sofort und überhaupt, dass ihre Freundin hier bei ihnen war. Elsa würde lachen und ihrerseits Geschichten zum Besten geben. Sie wären glücklich, ein wenig betrunken, und vielleicht würden sie flirten. Sicher sogar. Sie wären vier Menschen, die das Leben liebten.

Maria weinte. Sie schloss die Augen, aber die Tränen quetschten sich unter den Wimpern hervor. Sie wurden weggewischt. Die Finger von Heinz waren sehr zärtlich. Maria zwinkerte.

Heinz beugte sich über sie. »Magst noch ein Bier?«

Maria nickte, und Heinz ging zum Kühlschrank, der sich hinter dem Esstisch im offenen Küchenteil befand. Als er an Markus vorbeiging, klopfte er ihm auf die Schulter. »Ich glaub, deine Zauberkünste sind gefragt.«

Maria sah Markus an. Er zuckte mit der Nase. »Ich kann ganz gut massieren. Die Füße meine ich. Nicht, dass du auf falsche Gedanken kommst. Reflexzonenmassage. Das würde dich entspannen. Meint wohl Heinz.«

Heinz hielt eine Flasche Bier hoch. »Das ist das Letzte. Heben wir's für nachher auf. Und ich glaub sowieso, dass dich die Massage von Markus mehr als ein paar Bier entspannt. Du bist danach morgen sicher besser ausgeschlafen, als du es nach einem Schwips wärst.« Er grinste.

Es war ein seltsamer Abend. Sie war bei einem fremden Mann in der Wohnung, weil sie nicht allein sein konnte. Wollte. Und jetzt würde sie sich gleich die Füße massieren lassen. Von einem Mann, der ihr noch unbekannter war. An sich war da ja nichts dabei, aber sie liebte Fußmassagen. Sie zerfloss bei Fußmassagen. Deshalb ließ sie sich immer nur von Menschen massieren, bei denen es ihr nicht peinlich war, wenn sie zu stöhnen anfing. Allerdings war Markus Arzt. Und wenn er wirklich so gut massierte, dann hatte er sicherlich schon mehr als einen Menschen zum Stöhnen gebracht. Und Heinz hatte sie ja auch schon stöhnen gehört. Der Gedanke ließ Maria innerlich lächeln. Und sofort sah sie wieder Elsa vor sich, die noch gar nichts von Heinz wusste und Maria zu ihrer Abnabelung von Phillip grinsend gratulieren würde. *Fick nicht auf dem Tisch, auf dem du arbeitest. Such dir einen Knackarsch und genieß das Leben.* Elsa durfte nicht sterben. Maria war dem Tod ja auch noch mal von der Schaufel gesprungen. Sie waren doch alle noch viel zu jung zum Sterben.

»Wenn du das wirklich machen würdest …«

Markus stand auf, legte die Hand auf die Brust und verbeugte sich. »Es wäre mir eine Ehre.«

Er setzte sich zu ihr auf die Couch und legte ihre Beine auf seine Oberschenkel. Er betrachtete ihre Füße. Erst jetzt sah Maria, dass sie dreckig waren. Natürlich, wenn man Sandalen anhatte. Er sah es auch. Sie schämte sich und wollte die Füße wegziehen.

Er hielt sie und wandte sich an Heinz. »Bringst du vom Bad einen

Waschlappen mit? Und mach ihn mit warmem Wasser nass, bitte. Und gib ein bissel von deinem Badeöl drauf.«

»Ich kann mich schon selber ...«

»Nein, Maria. Ich mach das. Ich hol dir den Tag von den Füßen.« Er lächelte sie an und betrachtete dann ihre Füße, als wären sie eine Landkarte oder Zuckerstangen. Mein Gott, gab es nette Männer. Auch wenn frau manchmal schmerzlich zur Kenntnis nehmen musste, dass das fehlende Stück zu einem kompletten X-Chromosom manch anderen Mangel nach sich zog, so waren doch ein paar Exemplare dieser Y-Gattung wirklich nett. Wie diese zwei da.

Die Kühlschranktür ging erneut, und dann stand Heinz wieder bei ihnen. Er reichte Markus den Waschlappen und trug ein Lavoir mit Wasser bei sich. »Dein Bier hab ich wieder eingekühlt. Sonst ist es ja lau, wenn der Markus fertig ist.«

Maria nickte nur. Heinz setzte sich wieder an den Tisch und nippte an seinem Weinglas. Markus begann, ihre Füße abzuwischen. Das war jetzt ein Traum, oder? So kitschig schön war die Realität doch nie. Leicht rau fühlte sich der Waschlappen an, was aber angenehm war. Markus fuhr über ihren rechten Rist. Über die Zehen. Zwischen die Zehen. Es kitzelte ein wenig, Marias Fuß zuckte, aber der Griff von Markus war fest. Er fuhr über die Sohle, die sich krümmte, als wollte sie sich in den Waschlappen hineinkuscheln.

»Spürst du es? Der ganze Stress geht weg.«

Maria brummte und schloss die Augen. Markus drückte den Waschlappen im Wasser aus und bearbeitete dann ihren linken Fuß. Maria bekam eine Gänsehaut. Noch einmal machte Markus den Lappen nass. Jetzt fuhr er über beide Füße. Die Gänsehaut erreichte Marias Kopfhaut. Sie bestand nur mehr aus ihren Füßen. Es platschte. Dann massierte Markus ganz locker das überschüssige Wasser in Marias Haut ein. Nun fühlte es sich ölig an. Seine Hände glitten über ihre Haut. Er begann, den rechten Fuß zu massieren. Seine Griffe waren fest, ohne wehzutun. Genauso, wie Maria es liebte. Er war wirklich gut. Genau genommen, verdammt gut. Sie hatte genug Vergleichsmöglichkeiten. Er dehnte ihren Rist, lockerte die Zehen, griff tief in den Fußballen, streichelte sanft über die Stelle, die dem Solarplexus entsprach. Er

arbeitete sich über die Ferse zum Knöchel, fuhr wieder über den Rist. Maria entschlüpfte ein Seufzer. Mist. Jetzt war es soweit. Sie blinzelte Markus an, aber er schaute nur ihre Füße an. Maria schloss die Augen wieder. Markus wechselte den Fuß und wiederholte die Prozedur. Der stetige Schauer konzentrierte sich in Marias Nacken, wo er ein entspannendes Brummen erzeugte.
Elsa lächelte ihr zu, doch es tat nicht weh. Es war einfach nur gut, dass sie lächelte. Mit der dünnen Doppelfalte am rechten Mundwinkel. Ihr Lächeln gefror, weil Phillips Gesicht auftauchte. Maria versteifte sich.
Markus nahm beide Füße in seine Hände und massierte nun beide Stellen, die den Solarplexus beruhigten.
Elsa lächelte wieder. Phillips Gesicht verschwand.
Markus drückte und streichelte ihre Lieblingsstellen. Die hatte er verdammt schnell herausgefunden. Er war wirklich gut. Maria atmete durch den Mund. Sie seufzte. Ihr ganzer Körper wurde weich. Vom Beckenboden stiegen immer wieder Schauer auf. Sie knurrte vor Wohlbefinden. Sie verfolgte die Bewegungen von Markus nicht mehr, sie gab sich nur mehr den Wellen in ihrem Körper hin. So gut hatte sie sich schon sehr lange nicht mehr gefühlt. Sie wand sich. Ihr Körper wollte irgendetwas. Sie spürte einen Lufthauch und schlug die Augen auf. Heinz hatte sich neben sie auf den Boden gehockt und sah Maria an. Er hatte ebenfalls den Mund leicht geöffnet, nur war sein Atem geräuschlos.
Als er sich ihres Blickes bewusst wurde, schrak er auf. »Bitte, entschuldige. Ich …« Er wurde rot und stand auf. Er ging zwei Schritte zum Tisch, blieb aber dann mit hängendem Kopf stehen. Maria sah Markus an, doch der hatte die Augen geschlossen und massierte. Auch seine Brust hob und senkte sich heftig. Als er mit jeweils drei Fingern gleichzeitig ihre Riste hinauffuhr, entschlüpfte Maria ein »Ah«. Markus sah sie an. Drückte die Stellen neben den Knöcheln. Da war ihr Unterleib beheimatet, das wusste Maria. Sie kannte fast alle Stellen an ihren Füßen. Markus drückte, und Maria stöhnte. Sie sahen sich in die Augen. Die Situation kippte in eine Richtung, von der Maria nicht wusste, ob sie sie wirklich wollte.
Sie schluckte. »Kein Wunder, dass dir die Frauen die Kajüte einrennen.«

»Du bist ein ausgesprochen gutes Medium für so eine Massage.« Seine Aknenarben leuchteten, aber er wirkte nicht hässlich, sondern geil. *Maria!* Sie durfte so etwas nicht einmal denken. Sie hatte einen Lover, den sie heute verstoßen hatte. Und sie hatte ein Loverchen, dass da zwei Meter weiter im Zimmer stand und dem die Situation offensichtlich unangenehm war.
Dafür war der Schauer, der ihr Gesicht überflutete, gar nicht unangenehm. Es war so selten, dass sie im Gesicht Gänsehaut bekam, sie konnte das Ganze jetzt nicht abbrechen. Wer wusste schon, wann sie so etwas wieder erleben würde. Es konnte jederzeit aus sein. *Früher. Später.* Eine Straßenbahn, die sie nicht sah. Ein Schuss, der sich verirrte.
Maria schenkte Markus ein Lächeln. Er ließ seine Finger kreisen, und im selben Rhythmus kreiselte es in ihrem Kopf. Es vibrierte in ihrem Nacken. Sie stöhnte laut auf.
Heinz drehte sich um, sah sie beide an, ging einen Schritt zu ihnen, dann noch einen. Schob den Couchtisch zur Seite und setzte sich im Schneidersitz auf den flauschigen knallroten Teppich. Er fuhr sich mit der Zunge über die Lippen. Das Glas Rotwein hielt er in der Hand, als wäre es angewachsen. Er sah Maria an, so, wie er sie gestern vor ihrem ersten Kuss angesehen hatte. Sie hielt seinem Blick stand, obwohl da eine warnende Stimme in ihrem Hinterkopf laut werden wollte. Sie hörte einfach nicht hin. Heinz schaute mit leicht geöffnetem Mund zu Markus. Maria konnte nicht erkennen, was seine Augen dem Freund signalisierten.
Markus jedenfalls zuckte daraufhin wieder mit der Nase. Er wandte sich zu Maria. »Weißt du eigentlich, dass man einen Orgasmus bekommen kann, wenn man den Rücken massiert bekommt?«
Jetzt brüllte die Stimme in ihrem Hinterkopf. *Die haben sich das ausgemacht. Die wollen dich beide ficken.* Das war von Anfang an ein abgekartetes Spiel. – Nein, war es nicht. Staudinger hatte gar nicht wissen können, dass Maria mit ihm würde heimkommen wollen. Und selbst wenn diesen beiden irgendwann der Gedanke an so etwas gekommen war, so hatten sie sich nicht abgesprochen. *Ich bin die ganze Zeit bei ihnen gewesen. – Du bist so scheißrational. Natürlich haben sie. Durch irgendwelche Codes. Du hast doch gesehen, wie sie sich gerade angeschaut haben. – So, wie ich sie angesehen habe. Ich will diese Typen. Hier und jetzt.*

»Nein. Wusste ich nicht«, sagte sie.
Maria setzte sich auf und zog ihr T-Shirt aus. Ganz langsam. Wie in einem B-Movie. Sie schmiss es über die Couchlehne. »Das musst du mir beweisen. Sonst glaub ich es nicht.«
Sie drehte sich auf den Bauch. Ihre Freundin lag sterbenskrank im Krankenhaus. Sie sollte bei ihr sein. Doch Elsa lächelte sie an. Es gab nur das Hier und Jetzt. Es gab nur ein Leben, alles andere war ein guter Marketingschmäh. Keiner war noch gesichert zurückgekommen und hatte das Gegenteil behauptet. Sie fühlte sich gut. Sie dachte an Elsa. Lebenskraft für Elsa.
Maria spürte, wie Hände ihren Büstenhalter aufhakten.

Und sie bekam ihren Orgasmus. Und was für einen. Es war nicht zu glauben, dass bloße Massage so ein Gewitter zaubern konnte.
»Ihr Frauen seid begnadet«, meinte Markus, »ihr habt überall erogene Zonen.«
Wie wahr, wie wahr. Nach der Rückenmassage begann Markus, ihre Beine zu lecken. Die Kniekehlen, die Innenseite der Oberschenkel, die Rückseite der Oberschenkel. Maria hatte bis zu diesem Zeitpunkt nicht gewusst, dass die Rückseite der Oberschenkel so empfindlich war. Heinz drehte sie unterdessen halb auf die Seite und nuckelte an ihren Brüsten. Da kam es ihr zum zweiten Mal. Zwei erogene Zonen auf einmal in Arbeit, das war ein laut schreiender, hundertprozentiger Orgasmus. Dann leckte Markus sie. O ja. Gleichzeitig fickte er sie mit drei Fingern. O ja. Und Heinz kniete sich unterdessen über sie. Sie saugte mit einer Wonne an seinem Schwanz, für die sie sich nie fähig gehalten hätte. Er kam über ihrem Gesicht, ihrem Busen. Sie kam sich dabei zwar wie in einem Porno vor, aber es war einfach geil, weil Markus im selbem Moment heftig an ihrer Klit saugte und sie so zum dritten Orgasmus brachte.
Und jetzt war sie erst so richtig in Stimmung. In den nächsten Stunden, Minuten, Äonen, in welcher Zeit auch immer, wurde ihr klar, dass eine Vollfrau immer mehrere Männer brauchte. Denn, wie auch Markus bestätigte, der erfahrene Schiffsarzt – sie musste bei diesem Gedanken lächeln –, und wie sie es natürlich im Prinzip selber wusste, aber noch selten so intensiv ausgelebt hatte, waren Frauen nicht nur zu multiplen Orgasmen fähig, sondern sie

wollten umso mehr, je mehr sie bekamen. Und Männer brauchten Ruhepausen. Sie schaffte es zwar, diese Pausen durch ihre Zunge und ihren saugenden Mund kurz zu halten, aber es war gut, dass sie zwei Männer zur Verfügung hatte. Sie probierten definitiv alle Stellungen aus, die man zu dritt vollziehen konnte. Beide Männer kamen zwei Mal.

Und beide hatten noch immer Ständer. Aus Überreizung, wie sie meinten. Maria glaubte ihnen einfach einmal. Ihr tat die Muschi weh, und ihr Körper war schwer und leicht zugleich. Es war alles in bester Ordnung.

Heinz hatte seinen Kopf auf ihren Bauch gebettet und atmete ruhig. Markus lag auf ihrem linken Oberarm und schnarchte. Das Schnarchen war süß, doch wahrscheinlich nur deshalb, weil sie wusste, dass sie es nicht tagtäglich ertragen musste. So war die Welt in Ordnung. Sie fühlte sich so richtig befriedigt. Für heute. Angesichts dessen, wie übermüdet sie war. Wenn sie sich vorstellte, dass sie ausgeschlafen wäre, dass sie morgen nicht arbeiten müsste, dann gesellten sich gleich noch mehr Personen zu diesem Tête-à-tête. Personen, die an Brüsten saugten und Schwänze massierten. Und sie mittendrin. Sie wollte lebendige Körper spüren, ihre Bewegungen bewundern, sie wollte beobachten, wie verschieden Menschen beim Orgasmus reagierten. Sie wollte schreien, sich hingeben, sie wollte lachen, wenn es kompliziert wurde und irgendwo ein Bein wegstand, das langsam taub wurde. Sie wollte Schweiß und Sperma riechen. Sie wollte eins sein mit diesen Menschen. Sie wollte Mensch sein. Das Leben trinken.

Sie weinte.

Sie wollte einen Mann, neben dem sie jeden Morgen aufwachte. Sie wollte, dass ein Kind sie nervte und dass sie es trotzdem abknuddeln würde. Sie wollte, dass sich ihre Mutter keinen neuen Busen machen ließ, sondern Großmutter wurde. Sie wollte in ihrem Kind ihre eigenen Großeltern erkennen. Sie wollte sich fallen lassen und aufgefangen werden. Sie wollte ihren Geburtstag mit Menschen feiern, die sie mit Liebe ansahen und ihr lachend alle Peinlichkeiten ihres Lebens ins Gesicht sagten. Weil es ihre gemeinsamen Erinnerungen waren. Ihre gemeinsamen Peinlichkeiten. Sie wollte, dass Carrie endlich vergaß, was ihr zugestoßen war. Sie wollte, dass Elsa alt mit ihr auf der Park-

bank saß und sagte, *Erinnerst di?* Sie wollte einst auf dem Sterbebett liegen und sagen können, dass es schön gewesen war. Dass sie alles erlebt hatte, was dieses Leben zu bieten vermocht hatte.
Heinz regte sich. Er schnupperte an ihrem Bauchnabel. Er sah sie an und lächelte. »Du bist schön.«
Er legte seinen Kopf wieder auf ihren Bauch. Es war alles wohlig. Nur dass Heinz nicht der Mann war, mit dem sie Kinder wollte. Maria wusste nicht, warum sie das so genau wusste. Es war jetzt gut, so, wie es war. Aber er war nicht der, mit dem sie als alte Frau ihre weißen Schamhaare zählen würde. Er war mehr eines von vielen schönen Erlebnissen in ihrem Leben, an das sie sich gerne erinnern würde. Und Markus gehörte auch dazu. Nie wieder würde sie eine Fußmassage haben, ohne an ihn zu denken. Alles war gut und richtig. Nur nicht komplett.

DREI

Markus strich Hagebuttenmarmelade auf Marias Brot und reichte es ihr quer über die Kücheninsel, als ihr Handy läutete. Sie tappte mit bloßen Füßen quer durch die Küche und das Wohnzimmer zur Couch und fischte es aus ihrer Tasche. Es war Gabi. Die konnte Maria ertragen. Nicht ihre Mutter, nicht Carrie, nicht Phillip, gegenüber dem sie schon wieder ein schlechtes Gewissen hatte, jetzt, da die Erregung und das wohlige Gefühl verschwunden waren, und schon gar nicht das Krankenhaus, das ihr vielleicht sagte, dass es Elsa schlechter ging. Wobei das Krankenhaus sie nicht anrufen würde, sie war ja keine nahe Verwandte. Aber Gabi ging. Sie wusste ja nicht, dass Maria nur mit ihrem Höschen bekleidet in einer fremden Wohnung mit zwei ebenso fast nackten Lovern im Rücken dastand.

Sie nahm den Anruf an. »Hi, meine Beste. ... Ja, ich komm eh gleich. ... Was? Ist ja großartig! Am Gallitzinberg also. ... Woher soll ich wissen, wo der Roth ist? Bin ich seine Babysitterin? Bitte, Gabi, das bildest du dir nur ein. Wir haben vielleicht einmal eine kurze Annäherung gehabt, aber das heißt ja nicht ... Komm, nerv mich nicht.«

Heinz und Markus kauten im Gleichklang ihre Marmeladenbrote und beobachteten sie. Gesprächen zu lauschen war so peinlich, die beiden hatten echt keine Erziehung. Man sollte mit Bettpartner einfach nicht das Frühstück verbringen.

Maria drehte sich weg und sprach eine Spur leiser. »Ja, Gabi, noch einmal: Ich komm gleich. ... Ja, ich war nicht daheim. Und? Irgendein Problem?« Gabi war nervig. Man konnte sich nicht ein einziges Mal in aller Ruhe die Seele aus dem Leib ficken, schon wurde man kontrolliert. »Ich wüsste auch nicht, warum du dem Roth das einfach so sagen solltest. Das geht ihn nichts an. Und dich übrigens auch nichts.«

Maria legte auf und ging zum offenen Fenster. Warme Luft wehte herein. Sie schloss die Augen und atmete tief ein. Es war alles gut. Mit breit gezogenem Mund drehte sie sich um, ging zur Kücheninsel zurück und nahm sich nonchalant eine Erdbeere aus der Obstschale. Doch sie spürte selbst, dass die Grimasse nur ansatzweise etwas von einem Lächeln hatte. Sie schluckte die Erdbeere und biss sicherheitshalber auch gleich noch in das Brot mit der Hagenbuttenmarmelade.
Heinz schenkte ihr Tee ein. »Ich hab mir gleich gedacht, dass du und dein Kollege was miteinander habt. Ist okay. Ist zwar schade, aber okay.«
Maria fuhr hoch. »Du brauchst mir keinen Dispens zu geben. Du nicht, hast du mich verstanden?«
Die beiden Männer hielten mitten in ihren Bewegungen inne und starrten sie an.
»'tschuldigung. War nicht so gemeint. Also, eigentlich schon. Aber nicht so.« Maria hob den Kopf und lächelte die beiden an. Dieses Mal ehrlich. »Es war toll mit euch. Danke. – Und ich bin jederzeit für eine Wiederholung zu haben.« Sie grinste nun. Und das war erst recht ehrlich gemeint.
Die Männer lächelten zurück und widmeten sich wieder ihren Broten. Maria sah auf ihr Handy. Sie hatte noch eine Viertelstunde, dann musste sie aufbrechen. Der Alltag rief. Gabi hatte gar nichts wegen Elsa gesagt. Und sie selbst schaffte es nicht mehr ins Krankenhaus. Heute um neun musste sie parat stehen im Büro. Sie musste die allgemeine Sitzung mit Gottl abhalten. Und dann musste sie sofort in den sechzehnten Bezirk auf den Gallitzinberg. Dorthin waren die drei Frauen mit dem Taxi gebracht worden, wie die beiden fleißigen Bienen Gabi und Jacqueline herausgefunden hatten.
Maria legte ihr Brot auf den Tisch und sah die beiden Männer an. »Sagt, könnt ihr mir einen Grund nennen, warum ein Arzt in einem Keller eine absolut geheime Gynäkologie-Praxis einbaut? Theoretisch. Und die Frage bleibt natürlich unter uns.«
Heinz und Markus sahen einander an. Dann schüttelte Markus den Kopf. »Frauenheilkunde ist nicht ganz unser Spezialgebiet ...«
»Na ja, gute anatomische Kenntnisse habt ihr aber.« Sie zwinkerte ihnen zu. »Nein, im Ernst, ihr habt auf jeden Fall mehr Ahnung

als ich. Der Raum wirkt auch mehr wie ein Labor als eine Praxis. Da sind Petrischalen und Geräte, die ich bei meinem Gynäkologen noch nicht gesehen habe. Also?«
Markus schenkte sich Tee nach. »Hm, das klingt nach künstlicher Befruchtung.«
Maria nahm ihr Brot und biss ab. Sie studierte die Schlieren der Marmelade. »Und gibt es irgendetwas in diesem Bereich, was nicht erlaubt ist?«
Heinz atmete aus. »Ich wüsste nichts. Aber ich kenn mich da wirklich nicht aus. Und schau, diese Kliniken machen doch bereits alles. Sie jagen jetzt ja sogar schon Spermien mit kaum vorhandener Fruchtbarkeit direkt in die Eizellen hinein. Ich frag mich nur, was das bringen soll. Ich mein, das Ei wird schon wissen, ob es ein Sperma für gut befindet oder nicht.«
»Ja, aber für manche ist das die einzige Chance.« Markus nahm sich die größte Erdbeere aus der Schale und biss hinein.
Heinz boxte Markus auf den Oberarm. »Redest du da aus eigener Erfahrung, Alter?«
Markus zeigte Heinz einen Vogel. »Geht's dir noch ganz gut, oder was? Meine Spermien sind springlebendig. Die wuseln sich nur so in den Eileiter. Die killen alles und jedes, was ihnen in die Quere kommt.«
Heinz warf das Messer hinter sich auf den Boden. »Bin nicht satisfaktionsfähig. No, no.«
Sie lachten alle drei.
»Wenn sie eine Chance bekommen, deine Spermien.« Maria betrachtete ein Brotbrösel auf dem Tischtuch – sie immer mit ihrem vorlauten Mundwerk.
Markus beugte sich vor. »Bei dir würden sie sich das wünschen.«
Na, wunderbar. Aber sie konnte sich nicht beschweren, sie hatte es ihm ja aufgelegt.
»Na, hallo, krieg ich da grad was nicht mit?« Heinz richtete sich auf.
Markus hob die Handflächen. »War nur ein Kompliment, Alter. Nur ein Kompliment«, er zwinkerte Maria zu, »für eine tolle Frau.«
»Da bedanke ich mich natürlich. Aber, meine Herren, ich entscheide immer noch selbst, wessen Spermien ich an meine Eier ranlasse. Alles klar?«

Die beiden legten synchron die Linke aufs Herz und deuteten eine Verbeugung an. Mit dem gleichen charmanten Lächeln. Sie waren wirklich gute Freunde.
Nach einer Weile räusperte sich Heinz. »Das heißt, du willst kein Kind.«
»Wie bitte?«
»Na, du stehst auf einen Kerl, weichst ihm aus, fickst mit zwei anderen, lasst dir lieber ins Gesicht spritzen als sonst wohin, fragst dreimal nach, ob der Gummi eh nicht alt ist …«
Was ritt den Typen gerade? Der beschwerte sich über das, wovon die meisten Männer träumten. Stellte sie als Hysterikerin hin, die …
Maria stand auf. »Ich wüsste nicht, was dich das angeht.«
Sie drehte sich um. Markus beugte sich über die Kücheninsel und hielt sie am Arm fest. Dabei warf er das Milchkännchen um. »Nimm es nicht persönlich. Seine Ex hat nie ein Kind wollen, und kaum war sie mit einem anderen zusammen, hat sie einen Bauch gehabt.«
Sie erstarrten alle drei in der Bewegung. Das war wirklich etwas, was sich jede Frau wünschte: Am Morgen nach einem heißen One-Night-Stand über die Beziehungstraumata des Lovers zu reden. Die Milch tropfte neben Marias Fuß auf den Boden. Maria betrachtete die Lacke und ihre Zehen. Sie hatten jetzt weiße Sommersprossen.
Schließlich atmete Heinz lautstark aus. »Er hat recht. Entschuldige. Bitte entschuldige. Es geht mich wirklich nichts an.«
Maria setzte sich wieder. Sie strichen Brote, sie aßen sie. Sie musste noch duschen. Als Maria schon bei der Tür zum Vorzimmer war, rief Markus sie.
»Maria, du hast gesagt, der Raum schaut wie ein Labor aus?« Sie nickte. »Tja, da gibt es mehrere Firmen, die experimentieren mit Eizellenteilung und Klonen. Sie befruchten die Zellen, klonen sie und machen dann Experimente durch den Austausch von Teilen der DNS.«
»Was sind das für Experimente?«
Markus betrachtete den Plafond, als könnte er dort die Erklärung ablesen. »Okay, stell dir vor, du willst wissen, welcher Lacklöser der Beste ist. Der einfachste und sicherste Weg, das herauszu-

finden, ist, du streichst, sagen wir einmal, fünf Stück Holz aus demselben Holz mit demselben Lack. Und dann nimmst du fünf verschiedene Lacklöser. Verstehst du? Die geklonten Embryonen sind alle gleich. Und dann änderst du was. Und du siehst, was es bewirkt. Jedes Mal was anderes. Aber du kannst es nachvollziehen, weil die Ausgangslage immer dieselbe war.«

Maria ging zur Kücheninsel zurück und nahm sich eine Erdbeere. »Wenn ich zum Beispiel ein neues Medikament testen will.«

Markus schob die Obstschüssel zu Maria und beugte sich zu ihr. »Zum Beispiel. Aber auch wenn ich eine Krankheit überhaupt dadurch ausmerzen will, indem ich den sozusagen kaputten Teil des DNS-Stranges austausche. Und nicht nur Krankheiten. Ich hab einmal von Experimenten an dem Gen gehört, das für den Serotonin-Transport zuständig ist. Man kann, zumindest jetzt einmal bei Ratten, diesen Genabschnitt kürzen und so auf die Anfälligkeit für Angst Einfluss nehmen. Aber das wird ja alles legal gemacht.«

Maria kletzelte den Dolden aus der Erdbeere, der Saft rann ihr über die Finger. Er hatte keinen Duft. Wahrscheinlich kam die Erdbeere aus einem Glashaus … und war mit weiß Gott was behandelt. Sie legte sie auf ihren Teller. »Und illegal?«

Markus schnupperte an seinem Tee, ließ den Dampf in sein Gesicht steigen und schloss die Augen. »Alles, was du dir vorstellen kannst. Verrückte brauchen keinen rationalen Grund. Du könntest dir vielleicht das Gen für Aggression heraussuchen, es so manipulieren, dass das Lebewesen nie mehr aufmuckt, du schleust es mittels Bakterien in den DNS-Strang ein und hoffst, dass es sich auch weitervererbt, weil dann hast du Tiere … oder Menschen, die sich nicht mehr gegen was auch immer wehren können.«

Maria zerquetschte die Erdbeere. »Das klingt nach Science-Fiction.«

»Science-Fiction baut immer auf realen Möglichkeiten auf. Im Tierbereich hat man zum Beispiel schon an Chimären gearbeitet. Aber es muss ja kein richtiges Mischwesen sein, man kann zum Beispiel einzelne Gene von anderen Arten einschleusen, um bestimmte Eigenschaften zu erlangen. Also etwa das Gen der Bonobos, das für das extreme Bedürfnis dieser Affen nach Sex zuständig ist, in einen Menschen einbauen.«

Er lachte trocken auf, keiner lachte mit.
Heinz nahm seinen Teller und seine Teeschale und trug sie zum Geschirrspüler. »Und vergiss nicht die militärische Forschung. Da weiß natürlich keiner, wie weit die wirklich sind, weil das hinter verschlossenen Türen stattfindet. Aber nimm irgendein x-beliebiges virulentes Bakterium, gut erforscht, damit man ein Gegenmittel finden kann. Und die verändern das gentechnisch und zack, du hast eine Waffe, gegen die sich niemand wehren kann.«
Maria fror. Bislang war ihr ihre Nacktheit nicht unangenehm gewesen. Wenn sie ehrlich war, könnte sie mit diesen beiden Männern auch sofort wieder ins Bett steigen. Ihre Muschi verlangte sogar förmlich danach, doch nun war ihr kalt. Und dabei warf die Sonne einen langen, heißen Strahl bis zur Kücheninsel. »Und dafür brauchen sie, sagen wir einmal, viele menschliche Eizellen?«
Markus runzelte die Stirn. »Also, jetzt werd ich langsam neugierig, was das für ein Fall ist, denn du …«
Maria fixierte ihn.
Markus deutete, dass sein Mund versiegelt sei. »Ich weiß nichts und ich frag nichts. Eizellen, ja, natürlich. Die sind am begehrtesten und deshalb schwer zu kriegen. Menschliche Spermien dagegen werden nur so durch die Gegend geschossen.« Er grinste Maria an. Seine Aknenarben leuchteten jetzt so rot auf, wie sie es in der Hitze des Gefechts während der Nacht getan hatten. »Aber Eizellen sind begrenzt. Und die brauchst du zum Klonen, und Klone brauchst du, um Experimente zu machen. So einfach ist das.«
Maria stand auf. Die Reste der geruchlosen Erdbeeren in ihrem Mund schmeckten plötzlich nach … Fäulnis. Sie musste sich dringend die Zähne putzen.

Einmal war sie pünktlich, und da kamen alle anderen zu spät. Aber das war gut, denn so konnte Maria im Sitzungssaal ihren Lieblingsplatz einnehmen, in der Ecke mit dem Rücken zur Wand. Sie stellte das Handy auf lautlos, legte es auf den Tisch und fixierte das Ding. Heinz hatte versprochen, sich nach Elsa zu erkundigen und eine SMS zu schicken. Sie musste jeden Moment eintreffen, so lange konnte das doch nicht dauern, einen Kollegen anzurufen, ihn zu fragen und ihr zu schreiben. So lange konnte

das doch wirklich nicht dauern. Da! Na endlich blinkte das Zeichen auf. Carrie. *Wie geht es Elsa? Und ich muss dir was erzählen. Bussi.* Maria tippte *Schlecht* und *Später* als Antwort. Ihre kurz gehaltene SMS würde Carrie sicher davon abhalten, sie vielleicht anzurufen und mit irgendwas Belanglosem zu nerven.
Maria legte das Handy wieder hin. Vielleicht wussten Elsas Kollegen etwas. Maria griff schon zum Telefon, als ihr bewusst wurde, dass sie die Mobilnummern von Steffen und Franz nicht hatte. Sie könnte sie höchstens über die Zentrale erreichen. Nein, Heinz meldete sich sicher gleich. Und er würde ihr sagen, dass es Elsa besser ging. Sie würden Elsa nochmals operieren, und das Wunder würde geschehen. Und in spätestens vier Wochen würde sie mit Maria wieder Spaghetti *al aglio et olio* kochen und lauthals zu CDs mitsingen. So würde es sein. Maria spürte einen Druck hinter den Augäpfeln. Weinen durfte sie jetzt nicht, weil gleich die Sitzung begann und sie … geschminkt war. Sie stand auf und öffnete das Fenster, es war ohnehin zu stickig im Raum. Grasduft kroch herein. Auf Gras kugelte man unbeschwert herum. Sie durfte nicht weinen.
»Guten Morgen.«
Maria schnellte herum. Phillip stand an der Tür und sah sie an. Er hatte Ringe unter den Augen, seine Haut war grau. Anscheinend hatte er ebenso wenig geschlafen wie sie, nur dürfte er sich dabei nicht so entspannt haben … selber schuld. Wenn er sich nicht so komisch benehmen würde, könnten sie eine problemlose, fröhliche Beziehung haben. Oder einander zumindest in den Armen halten.
Er sah sie noch immer an. »Ich hoffe, du konntest irgendwann schlafen.«
Maria schüttelte den Kopf halb, nickte halb. Nur nichts sagen, sonst verriet sie noch ihr Tonfall. Sie wollte sich jetzt nicht auch noch blöde Bemerkungen über ihr Sexualleben anhören müssen.
»Wie geht es Elsa?«
»Ich bekomm gleich Bescheid.«
»Redest du also doch wieder mit Elsas Vater.«
Mist. Gut, die Wahrheit war immer das Beste, frau musste sie ja nicht zur Gänze erzählen. »Ich hab Heinz Staudinger, weißt eh, den Arzt, der mich behandelt hat, gefragt, ob er vielleicht hintenrum …« *Hintenrum* war ein schlechtes Wort, denn so hatte

sie Heinz auch genommen. Maria spürte, dass ihr Gesicht heiß wurde, wahrscheinlich lief sie rot an wie ein Paradeiser. Sie beugte sich zum Fenster hinaus. »Ich war gestern noch bei Elsa drin. Er hat das arrangiert für mich.« Maria hörte, dass ihr da ein vorwurfsvoller Unterton hineingerutscht war. *Du hast dich ja nicht um mich gekümmert.* Geschwind redete sie weiter. »Es war … furchtbar. Ja, es war furchtbar.« Schon wieder klopften die Tränen an. Sie drehte sich um. »Lass uns jetzt bitte nicht darüber reden.«
Phillip nickte und warf seine Unterlagen auf den Tisch. Er setzte sich Maria gegenüber und schlug die Mappe auf. Die schlechte Stimmung setzte sich zwischen sie auf die Mitte des Tisches und kühlte die Sommerluft ab auf null Grad. So war arbeiten unmöglich. Und eigentlich war ihr Phillip ja sympathisch. Sehr sympathisch. *Er hat dich über den Freigang getragen.*
Maria spürte, wie sich ihre Gesichtszüge etwas entspannten. »Wie geht es deinem Kopf?«
Phillip ließ die Mappe wieder zufallen. Er sah sie an, etwas zu lang für die Antwort dieser einfachen Frage, dann setzte er ein Lächeln auf. Es war zwar bemüht, aber ehrlich. »Nicht so schlimm. War ja nur eine kleine Platzwunde.« Da sprach Mister Cool, denn die Wunde war groß gewesen. »Ich spür sie fast schon nicht mehr.« Er zuckte mit den Brauen. »Ich sollt den Sani klagen, mich deswegen so zu verschandeln.«
Maria breitete die Arme aus. »Roth, ich kann dir sagen, deine Schönheit ist nahezu ungetrübt.«
»Na, wenn du das sagst, Chefin.«
Das war ja schon einmal ein Ansatz zur Normalisierung, auch wenn die Flachserei noch sehr ritualisiert war. Aber vielleicht half es, wenn sie eine nette Situation durchspielten, so wie es angeblich half, wenn man bewusst lächelte, auch wenn einem gar nicht zum Lächeln zumute war. Weil sich dann der Körper erinnerte, ein Programm startete und Glückshormone ausschüttete, als hätte man aus innerem Antrieb heraus gelacht.
Phillip versenkte sich wieder in seine Unterlagen. »Ich war in der Kaiserstraße. Eine Ursula Steidl gibt es dort nicht mehr. Ist abgemeldet. Aber wir haben ja die Adresse, wo die drei Frauen sich haben hinfahren lassen. Sie sind übrigens erst um kurz vor zwei in der Früh nach Hause gebracht worden.«

»Das heißt, sie waren es oder sie wissen, wer es war.«
»Eher nur Zeuginnen, denn der Taxler sagt zwar, dass sie völlig verheult waren, dass da aber kein Blut auf ihrer Kleidung war. Übrigens die Kleidung, die uns die Petermann beschrieben hat.«
»Sie könnten sich geschützt haben, irgendwas drüber angehabt haben.«
»Dann wäre es vorsätzlich gewesen, was wir ja auch annehmen. Aber warum waren sie dann so verheult? Und sie wären nicht so wahnsinnig auffällig alle drei zusammen mit dem Taxi heimgefahren.«
»Mörder haben schon ganz andere Fehler gemacht.« Phillip grunzte, Maria lächelte. »Du willst noch immer nicht akzeptieren, dass auch Frauen brutal sein können.«
Phillip fuhr hoch. »Kann ich schon. Es ist nur …«
Maria hob die Hände. »Ist okay, Roth, ist okay. Ich bin auf deiner Seite. Ich wollte nur alles gegendenken.« Sie ließ die Hände fallen. »Ich hoff nur, dass die Frauen durch den Zeitungsartikel nicht aufgeschreckt werden.«
»Ich hab einen Streifenwagen hingeschickt, der das Haus beobachtet und drauf schaut, dass es niemand verlässt, bis wir da sind.«
Er war gut, der Kollege Roth. Maria hob den Daumen.
»Und der Sternberg war mit dem Raum auch etwas überfordert. Er hat sich heute zeitig in der Früh einen Humangenetiker von der Uni organisiert. Sie sind schon seit einer guten Stunde im Egger-Keller. Da sollten wir also auch bald Genaueres wissen.«
Alle waren fleißig gewesen, Gabi, Jacqueline, Phillip, Josef. Wahrscheinlich auch Georg und seine Mannen. Sie selbst musste gedanklich erst wieder einsteigen. Denn jetzt und sofort konnte sie Elsa nicht helfen.
»Tätaratä!« Georg kam mit weit ausgebreiteten Armen in den Raum. Als er nur Maria und Phillip sah, ließ er sie sinken. Dabei fiel ihm fast die Mappe aus der Hand. Er zog die Mundwinkel nach unten. »Noch keiner da?«
Maria und Phillip zeigten auf wie eifrige Schüler. Georg lachte, Maria und Phillip stimmten ein. Ja, es war alles ganz normal. Ganz normal.
Georg fläzte sich neben Phillip. »Mir gehen diese Massenveranstaltungen sowieso auf die Nerven. Also, für euch und exklusiv:

Wir wissen, was die Havliceks in ihrem Erpresserbrief geschrieben haben!«
Phillip dreht sich zu Georg um. »Echt? Aus der einen, zerschnippelten Seite habt ihr das herausgefunden? Was?«
Georg strahlte sie an. »Ich wollt es euch nicht sagen, weil i net«, er zog das e im *net*, wodurch es sehr zweifelnd klang, »sicher war, ob wir's schaffen, aber der Fabian ist in die zentrale Papiersammelstelle. Und wir haben echt herausgefunden, welcher Wagen das Altpapier bracht hat von der Gassen und wo des hinkippt worden is, na ja, und dann haben wir a bissel Wühlmäuse gspielt. Deswegen hat's sich a bissel zaht. Des war ka Lercherlschaß net.«
Phillip runzelte die Stirn. »Irgendwie fehlt mir da jetzt der Anschluss. Wieso habt ihr das Altpapier durchsucht?«
»Komm, Roth, munter werden!«
Phillip deutete Georg den Mittelfinger an, der ließ daraufhin den Kopf in den Nacken fallen. »Okay, noch amal ganz langsam. Die paar Buchstaben von der einen Seiten waren ja net wirklich des Gelbe vom Ei. Und es war klar, dass es da noch andere Seiten, aus denen was ausgeschnitten worden ist, geben muss. Und deswegen …«
Maria riss die Augen auf. »Ihr habt da echt Tonnen von Papier durchwühlt?«
Georg betrachtete seine Fingernägel. »War ja ka Mist. Hat ja net gstunkn. Is schon gangan.«
Phillip pfiff. »Alle Achtung.«
Maria klopfte auf den Tisch. »Und? Was ist jetzt der Text?«
Georg holte ein Blatt aus seiner Mappe. »Also, der Computer hat nur eine wirklich sinnige Lösung gefunden. *Rote Schuhe. Köhler tot.* 100.000 *Euro. Morgen.* 10.15 *Uhr. Generali-Center. Wir finden dich.* Es kann natürlich auch 150.000 Euro und zehn Uhr zehn gewesen sein, oder 115.000 oder 151.000, dann wäre es jeweils zehn Uhr. Aber ich glaub, das ist nicht so wesentlich.«
Maria ließ sich in den Sessel zurückfallen. »Rote Schuhe. Mit roten Sohlen hätt es nicht auch gepasst?«
Georg runzelte die Stirn.
Phillip seufzte. »Kann ja sein, dass die Havliceks die roten Sohlen gemeint und es nur schlampig formuliert haben.«
Maria seufzte auch. »Okay, nehmen wir einmal an, die Havliceks

hätten rote Schuhe geschrieben, aber rote Sohlen gemeint. Dann wäre unsere Einbrecherin die Täterin. Wir haben aber noch immer keine Ahnung, warum die Havliceks so schnell wussten, wer die Täterin ist. Die müssen den Brief doch persönlich vorbeigebracht haben.«

Phillip rieb sich die Augen. »Ja, und nur deswegen ist die Täterin auch so nervös geworden und hat sie gleich umgebracht. Es muss wer aus der Nachbarschaft sein. Wir müssen alle Protokolle von der kleinen Meyer noch einmal durchgehen.«

Nun zeigte Georg wie ein Volksschüler auf. »Äh ... gute Arbeit, Georg. Hast echt was geleistet. Toll. Sag deinen Leuten Danke.«

Maria und Phillip starrten Georg an und fingen dann gleichzeitig zu reden an. »Georg, du warst toll!« Sie lachten alle drei. Marias und Phillips Blicke trafen einander, sie sahen schnell wieder Georg an.

Maria stand auf. »Nein, echt, war gute Arbeit. Sag das bitte auch den anderen.« Sie sah aufs Handy. Keine SMS von Heinz, dafür war es inzwischen fünfzehn Minuten nach Besprechungsbeginn. Gottl, ihr Chefoberster, musste eine gute Begründung für sein unentschuldigtes Zuspätkommen haben. So war er doch sonst nicht. Und die Funkstille von Staudinger war überhaupt eine Frechheit.

Eine grüne Wolke erschien im Türrahmen. Gabi hatte verschwollene Augen. Eine Biene summte beim Fenster herein und gleich wieder hinaus.

Phillip hielt die Hand vors Gesicht, als sei er geblendet. »Ein bissel viel Grün, verehrte Kollegin.«

Keiner lachte.

Gabi sah Phillip nur müde an. »Die Farbe der Hoffnung.« Sie wandte sich an Maria. »Sie wird noch einmal operiert. Sie hoffen, dass sie das Rückgrat wieder hinkriegen. Aber sie hat so viel Blut ... Da ist dieser Mensch, den du gesucht hast. Maximilian Zotter.«

Sie senkte den Kopf, winkte einen Mann herein und drehte sich noch einmal um. »Ach ja, der Gottl lässt sich entschuldigen. Da ist irgendwas mit den ausgesetzten Babys ausgebrochen. Er ist voll im Checken mit Bertram und Stix.« Dann verschwand sie endgültig.

Die Babys waren nicht mehr nur eine Angelegenheit der Kriminaldirektion, sondern Chefsache, das war interessant. Vielleicht ging es ja um Missbrauch. Aber der Säugling, den Maria im Hanusch-Krankenhaus gesehen hatte, der hatte überhaupt nicht gequält gewirkt. Gut, das konnte man aber nie so genau auf den ersten Blick sehen. Aber es war müßig, darüber nachzudenken. Die weggelegten Babys waren nicht ihre Baustelle. Maria reckte das Kinn zu Phillip, er zuckte mit den Augenbrauen. Ja, sie waren für den Angriff bereit.

Ein älterer Herr mit weißem Haarkranz, sonnengebräunt und Lachfalten um die grauen Augen erschien in der Tür und sah Gabi nach. *Noch einmal operiert. Rückgrat.* Der Mann studierte die Anwesenden und nickte Maria zu. »Maximilian Zotter. Es tut mir leid, dass Sie mich nicht erreicht haben, so blöd, dass ich die Nummer nicht mitgeschickt habe, aber ich mag das nicht, wenn mich jemand – alte Generation eben.« Er lächelte. *Der Mentor ist endlich da, konzentrier dich.* Seine Hand zuckte zur Begrüßung. *Rückgrat wieder hinkriegen.*
Phillip starrte auf Georgs Brustkorb, atmete ein und sehr lange aus, es klang, als wollte er ein Aufschluchzen unterdrücken. Anscheinend war Gabis Information über Elsas Zustand jetzt auch bei ihm angekommen. Georg räusperte sich.
Der Mann zog seine Hand zurück und sah sie der Reihe nach verunsichert an.
Maria, reiß dich zusammen. Sie operieren sie. Du musst keinen Rollstuhl für sie besorgen.
Maria stand auf und kam um den Tisch herum. »Kouba, freut mich. Na, Hauptsache, Sie sind jetzt da, Herr Zotter. Bitte, nehmen Sie doch Platz.«
Die beiden Sessel direkt vor Zotter waren durch Phillip und Georg besetzt, er hätte wieder auf Distanz zu Maria gehen müssen, wenn er sitzen wollte. Das merkten endlich auch die beiden, sie schienen unter einer Glocke hervorzukriechen.
Georg stand auf und deutete Zotter, seinen Platz einzunehmen, während er zu Maria sprach. »Ich meld mich mit den neuen Erkenntnissen, die DNS von den Tellern im Geschirrspüler und von dem blonden Haar müssten bald klar sein. Und Josef wird dich wegen dem Labor direkt anrufen.« Er wandte sich zur Tür, drehte

sich aber sofort wieder um. »Ach ja, und der Compi in dem Keller ... der ist rein beruflich, so wie's ausschaut. Da ist net amal ein Outlook oder ein Explorer drauf. Den privaten such ma also noch immer.«

Das wäre ja zu schön gewesen.

Georg schlurfte hinaus. Zotter setzte sich so vorsichtig, als wäre an dem Sessel eine Sprengladung angebracht. Phillip strich sich über die Augen. Ja, Arbeit war angesagt. Arbeit war überhaupt das Beste, das ließ einem keine Zeit zum Nachdenken.

Maria ging auf die andere Seite des Tisches zurück. »Gut, Herr Zotter, also, was wollen Sie uns sagen?«

»Wie weit sind Sie denn?«

Maria wollte ihn schon anfahren. Auch jemand von der alten Generation musste doch hinlänglich wissen, dass die Polizei die Fragen stellte. Dass sie ihre Zeit nicht gestohlen hatten, weil da drei Frauen auf sie warteten. Dass er geschwind machen sollte, weil jeden Moment eine SMS kommen konnte. Doch der Mann konnte nichts dafür, dass gerade ihr Leben auseinanderbrach. Auseinanderbrach. Ja, das war es. Sie hatte es noch nicht so klar gesehen in dieser ganzen Gefühlsduselei. Elsa konnte nicht gehen, denn dann brach ihr Leben auseinander.

Maria holte tief Luft. »Bitte, lieber Herr Zotter, würden Sie uns bitte frank und frei einfach erzählen, was Sie uns sagen wollen?«

Zotter sah zu Phillip und dann wieder zu Maria. »Komme ich ungünstig?«

Ja, du Wichser. Aber das ist scheißegal. Maria zog ihren Mund in die Breite. Vielleicht erinnerte sich ja der Körper, vielleicht tat dann das Lächeln nicht mehr so weh. »So günstig wie selten.«

Phillip lachte auf. Maria sah ihn an, ihre Blicke trafen sich. In seinen Augen standen Tränen. Sie hatte ihm verdammt noch mal unrecht getan, natürlich ging ihm das mit Elsa nahe. Wenn er nur nicht so ein kaputter Typ wäre. Warum nur hatte er sie nicht einfach in die Arme genommen?

»Wir haben's heute nur eilig, weil wir eine Spur haben, Herr Zotter. Also?«

Zotter verschränkte die Arme und senkte den Blick, als ob er sich sammeln müsste. Dann sah er mit einem kurzen Kopfnicken Maria an. »Ich bin Humangenetiker. Ein eifriger, aber ein durchschnittlicher. Es reicht gerade für einen Lehrstuhl. Einführung in die Grundlagen.«

Wen interessierte das? *Maria, mach deinen Job.* Sie hörte Elsas Stimme. Mein Gott, wie war sie fuchsteufelswild geworden, als Maria und Phillip frisch im Hormonrausch gewesen waren und dadurch beinahe ihre Fälle verbockt hatten. Sie nickte Zotter zu. Maske aufsetzen und durch, mehr war momentan nicht verlangt.

»Also, ich war damals in Innsbruck. In Wien ist das Institut ja erst …«

»Das wissen wir.« Phillip biss sich auf die Lippen. »Entschuldigen Sie.«

»Gut, also da kam dann 1998, ich weiß es noch ganz genau, August Köhler zu uns. Erst frisch fertig mit dem Studium, aber schon zu diesem Zeitpunkt einer der ganz Großen.« Zotter seufzte. »Er suchte nur die Nähe von Illmensee, also von …« Er sah Phillip an, der die rechte Augenbraue hochgezogen hatte. »Über den wissen Sie auch schon Bescheid, oder?«

Phillip nickte.

»Gut, ich kürz es also ab. Schauen wir, ob ich Ihnen überhaupt noch was Neues erzählen kann.« Er lachte abgehackt, es verhallte. Wie ein Echo schlug der offene Fensterflügel zweimal gegen die Mauer.

Sie durften nicht so sein. Dieser Mann konnte nichts dafür, dass er ein bissel spät war, dass Elsa um ihr Leben kämpfte, dass Phillip und sie eine schwierige Phase hatten, dass ihr Leben eine Katastrophe war.

Maria verschränkte die Hände. »Ich bin mir sicher, dass Sie das können.« Und Lächeln hintennach. Maske.

Zotter seufzte. »Gut. Ja. Also, zuerst lief alles noch ganz gut. Köhler machte seine Forschungen im Rahmen der Gesetze. Er war gut. Sehr gut sogar. Er war einer der Vorreiter für Gewebeaufbau.« Maria nickte, Phillip reckte seinen Kopf, und Zotter wandte sich ihm zu. »Dabei werden körpereigene Zellen zur Teilung angeregt und … Die Details erspare ich Ihnen jetzt. Jedenfalls kann man damit einfache Gewebe herstellen, wie zum Beispiel ein Stück für die Luftröhre oder eine Herzklappe. Das große Ziel ist ja eine Leber, aber das ist so ein komplexer Aufbau, dass wir da leider noch weit davon entfernt sind.«

Phillip starrte auf eine Stelle. »Okay, und ab wann lief es nicht mehr gut?«
Zotter strich über seinen Haarkranz. »Köhler war von Illmensees Klonexperimenten fasziniert. Aber der hat sich ja zurückgezogen gehabt zu diesem Zeitpunkt, war quasi einfacher Frauenheilkundler, und hat alles, was mit Klonen zu tun hat, abgeblockt. Und dann hat Köhler von dieser Boisselier gehört.«
Maria und Phillip nickten gleichzeitig.
»Ja, er ging in die USA und wurde ein Raëlianer, hat bei deren Firma Clonaid angefangen. Die besten Arbeitsbedingungen dort. Außer natürlich, dass die Boisselier ihn nie die Lorbeeren hätte kassieren lassen, wenn ihm etwas gelungen wäre. Das habe ich ihm immer gesagt.«
Maria lehnte sich vor. »Sie hatten Kontakt mit ihm?«
»Ich habe Ihnen ja gesagt, ich war sein Mentor. So etwas ist eine ganz eigene Beziehung. Er ist immer in ein Internetcafé gegangen, um mir zu schreiben, damit diese … diese Leute nichts mitbekommen. Ich habe ihn beschworen, beschworen habe ich ihn, dass er dort aussteigen soll. Die Raëlianer sind verrückt. Die kehren sich einen feuchten Dreck darum, ob etwas ethisch ist oder nicht.«
Zotter atmete schwer, er stützte den Kopf in die Hände. »Haben Sie schon einmal Interviews mit Raëlianern gelesen oder gesehen?«
Maria und Phillip schüttelten die Köpfe.
Zotter nickte. »Sollten Sie. Denn diese Sekte, ja, Sekte, die bleibt uns noch eine ganze Zeit lang erhalten. Und sie sammelt gute, sehr gute Köpfe um sich. Nicht offiziell natürlich, aber trotzdem. Weil sie Wissenschaftlern einfach ermöglicht zu forschen, verstehen Sie? Keine Gesetze, keine Politdiskussionen, einfach Forschung. Noch weiter, noch höher.« Er seufzte. »Jedenfalls strahlen einen da die Menschen an, reden von all den Dingen, die sie machen würden, wenn sie ewig lebten. Und sie glauben dieser Irren doch tatsächlich, dass die es wirklich schafft, einst die Software, wie sie es nennen, also unsere Gedanken und Erfahrungen, mitzukopieren. Schwachsinn. Aber wer will denn nicht ewig leben?«
Nicht schon wieder diese Diskussion. »Wie lange war er denn bei diesen Raëlianern? Bis 2005?«

Zotter sah Maria irritiert an. »Wie kommen Sie gerade auf dieses Jahr?«
Sie zuckte mit den Schultern.
»Sie wollen mir nichts verraten. Ich verstehe, Sie wollen die Fakten miteinander abgleichen.«
Eben, du Nervtöter. Maria nickte lächelnd.
»Nein, es kam zum Bruch. Das war 2002. Warum, weiß ich nicht. Köhler hat mir nur geschrieben, dass er jetzt jemanden gefunden hat, mit dem er seinen Traum verwirklichen konnte. Und er die Staaten verlässt.«
Phillip wandte sich zu Zotter. »Seinen Traum?«
Zotter fuhr mit der Zunge seine Zähne ab. Schließlich gab er sich einen Ruck. »Der erste Menschenklon.«
Menschenklon. Warum gab es das nicht schon? Sie würde Elsas Blut nehmen, es diesen Menschen bringen, die würden zaubern, und Elsa wäre wieder gesund und munter. Quatsch. Maria dachte ja schon wie eine von denen. Aber eine Reparatur? Ein neuer Knorpel für das Rückgrat, für die anderen von den Kugeln zerfetzen Teile. Das konnte doch nicht so schwierig sein, wenn man schon daran arbeitete, dass Menschen geklont wurden.
Phillip fuhr mit seinem Finger die Kante des Tisches nach. »Aber soviel ich weiß, haben die Raëlianer doch genau im Jahr 2002 angekündigt, dass sie einen Menschen geklont hätten, oder?«
Zotter nickte. »Sie haben Ihre Hausaufgaben gemacht. Die haben das angekündigt. Es war in allen Medien. Und ich glaube, dass Folgendes hinter den Kulissen gelaufen ist: Köhler war so weit, aber die Boisselier wollte den Erfolg als den ihren ausgeben und abkassieren. Die würde ihm nie das Patent überlassen. Und auch wenn Köhler am Prinzip, an der Machbarkeit des Klonens interessiert war ...« Zotter sah Maria an. »Ich weiß nicht, ob Sie schon herausgefunden haben, dass seine Schwester ...«
»Dorothea. Wir kennen die Geschichte.«
»Gut. Ja, wenn er auch sehr persönliche Gründe für seine Forschungen hatte, so hätte er sich doch nie seine Entdeckung wegnehmen lassen. Das würde kein Wissenschaftler. Und da ist er untergetaucht.«
Menschenklon. Es war so surreal. Aber vielleicht gab es Frankenstein ja wirklich, oder hatte es ihn gegeben, denn Frankensteins

Bruder gab es doch auch. Leopold Köhler hatte sich nicht von ungefähr so bezeichnet. Brüder, Nahestehende, Liebende hatten ein Gefühl für so etwas. – Es war unvorstellbar und gleichzeitig möglich, dass schon irgendwo so ein Homunkulus herumlief.

Maria stand auf und ging langsam um den Tisch. »Okay, okay, und wo ist er dann hin?«

Zotter zuckte mit den Schultern.

»Er hat sich nie wieder bei Ihnen gemeldet?«

»Oh doch, als er nach Österreich zurückgekommen ist. Er hat mir geschrieben, dass er ab nun nie wieder mit dem Klonen herumexperimentiert. Es wäre Sünde. Ich habe ihm geantwortet, dass dem nicht so sei. Man müsse nur die Regeln einhalten. Er hat mir nie wieder geantwortet.«

Köhler war wirklich vom Saulus zum Paulus geworden. Doch irgendetwas hatte ihn dazu gebracht, weiterzumachen. Dafür sprach das Labor.

Phillip ließ seine Finger auf der Tischplatte tanzen. »Sagt Ihnen die Skarin-Gesellschaft was?«

Zotter zuckte zusammen, sein Blick wurde starr. »Ja. Wie kommen Sie auf die Gesellschaft? Das ist gar nicht gut.« Er schüttelte den Kopf. »Gar nicht gut.«

»Wieso? Was ist mit der?« Phillip sah ihn direkt an.

Zotter holte ein Stofftaschentuch aus seiner Hose und schnäuzte sich. Er schien sich sammeln zu müssen. Er steckte es wieder ein und schluckte. »In der Szene, wie Sie es nennen würden, munkelt man, dass die Skarin-Gesellschaft mit … nun ja, zwielichtigen Gestalten zusammenarbeitet. Im besten Fall noch Militärs, also offiziellen Militärs, wobei das auch bedeutet, dass nichts nach außen dringt. Im schlechteren Fall mit irgendwelchen Männern, die Macht wollen. Die schrecken angeblich vor gar nichts zurück, die Skariner. Für Geld machen die alles. Das Hauptaugenmerk liegt angeblich auf Bio-Waffen.«

»August Köhler war mit der Skarin-Gesellschaft in Verbindung. Er hat sie beschimpft und ihnen gedroht, Hintergründe zu verraten, wenn sie Eispenderinnen nicht besser behandeln. Kurz zusammengefasst. Daraufhin haben sie ihn bedroht.«

Zotter hielt sich die Hand vor den Mund. »Ich weiß nur, dass die

Gesellschaft ihren Sitz in England hat. Irgendwo in England. Ich kann dazu wirklich nichts weiter sagen.«

England. Das war jetzt aber ein eigenartiger Zufall. Es war zwar völlig unlogisch, aber es klingelte in Maria. In Phillip anscheinend auch, denn er sah Maria an. »Die Havliceks …«

Sie nickte. Ja, die kannten Eleonore Eggers Kinder.

Phillip wandte sich wieder Zotter zu. »Sagt Ihnen der Name Margret Egger was?«

Zotter schüttelte den Kopf. »Sollte er denn?«

Maria setzte sich neben Phillip auf den Tisch. »Wissen Sie, im Lauf der Jahre bin ich draufgekommen, dass es nur sehr selten Zufälle gibt. August Köhler hat für die Eggers gearbeitet, und deren abtrünnige Tochter ist vor Jahren nach England ausgewandert.«

»Und was glauben Sie? Dass diese Frau auch bei der Skarin-Gesellschaft ist, ihm aus Liebe beim Ausstieg geholfen und ihm dann den Job bei ihrer Familie besorgt hat?« Er strich mehrmals über seinen Haarkranz. »Das passt nicht. Nicht, wenn sie wirklich Mitglied bei der Gesellschaft ist. Die Skariner sind keine Sekte, sondern eine Firma. Eine beinharte Firma. Da haben Gefühlsduseleien keinen Platz.«

»Woher wissen Sie das? Es gibt ja nicht einmal eine Homepage. Munkelt man das denn auch in Ihren Kreisen?«

Zotter biss die Kiefer zusammen und stand abrupt auf. »Hören Sie, mir gefällt Ihr Ton nicht. Ich bin gekommen, um Ihnen zu helfen.«

Maria war mit zwei Schritten bei ihm und holte ihr bezauberndstes Lächeln aus der Schublade. »Herr Zotter, dafür sind wir auch sehr dankbar. Wir sind einfach nur neugierig, denn wir konnten bislang über diese Skarin-Gesellschaft nichts herausfinden.«

Zotter fuhr sich immer wieder durch den Haarkranz. Sein linkes Auge begann zu zucken. Endlich sah er Maria wieder an. »Ich kenne eben jemanden, der jemanden kennt, sagen wir so. Und ich werde hier sicher keine Namen nennen. Die sind auch irrelevant. Mein Bekannter hat nichts mehr mit diesen Leuten zu tun.«

Maria setzte sich wieder neben Phillip. »Gut. Es ist also eine Firma …«

»Gruppen, nennen wir es einmal so, Gruppen wie die Skariner, die sich mit dieser Art Forschung im Grenzbereich beschäftigen,

sind immer Firmen, weil da sehr viel Geld im Spiel ist. Wenn jemand Lösungen findet, geht es nämlich um Patentrechte. Da kann die Politik noch so sehr über die Ethik von Patenten auf Menschenleben diskutieren, sie werden bereits angemeldet, diese Patente.« Er stützte sich auf dem Tisch auf. »Forscher heutzutage sind nicht mehr die lieben verschrobenen Wissenschaftler im Elfenbeinturm, die einen Schreck bekommen, wenn dann ihre Erfindung zu etwas Bösem verwendet …« Er verharrte einen Augenblick. »Wobei ich befürchte, dass Wissenschaftler nie wirklich so naiv waren, sie hatten nur die Möglichkeiten nicht. Jedenfalls jetzt sind es Geschäftsleute. Ganz offen. Da gibt's in Deutschland einen gewissen Oliver Brüstle, Neuropathologe, der ist Geschäftsführer in einer Firma, die vom Land und von diffusen Partnern in der Industrie Geld bekommt, und dieser Brüstle besitzt …«, Zotters Auge zuckte nicht mehr, es schien zu hüpfen, »ein Patent, bei dem es auch ums Klonen geht. Oder Mike Levanduski in New York, der alle Rechte darauf hat. Dann brauchen Sie keine Eier oder Spermien mehr, nein, dann nehmen Sie einfach zwei Hautzellen. Ein riesiger Markt, sagt er selber.« Er atmete schwer wie nach einem Sprint.
Phillip klackte mit dem Kugelschreiber. »Klar. Also Sie bestätigen mir meinen Verdacht, dass da im Hintergrund mehr läuft, als wir so mitkriegen. Nur, warum wissen wir nichts davon? Vielleicht, weil das doch alles nur Hirngespinste sind?«
Zotter stellte sich wieder aufrecht hin. »Gezielte Informationspolitik. Die Zivilgesellschaft ist noch nicht so weit, und viele Menschen haben eine Urangst vor diesen ganzen Möglichkeiten der Gentechnologie. Schauen Sie sich nur die Diskussionen um den Genmais an. Aber die Klonbefürworter lancieren peu à peu Meldungen, und irgendwann wird sich die Öffentlichkeit an den Gedanken gewöhnt haben. Aussitzen und es immer wieder erwähnen, bis es als normal erscheint, das sind die ältesten Methoden, um etwas Unpopuläres durchzubringen.«
Maria hob besänftigend die Hände. »Okay, okay, aber diese Firma muss doch einen Chef haben. Hat Ihr Bekannter ihn einmal erwähnt?«
Zotter zog die Stirn kraus. Er dachte so lang nach, dass Phillip die Finger auf der Tischplatte tanzen ließ. Das Geräusch holte

Zotter endlich aus seinen Gedanken. Er gab ganz und gar das Bild des bemühten, aber leicht verwirrten und unkonzentrierten Professors. Das Bild. Tausend Euro für seine wirklichen Gedanken. Jetzt erschienen auch noch Schweißperlen auf seiner Stirn. Zweitausend Euro.

»Der Chef heißt Wilmore. Anna Lee Skarin Wilmore. Komplettes Pseudonym, wenn Sie mich fragen. Denn Annalee Skarin ist eine New-Age-Autorin, die auch an das ewige Leben geglaubt hat, allerdings in ganz anderem Sinne, auf der Bewusstseinsebene. Trotzdem ist sie nur knapp neunzig Jahre geworden.« Er lachte auf, es klang sehr freudlos.

»Wieso wissen Sie das? Ist sie so eine Art Heilige für Klonforscher?«

Zotter schüttelte den Kopf. »Ganz im Gegenteil. Ich bin einmal bei so einer Ist-Unsterblichkeit-möglich-Diskussion über sie gestolpert. So ein Fanatiker, der gegen den medizinischen Fortschritt und extrem gegen die embryonale Stammzellenforschung gewettert hat, hat sie erwähnt.«

Phillip schrieb den Namen auf seinen Notizblock und kreiste ihn ein. »Aber Wilmore, da müsste man doch ansetzen können.«

Zotter zupfte an einem Haarbüschel. »Also, wenn Sie mich fragen, ist das kein wirklicher Name. Es klingt schon sehr lautmalerisch.«

Aber nur für einen Menschen, der deutschverseuchtes Englisch sprach. Oder bewusst die österreichische Herkunft mit seinem englischen Leben verschmolz. Und Eleonore Eggers Mann, der Vater von Mathias und Margret, hatte Willi geheißen. Alles deutete in dieselbe Richtung.

Maria faltete die Hände und stützte das Kinn auf die Fingerspitzen. »Wie schaut er denn aus, dieser Wilmore? Hat Ihr Bekannter das einmal erwähnt?«

Zotter zupfte neuerlich an einem Haarbüschel. Unter seinen Achseln bildeten sich Schweißflecken. »Jetzt, wo Sie fragen … Mir fällt nicht ein, dass er einmal von ihm erzählt hätte, also von ihm persönlich. Dass er mit ihm geredet hätte oder so. Er hat immer nur von Wilmores Assistentin geredet. Die hat es ihm angetan gehabt, sie war eine sehr schöne Frau. Angeblich. So eine dunkle Madonna. Sie hat die Befehle erteilt. Sie war die, die mit den Ge-

schäftspartnern auf die Jagd gegangen ist. Sie konnte auch Karate. Das hat sie immer am Morgen im Park trainiert. Dabei wirkte sie wie eine Katze.«
Zotters Blick wanderte zum Fenster und von dort hinaus ins Nichts. Er lächelte … verzaubert und entrückt. Jetzt war klar, wer der *Bekannte* war.
Maria schaute Zotter direkt ins Gesicht. »Wenn wir ein Foto organisieren, würden Sie sie wiedererkennen?«
Zotter riss die Augen auf. »Nein. Natürlich nicht. Ich kenn sie ja nicht.«
Phillip zeigte mit dem Kugelschreiber auf ihn. »Sie wissen, dass Sie als Zeuge der Wahrheit verpflichtet sind? Dass wir Sie vorladen können? Dass wir …«
»Wenn Sie meinen, dass Ihnen das etwas hilft.«
Zotter sprang auf und war mit einem Schritt bei der Tür. Er blieb stehen, ging aber dann doch hinaus. Als er schon ein paar Meter entfernt war, kam er zurück. Seine Augen waren aufgerissen und tiefschwarz vor Panik.
»Ich habe Ihnen alles gesagt.«

Die Gallitzinstraße war eine echte Bergstraße. Die meisten Menschen dachten, Wien sei flach, weil die Stadt an der Donau lag. Sie vergaßen nur, dass Wien auch am Wienerwald lag. Und der war das offizielle Ende der Alpen und somit dementsprechend bergig.
Das Haus lag am Ende der Straße an einer Kreuzung. Und es war ebenfalls ein Kubus, wie das Egger-Haus. Diesmal allerdings hatte das Haus außerdem zwei Türme mit Zinnen. Eine Dachterrasse, mit schmiedeisernem Gitter umrahmt, einen Balkon, dessen Gitter vergoldet war, und Bemalungen rund um die Fenster, die alle ebenfalls mit schmiedeisernen Gittern versehen waren. Das Haus wirkte wie ein luftig-leichtes Gefängnis. Ein Jugendstil-Gefängnis mit Auslauf, denn es war von einem riesigen Garten mit hohen, alten Bäumen eingerahmt.
Der Streifenwagen stand an der Vorderfront des Hauses im Schatten der hohen Mauer, die auf dieser Seite die Villa gegen den Blick von der Straße abschirmte. Phillip winkte den Kollegen zu und deutete ihnen, auf Position zu bleiben. Er stellte das Auto um die Ecke direkt am Grünstreifen ab.

Durch die Windschutzscheibe betrachtete er das Haus. »Irgendwie habe ich das Gefühl, dass das hier gar nicht wichtig ist. Wir sollten den Zotter in die Mangel nehmen.«
»Es ist wichtig. Die drei Frauen waren im Egger-Haus, sie kamen mit dem Köhler-Auto. Sie kennen ihn zumindest gut, vielleicht wissen sie etwas, das wir noch nicht wissen. Und der Zotter hat die Panik. Eine nochmalige Vernehmung ist momentan sinnlos. Die Skariner wenden anscheinend Mafiamethoden an. Jeder, der mit ihnen in Berührung kommt, ist zur Omertà verdammt.«
Phillip riss die Augen auf und machte: »Uuh.«
Maria lachte. »Gena-uu. Alles ganz geheimnisvoll. Wahrscheinlich kriegt der Zotter jetzt im Nachhinein noch einen Herzkasperl, weil er überhaupt mit uns geredet hat.«
Phillip brummte. »Komisch ist nur, dass er nichts von Köhlers Mitgliedschaft bei der Skarin-Gesellschaft gewusst hat, wenn er doch selber mit dabei war.«
»Köhler ist schon lang draußen aus der Gesellschaft.« Maria seufzte. »Schad nur, dass er sich wegen der Firmenadresse nicht verplappert hat.«
»Und die haben da nicht einmal Meldepflicht in England.« Phillip beäugte sie. »Hast du nicht irgendeinen von deinen IPA-Freunden auf der Insel, damit das schneller geht?«
»Wenn, dann hätte ich ihn aktiviert. Und nur auf ein komisches Gefühl von uns beiden hin kann ich nicht jemanden um so einen Gefallen bitten. Wir müssen die offizielle Anfrage nach Margret Egger abwarten.«
Phillip ließ sich in die Polsterung zurückfallen. »Wenn wir wenigstens schon ihren Bruder hätten. Der Egger war doch einmal bei ihr drüben, hast du gesagt, der muss doch ihre Adresse haben. Und außerdem soll er uns das mit dem Keller erklären. Echt, am liebsten würde ich eine Fahndung nach ihm ausschreiben.« Er hob die Handflächen. »Ich weiß, ich weiß, da ist kein begründetes Verdachtsmoment. Aber er ist seit gestern Abend in Wien. Er sollte sich schon längst bei uns gemeldet haben.«
»Und was mich noch viel unruhiger macht, ist, dass sich Karin Beluschek nicht meldet.«
Phillip lachte auf. »O ja, die hat uns ordentlich eingeseift.« Er hielt eine imaginäre Zigarette in der Hand und sprach mit ho-

her Stimme. »*Nein. Definitiv nein. Ich kann Ihnen gar nicht sagen, warum ich ihn nicht leiden konnte. Und er hat mich auch nicht leiden können. Immer, wenn ich da war, ist er einkaufen gegangen.*«
Er ließ die Hand fallen. »Das stimmt alles vorn und hinten nicht.«
Maria stieß ihn in die Seite und grinste. »Sie hat dir gefallen, gib's zu.«
Phillip drehte sich mit einem sehr langen Augenaufschlag zu Maria. »Und? Eifersüchtig?«
Ja, sie war eifersüchtig gewesen, aber das durfte sie ihm nicht sagen. Sie war sogar auf beide eifersüchtig gewesen, doch das durfte sie ihm schon gar nicht sagen. Allerdings … warum eigentlich nicht? »Ja, sie hat mir auch gut gefallen.«
Phillip spitzte den Mund. »Na, wenn ich das gewusst hätte. Wir hätten einen netten Dreier machen können.«
Tja, der eine wollte, die andere tat es. »Na, wenn ich weiß, dass du Dreier magst, dann werde ich jetzt jedes Mal sagen, wenn mir ein Typ gefällt.«
»Na ja, da hab ich weniger davon.«
»Egoist.«
Sie grinsten einander an. Jetzt kam er sicher, der Kuss, jetzt kam – ein Auto. Maria und Phillip bemerkten es beide gleichzeitig aus dem Augenwinkel. Da fuhr ein Pajero die Gallitzinstraße herauf und steuerte direkt auf das Haus zu.
Maria griff zum Türöffner. »Das gibt's doch nicht, das ist der Mathias Egger.« Sie kniff die Augen zusammen. Sie musste sich wieder angewöhnen, ihre Brille zu tragen. »Sicher ist er das. Du hast doch auch die Fotos auf der Egger ihrem Nachtkastl gesehen.«
Der Pajero stoppte, als er offensichtlich den Streifenwagen sah, fuhr aber dann weiter zur Einfahrt, die sich wie von unsichtbarer Hand öffnete.
Maria und Phillip sprangen aus dem Auto und rannten zum Eingang. Phillip winkte den Uniformierten aus dem Streifenwagen, ihnen zu folgen.
Mathias Egger parkte sich direkt vor dem Haus ein. Er stieg aus und blitzte Maria und Phillip an. »Wer sind Sie? Das ist ein Privatgrundstück.«
Die Uniformierten quetschten sich gerade noch durch das Tor, das sich wieder verschloss.

Egger deutete mit offenem Mund auf sie, dann auf Maria und Phillip. »Wieso sind Sie schon da?«

Wieso *schon da*? Da lief gerade ein zweiter Film, deren Inhalt sie noch nicht kannten.

Maria zückte ihren Ausweis. »Kouba. KD1. Morddezernat. Herr Egger, Sie sollten sich doch bei uns melden.«

Egger schien sich etwas zu entspannen. »Ja, wollte ich noch, am Nachmittag. Mache ich auch ganz sicher. Ich muss nur jetzt dringend was erledigen, wenn ich Sie also bitten dürfte, dass Sie gehen und ich Sie am Nachmittag …«

Er verharrte in der Bewegung, betrachtete ganz intensiv die Autoschlüssel in der Hand. »Wieso wissen Sie von dieser Adresse hier? Was machen Sie hier?«

Phillip zückte nun ebenfalls seinen Ausweis. »Interessant, dass wir dieselben Fragen haben.«

Ein unterdrückter Schrei kam aus dem Garten hinter dem Haus. Maria deutete den Uniformierten, auf Mathias Egger aufzupassen, und lief Phillip hinterher. Und dann sahen sie weiß. Ganz hinten im Garten waren fünf Frauen, gänzlich in Weiß gekleidet, von denen eine gerade über den schmiedeisernen Zaun klettern wollte. Auf ihrem Oberschenkel war ein roter Fleck, wohl der Grund für ihren Schrei. Alle fünf sahen ihnen verschreckt entgegen.

Mathias Egger überholte Maria und Phillip und stoppte bei den Frauen. »Keine Sorge, ich komme wirklich nur wegen der Miete, die Polizei ist wegen etwas anderem da.« Er quetschte ein Lachen heraus. »Oder wolltet ihr einen Spaziergang machen und den Weg hinaus abkürzen.« Er drehte sich zu Maria und Phillip um. »Da geht es nämlich zur Jubiläumswarte.« Er lachte erneut, es klang ausgesprochen gekünstelt, und sah dann wieder zu den Frauen.

Dieser Mensch verbreitete einen solchen Schwachsinn, doch die Frauen schienen sich zu beruhigen oder aufzugeben. Wie auch immer. Jedenfalls halfen sie der Verletzten vom Zaun. Und als Maria die Frauen nun eingehender betrachtete, kam ihr eine davon bekannt vor. Die flammend roten Haare waren Maria vertraut, nur wusste sie nicht, woher. Diese Frau schien auch das Sagen zu haben, denn sie legte ihre Hand beruhigend auf den Arm der Verletzten.

Phillip beugte sich zu Marias Ohr. »Die Beluschek hat auch Weiß getragen. Immer.«
Und die beiden Taschen im abgeschleppten Auto waren auch mit weißer Kleidung gefüllt gewesen. Aber keine der Frauen entsprach der Beschreibung, die Katie Petermann von den drei Besucherinnen im Egger-Haus in der Tatnacht gegeben hatte.
Maria schielte zu Phillip. Seine Augen wanderten von den Frauen zu Egger, zur riesigen Tanne, die alle anderen Bäume überragte, zum Pool. Er schien genauso überfordert wie sie selbst zu sein. Dann blieb sein Blick beim Haus hängen. Maria wandte sich um. Auf der Terrasse bei einem Hinterausgang der Villa standen zwei schwangere Frauen, die ungefähr im fünften Monat waren. Beide waren ebenfalls komplett in Weiß gekleidet. Das war ein höchst eigenartiges Nest, in das sie da hineingeraten waren. Maria schaute wieder zur Gruppe am Zaun. Und jetzt erst sah sie, dass drei von ihnen als Schmuck ein kleines Kreuz trugen. Schwangere, weiß gekleidete Frauen mit Kreuzen, das hatte etwas von einer Sekte. Dann musste Mathias Egger ihr Sektenführer sein. Vielleicht hatte ja er selbst all diese Frauen geschwängert. Das war abstrus. Und weil Egger das geheim halten wollte, war August Köhler folgerichtig der inoffizielle Gynäkologe. Schwachsinn.
Weit entfernt wurde eine Sirene hörbar. Die Frauen fixierten abwechselnd die Rothaarige und Egger. Eine wandte sich wieder halb dem Zaun zu, da schrie Phillip: »Stehen bleiben!«, und zog seine Waffe.
Die Frauen schrieen auf, Mathias Egger drehte sich langsam zu Phillip um. »Finden Sie das nicht ein wenig übertrieben?«
Normalerweise hätte Maria ihm recht gegeben, aber in dieser Ratlosigkeit war sie über Phillips Machtdemonstration nur froh.
Die Sirene kam näher und stoppte vor dem Haus. Stimmen wurden hörbar, Maria meinte, Gottls sonoren Bass herauszuhören, und dann kam Stix mit Bertram und Uniformierten um die Ecke. Sie hatten tatsächlich ihrer aller Chef Traugott Mühle im Schlepptau.

Auf dem Wohnzimmertisch stand eine Vase mit einem bunten Strauß aus Gartenrosen, desgleichen im Vorzimmer beim Treppenaufgang und in den beiden ebenerdigen Zimmern. Alles war

extrem sauber und roch nach Zitrone. Das Ganze hatte etwas von einer zu Fleisch gewordenen Arthur-Schnitzler-Novelle, wenn da nicht Kreuze in allen Größen und die medizinischen Geräte gewesen wären. Sie waren in einem kleinen Salon neben dem Wohnzimmer untergebracht, eine Waage, ein Ultraschallgerät, ein gynäkologischer Stuhl und Untersuchungsinstrumente.
Phillip verschränkte die Arme. »Ich finde das alles jetzt einfach einmal nur lustig. Ich sehe die vielen Gyn-Stühle, über die wir stolpern, jetzt einfach einmal als Hinweis meines persönlichen Schutzengels. Wahrscheinlich soll ich mich mehr mit dem Unterleib der Frau an sich auseinandersetzen.«
Er war so dämlich. Aber seine Bemerkung hatte auch etwas Befreiendes, denn die schräge Situation machte Maria schwindelig. Ein ganz normaler Mord ohne Einbruch an einem ganz normalen Pfleger hatte sich zum schrägsten Fall, den sie je erlebt hatte, ausgewachsen. Babys, Sekten, geheimnisvolle Klonfirmen. Eine Mixtur für einen Schauerroman. Und all das, während Elsa operiert wurde. Die vielleicht gerade … Es tat so weh, es war zu viel. Maria lachte, und sie bekam einen Lachkrampf, als auch Phillip zu lachen anfing. Schließlich hielten sie sich beide die Bäuche. Erschöpft standen sie dann mit hängenden Armen da und versuchten, ihre Atmung wieder unter Kontrolle zu bekommen. Und auf einmal war da ein sehr intimes Gefühl zwischen ihnen. Dieser Mann machte sie fertig. Sie hatte noch nie jemanden gekannt, der so widersprüchlich war. Nein, sie hatte noch nie erlebt, dass ihre Gefühle für jemanden so widersprüchlich waren.
Maria drehte sich um und ging wieder ins Vorzimmer hinaus. »Komm, schauen wir, ob wir wenigstens Spuren von unseren Frauen finden.«
Mathias Egger stieß die Tür von der Terrasse ins Wohnzimmer auf. »Ich habe Ihnen doch gesagt, dass ich dieses Haus nur besitze. Und ich vermiete es. Das war es auch schon.«
Maria und Phillip stellten sich zum Wohnzimmereingang.
Stix kam hinter Egger nach. »Dafür kennen Sie die Frauen aber ganz gut. Sie konnten sie sogar davon abhalten, über den Zaun zu klettern, wie unsere Kollegen berichtet haben.«
Egger zuckte mit den Schultern. »Wie man sich halt so kennt.«
»Eh klar, wie man sich halt so kennt. Wir werden diese Frauen be-

fragen, wenn nötig, ihnen auch eine DNS-Probe abnehmen, und dann werden wir feststellen, dass eine davon die Mutter dieser ausgesetzten Kinder ist.«
Egger warf sich auf einen Biedermeiersessel, schlug ein Bein über das andere und legte die Arme auf die Lehnen. »Ja, ich habe davon gehört. Furchtbare Geschichte. Wirklich furchtbar. Und ich bin geschockt, dass Sie annehmen, eine von meinen Mieterinnen wäre zu so etwas fähig. Aber wenn das der Fall sein sollte, was ich, wie gesagt, nicht glaube, werde ich ihr natürlich anwaltlichen Beistand leisten.«
Stix holte Luft, dann riss er die Terrassentür auf. »Alle da herein, meine Damen, alle da herein.«
Die fünf Frauen vom Zaun und die beiden Schwangeren folgten seinem Befehl betont langsam, doch Stix ließ sich nicht provozieren. Er stand wie eingefroren in einer halben Verbeugung und mit einladend ausgestreckter Hand in der Tür und wartete, bis alle Frauen ebenso wie Bertram und Gottl im Wohnzimmer waren. Den mittlerweile vier Uniformierten deutete er mit dem Kopf, an der Terrassentür und an der Eingangstür Position zu beziehen.
Bertram strich über ein etwa dreißig Zentimeter großes silbernes Kreuz, das auf einem weißen Flügel stand. »Was ist das da für eine Show, bitte?«
Die Frauen hatten sich alle gesetzt, teils an den schwarzen Jugendstiltisch, um den sechs schwarze Thonet-Stühle gruppiert waren, teils auf die Biedermeiersitzgruppe, wo auch Egger thronte. Ihre Mienen waren zwar allesamt angespannt, verrieten sonst aber keinerlei Gefühl.
Bertram ging zu der Rothaarigen und fixierte das Kreuz um ihren Hals. »Was ist das da für eine verkackte Show?«
Die Rothaarige sah ihn an, kein Zucken, nichts, nur ihre Augen funkelten. »Ich würde Sie bitten, nicht so über unsere Gemeinschaft zu sprechen.«
Bertram warf die Arme in die Luft und drehte sich einmal im Kreis. »Es spricht. Es spricht.«
Gottl, der sich in die hinterste Ecke zurückgezogen hatte, hüstelte. »Kollege Bertram.« Sein Ton sagte überdeutlich, dass Bertram sich um Himmels willen bitte nicht so aufführen möge.
Bertram ging förmlich die Luft aus. Gottl schloss einmal kurz die

Augen und deutete mit einem winzig kleinen Kopfzucken, dass sich Bertram zu ihm in die Ecke gesellen solle. Und Bertram, der großkotzige Berthold Bertram, gehorchte ohne Widerspruch. Das war ein Jahrhundertereignis. Da musste im Vorfeld unglaublich viel schiefgelaufen sein, dass Bertram so kuschte.
Nachdem sich Bertram zu Gottl gestellt hatte, wandten sich alle Blicke gleichzeitig zu Stix. Der lehnte sich an den Flügel, musterte die Frauen. Er endete bei der Rothaarigen, die senkte den Blick.
»Frau Kamper, Sie wurden beobachtet, wie Sie eines der Babys im Hanusch-Krankenhaus abgelegt haben. War das Ihr Kind?«
Das war es! Natürlich, diese Frau war eine der Pflegerinnen in Marias Spital. Sie war dabei gewesen, als sie das Baby im Abstellraum gefunden hatten. Die dicke Schwester hatte Staudinger damals in der Nacht etwas erzählen wollen, vielleicht war sie es gewesen, die die Rothaarige beim Weglegen des Babys gesehen hatte.
Die Kamper schüttelte den Kopf.
»Wessen Kinder sind das?«
Keine Reaktion.
»Aber Sie bestreiten nicht, dass Sie das Kind dort abgelegt haben?«
Wieder Kopfschütteln.
»Und die anderen drei Babys, haben Sie die auch abgelegt?«
Kopfnicken.
»Sie wissen, dass das verboten ist?«
Schulterzucken.
»Und wieso haben Sie sie nicht in eine Babyklappe gelegt?«
Die Kamper biss sich in die Lippen.
Egger überschlug die Beine in die andere Richtung. »Meine Mandantin sagt jetzt gar nichts mehr.«
Stix fuhr herum. »Und Sie? Sie behaupten, Sie hätten nur das Haus hier vermietet. Ist Ihnen das nicht komisch vorgekommen, dass hier nur Frauen leben, die sich weiß anziehen, offensichtlich extrem gläubig sind und …«, er fuchtelte hilflos mit den Händen, bis sein Blick auf die beiden Schwangeren fiel, »und schwanger sind?«
Egger schaute ihn mit großen Augen an. »Ich weiß nicht, warum Sie das so aufregt, Herr Kommissar. Es gibt die eigentümlichsten Wohngemeinschaften, warum nicht auch eine von schwangeren Frauen?«

Stix ließ die Arme hängen. Maria wusste, wie er sich fühlte. Er rannte gerade gegen eine Gummiwand.
Marias Handy vibrierte. Eine SMS. *Operation gut verlaufen. Heinz.*
Maria wurde heiß. Nur mit Mühe konnte sie einen Jubelschrei unterdrücken. Nicht nur für sie, sondern auch für Elsa hieß es nicht *früher*, sondern *später*.
Maria zeigte Phillip die SMS, steckte das Handy wieder ein und sah in die Runde. Ja, da war eine Gummiwand, aber die hatte ein kleines Loch. Die Kamper hatte auf die Frage nach der Babyklappe antworten wollen. Man musste sie von Egger isolieren. Die hatten sich alle vorher abgesprochen, das war klar. Die Frauen vertrauten Egger. Sie mussten Unruhe in die Phalanx bringen. Maria studierte die Gesichter der Frauen, irgendeine von ihnen musste das schwächelnde Glied der Kette sein. Die beiden Schwangeren waren es nicht, vielleicht die Verletzte. Offensichtlich war sie die Mutter des im Hanusch-Krankenhaus weggelegten Kindes, sie hatte den typischen Bauch einer Frau, die gerade entbunden hatte. Moment, aber den hatten auch die anderen drei. Nur nicht die Kamper.
Maria ging zum Tisch und hockte sich vor die Verletzte. Behutsam legte sie ihre Hand auf deren Knie. Sie konzentrierte sich, um ihren sanftesten Ton und ihr nettestes Lächeln zustande zu bringen.
»Und Ihr Kind? Wo ist denn das? Wollen Sie es nicht holen? Ist es oben? Ich glaub, ich hab da ein Wimmern gehört.« Sie wandte sich zu der langhaarigen, brünetten Frau, die direkt neben der Verletzten saß. »Oder war das Ihr Kind?« Sie lächelte den Bauch der Frau und dann wieder ihr Gesicht an. »War es eine schwere Geburt?« Sie stand auf und sah die dritte und die vierte Frau an. »Es kann natürlich auch Ihr oder Ihr Kind gewesen sein. Haben Sie eigentlich alle zur gleichen Zeit geboren? In der Gemeinschaft?«
»Was redest du da, Maria?«
Maria wandte sich zu Stix. »Jede dieser Frauen hat kürzlich entbunden, da bin ich mir ganz sicher.«
Egger stand auf. »Sie fantasieren, Frau Kouba. Und selbst wenn es so wäre, was ist daran ungesetzlich?«
»Ich habe nicht gesagt, dass das ungesetzlich ist. Ich frage mich nur, wo die Babys sind.« Maria trat auf Egger zu. »Und weil wir gerade so schön plaudern, wo sind die anderen Frauen?«

»Welche anderen Frauen?« Der Ton war unsicher, er versuchte, Zeit zu schinden.
»Die drei Frauen, die am Abend der Tatnacht bei August Köhler waren. Im Haus Ihrer Mutter. Die Besucherinnen haben sich nachher mit dem Taxi hierherbringen lassen.«
»Wie Sie wissen, war ich im Ausland und …«
»Herr Egger, es ist doch eigenartig, dass zwei Abteilungen der Polizei, die unabhängig voneinander an zwei vermeintlich nicht zusammenhängenden Fällen arbeiten, auf dieses Haus hier stoßen.«
»Das ist wohl Ihr Problem, wenn Sie sich nicht koordinieren …«
»Unterbrechen Sie mich nicht. Ich an Ihrer Stelle würde zu mauern aufhören und endlich kooperieren. Ich finde, diese Dame hier«, Maria zeigte auf die Kamper, »sollte uns jetzt endlich die Frage beantworten, warum sie die Kinder nicht in irgendeine Babyklappe gelegt, sondern öffentlichkeitswirksam ausgesetzt hat.« Maria wandte sich zu der Pflegerin. »Weil, das war doch Ihre Absicht, oder? Dass möglichst viele Medien berichten. Ich frage mich nur, warum, wenn es sich bloß um normale Schwangerschaften mit normaler Kindesweglegung handelt. Soweit man das alles als normal bezeichnen kann.«
Sie fixierte die Kamper. Deren Kiefermuskeln zuckten. Es dauerte nicht mehr lange.
Maria ging Richtung Vorzimmer, wo Phillip am Türrahmen lehnte und sie kaum merklich angrinste. Die anderen schwiegen. Bei der Tür drehte sie sich um. »Aber das ist ja der Part meines Kollegen Stix. Mein Partner Roth und ich werden uns jetzt einmal in den oberen Stockwerken umschauen, ob wir da unsere drei vermissten Frauen finden. Denn sie sind wichtige Zeuginnen für uns.«
Die Kamper sprang auf. »Nein!«
Maria drehte sich langsam um. Ach, manchmal liebte sie diese theatralischen Spielchen schon sehr. Sie zog die rechte Augenbraue hoch.
Die Kamper schaute noch einmal zu Egger, gab sich dann aber einen Ruck. »Die drei schlafen. Und ich würde Sie bitten, sie nicht zu stören, sie brauchen den Schlaf. Sie sind in einer sehr heiklen Phase.«
»Sie sind auch schwanger?«
Sie nickte. Egger drückte sich tiefer in die Polster des Sessels. Die

anderen Frauen fixierten allesamt den Boden, und die lieben Kollegen starrten Maria an.
Phillip trat neben sie. »Darauf können wir, fürchte ich, keine Rücksicht nehmen, Frau Kindesweglegerin. Oder sind Sie die Hebamme in diesem Verein?«
Die Kamper kam auf Maria und Phillip zu und streckte die Hände bittend aus. »Sie müssen Rücksicht nehmen, sonst … kommt es vielleicht zu einer Fehlgeburt.«
Maria verschränkte die Arme. »Hören Sie, so schnell kommt es zu keiner Fehlgeburt. Schwangere sind ja keine Kranken. Ach, was diskutier ich da überhaupt mit Ihnen. Ich muss wissen, was die Frauen in diesem Haus gesehen haben.« Sie wandte sich wieder zur Tür. »Komm, Roth, wir besuchen die Ladys jetzt einmal.«
Maria ging los, Phillip folgte ihr auf dem Fuß, die Kamper lief ihnen nach, während sie abwechselnd »Nein, bitte nicht« und »Warten Sie« jammerte.
Sie gingen die Treppe hinauf und gelangten in einen langen Gang. Maria öffnete die erste Tür, das Zimmer war leer. Cremen standen herum, ein Umstandskleid hing an einem Kleiderbügel beim Fenster. Es war wohl die Kammer einer der Frauen, die im fünften Monat waren. Maria öffnete die zweite Tür und sah sich der gefärbten Blonden gegenüber, die am offenen Fenster lehnte. Heute trug sie ein weißes Jeanshemd über einem weißen T-Shirt und weiße, gerade geschnittene Jeans.
Sie nickte Maria zu. »Ich habe Sie erwartet.«

Bertram würde Maria jetzt für immer und ewig noch mehr hassen, als er es ohnehin schon tat, aber sie schob ihn nichtsdestotrotz aus dem Zimmer, genauso wie Gottl, die Kamper und Egger. Letzterer demonstrierte lautstark, doch Ursula Steidl, so hatte sich die blond Gefärbte vorgestellt, deutete ihm mit einem Nicken, dass er verschwinden sollte.
Maria sah sich im Raum nach Sitzgelegenheiten um. Sie verwies Stix zum Ohrensessel in der Ecke, Phillip lehnte sich auf den Schaukelstuhl, der neben dem Fenster stand, wodurch er, falls sie sich auch nur irgendwie bewegte, in Ursula Steidls Rücken war. Maria nahm auf dem Stuhl beim Schminktisch Platz.

Ursula Steidl beobachtete sie. Sie wirkte eingefallen, ihre Augen waren leicht geschwollen. Und ständig nickte sie ganz leicht mit dem Kopf und dem Oberkörper. Doch trotz ihrer Anspannung schien sie erleichtert.
Als sie alle saßen und die Steidl anschauten, lachte die freudlos auf. »Das ist ja wie bei einem Tribunal.« Die Frau hatte einen Schweizer Akzent. Das machte sie irgendwie liebenswert. Maria überschlug die Beine. Nein, sie durfte sich jetzt nicht von einem anheimelnden Dialekt einlullen lassen.
Sie stützte die Arme auf den Knien auf. »Wir wollen nur nichts von dem versäumen, was Sie uns erzählen.«
Phillip klopfte mit seinem Notizbuch auf die Lehne des Schaukelstuhls. »Also, Frau Steidl, waren Sie vor drei Tagen im Haus von Eleonore Egger?«
Steidl nahm unwillkürlich Abstand zu Phillip, um ihn besser sehen zu können. Sie stand nun direkt vor dem Bett. »Wenn das die kranke alte Frau ist, ja, da war ich.«
»Also haben Sie und Ihre beiden Freundinnen …«
»Conny und Beate.«
»Also haben Sie drei eigentlich August Köhler besucht, wenn ich Ihre Frage richtig interpretiere.«
»Ja.«
Maria legte die Arme aufeinander und richtete sich gerade. »Jetzt lassen Sie sich bitte nicht alles aus der Nase ziehen, Frau Steidl. Also, warum sind Sie zu Köhler? Wann genau sind Sie eingetroffen? Wie lange waren Sie in dem Haus?«
Unten wurden die Stimmen von Bertram und Egger laut.
»Wir sind zu ihm so um sechs.«
Wortfetzen wurden hörbar, Maria verstand *Dableiben* und *Nichts in der Hand*. Dann das sonore Gebrummel von Gottl. Schließlich fiel die Haustür mit einem lauten Knall ins Schloss.
»Wir sind zu ihm, weil wir … Ja, wie sag ich's, wir sind eine Vereinigung, die Babys rettet.«
Maria stand auf und ging zum Fenster. Das Einfahrtstor begann sich zu öffnen. »Was heißt ›Babys rettet‹?«
Egger knallte sich in sein Auto und fuhr rücklings durch das nun offene Tor.
»Wir sind Aushilfemamis. Für Babys, die keiner braucht.«

Egger schrammte mit dem rechten Kotflügel die Umrandung des Tores und blieb stecken. »Was heißt das?«
Er legte den ersten Gang ein. Es krachte. Egger fluchte lautstark.
»Es werden ja immer mehr Babys gemacht, als dann eingepflanzt werden. Wie sag ich's? Wenn Sie das künstlich machen, das Babymachen, dann werden viele Babys gemacht, aber meistens werden nur zwei oder drei in den Bauch gegeben. Die anderen bleiben über.«
Ausschussware. Maria drehte sich um. Diese Frau hatte eine naive Sprache, doch ihr Blick war nicht naiv. Sie war nicht geistig einfach, sie verwendete diese Sprache bewusst.
»Sie meinen, dass bei einer In-vitro-Fertilisation Embryonen übrig bleiben und eingefroren werden.«
Die himmelblauen Augen der Steidl schienen eisgrau zu werden.
»Diese Babys werden oft Forschern gegeben, und die zerstückeln sie dann.«
Es schepperte. Maria sah wieder aus dem Fenster. Der Pajero sprang mit Karacho wieder in den Hof zurück und fuhr nochmals rückwärts durch das Tor. Diesmal schaffte er es ohne Festsitzer. Egger ging der Arsch auf Grundeis. Es war vertrottelt von den Kollegen, ihn abhauen zu lassen.
»Und weiter?«
Ein Auto fuhr los. Es war dunkelgrau, klein und sah aus wie ein Golf, war aber keiner. Es schien dem Pajero zu folgen. Vielleicht hatte Stix Observation befohlen. Sie wandte sich zu Stix, doch der war ganz ins Zuhören der Steidl vertieft.
»Wir tragen diese Babys aus. August setzt sie uns … setzte sie uns …« Sie begann zu weinen.
Oder jemand anders verfolgte Egger. Und es konnte natürlich aber auch Zufall sein, dass der graue Wagen genau in diesem Moment losgefahren war.
»Und woher hatte er die Embryonen?«
»Mathias hat sie gerettet.«
Sie mussten Egger ohnehin im Auge behalten. Vorsicht war die Mutter der Porzellankiste. Maria beugte sich weit aus dem Fenster und winkte dem Uniformierten vor der Eingangstür. »Schnell, fahren Sie Egger nach. Und achten Sie auf einen dunkelgrauen«, Mist, was für ein Auto konnte es gewesen sein?, »Fiat Punto. Oder halt ein Auto, das so ähnlich ausschaut wie ein Golf. Schnell.«

Der Uniformierte und sein Kollege rannten los, sprangen in den Streifenwagen. Sie fuhren los. Die Verfolgten hatten vielleicht fünfundvierzig Sekunden Vorsprung, das war aufzuholen.
Maria drehte sich wieder zu Steidl um. »Mathias Egger hat also Embryonen besorgt, die Ihnen August Köhler dann eingesetzt hat. Weil Sie die Kinder retten wollten.«
Die Steidl nickte. Sie setzte sich aufs Bett und strich lächelnd über die Tagesdecke.
Maria sah Phillip an, dann Stix. Beide Männer hatten eine derart skeptische Miene, dass sie fast zu lachen schienen. Ja, es klang absurd. Aber es hatte eine innere Logik.
Stix zwinkerte ein paar Mal, dann lehnte er sich Richtung Ursula Steidl. »Und die anderen Frauen, die sind auch … Ersatzmamis?«
Lach jetzt nicht, Stix, lach jetzt nicht! Stix presste die Lippen zusammen. Brav.
Die Steidl nickte und strahlte. »Wunderbar, oder?«
Stix klatschte in die Hände. »Alles klar, darum also sind die Vierlinge. Sie sind von einer einzigen Behandlung … sozusagen übrig geblieben. Wir haben uns schon gewundert, wie wir ihre DNS-Tests bekommen haben. Gut, dann fahr ma aufs Präsidium und nehmen das alles zu Protokoll.« Er klopfte sich auf die Oberschenkel und wollte schon aufstehen, blieb aber dann sitzen. Er runzelte die Stirn. »Aber warum nicht die Babyklappe?«
Steidls Hände verkrallten sich, sie saß nun sehr aufrecht da. »Weil die Menschen wieder lernen müssen, wie wertvoll das Leben ist. Wir haben vorgehabt, Artikel zu lancieren, Berichte über den Massenmord.«
Stix holte neuerlich Luft … und entspannte sich. Seine Augen strahlten, er beugte sich zur Steidl.
Maria hob die Hand. »Das können wir alles später diskutieren, Stix, entschuldige. Und woher Mathias Egger die Embryonen hat, werden wir ihn selber fragen. Kannst den Kollegen, die ich ihm nachgeschickt hab, über die Zentrale sagen, dass sie ihn unter keinen Umständen aus den Augen verlieren dürfen, bitte?«
Stix sah sie zwar etwas zu lange an, aber er gehorchte. Das grenzte an ein Wunder, denn Maria war ja nicht seine Vorgesetzte, sondern nur die Kollegin aus einer anderen Einheit. Mit der Klinke in

der Hand drehte er sich nochmals zur Steidl um. Es schien, als ob er ein freundliches Nicken unterdrücken würde.

Nachdem sich die Tür hinter ihm geschlossen hatte, setzte sich Maria zu Ursula Steidl aufs Bett. »So, und jetzt reden wir darüber, was an diesem Abend passiert ist. Wir wissen, dass Sie das Taxi erst um zwei Uhr morgens hier abgesetzt hat.«

Ansatzlos fing Ursula Steidl wieder zu weinen an. »Es war so schrecklich, es war so entsetzlich schrecklich.«

Lautes Getrampel wurde auf den Stiegen ins Obergeschoß, auf dem Gang draußen hörbar. Zwei Leute rannten, feste Schritte und mehr schleifende.

»Kollege Bertram, das werden Sie nicht tun. Das ist ein Befehl.«

So scharf hatte Maria Gottl noch nie gehört.

»Das sind Zeuginnen. Ist mir wurscht, ob die schwanger sind oder net.«

Sie starrten alle drei zur Tür.

Die schleifenden Schritte blieben stehen. »Sie wollen also ein Disziplinarverfahren wegen Befehlsverweigerung. Gern, Kollege Bertram. Wenn Sie an diese Türe hämmern, haben Sie es.«

Stille.

»Nehmen Sie sich doch ein Beispiel an Kollegin Kouba. Sie geht solche Sachen immer mit einer der Situation angepassten Sensibilität an.«

Maria wollte am liebsten unter der Bettdecke verschwinden. Phillip grinste sie an und applaudierte lautlos.

Eine Hand schlug krachend gegen eine Wand, die festen Schritte entfernten sich nach unten, die schleifenden folgten ihnen.

Ursula Steidl sah Maria mit großen Augen an. »Dann dürfen Sie sich das jetzt aber nicht anhören, wenn Sie so sensibel sind.«

Phillip kam auf die Terrasse, streckte sich und betrachtete den Garten der Villa. »Ich glaub, das würde ein paar werdenden Müttern gefallen, ihre Schwangerschaft in so einer netten Hütte mit Parkanschluss zu verbringen. Vielleicht sollte man das einführen. *Pregnant Residence* oder so. Nach dem Motto: Gemeinsam hecheln macht es leichter. Ist sicher eine Marktlücke.« Er schnippte mit den Fingern. »Und am besten auf Krankenschein. Was glaubst, wie das die Geburtenrate steigert. Neun Monate Urlaub und verwöhnen lassen. Genau, ich werde so ein Projektpapierl ausarbeiten, die Idee patentieren lassen und Papa Staat um Geld anschnorren. Dass wieder mehr Frauen Junge werfen, das müsste ihm doch was wert sein. Was meinst du?«

Phillip lächelte Maria zu und zwinkerte ein paar Mal. Das sollte wohl Unschuld suggerieren.

»Ich mein, dass du jetzt völlig gaga bist. Außerdem geht's bei der sinkenden Geburtenrate nicht um die Schwangerschaft, sondern um die Kinderbetreuung, du Ignorant.«

Er tänzelte mit schlenkernden Armen vor ihr. »Na, das kriegen wir dann auch noch in den Griff. Hauptsache Innovationsgeist. Das ist das, was wir aus diesem Fall lernen. Man muss den Innovationsgeist in sich wecken.« Er stoppte abrupt und zeigte mit dem Finger auf Maria. »Nachdem unser großherziger Herr Egger aber nur eine minimale Miete von den Damen verlangt hat, fragen wir uns natürlich, wo er seinen Reibach gemacht hat. Als Jurist mit Spezialgebiet Gentechnologie? Denn innovativ scheint er zu sein, der heilige Mathias.«

Maria lächelte Phillip an, er feixte daraufhin, sie beugte sich zu ihm und ahmte seine Geste nach. »Okay, ich werde innovativ, und zwar bei Foltermethoden, wenn du mir nicht gleich sagst, was die Steidl dir erzählt hat.«

»Das haben wir schon gern. Die erste Gelegenheit zur Flucht ergreifen und dann nervig sein.« Phillip wedelte mit dem Zeigefinger wie ein strenger Oberlehrer.

»Zehn Minuten Erklärungsversuch, dass ich blutige Geschichten mag, haben mir gereicht. Na, hab ich mir gedacht, schaust dir amal die andern Ladys an, aber die wissen gar nix. Und dann hab ich beschlossen, die Sonne zu genießen und die Verrückte dem Verrückten überlassen.«

Sie grinsten einander an, dann wurde Phillip schlagartig ernst. »A grausliche Gschicht.«

Er setzte sich auf die Stufe der Terrasse und riss einen Grashalm vom Rasen ab. Dann fing er an, ihn in kleinen Abständen zu knicken. »Sie wissen nicht viel. Und ich glaub ihr das. Sie waren die ganze Zeit unten im Behandlungsraum und im Fitnessraum. Man kann die Couch ausziehen. Dort haben sie alle drei nach der Behandlung geschlafen. Sie haben also von dem Wahnsinn über ihnen an sich gar nichts mitbekommen. So um eins herum sind sie aufgewacht und haben sich gewundert, warum August Köhler sie nicht geweckt hat, wie er es angekündigt hatte. Sie sind rauf in die Wohnung und haben ihn gefunden. Unsere Ursula war die toughste, die anderen zwei sind heulend zusammengebrochen. Ist die Frage, ob ihnen nach diesem Schock die Kinder bleiben.«

Phillip schmiss den Grashalm weg, riss einen anderen aus, betrachtete ihn und schmiss ihn ebenfalls weg. Er zündete eine Zigarette an und reichte sie Maria, zündete sich selbst eine an.

»Ja, und, das war's? Dann sind sie einfach in ein Taxi gestiegen und heimgefahren? Warum haben sie nicht die Polizei gerufen?«

»Sie wussten, dass Egger die Embryonen nicht auf legalem Weg besorgt hat, das geht ja auch gar nicht. Wie er es angestellt hat, wissen sie nicht. Und Leihmutterschaft ist bei uns ja außerdem verboten.«

»Alles klar. Hilft uns aber jetzt nicht wirklich weiter.« Maria stand auf.

»Sie haben Karin Beluschek angerufen.«

»Was?« Maria ließ sich neben Phillip auf die Treppe plumpsen.

»Du hast es dir doch auch gedacht, vorhin im Garten. Wie sie alle weiß angezogen waren.«

Maria nickte.

»Eben. Ja, sie ist sozusagen die Organisatorin. Sie organisiert die freiwilligen Mütter. Sie grast diverse Chatrooms ab, all jene, wo sich Gegner von Abtreibungen finden.«

»Und das sind meistens sehr gläubige Christen.«

»Nicht nur. Ursula Steidl zum Beispiel ist trotz der Bibel ohne Bekenntnis, aber sie ist aus moralisch-ethischen Gründen gegen Abtreibung. Für sie beginnt das Leben einfach bei der Befruchtung. Sie hat vorhin immer wieder so einen alten Wissenschaftler, einen Biochemiker zitiert ...«, Phillip kniff die Augen zusammen, »*Ausschussware gehört auf den Mist. Aber wie kann man Seele wie gebrauchten Schutt wegwerfen*?« Er zog an der Zigarette.

»Ja, und dann? Sie ist gekommen und hat die Frauen in ein Taxi verfrachtet.«

»Genau. Sie hat den beiden anderen zuvor ein Beruhigungsmittel gegeben, hat gesagt, dass sie alles mit dem Egger checken wird,

dass sie sich melden wird, und dann hat sie die Frauen mit dem Taxi heimgeschickt.«
»Sie ist also noch am Tatort geblieben.«
»Genau. Und die Frage ist, was sie dort getan hat. Und die zweite Frage ist, ob sie vielleicht schon vorher dort war. Warum in ferne britische Gefilde schweifen, das Gute liegt oft so nah. Wenn es denn nah wäre. Ich kann die Beluschek immer noch nicht erreichen. Ich schreib jetzt die Fahndung nach ihr aus. Sie ist eine Frau, sie ist klein und zierlich. Und bei einem Überfall trägt kein Mensch Weiß. Sie könnte unsere Einbrecherin gewesen sein.«
»Und sie ist wirklich fähig, einfach so am Hals eines Menschen herumzuschneiden? Den Kopf komplett abzuschneiden?«
»Was wissen wir schon über sie? Sie hat uns angelogen, und wir haben es nicht einmal im Ansatz gemerkt.«
Maria betrachtete ihre Zigarette. Der Rauch war gar nicht blau, wie es immer hieß. Er war weiß. Wie der Rauch, der nach einer erfolgreichen Papstwahl aufstieg. Doch sie hatten ihren Mörder immer noch nicht. Der Rauch ihrer Zigarette müsste schwarz sein.

Der Spittelberg war vielleicht für Anrainer, die einen Garagenplatz hatten, oder für Touristen ein Traumgrätzl. Für arbeitende Menschen, die einen Parkplatz suchten, war er ein Horror. Sie fuhren bereits zehn Minuten die Runde und kamen gerade das fünfte Mal die Siebensterngasse herunter.
Maria ließ sich entnervt mit dem Kopf gegen die Genickstütze fallen. »Bitte, wir sind im Einsatz. Stell das Scheißding einfach auf den Gehsteig. – Nein, Blödsinn, da ums Eck in der Stiftgasse ist doch eine Polizeistation. Da stellen wir uns hin. Natürlich! Warum ist uns das noch nicht einfallen? Komm, bieg ab, bieg ab.«
Phillip blieb auf dem Zebrastreifen auf der Kreuzung stehen und lugte um die Ecke. Er schnalzte mit den Lippen. Die Plätze der Polizei waren alle belegt, die Parkflächen waren komplett bis auf die Einfahrt zur Stiftskaserne zugestopft.
»Das gibt's doch nicht! Kein einziger Einsatz? Das gibt's einfach nicht, solche Faulsäcke!«
Phillip schlug mit beiden Händen aufs Lenkrad und fuhr direkt auf den Gehsteig vor dem *Zentimeter*. Der Trottoir vor dem Lokal

war breit, für Schanigärten gebaut, und ein Meter weiter stand auch schon der erste Tisch. Das Pärchen, das dort saß, erhob sich halb, bereit zur Flucht. Die Frau setzte sich wieder, als sie sah, dass ihr Auto zum Stillstand kam, doch der Mann stürmte auf sie zu und zeigte ihnen den Vogel. Phillip sprang hinaus und zeigte ihm die Marke. Die Arme des Mannes zuckten noch ein paar Mal, aber dann nahm er wieder Platz. Die Frau beruhigte ihn. Maria konnte zwar kein Wort verstehen, aber es war wohl effektiv, denn die beiden prosteten einander zu.

Der Parkplatz war allerdings definitiv nicht effektiv. Dafür, dass sie am Gehsteig standen, war er viel zu weit von Eggers Kanzlei entfernt. Sie mussten noch drei Kreuzungen bis zu dem Mietshaus gehen. Doch Maria konnte nicht motzen, denn Phillip war verschwunden. Sie stieg aus und sah sich um. Er betrat gerade ein Lokal zehn Meter weiter in der Siebensterngasse. Das *Epos.*

Phillips Handy läutete. Sie stieg wieder ein. Es läutete noch immer. Sie sah aufs Display, das war ja nicht verboten. Es war eine nicht eingespeicherte Handynummer. Es war sein Diensthandy. Nein, das konnte sie nicht machen. Es hörte auf zu läuten. Um sogleich wieder zu beginnen. Dieselbe Nummer. Maria hob ab. »Kouba am Apparat Roth? … Was für ein Hund? … Nein, das geht jetzt nicht. Das geht überhaupt nicht, Charlie ist bei Ihnen sicher in guten Händen. Und er wird sich schon eingewöhnen. … Das hat mein Partner sicher nicht gesagt. Auf Wiederschaun.«

Phillip ließ sich mit zwei Kebabs ins Auto plumpsen und erstarrte, als er sein Handy in Marias Hand sah. *Er hat dich ertappt!* Nein, es war sein Diensthandy. *Blödsinn, du hast auch private Gespräche auf deinem Diensthandy, du würdest es auch nicht wollen, wenn er drangehen würde.* Sie war aber seine Vorgesetzte. *Scheißausrede. So was tut man nicht!*

»Es hat so unendlich lang und nervig geklingelt. Zwei Mal.« Maria senkte den Blick und wischte das Display ab. »Bitte entschuldige. Tut mir echt leid. Kommt nie wieder vor.«

Zuerst passierte eine kleine Ewigkeit gar nichts, dann reichte ihr Phillip ein Kebab. »Okay, ich schieb deinen Übergriff auf Verwirrtheit aus Hunger.«

Maria lächelte ihn an und packte das Kebab aus. Er war so nett seit ein paar Stunden. Irgendwann an diesem Tag hatte sich seine schlechte Laune, die er seit ihrem Unfall gehabt hatte, aufgelöst. Es war sicher die Flachserei am Morgen gewesen. Rituale waren also gar nicht so schlecht.

»Und? Wer war es?«

»Die Havlicek-Enkelin. Sie wollte dir den Hund bringen.«

Phillip verharrte in der Bewegung und wandte sich dann langsam zu Maria. »Du hast Nein gesagt?«

»Natürlich.«

»Wir müssen ihn retten. Die Frau ist eine Furie. Die hat ihn gestern angekettet. Und das hat sie mir dann auch noch brühwarm erzählt.«

»Die hat dich schon einmal angerufen?«

»Gezählte neun Mal.«

Maria seufzte. »Porree, bitte. Klär das am Abend. Jetzt haben wir wirklich keine Zeit für solche Spaßetln. Wir müssen jetzt geschwind das Kebab essen. Danke übrigens.«

Maria schickte Phillip ein Luftbussi, er beugte sich blitzschnell zu ihr und leckte ihr das Joghurt von der Oberlippe. »Gern, Chefin.«

Alles wie immer, alles wie eh und je. Die Verwandlung des Phillip Roth. Aber so radikal? Doch um diesem Phänomen auf den Grund zu gehen, auch dafür war jetzt keine Zeit.

»Ja, und währenddessen lass uns geschwind durchgehen, was wir alles von diesem Mathias Egger wissen wollen. Die lieben Kollegen wollen ihn so bald wie möglich wegen der Villa verhören. Ich versteh sie, und wir wollen sie doch nicht verärgern.«

Phillip kratzte sich am Kopf. »Okay, okay. Ich ruf nur geschwind die Havlicek an. Ich hab ihr gesagt, wenn sie in der Stadt ist, dann soll sie mich … Ich sag ihr einfach, sie soll ihn … Ich weiß, sie soll ihn ins *See Me* bringen, in dein Stammbeisl. Oder ins *Lange*. Die beiden Wirte kennen dich doch gut. Und die mögen sicher Hunde. Und später, nach der Arbeit, holen wir ihn ab.«

»Ein Hund in einem Wirtshaus. Sicher.«

»Jetzt werd bitte keine Paragrafenreiterin, May, komm schon.« Er zupfte einen Zwiebelring aus Marias Kebab und steckte ihn in ihren Mund. »Komm, deine gute Pfadfindertat für diesen Monat.«

Statt einer Antwort biss Maria in ihr Kebab. Phillip rief die Nummer auf. »Ja, Frau Havlicek, ich bin's, Roth. Also, was ist mit

dem … Wo sind Sie?« Er legte die Hand aufs Handy und schluckte. »Sie ist auf der Mariahilfer Straße einkaufen und hat den Charlie einfach am Blumentopf vor dem *Gerngross* angebunden. Vor einer halben Stunde.«
Das war wirklich letztklassig. Und diese Frau bekam ein Kind. Das steckte sie dann wohl während ihrer Einkäufe in ein Schließfach am Bahnhof. Okay, es war nach Mittag, ein paar Stunden würden sie es mit diesem Hund aushalten. Sie würden es managen, mit ihm während der Arbeit durch die Gegend zu gondeln. Sie nickte.
Phillip küsste sie. Der Kuss war nur flüchtig, aber er schmeckte besser als alles andere die letzten drei Tage. Wahrscheinlich lag es am Kebab.
»Frau Havlicek, okay, ich nehme ihn. Könnten Sie ihn bitte in ein Lokal bringen, es ist nicht weit, gleich drüben im Achten … Ich? … In der Siebensterngasse, quasi um die Ecke, aber … Nein, das geht nicht. Frau Havlicek … Frau Havlicek?«
Maria biss wieder in ihr Kebab. »Sag jetzt einfach nichts. Okay?«
Phillip legte das Handy ab, schweigend widmeten sie sich ihrem Mittagessen.
Die Siebensterngasse entlang war noch immer kein freier Parkplatz. Und das sah nicht nur frustrierend, sondern auch langweilig aus. Zwei Autos waren rot, eines weiß, eines gelb. Alle anderen waren grau. In allen Abstufungen. »Ich fass es noch immer nicht, dass die lieben Kollegen von der Streife den anderen Wagen verloren haben.«
»Schau, wenigstens haben sie Egger bis hierher verfolgt. Und wer weiß, wahrscheinlich war das nur Zufall, wahrscheinlich ist dir das nur so vorgekommen, als würde dieser Fiat den Egger verfolgen. Wenn das der Fall gewesen wäre, hätten sie ihn wohl nicht verloren. Denn dann wäre er ja an Egger drangeblieben. Der *Fiat*. Oder was auch immer das für ein Auto war.«
Maria boxte Phillip sanft in den Schenkel. Gebell kam von hinten auf sie zu. Phillip stopfte sich den Rest des Kebabs in den Mund und knüllte geschwind Alufolie und Serviette zusammen. Dann sprang er aus dem Auto.
Charlie sprang an ihm hoch. Gut, es war eben Liebe. Dagegen konnte man nichts machen. Die Havlicek reichte Phillip einfach

nur die Leine und verschwand wieder. Phillip kraulte den Hund hinter den Ohren, der wollte ihn abschmusen, Phillip wich aus und lachte. Maria musste wieder einmal Zeit mit Jack verbringen. Der Kater hasste sie sicher schon, weil sie kaum mehr daheim auftauchte. Dann ging Phillip mit Charlie ein Stück in die Stiftgasse hinein. Der Hund schnupperte sich die Einfassungen der Bäume entlang. Er bog um die Ecke in die Schrankgasse. Na, das konnte ja noch heiter werden. Es war unmöglich, als Polizist, der Single war, der also keine Zeit hatte, Gassi zu gehen, einen Hund zu halten. Das musste sie Phillip klarmachen. Eine Katze war kein Problem, natürlich, die war ja ein selbständiges Wesen und ging daheim aufs Klo, aber ein Hund … Charlie kam um die Ecke geschossen. Er hatte seinen Schwanz eingeklemmt und drehte sich immer wieder im Kreis. Phillip war nirgends zu sehen. Maria sprang aus dem Auto und lief dem Hund entgegen. Er ignorierte sie. Sie stieg auf die am Boden schleifende Leine. Er quietschte ob der abrupten Abbremsung. Aber ein bissel Würgen war besser, als wenn er vorn an der Kreuzung in die Straßenbahn lief, die sicher gerade in diesem Augenblick kam. Straßenbahnen kamen immer in so einem Augenblick.
Maria nahm die Leine und zerrte Charlie in die Schrankgasse. Der Hund bellte und jaulte. Alle Gäste der Schanigärten starrten sie an. Nur Phillip war nirgends zu sehen. Das Handy vibrierte in ihrer Hosentasche. Er brauchte Hilfe. Nein, es war eine unbekannte Handynummer, die ihr aber irgendwie bekannt vorkam. »Kouba?« Es war nur Schluchzen und Stöhnen zu hören. »Wer ist da?« Ein Schrei. »Wer ist da? Hallo! Sagen Sie was! … Karin? … Wo sind Sie?«

Der Hals war mit einem glatten Schnitt durchtrennt. Der Kopf klappte zum Rückgrat wie bei den anderen Leichen. Das weiße Hemd von Mathias Egger war rot, bis auf eine Stelle, die von der nun verrutschten Krawatte geschützt gewesen war. Er lag direkt hinter seinem Schreibtisch.
Zwei Meter entfernt, mitten im Raum, abgewandt von der Leiche, kauerte Karin Beluschek am Boden. Sie hatte die Arme um die Beine geschlungen und wiegte sich wie ein Kind. Ihr Lippenstift war verschmiert, die Wimpern klebten aneinander, doch sie

weinte nicht mehr. Sie sah nur starr ins Nichts. Zwischen ihren Beinen hatte sie eine silberne Thermosflasche eingeklemmt.
»Karin? Karin! Waren Sie das?«
Es war eine selten dämliche Frage, würdig eines überforderten Teenagers, der seinen Freund nach einer eingeschlagenen Fensterscheibe fragte. Maria war froh, dass Karin Beluschek im Moment überhaupt nichts registrierte. Denn die Beluschek konnte das Massaker nicht veranstaltet haben. An ihr war kein Blut zu sehen, sie hatte auch kein Messer in der Hand. Maria ging zur Leiche, da lag ebenfalls kein Messer. Sie umrundete den Schreibtisch: Nichts.
Beluschek jaulte auf wie eine Wölfin. Dann verfiel sie wieder ins Schaukeln.
»Hallo, ist da jemand? Hallo! Ich bin hier! Lassen Sie mich raus! Hallo?«
Da schrie irgendwo in einem anderen Raum ein Mann und hämmerte gegen eine Tür. Maria ging in den Gang. Der Empfang war noch genauso leer wie vorhin, als sie gekommen war. Niemand war aus einem Versteck hervorgekrochen. Die Küchentür stand offen, daneben befand sich das Klo. Auf der Tür war ein Plakat mit einem pinkelnden Hund montiert. Maria ging um die Ecke, wo drei Flügeltüren zu sehen waren.
»Hallo? Hören Sie mich? Ich bin hier.« Wieder Hämmern.
Vor der vordersten der drei Türen lag ein umgeworfener Sessel, die Tür selbst war aufgebrochen. Die mittlere Tür war mit einem untergehackten Sessel versperrt.
»Beruhigen Sie sich, hier ist die Polizei. Ich helfe Ihnen.« Maria entfernte den Sessel und drückte die Klinke.
Sichtbar wurde ein Mann Mitte vierzig mit Nadelstreifanzug, weinroter Krawatte, mit babyblauen Knopfaugen, krausen aschblonden Haaren, die nur mehr als Kranz vorhanden und mit silbernen Fäden durchzogen waren. Er stand in einem weiteren Büro.
»Was ist passiert?« Er hielt die Arme leicht nach hinten, als wollte er gleich fliehen.
Maria zeigte ihm ihren Ausweis. »Kouba. Morddezernat. Und Sie sind?«
»Dr. Gerhard Kappel. Morddezernat?« Er stieß Maria zur Seite

und stürzte zum Büro von Mathias Egger. An der Tür blieb er wie angewurzelt stehen, er hechelte. Dann sprang er mit einem Schrei auf Karin Beluschek los.
Maria riss ihn zurück. »Sie war es nicht. Hören Sie auf, sie war es nicht.«
Er stieß mit aller Kraft gegen Maria, sodass sie ihm den Arm im Polizeigriff auf den Rücken drehen musste.
»Lassen Sie mich los. Sie hat ihn umgebracht.«
Maria knallte ihn mit dem Gesicht gegen die Wand. »Ruhe! Jetzt werden Sie einmal vernünftig. Diese Frau hat keinerlei Blut an ihrem Körper.«
»Aber ich habe sie hereingelassen.«
Marias Handy läutete. Es war Phillip. »Alles klar. Ich bin im Büro vom Egger, komm herauf. Und ruf die Spusi an.«
Maria drehte Gerhard Kappel um und presste ihn gegen die Wand. Sie versuchte, ihn mit einem Blick zu beruhigen, lockerte nach und nach ihren Griff.
»Gut, Sie haben sie hereingelassen. Wie war das genau?«
»Ich … ich …«
Jetzt fing der Mann auch noch zu hyperventilieren an. Maria zerrte ihn in die Küche. Dort lag tatsächlich ein Plastiksackerl von einem Jauseneinkauf. Sie setzte es ihm an den Mund. »Ganz ruhig.«
Kappel umklammerte das Sackerl mit beiden Händen und atmete tief ein und aus, während ihm fast die Augen aus den Höhlen traten.
Maria riskierte einen Blick in Eggers Büro. Karin Beluschek saß noch immer da und wiegte sich. Hoffentlich kam Phillip bald, sie durften nicht auch noch die Beluschek verlieren. Wieder dieser Wolfsschrei.
Maria ging in die Küche zurück und nahm Kappel sanft das Sackerl weg. »Was war? Wo sind die anderen?« Sie nahm Kappels Kinn, damit er sie anschauen musste. »Wo. Sind. Die. Anderen?«
»Sabine ist auf Mittagspause.«
»Die Sekretärin?«
Er nickte. »Klara ist am Gericht. Und Herbert ist auf … Urlaub.« Ansatzlos fing er an, mit den Zähnen zu klappern.
Maria hockte sich hin und sah ihn von unten an, während sie ihm

über die Hände strich. »Gut. Weiter. Sie haben also der Frau im Zimmer von Egger, von Mathias Egger, die Tür geöffnet.«
Kappels Kopf fuhr hoch. »Ich hab die Tür nicht mehr abgesperrt, das Telefon hat geläutet, Mathias war gerade am Klo. Ich hab ihr gesagt, sie soll warten. Ich bin zum Telefon. Ich hab nicht mehr abgesperrt.« Er wurde leise. »Ich hab nicht mehr abgesperrt.«
Na, wunderbar, jetzt redete sich der Mann gleich auch noch einen Schuldkomplex wegen des Tods seines Kompagnons ein. Das zog sicher ein paar Therapiestunden nach sich.
»Sie sperren also sonst ab?«
Er nickte. »Wir haben in letzter Zeit ein paar Drohungen bekommen. Also, Mathias hat sie bekommen, weil er an einer Sache mit einer Pharmafirma dran war. Ich weiß aber nichts Genaues. Er ist nervös geworden, ich hab ihn nicht so ernst genommen. Er hat mir auch nichts erzählt. Warum hat er mir nichts erzählt?« Schon wieder hyperventilierte er. Sie drückte ihm das Sackerl auf den Mund.
»Und dann haben Sie Schreie, Stimmen gehört und wollten raus und sind draufgekommen, dass Sie eingesperrt sind.«
Kappel nickte. »Es klang wie bei einem Kampf. Eine Frau, ich habe sie jammern gehört.«
Alles klar. Die Mörderin musste die Ankunft Karin Beluscheks von draußen mitverfolgt haben. Sie hatte die Gunst der Stunde genutzt, hatte sich hereingeschlichen, zuerst den Sessel vor Kappels Tür gestellt, dann Karin Beluschek ins andere Zimmer geschleppt. Und dann seelenruhig gewartet, bis Mathias Egger vom Klo zurückkam. Warum sie gewusst hatte, dass niemand sonst in der Kanzlei sein würde, das musste sie ihnen dann erklären, wenn sie sie gefasst hatten. Aber sie war wie ein Fisch, sie glitt ihnen dauernd zwischen den Händen durch, diese Mörderin. Die vielleicht Margret Egger war. Zumindest deuteten die Indizien auf sie, was immer ihr Motiv für die Morde sein könnte. Höchste Zeit, herauszufinden, ob sich ihre Hypothese auch in der Praxis beweisen ließ. Maria drückte die Zwei auf ihrem Handy.

Charlie jaulte auf und bellte dann. Es klang glücklich. Phillip befreite ihn wahrscheinlich gerade. Maria hatte ihn mit der Leine ans Geländer im Treppenhaus gebunden. Jetzt kamen sicherlich

Vorwürfe von wegen Tierquälerei. Neuerliches Jaulen war zu hören, es ging in Wimmern über.
Phillip kam ins Büro von Egger. Ohne Charlie. Als er die Leiche sah, blieb er stehen und schloss die Augen. »Charlie ist da vorhin plötzlich ausgeflippt. Ich hab aber nichts Weißes gesehen, sondern etwas Schwarzes. Einen schwarzen Overall. Eine Frau mit schwarzem Pagenkopf, die gerade aus dem Durchgang beim *Lux* gekommen ist. Sie hat Charlie angeschaut und ist zurückgewichen. Bis ich … bis mein beschissenes Hirnkastel funktioniert hat«, er hieb sich mit den Handballen auf die Stirn, »ist sie losgerannt gewesen. Charlie in die andere Richtung. Ich wollt ihn packen, hab es dann aber sein lassen, bin ihr nach und mit einem Kinderwagen zusammengekracht. Scheiße, können die nicht hupen, wenn sie um die Ecke fahren, frage ich dich? Ah.« Er ballte die Fäuste. »Ich ihr nach runter die Schrankgasse, seh noch, wie sie links in die Burggasse rennt und bei der Ulrichskirche einbiegt, komm nicht über die Scheiß-Burggasse rüber, weil da der Bus … Fuck. Fuck. Fuck.«
Phillip holte tief Luft. »Ich hab sie erkannt. Es war die Frau von den Fotos am Nachttisch von der alten Egger.« Er stieß einen Lacher aus. »Und diese Kanaille trägt tatsächlich schwarze Turnschuhe mit roten Sohlen.«
»Die Egger. Also wirklich die Egger.« Maria schaute zur Leiche. »Aber wieso?«
Phillip wischte sich mit einem Taschentuch den Schweiß von der Stirn. »Was weiß ich, vielleicht hat sie in ihrem schönen Landhaus in England einen Lagerkoller bekommen. Oder sie wollte nur einmal geschwind ihr neues Küchenmesser ausprobieren. Sie wird es uns schon sagen, wenn wir sie haben … Ich hab diese Frau so satt. Die führt mich nicht noch einmal vor.«
Die Beluschek heulte wieder auf.
Phillip hockte sich zu ihr auf den Boden und schaute auf die Thermosflasche. »Was hat sie da?«
Maria zuckte mit den Schultern. »Tee?«
Phillip griff nach der Thermosflasche. Die Beluschek jaulte auf und stieß ihn wie ein wildes Tier weg. Phillip fiel auf den Hintern. »Na, hallo, hallo.«
Er setzte sich im Schneidersitz vor sie hin. »Wir müssen sie be-

fragen. Vielleicht weiß sie was über die Egger. Wo sie ist. Wo sie sein könnte.«
»Gabi checkt schon die Telefonnummern, die ich«, Maria deutete mit dem Kopf zur Leiche, »in seinem Organizer gefunden hab. Und sie überprüft die Flüge von Großbritannien der letzten fünf Tage. Wir kreisen sie ein.«
»Sie hat eine Perücke auf. Wer weiß, wie sie drunter ausschaut? Ob sie überhaupt noch dunkelhaarig ist.«
Maria hockte sich neben Phillip und seufzte. Sie schauten nun beide Karin Beluschek an, die völlig abgedriftet wirkte.
»Und weißt, Roth, was ich mir noch vorstellen könnte? Dass die gar nicht ihren eigenen Namen benutzt. Ich mein, diese Frau ist so brutal und so gewieft, so ausgebildet, die kommt doch nicht unter ihrem eigenen Namen oder von mir aus auch unter dem ihres toten Mannes nach Österreich. So blöd ist die doch nicht. Die hat sicher einen bestens gefälschten Pass.«
»Und den Namen von ihrem Mann wissen wir nicht einmal.«
»Moore heißt er, Richard Moore. Leider nichts Prägnanteres. Ich hab die Petermann von gegenüber angerufen, und wie alle neugierigen Nachbarn war die wie immer bestens informiert. Außerdem probiert Gabi bei den Flügen auch noch die Namen Wilmore und Skarin und so.«
Phillip verneigte sich. »Fleißig, fleißig.«
»Na, wenn keiner der Anwesenden mit einem redet. Wobei das bei dem Kompagnon da in der Küche wurscht ist, der hat eh nichts mitkriegt. Aber die da …« Maria legte den Kopf schräg und sah Phillip an. »Ich würd der Hysterikerin ja wahnsinnig gern eine verpassen.«
Phillip sah zur Leiche und grinste. »Ich weiß was anderes.«
Er stand auf und drehte Karin Beluschek um hundertachtzig Grad. Er nahm ihren Kopf und zwang ihn in die Höhe. Es war ein Kampf, denn Karin Beluschek presste das Kinn auf die Brust. Schließlich sah sie die Leiche aber an. Sie japste nach Luft. Phillip schüttelte sie. Er warf Maria einen Blick zu. »Das fällt aber noch nicht unter Misshandlung, oder? Das bissel Schütteln?«
Maria schloss demonstrativ die Augen. Plötzlich hörte sie Weinen. Sie sah die Beluschek wieder an, die einen viereckigen Mund hatte wie ein verzweifeltes Kind.

»Hallo, ist da jemand?«
Maria lugte in den Empfangsraum. Die ersten beiden Uniformierten waren eingetroffen. »Kouba, KD1. Sperren Sie den Tatort ab. Die Kollegen kommen gleich.«
Sie stieß die Tür von Eggers Büro von innen zu und klatschte direkt vor Karin Beluscheks Gesicht ein paar Mal kräftig in die Hände. »Kommen Sie! Hallo! Ich weiß, der Anblick einer Leiche ist furchtbar, noch dazu, wenn Sie so … Aber wenn Sie … hören Sie mir zu.« Sie drehte den Kopf der Beluschek so, dass die jetzt Maria anschauen musste.« Wenn Sie uns alles erzählt hätten, was Sie wissen, wäre Mathias Egger vielleicht noch am Leben.« Die Beluschek jaulte. »Ja, heulen Sie noch einmal so richtig auf, und dann ist Schluss.« Maria nahm die Frau an den Schultern und schüttelte sie nun selbst. »Sie wollen doch, dass wir Margret Egger finden, oder?«
Das schien endlich durchgedrungen zu sein. Die Beluschek entkrampfte ihre Hände und beäugte Maria. »Margret Egger? Margret Egger?«
Das Erstaunen war ehrlich. Was für ein Kack. »Na, die Frau, die Sie überfallen hat.«
»Das war Margret? Wieso soll sie mich überfallen? Ich kenn sie doch kaum. Wieso sollte sie …« Sie schluckte und deutete mit dem Kopf Richtung Leiche. »Das ist doch ihr Bruder. Ts, ts, ts.« Sie schüttelte den Kopf, als spräche sie zu einem Dummchen, und lächelte. Sofort gefror ihr Gesicht wieder. »Wir müssen sie anrufen. Maggie muss es erfahren. Mein Gott, sie wird zusammenbrechen.«
Die Beluschek wollte aufstehen, doch Phillip hielt sie fest am Arm. »Jetzt hören Sie einmal gut zu. Sie können sie nicht anrufen, weil sie nämlich in Wien ist. Ich bin ihr nachgerannt, das heißt, sie ist vor mir davongerannt. Sie hat uns schon einmal überfallen, das war ganz eindeutig sie.« Bewundernswert, wie selbstverständlich Phillip das aussprach. »Die Havliceks sind ihr auf die Spur gekommen, dass sie August Köhler ermordet hat. Sie haben ihre Turnschuhe mit den roten Sohlen erkannt. Margret hat auch sie umgebracht. Und jetzt ist ihr Bruder drangekommen.«
Karin Beluschek riss sich los, sprang auf, lief zur Tür. Phillip packte sie am Bein, sie stürzten beide.

Maria kniff den Mund zusammen. Das konnte jetzt, wenn die Beluschek plauderte, unter Umständen blöd ausgelegt werden. Nein, sie würden auf Fluchtversuch plädieren.
Phillip kroch zur Beluschek und drehte sie auf den Rücken. Sie blutete aus der Nase, aber ihr Blick war klarer. Phillip beugte sich über sie. »Und wir würden jetzt gern von Ihnen erfahren, warum sie das getan hat.«
Karin Beluschek schob Phillip von sich fort. »Wenn Sie nicht gleich runtergehen von mir, dann kann ich überhaupt nichts mehr sagen, weil ich dann nämlich erstick.«
Na, endlich ein normaler Satz. Maria stand auf und reichte Karin Beluschek die Hand. Sie zog sich daran hoch. Sie reichte auch Phillip die Hand, er nahm sie ebenfalls. Er zuckte mit den Augenbrauen, sie nickte. Es war alles noch im Rahmen des Erlaubten gewesen.
Beluschek ging auf die andere Seite des Schreibtisches zu einem Bücherregal, zwar in Respektabstand zur Leiche, aber immerhin war sie wieder tough. Sie zeigte auf einen Bilderrahmen, der etwas hinter anderen Fotos versteckt war. »Solche Turnschuhe?«
Maria und Phillip traten zu ihr. Das Bild zeigte Mathias und Margret als Teenager, vielleicht fünfzehn, sechzehn Jahre alt, oder auch schon siebzehn. Sie saßen auf einem Mäuerchen. Es musste einst der Zaun zum Egger-Haus gewesen sein, denn es war im Hintergrund erkennbar. Sie waren beide mit Jeans und T-Shirt bekleidet, und sie hatten beide schwarze Turnschuhe mit roten Sohlen an.
Maria nickte. »Das Modell gibt's nicht mehr, das haben wir recherchiert.«
»Natürlich nicht, das war ja auch irgendwann in den Achtzigern, dass Puma die hergestellt hat. Und Maggie war so begeistert, dass sie ihr ganzes Weihnachtsgeld von den Großeltern dafür verwendet hat, sich zehn Paar davon zu kaufen. Und eines für Mathias. Das hat er mir einmal erzählt, als ich ihn nach diesem Foto gefragt habe.«
Maria und Phillip sahen sie gleichzeitig an.
Die Beluschek deutete auf das Foto. »Vielleicht hat ja auch noch jemand anderer diese Schuhe gehortet.«
Sie schüttelten die Köpfe.

Karin Beluschek nickte. »Nein, Sie haben recht, das ist unwahrscheinlich. Und sie kauft ja auch angeblich seit zwanzig Jahren dieselbe Gesichtscreme, und von einem Geldbörsel und einer Sonnenbrille hat sie auch einmal jeweils fünf Stück gekauft. Alles, was vorrätig war. Mathias hat sich darüber lustig gemacht. Und es mir erzählt, wie ich mir selber einmal zehn Stück von einem bestimmten *Esprit*-T-Shirt gekauft habe. Aber die sind so ideal, diese T-Shirts.«

Sie schielte zur Leiche und ging dann wieder in die Mitte des Raumes, wo noch immer die Thermosflasche lag. Sie hob sie auf und umfasste sie fest wie einen Teddybär. Sie sah Maria und Phillip eindringlich an. »Ich hab geglaubt, das mit August, das war jemand von der Skarin-Gesellschaft.«

Marias Körper vibrierte plötzlich. Sie stieß Phillip unauffällig an. »Wieso? Was wissen Sie über diese Gesellschaft?«

»Sie sind also schon über die gestolpert. Na, August Köhler hat die Skarin-Gesellschaft gegründet. Mit irgendeinem Partner. Und Maggie war auch Mitglied. Sie war ja zuerst bei den Raëlianern, wie sie in den Staaten war, aber dort hat sie dann August kennengelernt. Und der hat sie überredet, dass sie mit ihm zurück nach England geht. Er hat gesagt, dass die Raëlianer alles Betrüger wären und dass er es schaffen würde, den ersten Menschenklon zu machen.«

»Wieso ist sie auf den ganzen Quatsch … Ich mein, wieso war sie so fasziniert vom Klonen?«

Karin Beluschek fuhr mit dem Daumen den Deckelrand der Thermosflasche ab und wiegte den Kopf. »Keine Ahnung, ich kenn sie ja nicht persönlich. Aber wenn ich dran denke, was die Eli, also ihre Mutter, die Eleonore …« Sie brach ab, und Maria nickte schnell. »Also, was Eli so erzählt hat, war die Maggie knapp vor dem Selbstmord, wie sie die ersten Augenfältchen gekriegt hat. Da war sie noch nicht einmal dreißig. So eine ist sie.« Sie sah Maria wieder an. »Kein Scherz, sie hat damals angeblich die totale Panik aufgerissen, dass sie alt wird. Sie hat sich unters Messer gelegt, mehrmals, sie hat nur mehr Sport gemacht. Angeblich hat sie dann sogar in so einem Pseudo-Military-Camp trainiert, weil ihr der normale Sport zu wenig war. Ein richtig schweres Training mit lauter harten Jungs. Die haben sie angeblich nur mitmachen

lassen, weil ihr Mann vor seinem Tod auch einer von denen war. Tja … und wahrscheinlich hat sie geglaubt, dass bei diesen ganzen Genexperimenten auch was für die Schönheit abfällt. Forever young und so.«
Ein Military-Camp. Maria strich sich über Augen und Schläfen. Das erklärte das gezackte Messer, die Ausdauer und Kraft der Täterin. Und wenn dieses Military-Camp eines für selbst ernannte Paramilitärs war, dann hatte sie dort sicher auch gelernt, wie man folterte. Das erklärte aber nicht die Post-mortem-Einstiche in den Hodensäcken von August Köhler.
Draußen wurden Stimmen hörbar. Das musste die Spurensicherung sein. Die Tür ging auf, und richtig, es kam Georg herein. Er sah die Leiche, die eine einzige große Blutlache war. »Irgendwie hab i des Gfüh, ich hab a Déjà-vu.«
»Du Poet aber auch.« Maria klopfte ihm auf die Schulter. »Wir lassen euch schon machen.«
Sie winkte Beluschek und Phillip, ihr zu folgen. An der Tür kam es zum Gewusel, da gleichzeitig Georgs Kollegen in den Raum strömten. Maria, Phillip und Karin Beluschek kämpften sich zur Küche durch, wo noch immer Kappel saß und das Plastiksackerl in kleine Futzerln zerpflückte. Er sah Karin Beluschek böse an, verbiss sich aber eine Bemerkung, als ihn Maria mit hochgezogener Augenbraue anschaute.
Karin Beluschek lehnte sich an die Abwasch. »Sie haben überhaupt nicht reagiert, wie ich das vom Klonen gesagt habe.«
Maria seufzte. »Davon weiß ich inzwischen mehr, als mir lieb ist. Also, sie ist nach England zurück, mit August Köhler, der die Skarin-Gesellschaft gegründet hat.«
»Ja, und das war es dann auch. Mathias hat einmal versucht, sie zurückzuholen. Sie wollte nicht. Aber …« Karin Beluschek rieb an ihrem Schlüsselbein.
»Aber?
»Na ja, August ist mit Mathias zurückgekommen. Er wollte nicht mehr dem Teufel dienen, hat er gesagt.«
Maria verschränkte die Arme. »So plötzlich?«
Die Beluschek warf einen kurzen Seitenblick zu Kappel. »Er hat mir nicht viel gesagt, aber offenbar unterhielt die Gesellschaft Geschäfte mit obskuren Leuten, die etwas von ihm wollten, bei

dem es ihm den Magen umgedreht hat. Im Bio-Waffenbereich. Mehr weiß ich nicht. Aber das hat ihm wohl die Augen geöffnet.« Sie lächelte. »Gott sei Dank.«
»Das heißt, er ist aus der Skarin-Gesellschaft, aus seiner Firma, die er gegründet hat und die in brisante Geschäfte verwickelt ist, ausgestiegen. Das wird diesen geheimnisvollen Leuten nicht sonderlich gefallen haben. Wer hat die Firma dann übernommen?«
Die Beluschek zuckte mit den Schultern. »Ich weiß nur, dass August sich einige Feinde gemacht haben muss. Weil Mathias hat ihm sofort die neue Identität besorgt, hat für ihn die Ausbildung bei der Caritas organisiert und auch, dass er dann für die Eli gearbeitet hat.«
Genau, das hatten sie noch gar nicht bedacht in der Hitze des Gefechts. Maria hatte das Gefühl, als würde ein Wind durch ihr Hirn fahren und alles Wohlsortierte durcheinanderbringen. »Ja, aber dann muss Margret Egger gewusst haben, wo sich Köhler aufhält. Wenn sie also theoretisch von diesem neuen Boss den Auftrag bekommen hat, Köhler umzubringen, warum hat sie das erst nach all den Jahren gemacht? Und wenn es eine persönliche Sache war zwischen den beiden, warum hat sie dann auch ihren Bruder …?«
Die Beluschek winkte ab. »Nein, sie hat es nicht gewusst. Mathias hat niemandem von der Skarin-Gesellschaft getraut. Nicht einmal seiner Schwester. Aber er hat sich gedacht, bei Eli, also quasi in der Höhle des Löwen, würden sie August noch am wenigsten suchen.«
Sie schwiegen.
Phillip ließ sich Wasser in ein Glas und trank. Sie sahen ihm alle zu, als wären sie froh, dass endlich einmal Pause war. »Ah.« Er fuhr sich mit der Zunge über die Lippen, stellte das Glas ab und sah die Beluschek an. »Das klingt alles so fürchterlich geheimnisvoll. Warum wissen Sie davon? Ich mein, wann und wie sind Sie zu dem ganzen Tross gestoßen?«
Die Beluschek streichelte die Thermosflasche. »Das habe ich Ihnen doch gesagt, ich bin mit Eli befreundet.«
»Ja, aber deswegen werden Sie doch nicht in alle Familiengeheimnisse eingeweiht. Waffengeschäfte, In-vitro-Fertilisationen in einem geheimen Keller. Oder hat Eleonore Egger auch davon gewusst.«

Sie seufzte. »Nein, natürlich nicht. Ich habe August erkannt. Ich habe einmal einen Beitrag über Klongurus geschnitten.«
»Okay. Aber der Keller. Laut Aussage von Ursula Steidl ...«, die Beluschek seufzte, sie wusste also von der Razzia in der Villa, »... hat Mathias Egger die Eizellen besorgt. Hat er auch diesen geheimen Raum eingebaut, hat er im Haus seiner Mutter dieses Labor eingerichtet?«
»Ja.«
»Mit welchem Geld?« Phillip beugte sich zu der Beluschek.
»Mathias hatte Geld?« Gerhard Kappel tauchte von seiner Fitzelei auf. »Er hat Geld gehabt?«
»Wieso fragen Sie?« Maria setzte sich neben ihn.
Kappel wackelte mit dem Kopf, sein Blick glitt über alles in der Küche, über den Kühlschrank, die Mikrowelle, die Abwasch, die Lampe. »Weil es der Kanzlei scheiße geht. Und er nichts dazu beitragen wollte.«
Phillip wandte sich zur Beluschek. »Das kann ich mir gar nicht vorstellen. Er hat ja Ihr Leben finanziert.«
»Was hat er?« Kappel schnellte in die Höhe. »Was hat dieser Mistkerl?«
Die Beluschek legte den Kopf auf die Thermosflasche. »Er hat die Skarin-Gesellschaft erpresst. Er hat irgendwas gewusst. Vielleicht Details zu diesen geheimen Geschäften. Ich weiß nicht, wie er es gemacht hat, aber er hat von denen Geld geholt. Deshalb habe ich ja gedacht, dass es die Skarin-Leute sind, die da plötzlich ...« Sie hatte Tränen in den Augen. »Mit dem Geld hat er jedenfalls das Labor gebaut.«
»Und die Embryonen kommen woher?«
»Das weiß ich nicht.«
»Diese ganze technische Einrichtung war nur für die künstliche Befruchtung da? Ein bissel viel Aufwand, oder? Und in der Villa gibt es ja noch einmal die komplette Ausrüstung.«
»Nicht die komplette.« Sie seufzte. »Der Mathias hat August überredet, wieder zu forschen. Er wollte was gegen Alzheimer finden. Mathias hat Elis Krankheit nie ganz akzeptieren können. Und das hat August verstanden. Ja, und so hat er geforscht. Sie wissen ja, einmal Forscher, immer Forscher.« Sie schüttelte den Kopf. Immer heftiger. »Das ist furchtbar, weil zum Forschen brauchte er Babys.

Er hat unsere Sache möglich gemacht und hat sie zugleich torpediert. So furchtbar. Aber vielleicht werden ja Menschen dadurch gerettet. Vielleicht wird Eli dadurch gerettet?«
Ihr Blick glich dem von Charlie, wenn er die Frankfurter vom *Kleinen Café* wollte. *Bitte, werft mir ein Stückchen Bestätigung zu, dann überlebe ich*, stand in ihren Augen. Sie streichelte die Thermosflasche.
Das Ding ging Maria langsam entschieden auf die Nerven. Kein Mensch hatte so eine innige Beziehung zu seinem Tee.
»Was ist mit dieser Thermosflasche?«
Karin Beluscheks Augen weiteten sich. »Nichts. Tee.«
Maria streckte die Hand aus. »Dann kann ich mir ja einen nehmen. Darf ich?« Der Ton war ihr wunderbar zuckersüß gelungen.
»Sie ist leer.«
»Und warum stellen Sie sie dann nicht ab? Haben Sie geglaubt, Sie können sich damit verteidigen? Die Gefahr ist jetzt vorbei.« Fast schon zu viel Zucker.
Phillip stellte sich zwischen Maria und die Beluschek. »Gnädigste, würden Sie mir bitte die Flasche geben?«
Sie schüttelte den Kopf, ihr Blick irrte umher auf der Suche nach einem Ausweg.
Phillip trat ganz nah an sie heran. »Entweder jetzt freiwillig oder dann in der U-Haft mit Gewalt. Was ist Ihnen lieber?« Er plusterte sich auf, schien zwei Kleidergrößen voluminöser zu werden. »Was ist in diesem Ding, verdammt noch mal?«
Maria lehnte sich an den Kühlschrank. »Sie hat es aus dem Egger-Haus mitgehen lassen, jetzt fällt es mir wieder ein.«
Phillip legte den Kopf schief und kam mit seinem Gesicht ganz nah an das der Beluschek. »Na, dann schaun wir doch einmal, ob da irgendein Beweismaterial gestohlen worden ist.«
Er packte die Flasche, die Beluschek hielt sie fest. Er zog kräftiger, sie ließ los und fing an, lautlos zu weinen. Die Tränen kullerten nur so über ihr Gesicht.
Phillip schraubte das Ding auf, roch. »Kamillentee.« Er goss den Tee in die Abwasch, es kam nur wenig heraus. »Keine Spur leichter.« Er sah in die Flasche hinein. »Da ist ein doppelter Boden, das gibt's doch nicht.« Er klopfte und schraubte an dem Ding herum, bis sich der Boden löste. Er hob die silberne Ummantelung ab. Ein

Stickstoffbehälter wie im Keller des Egger-Hauses im Miniaturformat kam zum Vorschein.
»Ein Dewar. Wahnsinn.« Kappel zeigte mit dem Finger auf den Behälter.
Maria wandte sich zu ihm. »Woher wissen denn Sie das?«
»Ich hab da einen Fall gehabt, wo eine Frau Gewebe von ihrem Hund zu einer Firma in Amerika schicken wollte. Die bearbeiten das Gewebe und heben es auf, damit der kleine Liebling irgendwann geklont werden kann. War wegen der Ausfuhr und wegen der Einfuhr in die USA eine verzwickte Sache.« Kappel starrte das Ding noch immer an.
Phillip griff zum Öffnungsmechanismus.
Karin Beluschek legte ihre Hand sanft auf die seine. »Bitte nicht. Sonst war alles umsonst. Es ist August.«

Maria schob ihren Bürosessel neben den von Phillip. Sie fasste es noch immer nicht. Karin Beluschek hatte von August Köhlers Leiche Gewebe entfernt, um ihn irgendwann einmal klonen zu lassen. *Er war ein Genie. So jemand darf nicht sterben.* Das Argument, dass er ja schon tot gewesen war, weil sie ihn sonst nicht so mit der Nadel hätte malträtieren können, verhallte ungehört und von Tränen begleitet. Es war unfassbar. Langsam fühlte Maria sich von Irren nur so umzingelt. Konnten die Leute nicht akzeptieren, dass jemand starb? Elsa. Noch vor wenigen Stunden war so ein gefährlicher Gedanke durch Marias Hirn geschossen, so ein Gedanke, ob es da nicht Hilfe gäbe, um das kaputte Rückgrat zu reparieren … und aus. Die Operation war gut gegangen, Elsa war auf dem Weg der Besserung.
Maria setzte sich. Sie und Phillip starrten in den Computer von Mathias Egger, den sie auf Phillips Schreibtisch gestellt hatten. Und da löste sich auch relativ schnell und einfach eines der Rätsel. Egger hatte einen gewissen Manfred Rosner, den Chef einer Befruchtungsklinik, mit dessen Vorliebe für Kokain und sonstige verbotene Drogen erpresst. Akkurat waren alle Eingänge aufgelistet und die E-Mails in einem Ordner sortiert. Egger dürfte sich bei Rosner sehr sicher gefühlt haben. Phillip klickte auf die erste E-Mail. *Sehr geehrter Herr Doktor Rosner, wir haben einander ja kürzlich bei der Gala für Kinder in Not kennengelernt. Und wie Sie*

vielleicht noch wissen, haben wir danach noch einen schönen Abend verbracht. Ich denke, dass Sie nicht wollen, dass werte Gattin und Ihre Kundinnen über die näheren Umstände dieses Abends erfahren. Ja, ich bin bereit, Ihnen dabei zu helfen. Es wird nichts nach außen dringen, wenn Sie mir eine einmalige Zahlung von zehntausend Euro zukommen lassen. Mit freundlichen Grüßen Ihr Mathias Egger. Die zweite E-Mail sprach von der ersten, der darauffolgenden Zahlung und dem Wunsch, nicht verwendete Embryonen von In-vitro-Fertilisationen zu erhalten. Die dritte Mail war nur mehr eine Zahlungserinnerung für die gewünschten Embryonen, wie auch die vierte und jede weitere Mail. So einfach war das also. Die Sicherheitsvorkehrungen mussten zum Grausen sein.
Und Egger hatte tatsächlich noch jemanden erpresst, nämlich seine Schwester. Das war ebenfalls aus den Eingängen abzulesen. Diesmal finanzieller Natur. Doch mit was er sie erpresst hatte, war im Computer nicht zu finden. Logisch wären diese obskuren Geschäfte im Militärbereich. Wenn das den Tatsachen entsprach, dann war Margret Egger wahrscheinlich eine Art Verbindungsfrau zum Big Boss, dem die eigentliche Erpressung galt. Und dann musste Mathias Egger natürlich so wenig Spuren wie möglich hinterlassen.
Maria streckte den Rücken durch. »Wenn der Egger so akribisch war, dann hat er auch das irgendwo aufgezeichnet. Wahrscheinlich hat er das mit einer Fremdadresse aus einem neutralen Café gemacht.« Sie wählte Georgs Nummer. »Hi, ich bin's. Bitte schaut, ob ihr irgendwo versteckt einen USB-Stick findet oder so … 'tschuldige, ich wollt dich nur drauf aufmerksam machen, dass wir eine externe Speichermöglichkeit suchen. … He, krieg dich ein, mein Lieber, ich glaub, dass du bald wieder eine ruhige Kugel schieben kannst. Ich glaub, jetzt sind alle tot. Höchstens noch eine Leiche, aber das wird schwierig, weil die sitzt bei uns in der Kriminaldirektion und gibt brav alles zu Protokoll. … Ja, vier Bier sogar zahl ich dir.« Maria lachte und legte auf.
»Na, du bist aber makaber.«
Maria machte große, unschuldige Augen. »Wieso? Hab ich irgendwie übertrieben? Man muss es einfach akzeptieren, wenn einem gerade wieder einmal ein Mörder gezeigt hat, wo der Barthel den Most herholt.«

Phillip legte den Zeigefinger auf ihre Nase. »Wir kriegen diese Tante, wir kriegen sie.«
Gabi schwebte herein und stützte die Hände in die nicht vorhandene Taille. »Also unter keinem von den Namen hab i auf noch so an klan Flieger von der Insel herüber was gfunden. Privatmaschinen detto kein Ergebnis. Ich hab mir auch die andern innereuropäischen Flüge geben lassen, die die letzten fünf Tag kommen sind. Ich kann nur sagen, gut, dass es an Computer gibt. Ist irre, wie viel Leut in der Gegend herumfliegen. Wurscht. Aber des hat auch nix bracht. Und jetzt is amal Sendepause, weil jetzt wird's kompliziert, weil jetzt wird's international, weil sie kann ja a über … was weiß i, Moskau gflogn sein, um ihre Spur zu verwischen.«
»Super«, sagten Maria und Phillip gleichzeitig.
Gabi grinste und machte einen Knicks. »Gern geschehn. Und die Nummer der Egger in England, die uns die Beluschek geben hat, ist tot.«
Phillip hob die rechte Augenbraue. »Warum wundert mich das jetzt nicht?«
Maria seufzte. »Aber wenigstens das mit dem Foto klappt, oder?«
»Ja, des aktuellste Foto vom Nachttisch der Alten habn jetzt die ganzn Fernsehsender. Und sie wissen die Beschreibung. Der ORF bringt's scho um fünfe.« Sie blies sich eine Haarsträhne aus dem Gesicht.
Maria klemmte die Daumen in die Fäuste. »Das wird klappen. Das wird klappen.«
»Wenn sie sich nicht die Haare gefärbt, sich farbige Kontaktlinsen eingesetzt und sich eine Gummiwurscht um die Hüftn geklebt hat.« Er spreizte die Arme vom Körper ab und imitierte die Bewegungen eines behäbigen Menschen.
Maria drückte Phillip die Arme wieder an den Körper. »Hör auf, nicht frustrier mich so. Wir sind da nicht in einem Hollywood-Actioner.«
»Und wir sind auch nicht die CIA.«
Maria tippte mit dem Zeigefinger auf den Tastaturrand. »Aber dem FBI machen wir jetzt Konkurrenz. Komm. Wir durchforsten das Ding so lange, bis wir alle Fragen geklärt haben.«
Gabi machte das Victory-Zeichen und wedelte so heftig mit der Hand, dass beinahe ihr mächtiger Busen aus dem Dekolleté hüpfte.

»Good luck, wie die alten Römer sagn.« Sie wogte zur Tür und warf sich mit hoch erhobener Faust und breitbeinig in Pose. »We are the Champions, my friend, we'll keep on fighting till the end.«
Maria stand auf und hob ebenfalls die Faust. »We are the champions …«
Gabi drehte sich um. »We are the champions …«
Sie schüttelten beide die Fäuste im Takt und grölten. »No time for losers, cause we are the champions …«
Phillip imitierte mit den Zeigefingern an der Schreibtischkante einen Trommelwirbel. »Of the world.«
Gabi kam zu Maria und schlug mit ihr ab, Phillip schickte sie ein Luftbussi. Dann verschwand sie endgültig in ihrem Büro.
Maria spürte, dass sie endlich wieder einmal von Herzen strahlte und ein Lächeln nicht nur in ihr Gesicht zwang. Sie wandte sich Phillip zu. »Also dann.«
Phillip beugte sich zum Monitor, seine Nase berührte fast den Bildschirm. Er rollte sich vom Schreibtisch weg in die Mitte des Raumes, überschlug die Beine und verschränkte die Arme. »Nein, da im Computer vom Egger finden wir nichts mehr. Details vielleicht, aber das Grundsätzliche wissen wir ja schon.«
»Jetzt sei nicht so negativ.«
»Ich bin nicht negativ. Wir müssen nur leider einfach warten, auf die DNS-Proben, auf die Tatortarbeit, auf die Fernsehaufruf, auf den Rückruf von Köhlers Bruder, dem hoffentlich bald einfällt, wozu dieser altmodische Schlüssel gehören könnte, wofür haben wir ihn ihm mitgegeben? Er soll einfach alle Schlösser durchprobieren. Nervig, echt. Und das Schlimmste ist, fürchte ich, solange wir den Privatcomputer von August Köhler nicht finden oder irgendwie Zugang zu seinen E-Mails bekommen, werden wir nie erfahren, was der Auslöser dafür war, dass Margret Egger plötzlich auf Charles Bronson gemacht hat.«
»Da war kein Auslöser. Sie hat einfach Köhler jetzt erst gefunden. Sauer auf ihn war sie sicher schon seit seinem Ausstieg.«
»Das heißt, jemand muss ihn verraten haben. Mathias Egger? Karin Beluschek? Hatten beide kein Interesse dran. Irgendwer, den wir noch nicht kennen? Wer von der Caritas? Ein ehemaliger Uni-Kollege? Schwachsinn, denn die haben kaum was mit der Skarin-Gesellschaft zu tun. Langsam krieg ich die Krise.«

Phillip hatte recht. Es war zum Verzweifeln. Und es war stickig in ihrem Büro. Das offene Fenster half nichts gegen die Nachmittagshitze. Seit einer Woche nichts als Hitze, unterbrochen lediglich von einem einzigen Gewitter. Maria lächelte unwillkürlich, als sie daran dachte, wie sie das Gewitter mit Phillip verbracht hatte. Vor ihrem Unfall. Bald, sehr bald würden sie wieder wie die Karnickel bumsen, der Tag heute war der Beginn der Normalisierung. Auch wenn er nicht so gut küsste wie Staudinger, so war doch der Sex mit ihm … Sie wollte wieder einmal mit ihm schlafen. In Marias Brust wurde es eng. Sie stand auf und öffnete die Tür zum Gang, damit es ein wenig durchziehen konnte. Am anderen Ende verschwand gerade Bettina Schranz im Besucherzimmer.
Maria lehnte sich an den Türrahmen. »Hoffentlich kriegt die Kleine – wie heißt sie noch? –, die Lara, richtig. Hoffentlich kriegt sie eine gute Pflegefamilie.«
»Sicher. Und schau, es kommt natürlich drauf an, ob es als Erpressung oder als schwere Erpressung verhandelt wird, aber ich glaub, dass sie nicht mehr als fünf Jahre kriegt. Und mit guter Führung und Bewährung drei Jahre vielleicht. Entfremden wird sich das Kind schon nicht.«
»Das klingt so hart.«
»Ja. Ist es auch. Aber die Schranz wäre wieder einmal ein Fall für so was wie einen Elternführerschein. Das ist unverantwortlich, so einen Scheiß zu bauen, wenn man ein Kind hat. Vielleicht dreht es der Anwalt ja so, dass nur sie Schuld bekommt, dann kann die Kleine beim Vater bleiben.«
Schweigen.
Maria lehnte den Kopf an den Türrahmen. Wenigstens wurde die Menschheit jetzt zumindest in nächster Zeit nicht von den Spams der Schranz belästigt … Das war es. Maria drehte sich zu Phillip. »Die Schranz ist ins Eispendengeschäft eingestiegen. Margret Egger muss Köhler über die Schranz und ihren Computer gefunden haben. Provider und Standortbestimmung und so was.«
»Das ist jetzt aber a bissel weit hergeholt.«
»Ich sag dir, das war so. Aber wir lassen den Clemens das checken, ob das geht. Unser Computergenie muss das doch wissen.«
Maria stellte sich in den Luftzug und atmete aus. Ein kleines Bausteinchen mehr, das gab doch gleich wieder Kraft. »So, und jetzt

müssen wir nur noch draufkommen, warum die Egger so grantig auf den Köhler war. Was spielt sie bei der Skarin-Gesellschaft für eine Rolle? Eine wichtige. Sonst würde nicht sie selber da herüberkommen.«

»Wieso? Sie könnte doch mit ihrer Military-Ausbildung die Sicherheitschefin sein. Und auf Auftrag des neuen Big Boss da sein.«

Maria legte den Zeigefinger auf den Mund. »Es könnte aber auch sein … Es könnte ja auch sein«, sie grinste Phillip an, »dass sie der Big Boss selber ist.«

»Quatsch.«

»Warum? Weil sie eine Frau ist? Macho.«

»Nein, aber, ich mein, die hat doch keine Ahnung von dem Geschäft, sie ist keine Medizinerin, keine Chemikerin oder sonst was.«

»Braucht sie das sein? Nein. Sie muss nur die Geschäfte führen. Und die anderen machen die Software, sozusagen. Hör mal, Phillip, sie war es, die mit Köhler nach England ist, den Big Boss hat niemand je gesehen. Immer nur die madonnenhafte, wunderschöne Assistentin, die Kampfsport kann, im Military-Camp war. Das hat doch der Zotter gesagt.«

»Wenn sie das wirklich wäre, dann würde sie doch irgendeinen Schackl schicken, der das alles erledigt. Sie würde doch nie ihr Geschäft in Gefahr bringen, weil sie muss damit rechnen, dass auch etwas schiefgehen könnte.«

»Jetzt komm nicht so daher. Du hast es dir doch auch bei der Einvernahme mit dem Zotter gedacht, dass sie hinter dem allen stecken könnte. Da war es nur eine Ahnung. Aber jetzt haben wir schon viel mehr Puzzlesteine.«

Phillip legte den Kopf schräg und fuhr mit den Händen über einen imaginären Bildschirm, als würde er Gegenstände bewegen. Schließlich schüttelte er den Kopf. »Sie ist Schönheitskönigin, das ist ihre ganze Berufsausbildung. Wir haben nichts davon gehört, dass sie jemals Ambitionen gezeigt hätte, eine Geschäftsfrau zu werden. Sie war bloß einfaches Sektenmitglied bei den Raëlianern …«

»Phillip, glaub mir. Wenn die beiden das Ganze wirklich gemeinsam aufgezogen haben, dann ist es Rache. Der Köhler hat die Eg-

ger mit seinem Weggang massiv geschädigt.« Maria stopfte sich eine Haarsträhne in den Knoten.
Ein Schrei. Der Schrei eines Kindes.
Maria schnellte herum. Vor dem Besucherzimmer stand die kleine Lara und deutete auf sie. Sie versteckte sich sofort hinter dem Uniformierten, als sie wahrnahm, dass Maria sie ansah. Der schleppte sie ins Besucherzimmer.
Maria drehte sich mit offenem Mund zu Phillip. Er hielt ihr das Fahndungsfoto von Margret Egger vor die Nase. »Dunkler Haarknoten.«
Maria nahm es. Die Ähnlichkeit zwischen ihr und Margret war nicht besonders groß, aber der Typus war derselbe. Auf die Entfernung konnte man sie und Egger schon verwechseln. »Sie hat sich August Köhler gezeigt. Margret Egger wollte, dass er weiß, wer ihn umbringt. Deshalb die Tropfen.«
»Aber wir wissen immer noch nicht, warum. Die Erpressung vom Egger kann es nicht gewesen sein. Wobei ich frage, warum sie ihren Bruder nicht schon früher abgestellt hat.«
»Na, weil der das sicher anonym gemacht hat. Er wird sich wohl als ehemaliges Mitglied ausgegeben haben. Davon gibt's ja anscheinend ein paar, wie zum Beispiel den Zotter. Und jetzt bei ihrem Wienbesuch ist sie irgendwie draufgekommen, dass es ihr Bruder ist. Oder so. Sie wird es uns sagen.«
»Sie wird uns viel sagen.«
Sie nickten einander mehrmals zu.
Durch Marias Kopf wirbelte erneut ein Windstoß. »Der Einbruch!«
Phillip rubbelte sich die Haare. »Ja, genau. Sie hat etwas gesucht.«
Maria tippte auf die Stirn der abgebildeten Margret Egger. »Ich wüsste so wahnsinnig gern, was.«

Maria griff auf die Türklinke des *See Me,* ihres Stammbeisls, und zog die Hand zurück. Schon wieder eine Auszeit. Die Pause war den Kollegen gegenüber unfair.
Phillip rollte die Augen, weil Charlie einen Autoreifen markierte. Er zog an der Leine, der Hund trabte auch brav zwei Meter, dann markierte er einen Hydranten. Phillip zog ihn den Rest des Weges

bis zum Lokal. Er öffnete die Tür, Maria wich zurück zum Gehsteigrand.
»May, bitte, wir können im Moment wirklich absolut nichts tun. Wir müssen warten, das habe ich dir schon gesagt. Wenn jemand die Tante im Fernsehen erkennt, haben wir sowieso wieder Stress. Und wenn die Weißkittel sagen, wir dürfen erst morgen zu Elsa, dann dürfen wir erst morgen zu Elsa. Also. Komm. Und Carrie wird nicht umsonst gesagt haben, dass sie dir was Wichtiges erzählen will.«
»Sie wird mir den OP-Termin meiner Mutter sagen.«
»Was? Deine Mutter ist auch krank? Warum sagst denn nichts?«
»Ja, krank.« Marias Handy läutete. Josefs Name war auf dem Display. »Sie will sich Leichengift spritzen lassen.« Sie hob ab. »Ja? ... Aha.« Sie sah Phillip an, während sie weitersprach. »Das blonde Haar ist also von einer Frau. Gut. Bitte DNS-Vergleich mit Karin Beluschek ... Gut. Und sonst nichts? ... Das ist gut. Hautzellen unter den Nägeln von Mathilde Havlicek. Das ist gut.« Charlie umrundete sie und fesselte sie so mit der Leine. Maria hob ein Bein und verhedderte sich. Also blieb sie einfach stehen. »Ja, zur Sicherheit auch mit der von der Beluschek. Wir schauen, dass ihr die richtige ...«
Phillip fuchtelte vor ihrem Gesicht herum. »Sie sollen die Hautfetzen mit Mathias Egger abgleichen. Ist ja der Bruder von Margret.«
»Josef? Hast du den Roth gehört? ... Ja. Mach dem Labor Dampf. Das muss schneller gehen als sonst. Die verdächtige Person kann uns jeden Moment abhauen. ... Nein, wir haben sie nicht, aber bald. Also dann ... Was ist? ... Oh, das kann ich mir vorstellen. Mist. Red mit dem Georg, vielleicht haben die ja was im Büro gefunden. Ja, Baba.«
Maria lachte auf und rieb sich mit den Handballen die Stirn. »Der Humangenetiker von der Uni hat in dem Labor im Egger-Keller fast einen Ständer gekriegt, weil in dem Notizbuch neben dem Arbeitscomputer vom Köhler, das war eine Art Tagebuch. Und daraus lässt sich ansatzweise herauslesen – ist ja kaum zu entziffern, das Ding –, dass Köhler schon sehr nah dran war, was gegen Alzheimer zu finden. Die Infos müssen auf dem Computer sein und ...«

»Sag's nicht, ich ahne es. Charlie, kannst du dich bitte benehmen?« Phillip entwirrte die Leine.
Charlie machte einen Satz in seiner neuen Bewegungsfreiheit, Phillip prallte gegen Maria. Der Hund war doch nicht so übel. »Du ahnst es richtig. Die Daten sind gelöscht.«
Jetzt galoppierte Charlie in die andere Richtung und riss Phillip wieder von Maria weg. Der Hund gehörte trainiert. »Vielleicht finden sie ja eine Kopie bei Mathias Egger im Büro. Und außerdem müssen wir die Beluschek fragen, ob sie die Daten gelöscht hat.«
Maria öffnete die Tür zu ihrem Stammbeisl. Es roch vertraut und gut nach Abgebratenem und Rauch, aus den Boxen tönte *Out of the Dark* von Falco. Ja, hier war sie daheim. Sie musste wieder öfter kommen. Sofort war Charlie an ihrer Seite und erschnüffelte das Lokal. Phillip stolperte hinter ihm drein.
Alois, der Wirt, stand höchstpersönlich hinter der Theke. Er breitete die Arme aus. »Welch seltener Glanz in meiner Hütte!«
Maria umarmte ihn. »Weißt eh, manchmal drehen alle Irren gleichzeitig durch.«
»A Halbe?«
»Ein Mineral. Ich weiß nicht, ob ich heut nicht noch einmal rein muss.«
Er streichelte ihre Wange und ging in den Hinterraum.
Maria wandte sich in den Gastraum. Phillip war schon bei Carrie, die in der Ecke neben dem Pianino saß. Er drückte Charlie ins Sitzen, und endlich, endlich gehorchte der Hund.
Carrie saß mit durchgestrecktem Rücken da, hatte rosige Wangen und leuchtende Augen. An Phillips Begrüßungskuss konnte das aber nicht liegen, denn den absolvierte sie ohne Aufmerksamkeit. Sie klopfte auf den Sessel neben sich.
»Du wirst es nicht glauben.«
»Was?«
Marias Handy piepste. Es war zum Auswachsen. Wenn sie sich schon eine Auszeit nahm, dann wollte sie wenigstens Ruhe haben. »'tschuldige, kann das Büro sein.« Es war eine S … MS von Heinz. *Komplikationen. Es tut mir sehr leid.* Was hieß das? Verdammt noch mal, was sollte das heißen?
»Wichtig?« Carrie leuchtete sie förmlich an.
»Äh, ich weiß nicht …«

Carrie rückte den Sessel ganz nah zum Tisch und stützte sich auf. »Wir waren doch gestern, also Mama und ich, im *Stein*, wo wir mit dir und euch feiern wollten.«
Komplikationen. Das konnte alles und nichts bedeuten. Nein, konnte es nicht. Maria sah auf die SMS. Sie verriet nichts. »Ja, und?«
»Da war ja auch Gerold, also dieser Hirsch, der dir das Leben gerettet hat.«
Komplikationen konnten nur bedeuten, dass es Schwierigkeiten gab, dass Elsa vielleicht …
»Ja, und?«
»Der ist ein sehr ein Netter. Ein ganz ein Netter. Ich werd bei ihm anfangen, er hat nämlich ein Schmuckgeschäft. Also, eigentlich hat er ein paar Filialen.«
Dieser Arsch! Heinz war feig. Er hätte sie doch auch einfach anrufen können. Da war was im Busch. Da durfte nichts im Busch sein.
»Wie schön. Freut mich für dich.«
»Was schaust du da immer auf dein Handy?« Carrie deutete mit dem Kinn auf das Telefon.
Maria schreckte auf und legte es auf ihren Schoß. Sie stützte sich auf ihren Händen auf und atmete durch. »Schön. Nein, wirklich, Carrie. Das freut mich total für dich. Ich hab dir ja selber gestern schon gesagt, dass du mit dem Begleitservice aufhören sollst. Wunderbar.«
»Das klingt aber nicht so.«
»Maria ist nur ein bissel fertig. Wir haben da heute mit total durchgeknallten Menschen zu tun gehabt.« Phillip nahm von Alois, der irgendwas von »… und jetzt ist Erholung angesagt« brabbelte, ihre beiden Mineralwasserflaschen und die Gläser entgegen. Dann flirtete er auch noch den Hund an, »Na, du bist aber ein Schiarcher, aber so ein Lieber«, beriet sich mit Phillip über gute Hundeerziehung. Elsa. Das Wort war plötzlich so körperlos. Elsa. Kein Gefühl.
Das Handy piepste erneut. *Es tut mir so leid, es ist sehr schnell gegangen. Wenn du sie …* Da brach die SMS ab. Konnte Heinz keine vernünftige SMS schreiben. Das durfte doch alles gar nicht wahr sein. Dieser Idiot. Dieser …

»Ja, und für mich noch einen Espresso, bitte. Danke. Jedenfalls haben sich … Maria, das musst du dir geben.«
Maria schreckte neuerlich auf. Sie zog den Mund in die Breite. »Was?«
»Mama und Gerold …«, Carrie zog die Stirn in Falten und rollte mit den Augen, »sie haben sich geküsst.« Sie nickte.
Pause.
Maria wusste, dass sie jetzt etwas sagen sollte, sie wusste nur nicht, was. Was hatte ihr Carrie noch einmal erzählt? Ach ja, dass ihre Mutter diesen Hirsch geküsste hatte.
»Toll.«
Carrie und Phillip sahen sie an, als würde mit ihr irgendwas nicht stimmen. Sie hatte doch *Toll* gesagt.
»He, Maria …«, Carrie wedelte mit der Hand vor ihren Augen herum, »wach auf. Erde an Kouba. Ich hab dir gerade erzählt, dass Mama sich verliebt hat. Keine Rede mehr von einer Schönheitsoperation.«
Verdammt noch mal, was war schnell gegangen? Das Handy piepste erneut. *Elsa ist tot*. Aha. Elsa war tot. Nun klingelte es. Sie drückte Gabi weg.
Maria säuberte mit dem Daumen das Display. »Schön, dass Mama verliebt ist.«
Phillip riss ihr das Telefon aus der Hand. Während er immer wieder abwechselnd das Display und Maria ansah, läutete sein eigenes Handy. Es hatte plötzlich … ja, das war ihr noch nie aufgefallen, einen automatischen Lautstärkenregler, denn das Läutsignal wurde mit jeder Wiederholung leiser. In letzter Zeit passierten sehr viele eigenartige Dinge. Phillip rannen Tränen über die Wangen. Und er hörte wohl auch schlechter als früher, denn sein Handy läutete immer noch.
Mechanisch nahm Maria nun sein Telefon, drückte Annehmen, ohne hinzusehen. »Kouba am Apparat Roth … Aha.«
Maria merkte erst, dass sie ihre Hand mit dem Telefon sinken hat lassen, als es Carrie ihr wegnahm.
»Blau am Apparat von Roth … kein Scherz, ich bin's, Carrie, Marias Schwester.«
Eine Träne kitzelte sie. Maria tupfte sie mit dem Mittelfinger weg und sah den Tropfen an. Sie weinte so wie Phillip. Das konnte nur

heißen, dass Elsa tatsächlich tot war, denn sonst würde sie ja nicht weinen. Sie dachte diesen Satz, verstand ihn aber nicht. Jemand musste ihn für sie übersetzen.
»Nein, weder er noch sie, da ist irgendwas … Da stimmt was nicht mit den beiden. Ja, was weiß ich, sie heulen beide. Wieso mit Elsa? Die Operation heute, die ist doch gut verlaufen und … Wart.«
Carrie deckte das Mikrofon mit der Hand ab. »Maria. Maria! Gabi will mit dir reden.«
Maria sah Carrie an. Da war eine Glasplatte vor ihr. Wieso saß Carrie hinter einer Glasplatte? Sie konnte sie beinahe nicht hören. Jetzt streckte ihre Schwester ihr das Telefon hin. Komisch, das Ding ging einfach durch die Glasplatte hindurch. Ein Wunderding. Maria beäugte es. Sie hatte offensichtlich den neuesten technologischen Schub versäumt. Sie nahm es an ihr Ohr. Vielleicht war ja Elsa dran.
»Gabi? Gabi. Ja … Warum wir«, sie sah Phillip an, »heulen?«
Plötzlich krachte die Musik aus den Lautsprechern in ihre Ohren. *Owner of a loneley heart*. Das war alles eine billige Inszenierung, das war es. Versteckte Kamera, oder ein böser Scherz von Heinz, weil sie keine Kinder mit ihm haben wollte.
Maria lachte auf. »Weil Elsa tot ist. Angeblich. Aber ich halt das für einen schlechten Scherz. Also, was gibt's? … He, ich hab dir gesagt, dass das ein schlechter Scherz ist. Jetzt reiß dich zusammen, verdammt noch mal. Heulen kannst du immer noch, wenn Elsa tatsächlich einmal stirbt. Also, was wolltest du mir sagen? … Gabi! Ich wiederhole mich nur ungern. Also? … Na, das ist ja einmal etwas Erfreuliches.«
Wieso sah Phillip sie so komisch an?
»He, Gabi, und wozu gehört der Schlüssel? … Was? Ja, warum macht Köhler sie nicht ganz einfach auf und sagt es uns? … So ein braver Bürger. Na gut. Aber ich brauch noch, ich hab grad erst bestellt. Und ich muss mit Carrie reden, weil Mama hat sich verliebt, hat Carrie erzählt. Ja, stell dir vor, in meinen Lebensretter. Ich sag dir, ich sag dir, nichts passiert umsonst. Ich bin ja so froh, weil sie jetzt keine Schönheitsoperation macht … Nein, das habe ich dir noch gar nicht erzählt? Ja, war so viel los, die letzten Tage. Egal, bald gehen wir auf ein Bier. Also sag diesem Leopold Köhler, er soll da hierher zu uns in die Piaristengasse fahren, dann soll er

uns zeigen, was in der Kiste ist. Wenn er schon so eifrig ist, dann soll man ihn nicht aufhalten … Was ist? Ich red doch nicht wie ein Maschinengewehr, es ist nur gerade so gemütlich … Jetzt hör schon auf damit. Ich hab gesagt, dass das ein bösartiger Scherz war. Ich werd demjenigen so kräftig in den Arsch treten, dass er nicht mehr weiß, ob er ein Manderl oder ein Weiberl ist. Bis dann.«
Maria lachte und legte Phillip das Telefon vor die Nase, nahm ihr eigenes, ohne es anzusehen, und steckte es in die Tasche. Phillip sah sie mit großen Augen an, ebenso Carrie.
»Was ist, Leute? Roth, jetzt wissen wir gleich, was das große Geheimnis von August Köhler war! Na, was ist? Freust du dich nicht?« Er reagierte nicht.
»Also, Carrie, und wie ist das weitergegangen. Ich mein, sind die beiden auch miteinander nach Hause. Haben sie … Na, du weißt schon?«
»Elsa ist tot.«
Maria schnellte zu Phillip herum. »Lass den Scheiß, hast du mich verstanden?«
Phillip hieb mit der rechten Faust auf den Tisch und malmte mit den Kiefern. Ansatzlos sprang er auf, schnappte die Leine und zerrte Charlie zur Tür hinaus.
»Maria, kannst du mir jetzt bitte endlich sagen, was los ist? Stimmt das mit Elsa? Ist sie wirklich …« Carries Unterlippe fing zu zittern an, so wie vor zwei Tagen im Spital, als Carrie Marias Hand geküsst hatte.
In Marias Kopf wurde es weiß. Der Kugelblitz schoss wieder durch ihre Gehirnwindungen.

Das Blut pumpte am Steiß vorbei. Dort war die Haut kühl, weil die Fliesen kühl waren, auf denen Maria saß. Die zwei, drei Zentimeter nach dem Steiß war das Blut auch kühl, dann war es wieder heiß und viel zu dick für ihre Venen. Oder Adern. Sie hatte sich noch nie merken können, welche jetzt für was zuständig waren. Die einen führten das Blut zum Herzen, die anderen weg. Oder so. Ein ewiger Kreislauf. Der konnte doch nicht so einfach stillstehen.
Vaters Atem setzt aus. Sie fixiert den Mund. Sie fixiert seinen Brustkorb. Er setzt wieder ein. Die Haut ist warm.

Alles weiß. So weiß wie in ihrem Kopf.
Maria übergab sich zum vierten Mal über der Kloschüssel. Es kam nichts mehr heraus, aber ihr Magen krampfte und krampfte.
Alles ist lebendig. Der Schlauch in den Mund, die Röhren in die Nase. Elsa ist weiß. Das einzige Rote an ihrem Körper ist der Blutstropfen in der Nadel für die Infusion. Aber der ist ja auch nicht ihr Körper, er ist ja in der Spritze. Und der Krake stinkt.
Maria schüttelte es. Ihre Zähne klapperten. Sie hörte die Stimmen von Alois und Phillip, die sich näherten. Dazwischen quietschte auch Carrie. Maria legte die Hände auf ihre Ohren.
Elsa war tot. Das ergab keinen Sinn. Elsa war noch viel zu jung fürs Sterben. Es passte einfach nicht zusammen.
Maria holte Luft. Sie hätte sich nach ihrer Gehirnerschütterung doch schonen sollen. Dieser Rückfall war jetzt die Strafe. Die kleinen Sünden strafte Gott sofort. Aber welche Sünde hatte Elsa begangen, dass sie sterben musste? Gar keine. Gott war ungerecht. Nein, es gab ihn gar nicht. Das zeigte sich doch den ganzen lieben Tag. Jeder Polizist wusste, dass es ihn nicht gab. Jeder Arzt. Quatsch. Es gab gläubige Ärzte und gläubige Polizisten. Und das alles war ihr eigentlich so egal. Sie wollte nur schlafen. Und wenn sie aufwachte, dann war alles wieder gut.
Es hämmerte an der Tür. »Maria? May? Hallo! Geht es dir gut?«
Schwindel und Übelkeit waren vorbei, der Kopfschmerz hatte sich auf ein erträgliches Maß reduziert. »Ja. Es geht schon. Es war nur die Gehirnerschütterung.«
Sie stand auf, säuberte die Toilette, ging in den Vorraum, wo Phillip am Türrahmen lehnte, und wusch sich das Gesicht mit kaltem Wasser. Ihre Lider und die Wangen spannten, sie rubbelte sie. In der Tasche hatte sie eine Creme, sie musste zu ihrer Tasche. Die war beim Tisch. Sie wandte sich um, sah Phillips rot geränderte Augen, zupfte ein Papierhandtuch aus dem Behälter, machte es nass und reichte es Phillip. Er nahm es nicht, sondern sah sie nur an. Sie wischte ihm über die Augen, er hielt ihre Hand fest. »Elsa ist tot.«
Maria sah sich zu, wie sie mit den Schultern, mit dem Mund, mit den Augen, mit den Augenbrauen unbestimmte Bewegungen machte. Sie warf das Tuch weg und ging ins Lokal zurück.
Leopold Köhler saß neben Carrie. Am Boden neben ihm stand

eine Kiste aus schwarzen Holzplanken, etwa einen halben Meter breit und einen Dreiviertelmeter hoch.
Köhler sprang auf. »Warum haben Sie nichts gesagt? Das hätte doch auch noch bis morgen Zeit gehabt. Oder übermorgen ... Es tut mir so leid. Es tut mir wirklich so leid für Sie.« Er wirkte wie auf der Flucht, als wäre er froh, dass etwas dazwischengekommen war.
Maria winkte ab und sah an Köhler vorbei zu seinem Mitbringsel. Arbeit. Funktionieren. Sie hockte sich zur Kiste, die wie eine Schatztruhe aussah.
Es ist so schnell gegangen. Maria hatte gerade Spaß gehabt, das Leben genossen, endlich wieder einmal richtig lachen können, mit Phillip gehirnt und gealbert. Und währenddessen war Elsa gestorben. Dieses Miststück, sie hatte sich einfach davongeschlichen. Und die Ärzte waren sowieso das Letzte. Ein einziges Mal hatten sie Maria nur zu ihr gelassen, nur ein einziges Mal. Die beste Freundin. Und der Vater, der Arsch, durfte ihre Hand halten. Und Elsa hatte sich einfach davongeschlichen, dieses Miststück. Dieses elende Miststück.
»Loisl, wir nehmen den hintersten Tisch. Und wir wollen jetzt nicht gestört werden.«
»Alles klar, Maria. Brauchst an Schnaps? Vielleicht?«
»Gar nichts, nur Ruhe.« *Sei nicht so unfreundlich, er kann nichts dafür.* »Danke.«
Sie packte die Kiste und zog sie in Richtung der dunkelsten Ecke des Lokals, nach ein paar Sekunden half ihr Köhler. Aus den Augenwinkeln sah sie, wie Phillip gegenüber Carrie die Schultern zuckte und diese die Hände vors Gesicht schlug. Als ihre Schwester noch nicht so emotional reagiert hatte, war sie Maria irgendwie lieber gewesen.
Beim letzten Tisch hob sie die Kiste auf der einen Seite und brummte, als Köhler nicht ebenfalls sofort anpackte. Zusammen hievten sie das Ding auf den Tisch.
Phillip trat zu ihnen. »Und wie sind Sie jetzt auf die Idee gekommen, dass der Schlüssel zu dieser Kiste gehört?«
»Sie haben gefragt, ob Italien was damit zu tun haben könnte. Wegen dem Plakat, wo der Schlüssel drunter war. Und ich hab's schon völlig vergessen gehabt, aber wir haben damals Sand und

Muscheln aufgehoben. Na ja, nicht nur, auch den Rest vom ersten Joint, den wir zu dritt geraucht haben. Und mit der Zeit ist dann einiges dazugekommen.« Er klopfte ein paar Mal auf die Kiste. »Der typische sentimentale Mist halt, den Kinder so aufheben. Und die Kiste ist jetzt seit ewigen Zeiten daheim in Krems auf dem Dachboden gestanden. Ich hab gar nicht mehr an sie gedacht. Aber wie mir August den Schlüsselbund für die Wohnung gegeben hat, da war er ja in Krems. Und da war er eine Zeit lang am Dachboden.« Er holte pfeifend Luft. »Wissen Sie, wir haben es uns dort früher immer ganz gemütlich eingerichtet. Mit Matratze und Regalen und solchen Dingen. Und ich dachte mir, August wird wohl wieder an Dorli denken. Na ja, und jetzt, wie ich ... irgendwie so halt. Ich weiß nicht, was mir zuerst eingefallen ist.« Er schob dem Wortschwall ein unsicheres Lächeln hintennach.

»Und da haben Sie jetzt die große Entdeckung gemacht.« Maria hörte sich selber zu. Ihr Ton war sehr kalt und desinteressiert. Aber warum sollte sie etwas vorheucheln. Sie war genervt. Kiste auf und checken und aus.

»Sie schauen wirklich nicht gut aus, Frau Kouba.«

»Das ist nicht Ihr Problem.«

»Äh, ja, lasst uns doch einfach einmal reinschauen.« Phillip drehte den altmodischen Schlüssel.

Er hob den Deckel an. Und in diesem Augenblick setzte sich Leopold Köhler auf die Holzbank und umklammerte den Rand der Sitzfläche. Er war rot geworden, aber nicht aus Scham, es schien sein Blutdruck zu sein. Und er atmete nun mit offenem Mund.

Maria sah hinein. Zwischen den Muscheln, ein paar Fotos, Briefen, einem durchsichtigen Jausensackerl mit – wahrscheinlich inzwischen vertrocknetem – Gras und anderen Behältern in verschiedenen Formen und Farben lagen obenauf eine schwarze Kassette und ein Glaszylinder, in dem etwas in einer Flüssigkeit eingelegt war.

Maria schnappte nach Luft. Sie wusste noch gar nicht, um was es sich handelte, und das Ding sah bislang nicht grauslich aus, diese Atemnot musste also schon wieder Folge der Gehirnerschütterung sein. Sie setzte sich neben Köhler.

Phillip hatte sich anscheinend von Alois Haushaltsgummihand-

schuhe organisiert, die er jetzt überstreifte. Sie waren rosa und saßen viel zu locker. Phillip nahm das Glas heraus und hielt es gegen das Licht. Das Ding war weißlich-rosa, hatte einen viel zu großen Kopf und war in sich gekrümmt. »Ein Embryo in Formaldehyd. Ein menschlicher Embryo.«
Er sah zu Köhler. Der hatte die Augen ganz fest geschlossen. Phillip nahm aus der Kiste die Kassette und öffnete sie. Sie enthielt das Medaillon und ein rotes Büchlein. Er schlug es auf. Blätterte darin herum. »Eindeutig August Köhlers Handschrift. Ich kann kein Wort entziffern.«
Leopold Köhler schaukelte nun mit dem Oberkörper. »Ich aber.«
Maria und Phillip sahen ihn an, es kam nichts mehr, er schaukelte nur. Maria donnerte vor ihm ihre Faust auf den Tisch. Köhler fuhr hoch. Er lehnte sich zurück und fing an, den Daumen vom Nagel zu befreien. Erstaunlich, dass der schon wieder nachgewachsen war.
Maria klopfte neuerlich vor ihm auf den Tisch, leiser zwar, aber dafür mehrmals.
Köhler knabberte an seinem Nagel. »Er hat … August hat … na ja, er hat es geschafft.«
»Was?«
»Das Klonen.« Er schaute von unten auf den Behälter. »Das Ding da …« Seine Stimme wurde unwillkürlich leiser, obwohl die Musik laut dröhnte und niemand außer Carrie und Alois im Lokal war. Und die beiden saßen weit entfernt. »Das ist ein Menschenklon.«
Phillip senkte den Blick, schaute dann nochmals Köhler an und schließlich das Ding in dem Behälter. Er sah ganz genau hin. Maria erhob sich und betrachtete es ebenfalls. Der Embryo streckte die Ärmchen aus, als würde er nach einem Ausgang aus dem Glas tasten. Die Augen waren groß und starrten Maria an. Sie senkte ihren Blick. Es war ein ganz normaler menschlicher Embryo, soweit sie das beurteilen konnte. So viele Embryonen hatte sie in ihrem Leben noch nicht gesehen. Genau genommen hatte sie noch nie einen Embryo in echt gesehen, immer nur im Fernsehen. Aber der hier sah ganz normal aus. Phillip schüttelte das Glas ganz sacht, das ungefähr fingerlange Menschlein – es musste unter drei Monaten sein, wenn Maria an die Beschreibung von Stix mit zehn

Zentimetern dachte –, das Menschlein bewegte sich nach vor und zurück. Jetzt schien es sich zu wiegen. Vielleicht war es ja froh, dass es endlich einmal Licht sah.
Licht? Es war ja noch blind, das Ding.
Maria kicherte, sie prustete vor Lachen los. »Ich komm mir da jetzt wie in einem amerikanischen Die-Weltverschwörung-hat-stattgefunden-Film vor, lieber Herr Köhler, aber wir sind da in Wien, im guten, alten Wien …« Köhler blieb ernst. Maria hörte zu lachen auf. »Was steht genau in den Aufzeichnungen?«
Köhler nahm das rote Büchlein und strich darüber. Er schlug es auf und ließ die Seiten durch die Finger gleiten. »Das, was ich gesagt habe. Frankenstein war erfolgreich.« Er schmiss das Büchlein quer über den Tisch.
Es blieb vor Phillip liegen. Der stellte das Glas ab und nahm das Büchlein in die Hand. »Sie meinen also im Ernst, dass da drinsteht, wie man Menschen klont?«
»Das Experiment ist penibel aufgezeichnet. 2004 ist es ihm gelungen.«
Phillip schnaufte. »Kurz bevor er zurückgekommen ist.«
»Woher zurückgekommen ist? Sie haben herausgefunden, wo er war?«
Ach ja, Leopold Köhler wusste ja nichts von den Ambitionen seines Bruders.
Phillip sah kurz von dem Buch auf. »Er war zuerst bei den Raëlianern und dann hat er die Skarin-Gesellschaft gegründet. Eine Firma, die sich mit Klonen beschäftigt und wahrscheinlich eng mit Militärs zusammenarbeitet. Ende 2004 oder Anfang 2005 ist er dort ausgestiegen und nach Wien zurückgekommen. Da hat er dann ja die Pflegerausbildung begonnen.«
Jetzt fing Köhler leise zu lachen an. »Bei den Raëlianern. Und der Skarin-Gesellschaft. Nun ja, von den Raëlianern hab ich schon einmal gehört. Das sind doch die, die an Außerirdische glauben, oder?« Er schüttelte den Kopf. »Mein Bruder und Außerirdische. Das ist so ein Blödsinn.«
Maria fixierte den Blick des Embryos, der jetzt lebendig zu sein schien. *Du bist also Dorothea?*
Phillip stützte sich auf. »Die Außerirdischen sind auch nicht das Wesentliche, Brigitte Boisselier war es.«

Köhlers Lachen stoppte abrupt. »Boisselier.« Er nickte. »Ich hab da anscheinend was verdrängt, weil die so abgehoben sind. Ich hab die nicht in Kontext mit … Aber was bitte? Er hat was gegründet? Gustl und Militärs? Das ist doch lächerlich.« Er schüttelte den Kopf.

Schritt eins: das Klonen. Schritt zwei: das Wachstumsgen. Schritt drei: die Kopie der Software. Der erste Schritt war getan. Vor Marias Augen tanzte eine silberne Thermosflasche.

Die Männer redeten sich in Rage. Doch die redeten um des Kaisers Bart, das war doch alles nicht wichtig, ob und wie und wann und wer mit wem. Es war.

Das ist August. Wenn sie jetzt und gleich ins Krankenhaus fuhr – das ist Elsa.

Köhler brabbelte etwas von einer Ethikkommission, die das alles unbedingt sehen müsste.

Freddy Mercury drang in ihr Ohr, in ihr Hirn. *You're the best friend that I ever had.* Alois musste die Musik wieder leiser drehen. *I've been with you such a long time, you're my sunshine.* Und zuvor sollte er ihr ein Bier bringen. Maria winkte. Na, endlich, er reagierte. *You're my best friend, you make me live.*

Phillip brabbelte etwas von Revolution für die Menschheit.

Das Bier kam. Maria trank die Hälfte in einem Zug. Es war kalt, aber besser als das Cola gestern. Alles war besser alles gestern. Denn jetzt konnte sie etwas tun. Sie trank den Rest und winkte Alois um ein zweites Bier. *You can make me live.* Plötzlich war alles so einfach.

Köhler salbaderte von Gott. Von Menschen, die sich als Götter aufschwangen.

Gabis Busen, der auf und ab hüpfte. *Des wird dann a bissel eng da auf der Erden da.* Maria, die gestern noch gemeint hatte, man müsse doch Abschied nehmen können. Sie logen sich doch alle in den Sack. Das waren alles Argumente gewesen, als es die Möglichkeit noch nicht gab.

Phillip presste die Hände mit den rosafarbenen Gummihandschuhen um das rote Büchlein, mutmaßte, dass man ja nicht klonen müsse, aber die Erkenntnisse für Heilungen nutzen könne. Worauf Köhler nur lachte, was wie Weinen klang.

Vielleicht zwanzig Jahre, und dann war Elsa wieder bei ihr. Alois

stellte das zweite Bier vor ihr auf den Tisch. Sie trank es zu einem Drittel.
Die Männer gifteten sich inzwischen quer über den Tisch an. Es wirkte wie in einem Western: *Mir gehört das Goldnugget. Nein, mir.* Aber es ging sie nichts an. Sie trank das zweite Drittel des Biers.
Sie musste zu Elsa. Nach diesem Bier. Dann war es noch nicht zu spät. Karin Beluschek hatte die Gewebeproben von August Köhler auch erst nach ein paar Stunden genommen. Maria musste das Wunder erst verarbeiten. *Too late, my time has come.* Ha, Freddy Mercury brachte sie bei der Stelle jedes Mal zum Weinen, doch jetzt hatte ›Bohemian Rhapsody‹ die Macht über sie verloren. Denn Elsas Zeit war noch nicht gekommen.
Jetzt redeten die Männer darüber, wie viel des Klons von Dorli war, von der der Zellkern stammte, und ob die entkernte Eizelle der anonymen Spenderin, in die der Kern eingebaut worden war, auch Auswirkungen auf den Klon hatte. Wie lächerlich. Hauptsache, der prägende Teil stammte von Dorli. Oder von Elsa.
Die Ärzte hätten sie vor dem Tod ihres Vaters auf die Möglichkeit, auch wenn sie damals Science-Fiction gewesen war, aufmerksam machen müssen. Sie hätten ihr eine Gewebeprobe ihres Vaters mitgeben sollen. *Mama, ooh I don't wanna die.* So musste es Elsa gegangen sein. Wie Milliarden Menschen vor ihr. Diese beschissene Angst vor dem Sterben, sie war vorbei.
Maria hob ihr Bierglas. »Yeah! Auf ein neues Leben!«
Sie trank den Rest in einem Zug und bemerkte erst dann, dass sie die Männer blöd anschauten. »Was ist? Streitet weiter.«
Sie stand auf. Die Männer sahen sie noch immer an. »Ich gehe jetzt zu Elsa und lasse ihr Gewebe entnehmen.«
Sie wurstelte sich aus der Bank heraus, Phillip umklammerte ihre Hand mit eisernem Griff. »Du kannst jetzt nicht ins Spital gehen und einfach so tun … Ich meine, du kannst denen nicht einfach sagen, dass es jemand geschafft hat, einen Menschen zu klonen. Das ist eine verdammt heikle Angelegenheit.«
»Und Elsa ist meine Freundin.«
Phillip legte ihr die Hand auf den Arm. »Du kannst sie nicht wieder zum Leben erwecken.«
Sie funkelte Phillip an. »Lass mich aus.«

»Was? Willst du dann deinen Kindern sagen *Nein, mein Engelchen, das ist nicht eure Schwester, Elsa ist meine Uraltfreundin und eigentlich schon gute vierzig Jahre?*«
Maria sah demonstrativ auf Phillips Hand. Er zog sie zurück.
Maria stand auf. Sie war schwindelig, doch das war dieses Mal nicht die Gehirnerschütterung, sicher nicht, das Bier war schuld. Sicher das Bier. Aber sie vertrug doch sonst viel mehr. Maria stützte sich am Tisch ab, sie schloss die Augen, um nicht seekrank zu werden.
Elsa. Wie sie Maria im Krankenhaus zudeckt. Wie sie ihre Leberkässemmel isst. Wie sie ihre Füße auf Marias Bürotisch legt und sich wohlig reckt. Wie sie mit der Hand durch ihre kurzen blonden Haare fährt und Maria auffordernd angrinst, weil ein Abend voller Verlockungen bevorsteht. Wie sie ihre ersten Augenfalten mit jenen von Maria vergleicht. Elsa, die sie streichelt. Sie selbst, die Elsa streichelt.
Maria fiel auf die Bank zurück. Sie spürte, wie ihr Tränen das Gesicht herunterrannen. Aus dem Nichts. Sie stand auf, packte Phillips Kopf und küsste ihn mit aller Leidenschaft, zu der sie fähig war. Und er küsste zurück. Es war der Moment. Dieser berüchtigte Moment. Sie hob mit ihm ab. Sie waren irgendwo. Sie waren eins.
Sie löste sich von ihm. Sie sah in seine Augen, sie waren samtbraun und tief.
Maria nahm das rote Büchlein. Sie kramte ihr Feuerzeug heraus. Sie sah die Männer an. »Habt ihr nicht nur eine große Lippe?«
Köhler schüttelte vehement den Kopf. Seine Augen strahlten, glühten. Sie sah zu Phillip.
Der hob beschwörend die Hände. »Das ist wie … die Entdeckung von Amerika.«
»Hast du gerade nichts gespürt?«
Sein Brustkorb hob und senkte sich. Er fiel in ihre Augen, das spürte sie. Sie ließ es zu, fiel in seine. Sie trank den Rest des Bieres aus. Der Schwindel war verschwunden.
Phillip packte und küsste sie. Dann sah er auf die Uhr seines Handys. »Siebzehnter Mai, zwanzig Uhr einunddreißig.«
Maria entflammte das Feuerzeug. Sie hielt es an das rote Büchlein. Es tat sich nichts.

Phillip stürmte weg und kam innerhalb von Sekunden mit fünf Schnäpsen zurück. »Einer als Danke, einer als Auf Wiedersehen, und drei für uns.« Er leerte zwei Schnäpse über das Buch.
Maria entflammte das Feuerzeug aufs Neue und sah beide Männer an. Sie nickten. Sie hielt das Feuerzeug an das schnapsgetränkte Buch. Eine Flamme züngelte hoch. Sie legte das kleine Buch auf den großen Aschenbecher. Es entzündete sich zur Gänze.
Alois kam angerannt. »Was macht's ihr da? Seid's deppert?«
Carrie stürzte ebenfalls herbei und betrachtete das Feuer. »So sind sie immer.« Sie klopfte Alois beruhigend auf die Schulter. »Aber irgendwie lieb sind sie auch. Was ist denn das?« Sie schaute auf den Homunkulus im Glas.
Maria gab ihr ein Bussi. »Ein Zwilling von einer Freundin von uns. Die wachsen ja manchmal nicht, das weißt du ja.«

Jack sprang an ihr hoch und ließ sofort los, als er merkte, dass Phillip Maria von hinten packte – in dem Moment nämlich, als sie sich hinunterbeugte, um Jack hochzunehmen. In diesem Augenblick war ihr Phillip lieber. Das musste sie ehrlich zugeben. Sie machte geistig zig entschuldigende Verbeugungen vor Jack, sie schwor ihm, ab nun mindestens drei Stunden pro Tag mit ihm zu verbringen, und sie griff nach hinten, um den Schwanz und die Eier von Phillip zu krallen. Durch die Jeans hindurch. Und hoffentlich bald ohne Jeans. Phillip knallte sie gegen die Wand. Das hatten sie schon einmal gehabt. Er sollte nur nicht glauben, dass er sie jedes Mal auf dieselbe Art bekam. Irgendwann wiederholte sich alles einmal. Doch nicht in diesem Leben. Dafür war es zu kurz. Denn es war endlich. Es war so supertoll endlich. Nichts würde sich wiederholen, wenn sie es nicht wollte. Sie harkte sich in seine Knie, er ging zu Boden, sie warf sich über ihn. Er robbte weg, wollte über sie kommen, sie war schneller, saß auf seinem Brustkasten wie ein Keuchhusten. Sie klemmte seine Linke in die Tür unter dem Abwaschkasterl ein, seine Rechte in eine Tür in der Kredenz. Er konnte freikommen, jederzeit, es war lächerlich, aber er hielt die Hände dort, wo sie sie geparkt hatte. Sie stand über ihm. Sie zog sich das T-Shirt aus, so langsam wie bei Heinz und Markus. Sie rieb ihre Brüste. Sie fuhr unter den Bügel des BHs. Sie rieb an ihren Nippeln.

Phillip starrte sie mit leicht geöffnetem Mund an.
Sie öffnete den Knopf ihrer Hose. Sie fuhr den Bund entlang. Den Bund des Höschens, das weiß unter dem Schwarz der Hose hervorblitzte. Sie schob die Hose über den Arsch.
Jetzt wurde es kompliziert. Denn sie stand zu breitbeinig da, als dass die Hose von allein hinuntergerutscht wäre.
Sie ließ sie nur ein Stückchen hinunterrutschen. Sie schob langsam das Höschen nach. Sie griff sich in den Spalt und rieb. Sie steckte sich den Finger in den Spalt und leckte die Flüssigkeit ab.
Phillip glotzte, seine Lippen glitzerten.
Sie stieg neben ihn, drehte sich um und schob vornübergebeugt Hose und Höschen über den Arsch. Sie hörte ein Stöhnen.
Sie stellte sich wieder breitbeinig über ihn. Phillip hatte die Hände noch immer unter diversen Türen. Sie setzte sich mit ihrer Scham auf sein Gesicht. Und er leckte. Maria hielt sich an der Abwasch und an der Kredenz fest, hob und senkte ihren Unterleib, stieß ihre Muschi in sein Gesicht.
Sie griff auf seinen Schwanz. Er war hart. Sie befreite ihn aus seinem Gefängnis. Er stand hoch erhobenen Hauptes da. Sie setzte sich drauf.
Ein Schauer überrollte sie. Aber das hier war Leben. Das war nicht Tod. Es war Leben.
Phillips Schwanz drang tief in sie ein. Sie fühlte sich voll. Sie fühlte sich ganz.
Phillip stieß. Er packte ihren Arsch und stieß immer heftiger.
Ihre Oberschenkel taten ihr weh. Sie lachte und brummelte etwas von zu wenig Training. Phillip murmelte etwas Unverständliches.
Er schob sie von sich, stand auf, zog sie ins große Zimmer, auf den Teppich neben der Couch, küsste sie. Na ja, er war doch nicht so schlecht. Sie sank in die Knie, ließ sich auf den Rücken fallen, er drang erneut in sie ein, sie umklammerte seinen Arsch mit den Beinen, mit ihren Händen krallte sie sich in seine Haut. Ihre Köpfe waren verschlungen, sie waren irgendwie eins geworden, obwohl Köpfe das ja nicht konnten. Sie atmeten einander ein, derselbe Atem.
Phillip stieß in sie.
Und Maria weinte. Sie weinte so heftig und so glücklich wie nie in ihrem Leben.

»Was ist? Tu ich dir weh?« Er tupfte ihr eine Träne von der Wange. Sie schüttelte den Kopf. Sie weinte, sie umklammerte.
Und sie wusste, sie würde diesen Augenblick nie in ihrem Leben vergessen. Menschen waren doch pathetische Viecher. Wieso diesen Augenblick? Sie wusste es nicht. Es war dieser Augenblick. Sie weinte, Phillip stieß rhythmisch, sie spürte ihn so tief wie noch nie zuvor. Es sollte nie aufhörten.
Ihr Oberkörper bog sich durch, sie japste nach Luft. Sie kam. Alles erbebte. Sie trank Phillip mit jedem Zucken ihres Unterleibs. Sie trank das Leben. Jetzt würde sie ewig leben. Genau. Jetzt.
Phillip kam. Und ihr Unterleib, nicht nur ihre Möse, sondern ihr gesamter Unterleib, der saugte ihn auf, der schluckte ihn förmlich.
Maria verkroch sich in Phillips Hals. Er verkroch sich in ihrem.
Nach ein paar Minuten tat alles weh, sie lockerten den Griff, beide gleichzeitig.
»Ich liebe dich.«
»Ich liebe dich.« Es klang wie eine Entgegnung, kein Echo, sondern ein Dialog. Zugleich wohlig schläfrig. Phillip zwinkerte nicht einmal mit den Augen.
Der Teppich hob mitsamt ihnen ab, sie schwebten da irgendwo sechzig Zentimeter über dem Boden. Eingekuschelt in einen wollweißen Teppich. Dann war es plötzlich ihr Körper, der abhob. Sie war am Grund, aber dieser Körper hob ab. Er tanzte auf dem Plafond, auf dem Fensterbrett. Das war lustig und angenehm. Jetzt war ihre Seele an der Reihe. Maria wunderte sich, dass sie sich das so selbstverständlich vorstellen konnte. Die Seele. Aber ja, die hob sich nun von den Körpern ab und begegnete der Seele von Phillip. Sie schmusten. Sahen lächelnd auf ihre verschlungenen Körper hinab.
Es war gut.
Etwas zwickte in ihrem Bauch. Unwillkürlich sah sie auf Phillips Schwanz. Sie hatten kein Kondom benutzt. Nicht einen Gedanken daran verschwendet.
Maria löste sich von Phillip. Sie rollte sich zur Seite und rechnete nach. Es war genau die blöde Zeit. Das konnte jetzt nicht sein. Das konnte einfach nicht sein. Sie dachte plötzlich einen Namen. *Sebastian*. Wieso dachte sie diesen Namen?

Maria rückte ein Stück von Phillip ab. Sie setzte sich auf und sah sich in ihrem Wohnzimmer um. Es war sehr klein. Wie der Rest der Wohnung. Sie hatte ohnehin schon seit Monaten vor, umzuziehen.
Wieso dachte sie plötzlich darüber nach?
Da war irgendwo ein Handyklingeln. Handys waren definitiv die Pest des einundzwanzigsten Jahrhunderts. Ignorieren. Sie kuschelte sich an Phillips Rücken. Es klingelte noch immer. Es hörte auf. Dann fing es erneut an zu klingeln.
Phillip drehte sich mit geschlossenen Augen auf den Rücken. »Vielleicht haben sie die Egger.« Er deutete mit einer laschen Bewegung zum Vorzimmer, ließ die Hand wieder auf den Teppich fallen.
Macho. Typisch Macho. Ein Gentleman würde aufstehen und ihr das Handy bringen.
Maria hievte sich hoch. Sie schlurfte in die Küche, ins Vorzimmer. Ihre Handtasche war nicht zu sehen. Es klingelte. Da war der Ton, unter dem Vorhang des Schuhregals. Maria zog ihre Tasche hervor und fingerte das Telefon aus der Tasche. »Gabi, was gibt's? … Wir sind quasi auch schon im Abflug, alles klar.«

Schon wieder Simmering. Nein, das stimmte nicht, sie fuhren nur an Simmering vorbei. Sie fuhren zum Flughafen, mit Blaulicht und Sirene. Sie hatten sie.
Phillip machte eine unwirsche Geste zu einem Mercedes, den er mit hundertsechzig überholte. Es wurden hundertsiebzig. Geil, bei einem Einsatz einmal so richtig Vollgas geben zu können, wenn sie sich sonst schon immer an die Hundertdreißig-km/h-Beschränkung halten mussten.
Er hupte, schlug mit der Hand aufs Lenkrad. »Wichser. Mach den Führerschein. – Also, noch einmal, May, für einfache Gemüter wie mich.«
»Der Wirt vom *Bergwirt*, weißt eh, das Wirtshaus am Montecuccoliplatz, der hat die Egger erkannt. Sie hat sich bei ihm ein Zimmer genommen. Also eigentlich hat der Wirt beide erkannt.
»Den Havlicek und die Margret Egger.«
»Ja, weil der Havlicek war regelmäßig bei ihm auf zwei oder drei Achteln. Und er hat sich gewundert, wie er ihm vorgestern am

Gang zum Klo begegnet ist, und der Havlicek aber nicht in der Wirtsstuben war.«
»Und? Hat er ihn nicht gleich gefragt?«
»Nein, es war so viel los. Und er, also der Wirt, war krank. Deswegen hat er ja auch bis heute nichts mitbekommen. Er ist die ganze Zeit im Bett gelegen. Und die anderen haben nichts mitbekommen, weil er normalerweise die Buchungen von den Zimmern macht. Und heute hat er Nachrichten geschaut. Stutzig ist er wegen dem Havlicek geworden, weil ihm das doch irgendwie komisch vorgekommen ist. Denn der Gang zum Klo führt auch hinauf zu den Zimmern.«
»Aber dann hat er auch die Margret Egger erkannt.«
»Irgendwie ja. Er war sich nicht sicher. Aber er hat halt amal angerufen.«
Phillip hupte, begleitet von ordinären Gesten. Das Blaulicht blinkte, die Sirene heulte. Alles zusammen bewog schließlich den Autofahrer vor ihnen, doch endlich auf die rechte Spur auszuweichen.
»Und? Unter welchem Namen hat sie sich beim *Bergwirt* eingemietet?«
»Patricia High.«
»Scherz?«
»Nein, sie ist wenig originell. Sie hätte sich auch gleich Highsmith nennen können, was aber wurscht gewesen wäre, weil es hat sowieso niemand mitbekommen, dass es ein falscher Name ist.«
»Und eine Patricia High checkt gerade bei British Airways ein?«
»Genau.«
Phillip gab zusätzlich Gas. Es war erstaunlich, was aus dem alten Auto herauszuholen war.
Sie bogen ab auf die Auffahrt zum Flughafengelände. Maria sah auf die Uhr. Das Check-in war längst erledigt, das Boarding jede Minute vorbei. Es kam einfach nur darauf an, wo das Gate für diesen Flug war. Wie weit sie zu laufen hatten. Gabi telefonierte zwar, aber bis die Befehle durchgedrungen waren … es ging um Sekunden.
Phillip blieb neben dem Terminal 1 stehen, mitten im absoluten Parkverbot. Er sprang aus dem Auto. Maria wollte ihm nach, doch ihre Hand rutschte vom Griff ab. Sie zog noch einmal, sie stieg aus,

sie spürte einen Zusammenprall. Nein, sie sah einen Mercedes auf sich zukommen, und dann spürte sie einen Stoß. Wiederum nein, sie spürte den Zusammenstoß und sah dann erst den Mercedes, weil der Stern vor ihr in die Höhe stieg.
Sie spürte einen harten Griff. Sie flog durch die Luft. Sie sah das Schild *Halten verboten*. Sie sah die Stange des Schildes. Und diese Stange kam immer näher. Sie spürte etwas Hartes auf ihrem Kopf. Sie sah Weiß. Sie rutschte an dieser Stange hinunter, landete am Boden.
Und plötzlich geht sie taumelig die Bellariastraße hinunter, weint die Mauer des Rathauses an, ihr wird klar, dass sie Phillip schon ewig liebt, sie die feige Sau ist, die es nicht sagt, die es nicht zulässt. Sie versucht verzweifelt, den Ring zu überqueren, schummelt sich mit ihrem Dienstausweis in das Gelände des Tanzlokals *Volksgarten* hinein, steigt dort über den Zaun, legt sich unter die Rosen ins Gras und schläft ein. Dieser Gärtner weckt sie unwirsch bei Sonnenaufgang, also bei Parköffnung. Sie weiß, dass sie nun Phillip alles sagen muss, ungeachtet der Konsequenzen. Ihr Handy läutet, sie nimmt ab, sie hört seine Stimme, sie weiß, dass auch er sie liebt. Sie rennt zu ihm, und da liegt die Ringstraße dazwischen, das Weiß des Parlaments in der Morgensonne blendet sie, sie rennt trotzdem los.
Maria stand auf. Sie sah den Eingang zum Flughafengebäude. So schön. Sie sah den Tower. So elegant mit seiner weißen Verkleidung.
»Geht's? Kannst du? Wir müssen.«
Maria drehte sich zu Phillip und lächelte ihn an. »Lass das die Engländer checken.«
»Maria! Was soll der Scheiß jetzt? Wir haben dieses Weib jetzt so lange gejagt. Ich will ihr in die braunen Augen schauen und sagen: Arrivederci, Bella.«
»Komm! Sie ist ohnehin schon weg.«
»Sie ist nicht weg. Wir haben noch ein paar Minuten.«
»Die können wir besser nutzen.«
»Dir geht es nicht gut. Scheiße.« Phillip sah sich um. Wahrscheinlich nach einem Sanitäter.
»Es geht mir hervorragend.«
Phillip sah sie wieder an. Wie ein krankes Kind.

»Nein, wirklich. Ich weiß wieder, was ich vergessen habe.«
Er riss die Augen auf.
»He, scheiß dich nicht an.« Sie lächelte ihn an. »Es ist nicht so wichtig, Weil ich es eh die ganze Zeit sag.«
»Was?«
»Das weißt du ganz genau.«
Phillips Gesicht kam näher und näher. Plötzlich entfernte es sich.
»Na, es einmal zu sagen, ist nicht die ganze Zeit.« Er sah demonstrativ auf den Tower, dessen Verschalung in der Abendsonne nun zu brennen schien.
»Du bist unmäßig.«
»Bei einer Frau wie dir kann man sich nicht sicher genug sein.«
»Idiot.«
»Selber.« Er packte ihren Kopf und küsste ihren Mund, küsste ihr Innerstes.

ENDE

FIKTION UND REALITÄT

Als ich Freunden vom Thema dieses Romans erzählte, bekam ich des Öfteren zu hören, das sei doch alles Blödsinn. Oder nur Science-Fiction und deshalb nicht relevant für unser tägliches Leben.

Reproduktionsmedizin ist ein Thema, über das angeblich alle Bescheid wissen. Doch wenn man nachfragt, haben die meisten Menschen höchstens einmal von manipuliertem Genmais gehört. Wenn man dann sagt, dass auch In-vitro-Fertilisation etwas damit zu tun hat, ist man plötzlich von angeblichen Experten umgeben, die überhaupt keine Ahnung haben, obwohl sie immer jemanden kennen, der durch künstliche Befruchtung ein Kind bekommen hat. Im besten Fall kennt man so jemanden sogar selbst. Doch man wird erstaunt sein, denn dieser Jemand weiß kaum Details über das ganze Prozedere.

Und ganz schwierig wird es, wenn es ums Klonen geht.

Bevor ich die Recherchen zu diesem Roman begann, ging es mir genauso. Ich hatte eine Ahnung, aber wusste nicht wirklich, um was es beim Klonen geht. Die Medien vermitteln eine Mischung zwischen Heilsversprechen und Horrorkabinett. Ich habe jetzt ein Zwanzigstelwissen. Im besten Fall. Wahrscheinlich ist es ein Hundertstelwissen. Was tatsächlich möglich ist, ahne ich nur, weiß ich nicht. Trotz aller Recherchen.

Vielleicht liegt es auch daran, dass ich gar nicht so genau wissen will, wohin uns die Wissenschaft noch bringt. Das ist feige, ich weiß.

Doch die Raëlianer sind Fakt. Sie glauben an Außerirdische und ans Klonen und ans ewige Leben. Im Internet finden sich tausende Einträge zu der Gruppe. Real sind auch Brigitte Boisselier und Raël alias Claude Vorilhon. Alles, was in *Die Lebenstrinker* über sie und ihre Vereinigung erwähnt wird, ist real.

Real sind alle Figuren, die mit Klonen zu tun haben – also Illmensee, Antinori, Zavos, Levanduski, Brüstle. Es gibt auch wirklich Firmen, die das präparierte Gewebe von Haustieren zum Zweck des späteren Klonens konservieren.
Fiktion sind August und Leopold Köhler, die Familie Egger, natürlich die Havliceks, die Petermanns, die gesamte Polizei, die Frauen, die sich schwängern lassen mit Embryonen, die Ausschussware von In-vitro-Fertilisationen sind. Auch die Skarin-Gesellschaft gibt es nicht. Die Namensgeberin Annalee Skarin hat allerdings wirklich gelebt.
Tatsache ist, dass man mit adulten Stammzellen bereits Ersatzteile für den menschlichen Körper bauen kann. An der »Zucht« eines menschlichen Ohres wird aktuell gearbeitet. Tatsache ist, dass es bereits Herden von geklonten Rindern gibt. Tatsache ist, dass man Pflanzen zum Leuchten bringen könnte, indem man ihnen den entsprechenden Genabschnitt einer Qualle einsetzt. Tatsache ist auch, dass die meisten Versuche, Krankheiten durch Gentechnologie zu heilen, an der Komplexität der Krankheiten scheitern. Dennoch verkaufen uns die Medien und die Politik die embryonale Stammzellentherapie als das Wundermittel des 21. und 22. Jahrhunderts. Die meisten Regierungen verhalten sich äußerst vage, wenn es um konkrete Gesetzgebung bezüglich der genetischen Reproduktion des menschlichen Lebens geht. Denn es ist eine Tatsache, dass keiner von uns weiß, wie weit er gehen würde, wenn es um die Liebe seines Lebens ginge.

Januar 2009 Sabina Naber